Sommaire

L'Écho lointain de l'orage

L'ÉCHO LOINTAIN DE L'ORAGE

Tome I

Doris Lessing est née le 22 octobre 1919 à Kermanshah en Perse, l'actuel Iran. Son père travaillait pour la Banque Impériale de Perse. Après deux années à Téhéran, sa famille quitte le Moyen-Orient pour la Rhodésie — actuel Zimbabwe — où elle cultive le maïs, le tabac et d'autres céréales, sans grand succès.
Doris Lessing est élevée dans une ferme d'une superficie de 2 000 acres, pleine d'animaux sauvages : daims, oiseaux, serpents, léopards. Une grande partie de son enfance se passe en promenades dans cette nature.
Elle s'est établie à Londres en 1949. En plus du Carnet d'or *(Prix Médicis étranger 1976), elle est l'auteur, mondialement connu, de nombreux romans, nouvelles et essais.*

Dans *Les Enfants de la violence,* nous avons fait connaissance avec Martha Quest, une adolescente à la veille de la seconde guerre mondiale. Martha tente, dans le monde clos de son pays, l'Afrique australe, de se frayer un chemin parmi les adultes épris d'ordre et les jeunes révolutionnaires cyniques...
Nous la retrouvons dans *L'Echo lointain de l'orage* au moment où, après son divorce, elle découvre l'ivresse de la liberté. Liberté de choix amoureux, mais encore liberté d'action politique.
Cependant le provincialisme de son environnement pèse sur elle : aussi finit-elle par comprendre que, si elle a reculé les limites de toutes les contraintes, elle ne les a pas abolies. Pour connaître enfin la vraie liberté, elle se prend à rêver de partir pour Londres dès que la guerre sera finie. Là enfin l'intelligence et l'idéalisme régneront; là enfin elle sera débarrassée des mesquineries du racisme.
C'est alors que sa liberté amoureuse l'entraîne dans les filets d'un nouveau mariage, apparemment fondé sur des bases neuves. Mais une fois encore resurgissent l'étroitesse et le conservatisme, et ce lien ne tarde pas à apparaître à Martha sous un jour odieux. Tous les maris se ressemblent. A moins que ce ne soient les mariages ?...
Tout au long du récit, l'Afrique ne cesse de se dessiner avec précision. On suit la lente prise de conscience politique et sociale des Africains, face à la bonne volonté très paternaliste des « libéraux » blancs. L'antagonisme ouvert n'est plus très loin...

(Suite au verso.)

En même temps, l'idéologie communiste rigide perd toute crédibilité devant les besoins primordiaux de la population noire opprimée. Celle-ci commence à prendre ses distances et à s'organiser en secret.
Cette suite des *Enfants de la violence* nous restitue de façon magistrale l'atmosphère étouffante de l'Afrique australe pendant la guerre et l'après-guerre. Le personnage de Martha y gagne à la fois de la complexité et, par ses échecs mêmes, une douloureuse humanité. Tout le talent de romancière de Doris Lessing, l'auteur du *Carnet d'or* (prix Médicis étranger 1976), s'y épanouit et nous captive souverainement.

ŒUVRES DE DORIS LESSING

Dans Le Livre de Poche :

LE CARNET D'OR.
LES ENFANTS DE LA VIOLENCE :
1. LES ENFANTS DE LA VIOLENCE.
2. L'ÉCHO LOINTAIN DE L'ORAGE.
L'ÉTÉ AVANT LA NUIT.

DORIS LESSING

L'Écho lointain de l'orage

Tome I

Les Enfants de la violence (tome II)

ROMAN

TRADUIT DE L'ANGLAIS
PAR MARIANNE VÉRON

ALBIN MICHEL

Édition originale anglaise :
CHILDREN OF VIOLENCE
Mac Gibbon & Kee Ltd, Londres.

Tome II :

Première partie
A RIPPLE FROM THE STORM

Deuxième partie
LANDLOCKED

L'ÉCHO LOINTAIN DE L'ORAGE

Titre original anglais :
A RIPPLE FROM THE STORM

PREMIÈRE PARTIE

CHAPITRE PREMIER

PAR les fenêtres poussiéreuses d'une petite pièce située au-dessus du Black Ally's Café, on pouvait voir la salle de bal du McGrath s'emplir rapide ment. Des groupes encombraient toutes les entrées à colonnes dorées de l'hôtel.

Jasmine observa d'un voix mesurée : « Jackie est très en retard », puis, après avoir soigneusement refermé les fenêtres, elle se retourna, et sourit à Martha. Martha lui rendit son sourire avec une affectueuse dévotion. En évoluant, cette dévotion ne s'était pas amoindrie. Trois mois plus tôt, Martha considérait cette jeune fille compétente avec un certain effroi : Jasmine ne craignait pas de siéger à une tribune devant des centaines de gens ; elle comprenait le mystérieux processus de l'*organisation* ; et c'était toujours à elle que l'on pensait en premier lorsqu'il fallait nommer un secrétaire de séance. Martha avait pris l'habitude de la regarder descendre gravement des estrades, les bras chargés de dossiers et de papiers, ou bien vendre des brochures à la porte, en songeant qu'elle devait appartenir à une catégorie de personnes absolument supérieure, non parce qu'elle était compétente, mais parce que sa compétence résultait de nombreuses années consacrées au service de diverses causes publiques.

Désormais, Martha savait également accomplir ces tâches. Elle les avait apprises sans le savoir, en passant tant de temps avec Jasmine. Elle avait compris qu'elle était devenue pour les autres ce qu'avait été Jasmine pour elle le jour où Marjorie Pratt, la jolie institutrice, avait déclaré avec une lueur d'admiration dans ses yeux bleus : « Je t'admire, Matty, de ne pas avoir peur de faire toutes ces choses en public. » Martha en avait éprouvé une affectueuse pitié – non pour Marjorie, qui elle-même acquerrait bientôt ces qualités, mais pour la Martha qu'elle avait été trois mois auparavant.

Martha répondit : « William est également en retard. Ils ont dû tenir au camp une réunion improvisée. »

Les deux filles échangèrent à nouveau un sourire chaleureux, où s'exprimait l'amitié que tout membre du groupe ressentait à l'égard des autres : une tendresse collective. Mais il y avait plus que cela : Jasmine et Martha avaient toutes deux un amant dans l'armée de l'air, ce qui créait entre elles un lien particulier. Elles ne parlaient pas de ce qui les préoccupait : leurs hommes allaient très certainement être bientôt mutés, et elles se retrouveraient seules ; leur bonheur s'exacerbait à la prémonition de cette perte. Ou plutôt, c'était là ce que chacune ressentait à l'égard de l'autre, un tendre sentiment protecteur, comme si chacune se fût sentie – grâce à cela – moins vulnérable ; et toutes ces émotions participaient de cette exaltation plus vaste qui les berçait tous depuis maintenant plusieurs mois, depuis la constitution du « groupe ».

La petite salle où elles se tenaient ne comportait, pour tout ameublement, qu'une table en sapin, deux bancs durs, et quelques chaises en bois blanc. Le groupe en avait fait son quartier général, sa maison. C'était également là que s'exerçait la vie amoureuse de Jasmine, et il y avait un lit de camp replié contre le mur, à côté du meuble-classeur. Rongée par ce douloureux besoin d'admirer quelqu'un pour les qualités qu'elle-même ne pourrait jamais posséder, Martha estimait en quelque sorte naturel que l'amour de Jasmine se trouvât là chez lui, campé entre les dossiers et les brochures prônant la révolution mondiale. Les rares nuits où Jackie pouvait se libérer du camp et Jasmine de sa famille, c'était là qu'ils reposaient dans les bras l'un de l'autre. Et Martha jugeait sa propre vie amoureuse bien terre à terre en comparaison.

L'indépendance de Jasmine vis-à-vis de sa famille semblait précisément due à une étroite interrelation. Les Cohen avaient entendu parler de la liaison de leur fille avec ce personnage peu recommandable qui séjournait au camp d'aviation, et lui avaient fait part de ce qu'ils avaient appris au sujet du jeune homme. Elle avait répondu calmement que, oui, elle comptait vivre avec Jackie Bolton après la guerre, oui, elle savait qu'il était marié et père de plusieurs enfants. « On ne peut pas espérer leur faire comprendre », avait-elle dit à Martha en lui racontant la scène déplaisante qui s'était déroulée. « Je leur ai bien expliqué qu'il s'agissait de la révolution, mais j'ai vu que c'était inutile. »

Tous deux en larmes, ses parents avaient solennellement renié leur fille, acte purement rituel, car elle habitait toujours chez eux. Mais ils ne lui parlaient plus. « Je ne peux pas partir de chez moi, disait-elle, car ce serait une totale disgrâce pour eux dans la communauté. » (Elle parlait de la communauté juive de cette petite ville.) « Ce genre de choses compte beaucoup pour eux ; ils ne peuvent pas agir autrement. » Afin de protéger ses parents contre leurs propres attitudes, elle était disposée à vivre chez eux comme une paria, à se laisser traiter comme si elle n'existait pas. Martha admirait beaucoup cette attitude chevaleresque dont elle s'estimait incapable.

Sa mère l'avait également reniée, dans une lettre procédant du même esprit rituel. Par courrier recommandé, Mme Quest avait annoncé à Martha qu'elle n'était plus sa fille. Ne sachant comment répondre avec justesse, Martha n'avait pas réagi. D'ailleurs, elle était bien trop occupée pour avoir le temps d'y penser. En conséquence, Mme Quest était arrivée un matin, tout empressée, dans la chambre meublée que Martha occupait désormais et s'était exclamée : « Mon Dieu, que tu es désordonnée ! » Cette lettre de solennel reniement aurait pu n'avoir jamais été écrite ni expédiée. Quant à M. Quest, rencontrant Martha devant la pharmacie, tout près de chez lui, il s'était contenté de dire : « Ah, te voilà, mon vieux ! Comment vas-tu ? », réussissant ainsi à ne prononcer aucun jugement et à ne pas prendre parti. Mais cela signifiait que Martha ne pouvait plus aller trouver son père pour lui demander conseil ou assistance. Elle ne s'avouait guère qu'elle en ressentait le besoin. Mais dans certaines occasions comme celle-ci, lorsque Jasmine et elle-même se trouvaient seules, et qu'elles « travaillaient pour le groupe » — elles entassaient cette fois des tracts et des brochures sur l'Union soviétique dans une valise en vue de la réunion —, il leur arrivait fréquemment de parler de leurs parents. Elles discutaient des difficultés que représentait « la rééducation des anciennes générations dans l'éthique socialiste », et du genre de travail qui correspondrait le mieux aux aptitudes de M. et Mme Cohen, de M. et Mme Quest – travail qui leur permettrait de devenir infiniment plus nobles et bons qu'ils n'étaient présentement ; et elles se préoccupaient aussi du manque de ponctualité de leurs amants.

Elles entendirent enfin des voix sur le trottoir, et allèrent voir à la fenêtre ce qu'il en était. Jackie et William se tenaient auprès d'un taxi, dont le conducteur noir les avait rejoints ; Jackie tenait ce dernier par l'épaule et lui parlait en le regardant dans les yeux, avec une expression de force et de persuasion. Le Noir acquiesçait, mais semblait mal à l'aise ; troublées, Jasmine et Martha scrutèrent instinctivement les environs pour s'assurer que nul n'observait la scène. Jasmine se pencha et appela d'une voix prudente : « Eh, Jackie, fais attention ! » Jackie leva les yeux et fit un signe d'acquiescement, sans cesser d'exercer une pression émotionnelle sur le conducteur. Martha interpella donc William : « Nous allons être en retard. » Elle vit que le jeune homme avait tenté de presser Jackie, car il leva la tête et leur sourit brièvement comme pour les remercier de leur soutien moral, puis dit quelque chose à Jackie qui parut s'irriter de cette interruption, mais pressa une dernière fois le bras du Noir en lui souriant chaleureusement, et se retourna enfin pour disparaître dans l'entrée du Black Ally. Sans doute avait-il oublié de payer le chauffeur de taxi, car William s'en chargea alors. Le taxi s'éloigna et William leva de nouveau les yeux vers les deux jeunes femmes, qui entendaient maintenant les pas de Jackie résonner dans l'escalier de bois, en leur adressant un petit sourire grimacé en signe d'avertissement. Puis il disparut également dans l'entrée. Martha et Jasmine se détournèrent de la fenêtre en arborant un air sévère. Toutes sortes de loyautés les empêchaient de parler ; mais le regard de Martha indiquait clairement à Jasmine que c'était à elle d'affronter la situation.

Jackie Bolton entra d'un pas souple, tel un loup, en déboutonnant la veste de son uniforme d'une main tandis que de l'autre il caressait la joue de Jasmine et souriait en la regardant dans les yeux. Ce geste amoureux dispensé publiquement embarrassa Martha ; elle savait qu'il était en partie destiné à la rendre jalouse de Jasmine. Elle détourna les yeux, car William entrait. Il annonça aussitôt : « Ne t'installe pas, Jackie, nous sommes déjà tous en retard. »

Souriant, Jackie Bolton continua d'ôter sa veste, et prit place sur un banc posé le long d'un mur. Martha observa qu'il avait bu. William et elle jetèrent un coup d'œil à Jasmine, attendant qu'elle dise quelque chose. Elle était écarlate, et paraissait désemparée. Martha la sentait lutter intérieurement.

Depuis des mois, nul n'avait exprimé ce qu'ils ressentaient pourtant tous au sujet de Jackie Bolton. Sans lui, jamais il n'y aurait eu de « groupe ». Cette qualité particulière qui lui permettait de motiver les autres semblait le placer au-dessus de toute critique : car critiquer Jackie – c'était tout au moins ce qu'il leur donnait à entendre – revenait à critiquer la révolution. Mais deux jours plus tôt, Jasmine (aussi rouge et malheureuse que maintenant) s'était levée lors d'une réunion pour déclarer de sa voix calme que le camarade Bolton présentait à son avis un grand défaut, il manifestait des tendances anarchistes. Si les autres camarades partageaient cette opinion, il faudrait que Jackie accepte la critique et s'efforce de changer. Les autres camarades partageaient en effet cette opinion, et ils l'exprimèrent avec une spontanéité qui les embarrassa tous. Comme toujours Jackie Bolton avait été secoué d'un rire silencieux ; mais il avait fini par admettre, bien qu'à contrecœur, qu'il lui fallait se soumettre à un vote unanime.

Depuis lors, il affichait une ironie mauvaise et délibérée ; il avait manqué trois réunions en prétextant des occupations au camp ; et Jasmine, William et Martha savaient qu'il était arrivé en retard ce soir, et comptait s'attarder davantage encore, uniquement parce qu'ils l'avaient critiqué.

Il observait à présent Jasmine avec le regard de celui qui s'attend à être trahi.

« Jackie », commença fermement Jasmine, bien que sa voix fût mal assurée, « tu sais fort bien que tu ne devrais pas parler ainsi aux Africains en public. Nous essayons tous de faire attention. »

Jackie chercha des yeux le soutien de William et de Martha et, ne le trouvant pas, leva les yeux au plafond en grimaçant un sourire.

« Si tu veux parler à nos contacts africains, fais- les monter ici, où personne ne peut vous voir.

— Cet homme à lui seul vaut largement tout le groupe, répliqua Jackie. Voici plusieurs fois qu'il m'amène en ville. Il comprend instinctivement les fondements mêmes de la politique.

— Mais bien sûr, Jackie. Ce n'est pas la question. » Jasmine était au bord des larmes.

William intervint pour la soutenir. « Ecoute, Jackie, c'est complètement idiot.

— Vous, sergent, ça suffit », répliqua le pilote Bolton en riant.

Soulagés, ils se mirent tous à rire en entendant cette vieille plaisanterie.

Martha reprit : « Tu avais promis de venir hier soir pour discuter la tactique de la réunion de ce soir. Et maintenant, nous n'avons plus guère le temps de nous lancer dans les explications, n'est-ce pas, Jackie ?

– William m'en a exposé les grandes lignes », répondit Jackie, désinvolte ; et il entreprit de remettre sa veste et de la boutonner.

Il y eut une pause, pendant laquelle Jackie les observa en souriant, les défiant d'accomplir leur devoir et de le critiquer davantage.

Jasmine annonça d'une voix déçue : « Il est huit heures, il faut y aller. »

La valise contenant les brochures était ouverte sur la table. Jackie Bolton l'examinait, les mains enfoncées dans les poches. « Où sont les trucs marxistes ? demanda-t-il d'une voix dure.

– Nous avons pris une décision à ce sujet, rétorqua Jasmine, très fermement. Pas de propagande marxiste aux réunions de l'Aide à nos Alliés. C'est une mauvaise tactique.

– Bon Dieu de sociaux-démocrates, ricana Jackie. Vous ne valez pas mieux que la meute du Club du Livre de la Gauche. » Il se laissa secouer par un autre rire silencieux, les défia des yeux, mais n'insista pas : Jasmine attendait à la porte, la main posée sur l'interrupteur. William ferma la valise et ils sortirent tous ; Jasmine referma soigneusement la porte à clef.

Dans la rue, ils devinrent deux couples. Jasmine glissa la main sous le bras de Jackie, mais il feignit de ne pas s'en rendre compte, et elle laissa retomber sa main. Jasmine et Jackie marchaient de front, mais en laissant un intervalle d'un mètre entre eux ; Martha et William les suivaient en se tenant par le bras.

Lorsqu'ils arrivèrent au McGrath, Jackie annonça soudain par-dessus son épaule qu'il avait quelque chose à discuter avec Jasmine. William et Martha regardèrent l'autre couple s'installer à une table juste au-dessous de l'orchestre bruyant. Ils éprouvaient une tristesse réprobatrice devant la manière dont Jasmine avait succombé à Jackie.

Des rangées de sièges, tous occupés, remplissaient la salle de bal. C'était l'assemblée générale annuelle de la société. L'assistance était fort respectable. Ou plutôt, comme en jugea Martha après avoir jeté un coup d'œil à la ronde, c'était le public de l'Aide à nos Alliés. Elle avait cessé d'éprouver ce malaise secret en voyant comme les gens tombaient automatiquement dans des catégories : la preuve en était, dans ce cas particulier, la manière dont les publics de l'Aide à nos Alliés, des Amis de la Russie, ou du Club Progressiste se reconnaissaient immédiatement, tous liés entre eux par un invisible lien, même s'ils croyaient avoir choisi telle ou telle allégeance par un acte individuel de volonté. Martha était désormais convaincue qu'elle comprenait cette loi.

A la tribune ce soir siégeaient MM. Forester, Perr et Pyecroft, ainsi que quelques hommes d'affaires éminents, deux députés et deux pasteurs. Martha écouta les trois premières phrases du discours de M. Perr et, sachant ce qui allait suivre, cessa d'écouter.

La direction de l'hôtel avait oublié de fournir des tables pour la vente des brochures. Accompagnée de William, Martha alla en chercher. Lorsque les tables se trouvèrent en place de chaque côté de la porte, avec leur chargement de brochures, de boîtes et de soucoupes pleines de monnaie, et que William et elle eurent pris place pour procéder à la vente, l'intervention de M. Perr était terminée ; M. Forester donnait maintenant lecture du rapport du secrétaire, longue énumération de fêtes et de réceptions à venir. L'objet même de cette société était de recueillir des fonds pour la Russie (Russie, plutôt qu'*Union soviéti-*

que, pour éviter les associations d'idées déplaisantes qu'éveillait cette dernière appellation), et une somme d'argent considérable avait en effet été recueillie, qui serait acheminée le moment venu en Russie sous forme de matériel médical et pharmaceutique. Le trésorier, M. Pyecroft, entreprit ensuite d'analyser les chiffres.

Ces trois hommes, les trois animateurs de l'association « Aide à nos Alliés », étaient assis bien en vue autour d'une table de bridge, sur le devant de l'estrade. Derrière eux s'alignait une rangée de notables : le comité de patronage.

La partie ennuyeuse de la réunion était maintenant terminée. Le sujet suivant, à l'ordre du jour, était la « politique » : et tous s'attendaient à une bagarre. Il ne suffisait pas, en fin de compte, d'appeler simplement l'Union soviétique, *Russie.* Au milieu de la foule, Boris Krueger se leva et proposa que la société publie un livre constitué d'articles sur la Russie, et financé par des publicités de soutien, pour être diffusé massivement. Le comité avait discuté cette proposition un soir de la semaine précédente, de huit heures du soir à trois heures du matin, dans une atmosphère enfiévrée et malveillante. La faction représentée par MM. Perr, Forester et Pyecroft estimait que la vente d'un recueil d'articles serait interprétée comme une opération de propagande pour la Russie. La faction représentée par Krueger, Anton Hesse et Andrew McGrew rétorquait que ce serait purement objectif, et que cela n'avait rien à voir avec la propagande. Le fond de la querelle visait à déterminer qui prendrait le contrôle de l'association. Qu'il y eût querelle, cela échappait aux notables qui n'assistaient pas aux réunions du comité. Puisque le comité ne parvenait pas à se mettre d'accord, le combat allait maintenant devoir être porté devant l'assemblée. La proposition de Boris Krueger revenait à jeter le gant en public.

Martha n'écoutait toujours pas ce qui se disait : la plus brève des rencontres avec la politique suffit à enseigner que les paroles prononcées représentent la voie la plus longue vers la compréhension de ce qui se passe vraiment.

Le corps long et maigre de M. Perr, maintenant raide et crispé derrière la table, frémissait sous l'affront lancé à la droiture de ses objectifs ; la lumière étincelait sans cesse sur ses lunettes agitées. Puis, à plusieurs reprises, la silhouette également anguleuse de M. Forester changea brusquement de position, exprimant une extrême indignation. A côté d'eux, M. Pyecroft se dressa. Pendant quelques instants, les trois hommes se levèrent et se rassirent comme trois marionnettes manipulées par les ficelles de la contrariété. Leurs visages continuaient cependant à sourire en direction de l'assistance, avec une expression d'intimité, de déférence, mais aussi d'avertissement.

Boris Krueger s'était exprimé bien et calmement, sans que son visage pâle, plutôt lourd, intellectuel, se fût permis la moindre expression de concession démagogique, et Martha voyait bien que les gens installés sur les chaises, sous l'estrade, avaient réagi positivement à sa proposition. Mais à présent ils éprouvaient un certain malaise en observant la réaction excessive des trois dirigeants de l'association.

Boris se releva, non pour formuler de nouveaux arguments, car il répéta en termes différents ce qu'il avait déjà dit, mais pour renforcer l'image calme et objective qu'il offrait aux yeux du public. Les trois hommes assis sur l'estrade restèrent immobiles, dans des postures de colère et de mise en garde, tandis qu'une demi-douzaine de gens se levaient les uns après les autres dans l'assistance pour dire que la production de ce livre ne coûterait rien, puisque l'impression serait fournie gratuitement ; et la distribution serait évidemment assurée par les membres de l'association. Une voix ironique cria que les articles ne coûteraient rien non plus, car il apparaissait clairement que des tas de gens étaient disposés à les écrire pour rien ! Mais toute l'assistance se mit à rire : de ce rire qui fleurit dans les réunions publiques lorsqu'il s'est dit quelque chose qui aurait pu être dangereux, un rire un peu trop fort, tandis que chacun guette du coin de l'œil un encouragement chez son voisin. Cette hilarité générale entraîna chez les trois dirigeants de l'association installés sur l'estrade, un relâchement, une décontraction notable : en bref, ils s'accommoderaient de l'humeur de l'assistance. Ils s'étaient montrés trop sur la défensive.

M. Perr se leva pour déclarer, avec l'intonation conciliante et détendue qui convenait à son rôle de président, qu'il se rangerait à l'avis de la majorité. Avant qu'il se fût rassis, des gens se dressaient partout dans la salle pour lancer des suggestions quant à l'aspect pratique de l'affaire : la proposition avait été retenue sans vote.

A ce moment-là, Martha vit Jasmine et Jackie entrer par une porte latérale. La veste de Jackie était à nouveau déboutonnée, et son visage ironique et sombre exprimait déjà toutes sortes de mépris. Cet homme savait s'imposer avec une telle force que, malgré la discrétion de son entrée, tous les gens assis de son côté tournèrent la tête vers lui, tandis que les hommes assis sur l'estrade échangeaient des coups d'œil inquiets.

Jackie Bolton alla prendre place sur un siège libre en s'excusant avec des sourires et, à chaque fois qu'il le faisait, il fixait les yeux de la personne qu'il dérangeait jusqu'à l'instant où il choisissait de lui faire un signe de tête et de fixer le visage suivant. Il s'assit ensuite de telle manière que l'on pouvait s'attendre à le voir bondir, se lever d'un instant à l'autre pour prendre la parole.

Pendant ce temps, Jasmine avait pris place à côté de Martha derrière la table couverte de brochures. Son visage arborait exactement la même expression que celui de Jackie : un mépris conspirateur. Le courant de sympathie s'en trouva rompu entre les deux jeunes femmes, et Martha chuchota : « J'espère qu'il ne va pas parler. Ce n'est pas nécessaire. » La nuit précédente, le groupe avait décidé que le camarade Jackie ne prendrait la parole qu'en dernier recours ; et seulement pour avancer des faits, pas pour proférer des discours révolutionnaires ! On pouvait espérer que Jasmine avait expliqué tout cela à Jackie pendant qu'ils buvaient dans la pièce à côté ?

« Oh, commença Jasmine d'un air posé, cela ne leur fera pas de mal de s'entendre dire quelques bonnes vérités. »

On distinguait déjà la voix de Jackie. Nonchalamment adossé au mur du fond de la salle, il entamait ce discours qu'ils avaient unanimement rejeté comme étant d'un effet désastreux. Jackie avait deux voix. L'une était la version du langage de la haute société la plus correcte et la plus incolore qu'on pût imaginer. Il savait s'en servir doucereusement, pour neutraliser sa personnalité trop colorée ; et il savait aussi s'en servir avec des arrière-tons d'ironie, comme pour dire : Voilà comme je vous entends. (Il l'utilisait également, comme Martha l'avait observé rageusement, quand il se trouvait seul avec une femme.) Lorsqu'il choisissait d'être quelqu'un d'autre, son autre voix prenait les intonations populaires de la rue, d'où il était issu. Le mépris excessif qu'il exprimait dans son autre rôle se transformait en haussement d'épaules de saute-ruisseau anarchiste et bon enfant ; son être entier s'animait alors de critiques sous-entendues et acerbes. Il lui arrivait de renoncer à sa voix d'officier pour retomber dans ses intonations cockney, et ce retour étudié aux sources ouvrières avait d'admirables effets.

Mais ce soir il était ivre, et les deux voix, les deux personnalités, interféraient. Il proférait des attaques contre les dirigeants et le comité de l'Aide à nos Alliés. Ce n'étaient que des sociaux-démocrates lâches et trouillards ; lui, Jackie Bolton, au nom des masses opprimées du monde, réclamait un changement de politique radical, la fin de toutes ces tergiversations peureuses... Il aurait pu continuer ainsi pendant un certain temps, mais le président tapa sur la table. Un rire silencieux agita le corps de Jackie Bolton. Boris Krueger se dressa alors, sans plus de calme ni de dignité, et s'en prit directement à Jackie en déclarant qu'il serait le premier à sympathiser avec quiconque souhaitait libérer les masses opprimées de leurs chaînes, mais que ce n'était là ni le lieu ni l'heure... Le président frappa à nouveau sur la table. Ni Boris ni Jackie ne se rassirent : ils se faisaient face par-dessus les têtes de la foule silencieuse et désemparée.

« Si vous ne vous asseyez pas, je vais... », commença le président, puis il s'interrompit. Il avait perdu le contrôle de lui-même, et Jackie Bolton se mit à rire ouvertement en le dévisageant.

« Asseyez-vous, cria le président.

— Je crois comprendre, observa aimablement Jackie, que vous êtes convenus de publier l'opuscule. Dans ce cas, je propose qu'un sous-comité soit nommé pour le réaliser. J'avance les noms suivants pour qu'on les élise. » Il proposait : Jasmine Cohen, Anton Hesse, Andrew McGrew, Martha Knowell, Marjorie Pratt et – là ses épaules furent secouées par une bonne humeur ironique – “moi-même” ».

M. Perr se leva alors pour déclarer qu'on n'avait pas encore voté pour décider si l'on publierait ce livre ou non. L'assistance entière s'ébroua avec embarras, comme pour s'en aller. William se dressa alors de derrière sa table couverte de brochures, pour observer qu'avant l'intervention du pilote Bolton, il avait été reconnu qu'un vote serait inutile. Il ne voyait pas pourquoi ce vote devenait soudain nécessaire. Il se rassit et adressa un sourire complice et insolent à Martha. Elle comprit qu'il s'était porté au secours d'un camarade, et qu'il désapprouvait Jackie autant qu'elle-même. Mais ce sourire d'écolier lui déplut ; elle avait honte de toute association avec Bolton – et honte d'avoir honte puisque, étant membre du groupe, elle était responsable de lui.

Sur l'estrade, les trois hommes conféraient à voix basse. M. Perr se leva et déclara qu'il lui était impossible de participer à un comité que les communistes manipulaient à leurs propres fins. Il fallait se débarrasser d'eux, ou bien il se verrait contraint de présenter sa démission. Il resta debout tandis que MM. Forester et Pyecroft proposaient également de démissionner. Un long silence suivit, pendant lequel ils fixèrent un regard impérieux sur Jackie, apparemment dans l'attente de le voir démissionner.

Jasmine, de son côté, adressait des signaux désespérés à Jackie pour lui enjoindre de démissionner dans l'intérêt de l'association. Mais il répondit par un regard de défi ouvert.

Le silence se poursuivait. Les trois hommes s'excusèrent et quittèrent la salle, abandonnant la tribune. Nul ne semblait savoir que faire ensuite.

Anton Hesse se leva, mais Boris Krueger le devança. Boris déclara que cet incident était extrêmement regrettable ; tout le monde devait espérer que MM. Forester, Perr et Pyecroft reviendraient sur leur décision. En attendant, il fallait élire un président provisoire, afin que le comité pût nommer de nouveaux responsables. A ces mots, un pasteur qui figurait parmi la brochette des notables du comité de patronage se leva pour observer qu'il était lui- même incapable de comprendre pourquoi un tel orage avait éclaté dans ce ciel serein, mais qu'il lui paraissait essentiel de faire vivre cette association, qui œuvrait utilement pour l'effort de guerre ; il souhaitait appuyer la suggestion du dernier orateur quant à l'élection d'un président provisoire. Et il désirait proposer la nomination de M. Krueger à cette fonction.

Il s'exprimait d'une voix tout à la fois solennelle et douce, sur un ton d'excuse. Et les visages de notables qui l'entouraient arboraient une expression de douceur et d'excuse analogue. Les gens acquiesçaient et souriaient pour tenter de sauver la situation par l'humour. Mais c'était peine perdue : tout sonnait faux.

Puisqu'il n'existait aucune dissension, Boris Krueger grimpa sur l'estrade et déclara qu'il faudrait tout tenter pour faire revenir ces messieurs sur leurs décisions, mais qu'en attendant il invitait l'assistance à nommer des remplaçants. Il resta là, debout, à attendre.

Personne ne parlait. Il y avait peut-être là six cents personnes entassées sous le plafond or et chocolat de la salle de bal du McGrath, et tous gardaient le silence.

Anton Hesse se leva et suggéra avec son habituelle correction que peut-être certains membres du comité de patronage consentiraient à faire office de directeurs ? Martha comprit qu'Anton craignait de perdre l'appui de tous ces notables. Boris se retourna pour consulter la douzaine de personnes qui siégeaient derrière lui. Ils secouèrent tous la tête, l'un après l'autre ; mais impossible de discerner si c'était parce que leurs activités ne leur permettaient pas d'entreprendre cette tâche supplémentaire, ou parce qu'ils envisageaient eux aussi de démissionner. Sur la plupart de ces visages, le dégoût se mêlait à l'humour qu'ils persistaient à arborer face à l'assistance. Anton se leva de nouveau pour inviter le révérend M. Gates (qui venait de prendre la parole) à présider. Après un moment d'hésitation, M. Gates accepta d'agir comme président provisoire, et Anton se rassit avec un air de satisfaction qui enseigna à Martha qu'elle avait sous-estimé le danger de voir démissionner en bloc tout le comité de patronage. Elle avait appris à profondément respecter le flair politique d'Anton en dépit, ou peut-être à cause du formalisme glacial de ce grand Allemand maigre et guindé qui lui inspirait encore un peu de frayeur, alors qu'elle le voyait chaque jour depuis des mois.

Boris Krueger redescendit, et M. Gates invita de nouveau l'assistance à nommer des remplaçants. Un homme que personne ne connaissait suggéra que le dernier orateur fût désigné comme secrétaire. Anton se leva et observa d'une voix lisse qu'il était allemand, donc un étranger ennemi, et qu'il n'était manifestement guère souhaitable que cette association eût pour secrétaire quelqu'un comme lui- même. Il se rassit. La froide amertume de ses paroles provoqua un vif sentiment de culpabilité dans toute l'assistance. Une jeune fille se leva et déclara impulsivement qu'elle ne voyait pas pourquoi une victime d'Hitler ne serait pas secrétaire d'une association dont les objectifs étaient, somme toute, de vaincre Hitler, n'est-ce pas ? Mais le silence qui suivit son intervention restait empreint d'un malaise persistant. Des rumeurs s'acharnaient contre tous les étrangers qui séjournaient dans la ville, faisant d'eux des agents ennemis. Et Anton Hesse ne faisait pas exception. Sachant cela, et sachant également qu'on le soupçonnait lui-même d'être à la solde de l'Allemagne, Boris Krueger se leva pour exprimer publiquement son soutien à Anton bien que leur désaccord politique eût empêché les deux hommes de s'adresser la parole depuis plusieurs mois. Boris affirma qu'Anton avait raison : étant lui-même étranger, il pouvait se permettre ce genre d'observation sans être suspect de préjudice : et il désirait profiter de cette occasion pour dire comme il était heureux que M. Gates eût accepté de présider, car il était extrêmement peu souhaitable qu'un étranger fût président, même à titre provisoire, d'une telle association. Il avait voulu paraître magnanime, mais son sourire exprimait un vif embarras et ses lunettes étincelaient. M. Gates remercia M. Krueger pour ses observations « avec lesquelles il n'était pas nécessairement d'accord » – et de nouveau pria l'assemblée de procéder à des nominations. De nouveau le silence tomba.

Voyant cela, William proposa Jasmine comme secrétaire. Elle avait démissionné de ce poste trois mois auparavant parce qu'elle était également secrétaire de l'association Sympathisants de la Russie mais, lorsqu'une douzaine de mains s'élevèrent dans la salle pour appuyer la proposition, elle hocha la tête en signe d'acquiescement.

Restait encore la fonction de trésorier. On convint que le comité aurait tout pouvoir d'en désigner un par cooptation.

M. Gates annonça ensuite la question suivante

inscrite à l'ordre du jour, et qui consistait en une allocution de M. Horace Packer, député, sur le déroulement de la guerre sur le front russe. Une tempête d'applaudissements soulagés retentit ; alors qu'un instant plus tôt, ils avaient paru sur le point de s'éclipser discrètement, les gens se carrèrent à nouveau sur leurs sièges.

Jackie Bolton, qui était resté souriant à sa place comme si tous ces désagréments n'avaient rien eu à voir avec lui, se leva alors avec une désinvolture étudiée et commença à se frayer un chemin dans les rangs ; il s'approcha de Martha et de Jasmine, posa la main sur l'épaule de cette dernière, et déclara : « Je dois absolument rentrer au camp pour minuit. Il faut que nous réunissions le groupe d'urgence. Rassemblez-les, voulez-vous ? »

Manifestement déchirée par le conflit qui opposait son amour pour Jackie à sa totale réprobation, Jasmine répondit avec embarras : « Voyons, Jackie, comment pourrions-nous partir maintenant ?

– Oh, il n'y a qu'à trouver quelqu'un d'autre pour s'occuper des brochures.

– Nous pourrons partir dès la fin de la séance.

– Non. Il vaut mieux nous retrouver tout de suite dans le parc.

– Mais pourquoi ?

– C'est plus sûr », rétorqua Jackie d'un air important.

Les regards de Jasmine et de Martha se croisèrent involontairement, mus par leur commune réprobation de toute cette mise en scène, mais Jasmine céda : « Bon. Mais il vaut mieux que nous sortions séparément. »

Jackie Bolton sortit, suivi des yeux par l'assistance entière. Jasmine entreprit de rédiger une série de petits mots pour Andrew McGrew, Anton

Hesse, et Marjorie Pratt ; elle les plia soigneusement et les tendit aux personnes assises en bout de rangée, avec le nom de chaque destinataire bien clairement indiqué, comme elle eût lâché dans l'air trois pigeons voyageurs. Puis elle s'approcha d'un jeune aviateur qui avait manifesté une ardente bonne volonté dans le passé, et lui confia la charge de vendre les brochures ; ayant pris toutes ces dispositions, elle fit signe à Martha et à William. Martha, William et Jasmine quittèrent silencieusement la salle sur les traces de Jackie. Anton, Andrew et Marjorie déchiffraient déjà leurs messages et jetaient des coups d'œil en direction de la porte. Avec une discrétion voyante, le « groupe » quittait en bloc la réunion.

Jasmine rejoignit Jackie, qui fumait rêveusement devant le McGrath. Cette fois, ce fut lui qui lui prit le bras – non pour s'excuser, on ne pouvait guère en attendre autant de Jackie Bolton, mais pour afficher railleusement leur intimité. Jasmine déclara immédiatement : « Jackie, tu t'es très mal comporté. » Il répondit par un rire blessant, et ils s'éloignèrent tous deux en direction du parc. Martha et William suivaient. A l'intérieur du McGrath, le discours de M. Horace Packer remportait un grand succès. Des tempêtes d'applaudissements éclataient à tout instant. De l'extérieur, on eût dit une violente pluie sur un toit de tôle : les crépitements ténus de chaque goutte sur le métal s'additionnaient dans un tintamarre croissant de déluge torrentiel. Martha leva instinctivement les yeux pour inspecter le ciel, où la lune resplendissait paisiblement.

« Pourquoi le parc ? demanda-t-elle d'une voix faussement gaie où perçait l'irritation.

– Il a des nouvelles. Des vraies.

– *Quelles* nouvelles ?

– Oh, peut-être que finalement ce ne sera pas grand-chose ? »

Toute l'insatisfaction que ressentait Martha à l'égard de Jackie, et de William aussi puisqu'il s'associait à Jackie, s'exprima dans cette réflexion : « Il n'a aucun sens de la discipline. Ce n'est vraiment qu'un anarchiste. »

Mais William répondit sur un ton d'homme qui ménage une femme : « Pourquoi es-tu si fâchée, Matty ? » Et il esquissa quelques pas de danse sur le trottoir.

Sentant qu'il la ménageait, elle se remémora le nombre de fois où, ces derniers temps, William lui avait rappelé Douglas. Elle fit donc comme lui, et entreprit de lui raconter une anecdote piquante et drôle survenue le matin au bureau car – bien qu'elle ne se le fût pas encore avoué, ce n'était pas la peine de détester William puisque de toute façon il s'en irait bientôt.

Ils atteignirent ainsi la grille largement ouverte du parc, en échangeant des nouvelles anodines. Les cimes des conifères s'élançaient vers le clair de lune. Sous les arbres, la robe claire de Jasmine, tachée d'ombre et de lumière, semblait flotter au côté de la haute silhouette sombre de Jackie. Martha sentit sous ses pas l'élasticité d'un tapis d'aiguilles de pin, et observa son ombre noire qui glissait et se brisait sur les troncs des arbres.

Les deux couples se retrouvèrent dans une allée blanche et irisée sous l'éclat de la lune, bordée d'épais massifs de balisiers qui se découpaient sur l'ombre.

« Les autres ne vont pas savoir où nous sommes, observa Martha.

– Eh bien, ils nous chercheront », répliqua Jackie en riant.

Il y avait un banc sur l'herbe, au bord du chemin. Jackie enjamba le massif de fleurs pour s'asseoir sur le banc. Sur le dossier, un panneau indiquait : Réservé aux Européens. Il se raidit instinctivement et s'en détourna. Dans la lumière de la lune, son visage exprimait une répugnance manifeste. Lorsqu'il s'aperçut que les autres l'observaient, qu'ils avaient remarqué ce qu'il éprouvait à l'égard de ce banc, il s'écria d'une voix théâtrale : Saloperies de fascistes blancs. Puis, pour la première fois de la soirée, il parut mal à son aise ; et il s'éloigna au-devant d'eux, en direction d'un petit pavillon chinois qui se dressait au bout de l'allée, entouré de massifs de fleurs. L'air de la nuit s'alourdissait de parfums mêlés. Dans ce pavillon, la fanfare du régiment africain jouait le dimanche après-midi tandis que les gens de la ville, étendus sur l'herbe ou sur des chaises longues, bavardaient en mangeant des glaces.

Jackie s'assit sur l'herbe froide et sèche, à côté du kiosque à musique, et les autres le rejoignirent. Presque aussitôt, William se releva d'un bond en déclarant qu'il devait aller chercher le reste du groupe, et s'en alla. Quelque chose de pompeux dans son attitude déplut à Martha, mais elle choisit de ne pas s'y attarder ; Jackie le suivit toutefois des yeux en souriant, et observa : Sergent Brown, fonctionnaire. La lueur aiguë de la lune creusait des lignes et des plis dramatiques sur son visage sombre. Il sourit aux deux filles, l'une après l'autre, comme s'il n'avait été engagé auprès d'aucune. Il redevenait soudain simple, naturel, direct. Cet homme-là serait toujours plus à son aise seul au milieu de femmes. « Quand je serai parti d'ici, commença-t-il d'une voix douce, je me rappellerai toujours ce parc. »

Il y passait tout son temps libre, couché sur l'herbe, avec une anthologie de poésie.

La respiration de Jasmine s'altéra ; il s'en rendit compte, se souvenant que l'éventualité de son départ la concernait aussi, et lui prit les mains.

Il plongea son regard dans l'illumination solennelle du ciel et commença à réciter un poème.

Sa voix se perdit dans un vrombissement : un avion passa au ras des cimes, dans le clignotement de ses feux d'atterrissage.

Jackie s'interrompit pour déclarer en cockney : « Avec la moitié seulement d'une aile de cette foutue bécane, on pourrait reconstruire une rue entière dans les foutus taudis où crèche ma mère. » Il proféra ces paroles avec un sérieux glacial. Il attendit que l'appareil eût disparu derrière les arbres, argenté dans la lumière blanche, et reprit son poème où il l'avait interrompu sur le même ton qu'auparavant. Guidé par William, le reste du groupe approchait parmi les ombres ; mais Jackie poursuivit imperturbablement et n'éleva la voix à leur intention que lorsque Anton, Marjorie, Andrew et William les eurent rejoints.

Il s'arrêta cependant, et ajouta en riant : « Mais c'est contre-révolutionnaire, bien sûr. »

Contrarié, Andrew s'enquit d'une voix rogue : « Qu'est-ce que c'est, une soirée récréative ? »

Anton Hesse, le cheveu blanchi par l'éclat de la lune et l'œil étincelant de fureur réprobatrice, demanda : « Pourquoi cette réunion ici ? Pourquoi nous avoir fait quitter l'autre réunion pour venir jusqu'ici ? »

Jackie répliqua : « Parce que j'ai pensé qu'il serait plus agréable de s'asseoir dans le parc que dans ce petit bureau crasseux. »

Jasmine affirma farouchement : « Il faut élire un président. » L'intonation indiquait clairement qu'elle n'entendait pas se laisser empêcher, par la poésie ni par rien d'autre, de critiquer Jackie comme elle en avait décidé.

« Andrew », proposa Marjorie. Ils furent unanimes. Ils étaient à présent tous assis en cercle.

« Bien. Camarade Jackie », commença Andrew d'une voix que la contrariété rendait bourrue, « c'est toi qui as pris l'initiative de cette réunion. Je tiens tout d'abord à dire que si tu nous as fait venir jusqu'ici pour admirer le clair de lune, je demande que soit votée une motion de censure. » La solennité du ton sonnait si ridiculement dans ce grand parc, qu'il ajouta en souriant : « Mais seulement par pure forme. »

Ils se mirent tous à rire et redevinrent aussitôt le « groupe ».

« En tout cas, affirma Jackie, tous ces sociaux-démocrates et ces trotskistes nous espionnent. J'ai attrapé Boris hier qui rôdait au Black Ally. »

Le groupe se resserra encore davantage.

« Je vous ai fait venir ici, reprit Jackie en baissant la voix, pour vous signaler que nous risquons tous, nous les appelés, d'être mutés d'un jour à l'autre.

– Qu'est-ce qui te le fait penser ? » s'enquit le caporal McGrew, inquiet. Seul de tout le camp, il aimait la colonie et n'éprouvait aucune envie d'en partir.

« J'ai coincé le jeune Peters à la cantine, et je lui ai fait cracher le morceau. » Un chœur d'exclamations méprisantes s'éleva aussitôt. Un grand nombre de soldats assistaient aux réunions du Club Progressiste, pour la plupart aviateurs, et d'un genre bien défini : cela n'apparut cependant pas clairement avant qu'un certain sergent Peters commençât d'y venir aussi : il différait tellement des autres que force leur fut de procéder à des comparaisons. C'était un jeune homme tiré à quatre épingles, presque maniéré, qui avait pour habitude de se pencher en avant pour étudier une question, la tête inclinée sur le côté, avec un sourire déplaisant sur ses petites lèvres roses, en disant : « Dois-je comprendre que vous entendez par là... ? » Jackie Bolton dont le génie particulier consistait à savoir établir une intimité adroite et persuasive avec les gens, était rentré un soir au camp dans le car qui effectuait la navette, en compagnie de ce jeune homme encore tout indigné parce que Andrew McGrew l'avait désigné dans la salle, pendant la réunion, comme typique produit de la bourgeoisie malhonnête et corrompue. Le sergent Peters était un peu ivre. Il avait confié à Jackie que le commandant du camp l'avait chargé d'assister à toutes les réunions « rouges » qui se tenaient en ville pour relever les noms des aviateurs présents. Il exhiba une liste de ces noms, avec un bref résumé de chaque intervention. Le jovial mépris que lui manifesta Jackie ne parut guère l'affecter ; et à dater de là se créa une étrange situation : sans cesser de renseigner le commandant sur ses camarades, cet espion-né allait immédiatement trouver Jackie Bolton pour lui répéter tout ce qu'il avait dit car, comme il l'expliquait : « Si le gouvernement travailliste passe et que vous, les Rouges, vous prenez le pouvoir, les choses pourraient changer sérieusement en Angleterre, et je ne tiens pas à me trouver du mauvais côté. »

« Il m'a dit que William et moi sommes bons pour le grand saut. Le commandant s'est mis dans la tête que nous sommes extrêmement subversifs.

– A voir la manière dont tu t'es comporté ce soir, je ne m'en étonne guère, observa Andrew.

– Oui », intervint Jasmine d'une voix ferme, se faisant violence pour critiquer l'homme avec qui elle vivait tout en refoulant ses larmes à l'idée qu'il allait partir. « Il faut que nous parlions de ton comportement, Jackie.

– Une chose est claire, ajouta Martha. Comme tu vas partir, tu te moques bien des difficultés que tu nous prépares.

– Oh, je ne vais pas me laisser ennuyer par ces petites histoires de province », déclara Jackie d'un air suffisant. Il se leva et s'éloigna à grands pas, les mains profondément enfoncées dans ses poches, en sifflotant.

Les six autres gardèrent le silence ; puisque le camarade Bolton les quittait, ils convenaient tacitement d'abandonner le sujet.

Le camarade Bolton marchait à présent le long des massifs de fleurs éclairés par la lune comme s'il avait simplement pris plaisir à se promener le soir après dîner.

Anton Hesse, qui n'avait jusqu'alors pas dit un mot, éleva la voix : « Camarades, permettez-moi de parler. » Il manifestait une colère froide et méprisante, qui ranima leur sens des responsabilités.

« Camarade Anton », répondit Andrew avec cet arrière-ton d'ironie qu'il prenait toujours lorsqu'il s'agissait d'Anton.

« Nous nous sommes conduits comme une bande d'amateurs...

– Je suis d'accord », l'interrompit aussitôt Jasmine d'une voix ardente. Ses yeux suivaient la silhouette sombre de Jackie, tout au bout de l'allée. Elle avait le visage contracté de souffrance, mais elle écoutait quand même attentivement le raisonnement : « Nous avons commis toutes les erreurs possibles. Nous avions décidé, à juste titre, que l'Aide à nos Alliés devait rester apolitique et respectable, car elle avait pour but de recueillir des fonds destinés à envoyer du matériel médical en Union soviétique et rien d'autre, et qu'elle devait donc être dirigée par ce lot de sociaux-démocrates – sous notre houlette, bien entendu. Maintenant, par la faute du camarade Bolton, elle va très certainement perdre tous ses appuis ; le trotskiste Krueger en aura le contrôle parce qu'il est en cheville avec Gates, à moins que Jasmine consacre tout son temps à le tenir en main : Jasmine a accepté d'en être secrétaire à nouveau alors qu'elle a déjà bien trop à faire.

– Oh, cela m'est égal », déclara alors Jasmine d'une voix paisible. « Je peux me débrouiller.

– Non, riposta sèchement Anton. C'est absurde. L'essence même d'une bonne organisation, c'est de ne jamais rien faire qu'un autre pourrait faire aussi bien à ta place. » Ils éclatèrent de rire, mais Anton poursuivit : « Oui, vous pouvez rire. Mais vous ne ririez pas si vous étiez plus mûrs. Le problème fondamental, c'est que nous avons négligé notre théorie. Le genre de chose qui s'est produite ce soir résulte directement du fait que nous n'avons pas sérieusement analysé la situation... »

Ils sourirent : l'expression « analyser la situation » était typique d'Anton.

« Oui, camarades. Analyser la situation. Et dès maintenant. Il va bientôt être onze heures et les camarades aviateurs doivent prendre leur car. Mais je propose que nous tenions une réunion pour réorganiser fondamentalement le travail du groupe. Car les choses ne peuvent pas continuer ainsi. »

Jackie Bolton rejoignit alors le groupe et s'assit auprès de William au lieu de reprendre sa place à côté de Jasmine. Les deux hommes semblaient déjà prendre leurs distances vis-à-vis des autres. Ils sentaient que Jackie avait fait ses adieux au parc et, d'une certaine manière, à eux tous : il songeait déjà au prochain endroit où les hasards de la guerre le parachuteraient.

« Très bien, approuva Andrew. Je suis d'accord

avec le camarade Anton. » Andrew et Anton étaient toujours d'accord l'un avec l'autre, bien qu'ils ne pussent échanger deux mots sans qu'aussitôt l'hostilité perçât dans leur voix. « Il faut que nous tenions une réunion extraordinaire. Je suppose que personne n'y voit d'objection. Demain soir, il y a réunion du comité du Club Progressiste. Après- demain, réunion des Amis de la Russie à cinq heures. A huit heures, réunion spéciale du groupe au local. Présence obligatoire. Aucune excuse ne sera acceptée. » Il se leva et déclara aux deux autres hommes du camp : « Nous allons rater le car. »

Les trois aviateurs formaient alors un groupe séparé des civils, sous l'autorité de Jackie qui annonça en cockney : « En route, les gars, c'est plus le moment de traîner. » Ils disparurent parmi les ombres et les arbres. Restaient Anton et les trois jeunes femmes. Anton les salua d'un signe de tête, cérémonieusement, et s'éloigna sans proposer d'en raccompagner aucune. Les filles se séparèrent : Jasmine pour rentrer chez elle où seul le silence l'accueillerait ; Marjorie, à son foyer de jeunes filles ; et Martha dans la chambre qu'elle louait chez la veuve Carson, tout près de là, juste en face d'une des entrées du parc.

Martha songeait : Il faut que je marche lentement pour profiter du clair de lune. Elle se rendait compte que, dès l'instant où elle quittait le groupe, elle se sentait abandonnée comme si un appui physique lui eût été ôté. « Je ne suis pas assez seule – je devrais me réjouir quand cela m'arrive. » Mais elle courait presque en traversant le parc. Comme toujours, un démon d'impatience la pourchassait, la projetait dans l'avenir. L'insatisfaction créée par la soirée, par l'attitude de Jackie Bolton, par les mois passés au sein du groupe, s'était cristallisée dans la forme même des paroles qu'avait prononcées Anton Hesse. Ils s'étaient conduits comme une bande d'amateurs. Bon, après-demain, une sérieuse analyse les remettrait dans le droit chemin ; en s'insinuant dans son esprit, ces mots semblaient faire rétrécir et disparaître tous ces mois passés. En se promenant dans le parc deux jours auparavant, Jasmine et Martha avaient estimé d'un commun accord, comme en parlant d'une période fort ancienne, qu'elles avaient agi de manière romanesque et irréfléchie en se joignant au groupe. Cette conversation avec Jasmine paraissait déjà bien lointaine. Tant d'expérience et de savoir s'étaient accumulés chaque jour, depuis maintenant quatre mois qu'elle avait quitté la maison de son mari, qu'elle se considérait comme une personne totalement différente.

Le portail blanc de la maison de Mme Carson luisait un peu plus loin. A présent, Martha marchait lentement. Elle savait qu'à peine arrivée, elle s'écroulerait sur son lit et s'endormirait, et elle voulait réfléchir, car elle venait d'apprendre le départ imminent de William et sentait qu'elle aurait dû en être affectée. Mais elle ne l'était nullement. Elle éprouvait un soulagement. Deux jours plus tôt, William était venu l'avertir dans sa chambre qu'il avait « de bonnes raisons de croire » que Douglas, son mari, avait exercé des pressions sur les autorités militaires pour le faire muter. Plus encore, qu'il « avait la preuve » que Douglas envisageait de le citer comme complice d'adultère pour obtenir le divorce. Martha avait écouté William avec, à son égard, un sentiment de répulsion. Elle éprouvait un tel mépris, instinctif et profond, pour les pressions que la société pouvait exercer sur elle, qu'elle méprisait tout aussi instinctivement quiconque s'y pliait.

Lorsque Douglas l'avait menacée de mettre en

branle les rouages de la justice, elle avait haussé les épaules en riant. Maintenant que William parlait de « consulter un avocat » – et comprenant qu'il aimait l'idée de se battre avec Douglas pour s'attribuer la possession d'elle-même – Martha, pendant quelques instants, avait vu les deux hommes se fondre en un, identiques à la matière pompeuse, hypocrite et essentiellement mâle de la société. Et c'était la raison du soulagement qu'elle éprouvait à l'idée que William s'en allait. Pourtant, dans l'optique de cette petite ville, « Matty Knowell avait quitté son mari et son enfant pour un sergent de l'armée de l'air. » Elle parvenait à refouler son épouvante, à cette vue d'elle-même, en ne pensant jamais aux gens qui, si peu de temps auparavant, avaient constitué toute sa vie. Elle vivait dans le « groupe » et ne se souciait pas du jugement des autres. Elle cultivait le sentiment d'être invisible à tous, sauf au groupe.

Elle s'immobilisa devant le portail de Mme Carson, car ce qu'elle appelait « l'affrontement Carson » lui devenait chaque jour plus pénible. Tellement pénible qu'elle fit brusquement volte-face pour effectuer le tour du pâté de maisons et rassembler ainsi toute son énergie pour ce qui risquait de suivre.

En louant la chambre, Martha avait informé la veuve qu'elle comptait vivre avec William Brown ; elle l'avait proclamé sur un ton de défi : Mme Carson représentait en cet instant la société qu'elle méprisait. Mais Mme Carson avait à peine paru intriguée. Les irrégularités de conduite sous les apparences du conformisme se toléraient plus aisément dans cette ville coloniale que, par exemple, dans une petite ville d'Angleterre, mais elles ne prenaient pas la forme qu'exigeait Martha pour elle-même. Mme Carson avait un jour demandé à Martha si elle comptait épouser le sergent Brown après la guerre, mais quand Martha, manifestement irritée, lui avait répondu qu'elle n'en savait rien, Mme Carson avait observé en soupirant que sa propre fille, désormais heureuse et mariée à un industriel de Johannesburg, avait bien souffert lors de ses deux premiers mariages. Martha ne parut pas y déceler la moindre similitude. Mme Carson s'était demandé si peut-être Martha croyait à l'amour libre, mais l'expression même impliquait des associations qui ne correspondaient guère aux manières de Martha — désespérément peu frivoles. Elle cessa donc d'y songer ; elle retourna à ses préoccupations personnelles et ne s'intéressa plus à Martha que dans la mesure où celle-ci y entrerait avec elle.

La première nuit que Martha passa chez Mme Carson, elle s'éveilla à deux heures du matin en entendant du bruit dans le couloir, devant sa porte. Elle découvrit la silhouette décharnée de sa logeuse, revêtue d'un peignoir en cretonne et l'oreille collée au trou de serrure de la porte qui menait à la véranda. Mme Carson, avec ses cheveux gris entortillés dans des papillotes tout autour de son visage osseux et grisâtre, lui avait pris le bras entre ses deux mains tremblantes, et demandé : « Avez-vous entendu ce bruit ? » Martha avait alors reconnu une forme de névrose hélas trop familière. La vie de Mme Carson n'était qu'un long drame, qu'une longue lutte contre les fantasmes suscités par ses domestiques. Elle n'en gardait jamais aucun plus d'un mois : ils s'en allaient presque toujours dans un état d'effarement total.

Son mari lui avait laissé de quoi vivre sans soucis, et Mme Carson ne louait une chambre que par crainte d'être seule la nuit. Elle ne se couchait jamais avant que Martha fût rentrée, seule ou avec William, puis elle tirait de lourdes barres de fer en travers des portes et ajustait sur les fenêtres des volets d'acier fabriqués tout exprès. Elle s'endormait dans une forteresse. Pourtant, Martha avait plus d'une fois vu Mme Carson, immobile au milieu de la nuit sous le grand jacaranda du jardin, devant le portail, et contemplant la maison. Elle était plongée dans quelque rêve où un maraudeur noir s'introduisait dans la maison en dépit de toutes les barres de fer et les barricades, et la trouvait vide. Quant à Martha, elle dormait comme toujours en laissant ouvertes portes et fenêtres, mais elle promettait à Mme Carson de fermer à clef la porte qui séparait sa chambre du reste de la maison.

L'effort que faisait Martha ne consistait point à rassembler son énergie pour affronter, par pure charité, Mme Carson et plonger dans le monde intime de cette femme malade, mais plutôt à comparer sa propre vision du monde à celle de l'autre. Mme Carson, se répétait-elle, était le produit d'un certain type de société, et les Mme Carson cesseraient d'exister quand cette société viendrait à disparaître. Martha ne devait sa patience envers cette femme obsédée qu'à la certitude de voir au travers d'elle une variété de dinosaure psychologique. Mais plus d'une fois, après avoir rassuré Mme Carson barricadée derrière ses portes et ses fenêtres et lui avoir juré qu'aucun homme noir aux intentions diaboliques ne rôdait alentour, elle avait regagné sa chambre dans un état de violent désespoir. Les ailes de l'enthousiasme s'étaient dérobées sous elle. Elle se surprenait même à songer : Supposons qu'elle soit plus forte que nous ?

Ainsi donc, lorsqu'elle était seule et privée du réconfort de William, elle se raidissait toujours avant de pénétrer dans la grande maison vide, et renforçait les contreforts et les arcs-boutants de son propre rêve : là-bas, se répétait-elle en songeant à l'Union soviétique, là-bas c'est terminé, toutes ces histoires de racisme et d'antisémitisme.

Elle fit le tour du pâté de maisons d'un pas vif, frissonnant un peu, car la clarté lunaire glaçait tout et elle n'avait point emporté de manteau. Elle avait eu l'intention de gagner sa chambre sans bruit, mais la porte d'entrée était légèrement entrouverte, et elle comprit que Mme Carson l'attendait dans l'obscurité. Elle poussa délicatement la porte et sa logeuse chuchota : « Oh, c'est bien vous, n'est-ce pas ? » Martha sentit des doigts maigres et tremblants lui enserrer le bras, et répondit d'une voix enjouée : « Oui, oui, c'est moi. » Elle alluma la lumière de sa main restée libre, et les barres de fer étincelèrent tandis qu'apparaissaient le papier à fleurs du couloir et un grand vase de cuivre bien astiqué, plein de zinnias et de soucis. Mme Carson portait son peignoir de cretonne, et ses cheveux s'entortillaient sur des papillotes. « Vous n'avez rien observé, en entrant ? » s'enquit-elle, le visage pâle et hagard, les yeux enfiévrés dans leurs profondes orbites.

« Rien, absolument rien. Vous devriez vous coucher, à présent.

– Saul m'a regardée d'un air très étrange, aujourd'hui.

– Vous avez dû l'imaginer.

– Je vais le chasser dès demain. Il a des idées derrière la tête. Je le vois bien.

– Je vais mettre les barres en place, et puis vous pourrez vous coucher », déclara Martha.

Mme Carson la remercia d'une voix désappointée, comme toujours, car Martha ne lui avait pas dit ce qu'elle voulait entendre. Elle ajouta soudain, d'une voix normale : « Vous avez une visite.

– Qui ?

– Oui, il y a de la visite pour vous. » Puis, d'une voix où perçait à nouveau l'obsession : « Vous n'oublierez pas de fermer votre porte à clef, n'est-ce pas ?

– Non, je vous le promets. »

Mme Carson savait que Martha laissait la porte ouverte pour dormir mais, tant qu'elle s'entendait affirmer que la porte serait fermée, elle paraissait satisfaite.

« Je chasserai Saul demain matin. Cet après-midi, j'ai vu un garçon qui avait l'air très bien et qui cherchait du travail. Je vais le prendre à l'essai. »

Le visiteur de Martha était son mari.

Douglas s'était assis dos à la fenêtre, de manière à pouvoir observer les deux portes. A son attitude soupçonneuse et tendue, Martha comprit qu'il devait l'attendre depuis un certain temps et qu'il s'était délibérément « mis en condition », comme elle disait. Son visage arborait cette expression de colère boudeuse qui empêchait Martha de prendre au sérieux ce qu'il pourrait dire.

« Navré de te rendre visite à une heure indue », commença-t-il. Comme elle ne répondait rien, il insista : « Cela aurait pu te déranger.

– Pas du tout », répliqua-t-elle, retombant automatiquement dans une politesse artificielle.

Il suggéra avec une amertume complaisante : « William aurait pu être ici avec toi.

– Evidemment », rétorqua Martha froidement. Elle s'assit à l'autre bout de la pliêce. Ses genoux tremblaient, et elle en éprouvait une vive contrariété. Il lui avait fallu longtemps pour admettre que Douglas provoquait une peur physique en elle, mais le fait de l'admettre ne faisait qu'exacerber les choses au lieu de les atténuer.

Elle l'avait revu trois fois depuis son départ du domicile conjugal.

La première fois, une quinzaine de jours après leur séparation, il était arrivé un dimanche matin et lui avait proposé de faire une promenade en voiture avec lui. Il se comportait avec une simplicité sympathique qui lui avait plu. Et elle aurait accepté son offre si elle n'avait pas eu ce matin-là une réunion de groupe. Douglas à peine parti, elle avait envisagé de retourner vivre avec lui. Et pendant quelques jours elle avait souffert profondément : cette chaleureuse simplicité lui avait fait penser à son enfant. La plupart du temps, elle prenait grand soin de refouler le souvenir de Caroline. Un jour que la petite fille lui manquait violemment, elle avait emprunté la voiture de Jasmine pour passer et repasser devant la maison, afin de regarder Caroline qui jouait dans le jardin avec la bonne d'enfant. Ce spectacle l'avait troublée, car elle ne s'était pas sentie aussi malheureuse qu'elle s'y était attendue. Elle avait poursuivi son manège jusqu'à l'instant où elle avait aperçu une silhouette féminine à une fenêtre, et cru reconnaître Elaine Talbot. Par la suite, le souvenir de Caroline lui avait causé une souffrance aiguë. Le rempart de froideur qu'elle avait méticuleusement érigé autour de son cœur s'était effondré. Sa fille lui manquait affreusement, et elle faillit une douzaine de fois téléphoner à Douglas pour lui annoncer son retour. A cette époque, elle était plus éprise de William que jamais et se trouvait déchirée entre des émotions contradictoires, vulnérable à la moindre intonation de voix de William aussi bien qu'à la vue d'un petit enfant jouant dans la rue avec des brins d'herbe.

Cette période de désespoir avait pris fin brutalement, trois semaines plus tard, quand Douglas lui avait téléphoné de son bureau pour exiger une entrevue. Elle s'était immédiatement durcie en entendant sa voix, mais l'avait cependant rejoint et il lui avait joué une scène aisément reconnaissable dès les premiers mots : il s'offrait un spectacle à lui-même. Il l'avait questionnée avec ruse et passion sur ce qu'il appelait « ses activités » sans cesser de la dévisager avec une fixité furibonde, pour lui annoncer finalement qu'il « vérifiait » simplement, car il disposait déjà d'un rapport complet établi par un détective privé. Cette scène était tellement plus théâtrale qu'elle ne l'avait imaginé, qu'elle eut pitié de lui et observa, presque en riant, qu'il était bien superflu d'engager un détective puisqu'elle se faisait un plaisir de lui raconter tout ce qu'elle faisait. « Après tout, dit-elle, je t'ai tout dit, n'est-ce pas ? » Il grinça des dents, mais par pure forme : la scène tout entière reflétait cette préméditation qu'elle avait décelée en entendant son intonation solennelle au téléphone.

La troisième fois, il arriva sans prévenir, un matin à huit heures, et elle comprit qu'il venait de passer une nuit blanche, à penser à elle. Il lui fit observer que, l'année précédant son départ, elle avait acheté pour vingt livres d'objets personnels dans des boutiques et que, comme il devait faire face à d'importants frais supplémentaires depuis qu'elle l'avait quitté, elle ne pouvait faire moins que de lui rembourser ces sommes. Il tira de sa poche un genre de facture établie sur une feuille d'épais papier : une paire de chaussures ; un pull-over, 25 shillings ; et ainsi de suite. Il lui tendit sa liste avec un sourire mélodramatique et implorant, la lèvre tremblante ; il se trouvait au bord des larmes.

Elle prit la feuille et déclara qu'elle le rembourserait dès qu'elle pourrait. Elle gagnait alors 15 livres par mois. Comme il s'entêtait à fixer sur elle ce regard suppliant, elle déclara dans un brusque accès de colère : « Je te rembourserai une livre par mois », et l'observa pour voir s'il avait honte. Mais il lui décocha un nouveau sourire tremblé et répondit : « Oui, Matty, ce-ce-ce serait gentil. » Le bégaiement l'avertit qu'il s'agissait là d'une scène prévue.

Lorsqu'elle lui relata la scène, l'expression d'amusement embarrassé qui s'étala alors sur le visage de Jasmine fâcha Martha : elle comprit qu'elle aurait dû envoyer Douglas au diable et que, en agissant ainsi, elle s'était associée à son hystérie.

« Voyons, Matty, tu n'aurais jamais dû accepter : il gagne plein d'argent.

– Eh bien si, j'ai accepté.

– Alors tu dois être aussi folle que lui. » Jasmine lui donna vingt livres, et lui conseilla de les envoyer à Douglas pour s'en débarrasser. Martha adressa donc la somme à Douglas, reçut en réponse un petit mot de remerciements pleurnichard et guindé et se promit, à cause de la réaction de Jasmine et de sa propre honte, d'étudier « quand elle aurait le temps » cette émotion qu'elle appelait son orgueil.

C'était maintenant la première fois qu'elle revoyait Douglas depuis l'affaire des vingt livres.

« Que me veux-tu ?

– C'est au sujet de cette affaire de divorce.

– Oui ?

– J'ai décidé de citer William comme complice. »

Elle eut un instant d'effroi ; puis comprit qu'elle n'avait pas peur, que son cœur battait plus fort sous le coup de la fureur. Elle avait appris à discerner ses réactions instinctives face à Douglas : si je n'ai pas peur, songea-t-elle, c'est qu'il ment. Je ne le crois pas. Pourquoi ? Au bout d'un moment, elle comprit : il n'allait évidemment pas citer William – jamais il n'admettrait publiquement que sa femme l'avait quitté pour un aviateur. C'est ainsi que fonctionne son esprit. Il essaie donc de découvrir autre chose – mais quoi ?

« Bien sûr, approuva-t-elle. Il faut citer William, ce sera bien plus rapide ainsi. »

Il s'empourpra et bredouilla : « Evidemment, s'il était brusquement muté ailleurs, la procédure de divorce s'en trouverait compliquée.

– Oui, je le suppose.

– L'abandon de domicile conjugal, c'est rapide et civilisé. Mais si tu le contestais, les choses se compliqueraient.

– Je t'ai quitté », observa-t-elle en s'efforçant de voir enfin ce qu'elle devait voir ; elle réfléchit, et conclut pour elle-même : « Voilà. Il redoute que je demande le divorce à cause de cette fille, à Y–. Mais comment pourrais-je le faire ? Je ne l'ai pas reconnu – à moins que si ? Mais non, pas légalement, car il n'aurait pas peur. »

A nouveau, le mépris qu'elle ressentait la décontenança. Elle se leva et déclara : « Si tu demandes le divorce parce que je t'ai quitté, je ne le contesterai pas. Pourquoi nierais-je ? Cela m'est parfaitement indifférent. »

Il resta assis, le regard fixe, la lèvre frémissante. Elle comprit qu'il avait imaginé la scène différemment. Il avait obtenu ce qu'il voulait, mais pas comme il l'avait souhaité.

« Je voudrais pouvoir me coucher, maintenant », dit-elle.

Il ne bougea pas. « Je verrai l'avocat demain et, s'il est plus facile de citer William, je te le dirai », dit-il.

Il essaie de m'amener à le supplier de ne pas impliquer William, songea-t-elle. Il la dévisageait avec une expression de désir complaisant. Elle garda le silence. Le visage de Douglas se gonfla alors de haine, et il observa : « Ce serait bien fait pour lui.

– Pourquoi ?

– Parce qu'il a brisé notre mariage. »

Mais il était impossible qu'il le crût vraiment. Il se hâta de détourner les yeux, et reprit : « L'avocat t'écrira. Il ne faut plus que nous communiquions directement jusqu'à la fin du divorce.

– Bien sûr. »

Il s'attarda à la porte, l'air à nouveau désenchanté. Elle songea : J'ai vécu avec cet écolier attardé pendant quatre ans, et nous avons eu un enfant ensemble. Je devrais éprouver un sentiment qui ne me vient pas : je devrais me sentir dégradée, ou honteuse, ou nostalgique – quelque chose de ce genre. Eh bien, non. Cela ne me concerne plus, voilà tout. Tandis que cette pensée lui effleurait l'esprit, elle sentit de nouveau ses genoux trembler et comprit qu'elle se trouvait en proie à la terreur. Il lui jetait des regards obliques, chargés d'une haine violente : c'était comique, cette laideur du regard dans un visage implorant et mélodramatique. Elle pensa soudain : Si je ne trouve pas le mot qu'il faut, il va me sauter dessus ou me frapper – ce sera affreux, une scène horrible. « Je t'appellerai dans un jour ou deux pour savoir ce qu'aura dit l'avocat », déclara-t-elle finalement, d'une voix naturelle et gentille. Il se raidit, et son visage changea d'expression. Il lui adressa un signe de tête et sortit en refermant soigneusement la porte derrière lui, comme s'il la fermait à clef. Lorsqu'elle voulut l'ouvrir, elle s'aperçut qu'il avait effectivement tourné la clef dans la serrure.

Une envie de pleurer l'étreignit alors. Mais elle ne se le permettrait pas. De même que la tendresse et les instants d'émotion véritable avec William la rendaient vulnérable à l'absence de Caroline, les larmes, même passagères, l'exposaient à une sensation de souffrance profonde et impersonnelle qui semblait se tapir dans l'attente de ces moments de faiblesse, comme un ennemi dont elle ignorait le nom mais dont elle apprenait à reconnaître la forme et les attributs à cause de cette ombre qui s'épaississait sans répit à l'extérieur de la lumineuse coquille dans laquelle elle vivait.

Elle s'endormit aussitôt, sans penser à Douglas.

A cette époque, elle s'éveillait toujours de bonne heure, et avec ravissement, même si elle s'était couchée très tard. Pour la première fois de sa vie, le réveil n'était plus ce pénible processus d'ajustement. Le chant des oiseaux dans le jardin de Mme Carson, le grondement des avions dans le ciel, tout s'insinuait dans son sommeil comme une prémonition de tous les instants passionnants de sa journée et, avant même d'avoir ouvert les yeux, elle se trouvait déjà tendue en avant, vers l'instant où elle retrouverait le groupe et ses amis.

Avant de les rejoindre, bien sûr, il lui fallait obligatoirement passer huit heures dans un bureau. Elle était retournée, comme dactylo débutante, chez Robinson, Daniel & Cohen – société réduite à M. Robinson à cause de la guerre. M. Max Cohen était mort deux ans plus tôt d'une crise cardiaque. M. Jasper Cohen aidait à diriger l'armée en Afrique du Nord. M. Daniel lui, y combattait. Le corps jeune, mince, et souple de M. Robinson devait receler quelque faiblesse, car il était de notoriété publique qu'il avait tenté de s'engager et qu'on l'avait réformé. Lorsque Martha avait sollicité un emploi dans son ancienne compagnie, elle l'avait fait en songeant à la gentillesse compréhensive de M. Max Cohen. La pénurie de main-d'œuvre féminine était telle que M. Robinson avait été bien heureux de la voir. Que Martha le détestât autant qu'autrefois semblait de bien peu d'importance, puisque son activité professionnelle ne comptait pour rien en regard de ses véritables centres d'intérêt. Il ne restait plus à présent que deux femmes dans le bureau, Mme Buss et elle-même. Cette équipe restreinte ne suffisait à la tâche que par l'efficacité de Mme Buss, laquelle ne laissait jamais oublier cette vérité à M. Robinson ni à Martha, de sorte que son salaire s'en trouvait augmenté chaque mois. Ni M. Robinson ni Martha ne le lui enviaient : et Martha imaginait volontiers qu'en signant le chèque mensuel de Mme Buss et en le lui remettant, il devait éprouver un certain embarras parce que c'était sa vie même qu'il lui payait : la sollicitude jalouse et dévouée de Mme Buss se concentrait sur M. Robinson, non pas l'homme, mais le représentant falot des grands patrons absents. Il lui faisait parfois remarquer avec un arrière-ton de rancœur qu'elle n'avait pas besoin de travailler aussi tard ou si tôt le matin. Elle se dressait alors sur ses ergots et, l'œil querelleur, répliquait : « Monsieur Robinson, je connais mon travail. J'ai été formée en Angleterre, rien à voir avec ces filles des colonies. » « Oh, bon », disait-il en se hâtant de battre en retraite, « si cela ne vous ennuie pas. »

Mme Buss tolérait Martha, car cet esprit colonial qu'elle méprisait se révélait trop fort pour elle. Martha avait été mariée à l'un des jeunes espoirs de la ville, et elle en épouserait certainement un autre. La société semblait lui devoir cet emploi comme soutien provisoire, et l'on ne pouvait guère attendre d'elle la moindre efficacité. Mme Buss voyait en Martha une de ces fainéantes, « du genre qui se marie », comme elle disait avec un petit rire affectueux mais critique, bien qu'actuellement elle fût seule. Pas du tout le genre de Mme Buss bien qu'elle, par contre, fût mariée. Et sur cette base, les deux femmes entretenaient des relations de travail fort cordiales.

Ce jour-là, Martha travailla pendant toute la pause du déjeuner, non pour M. Robinson mais pour les Amis de la Russie : elle remplissait des enveloppes. Après le déjeuner, Jasmine l'appela pour lui dire que Jackie Bolton avait téléphoné ; William et lui-même étaient mutés, et ils partaient le soir même pour une destination inconnue. Ils devaient tous se retrouver à six heures à la gare pour les adieux. Les deux filles se réconfortèrent l'une l'autre et convinrent de se réunir au local du groupe aussitôt après leur journée de travail. Elles y restèrent un moment, assises, à fumer sans rien faire, pour une fois, car il leur semblait nécessaire de bien se pénétrer de la perte imminente qu'elles allaient subir. Elles parlaient des retrouvailles à quatre, après la guerre, et de la reprise de cette amitié subordonnée à la Révolution, sans même spécifier le pays où l'on se retrouverait : le monde leur était ouvert. Ainsi que Jackie le disait souvent : « Quand on est communiste, on peut aller dans n'importe quel pays et se trouver aussitôt entouré d'amis. » Lorsque les membres du groupe évoquaient l'avenir, il semblait qu'ils fussent interchangeables, et les pays aussi : ils appartenaient à la grande équipe internationale et fraternelle et, tout en parlant, ils échangeaient des regards de confiance et de dévotion infinies.

Penchées à la fenêtre, Jasmine et Martha regardaient dans la rue, toutes deux si emplies de visions futures que le départ, dans une heure, de leurs amants semblait sans importance, et renforçait même leur certitude que les temps venaient où la souffrance cesserait d'exister.

Un petit enfant noir, pieds nus et vêtu de haillons, le ventre gonflé par la malnutrition, hésitait sur le trottoir d'en face, devant le McGrath, avec un papier à la main. Sa maîtresse blanche l'avait envoyé faire une course, et il ne trouvait pas l'adresse. Martha et Jasmine échangèrent un sourire où il apparaissait que grâce à elles, grâce à leur vision, l'enfant était protégé et sauvé ; l'avenir dont elles rêvaient semblait se trouver juste au coin de la rue ; elles pouvaient presque l'effleurer. Toutes deux contemplaient une ville idéale, superposée à celle qu'elles voyaient vraiment et qui, dans ce quartier, se composait de magasins sordides et de cafés minables. L'enfant vêtu de haillons était déjà citoyen de cette ville idéale, ainsi qu'elles-mêmes ; elles le regardèrent disparaître au coin de la rue sans cesser de sourire : comme si par amitié elles l'avaient touché de leurs propres mains.

Les entrées du McGrath se trouvèrent bientôt surpeuplées, car c'était l'heure de l'apéritif, et elles se rendirent compte que, si elles voulaient arriver à temps pour saluer William et Jackie, il leur fallait à présent partir pour la gare. Le train à destination du Sud attendait déjà. Le long du quai se tenaient des groupes d'hommes en uniforme, prêts à partir.

Les deux hommes arrivèrent avec des groupes distincts, l'un d'officiers et l'autre d'aviateurs. Ils déposèrent leurs bagages dans le train et rejoignirent discrètement Martha et Jasmine dans un compartiment où nul ne pourrait voir qu'ils faisaient fi des divisions naturelles qu'impose l'organisation des temps de guerre. Mi-railleurs, les deux hommes énuméraient les endroits où ils espéraient être affectés, tels des touristes choisissant leur lieu de vacances, et tous quatre s'en amusaient. William optait pour l'Inde, Jackie pour les régions méditerranéennes. Dans le compartiment voisin, un groupe d'aviateurs aux accents britanniques les plus divers chantaient à tue-tête : « Engagez-vous et parcourez le monde. »

Un sifflement aigu s'éleva mais Jasmine et Martha, habituées aux adieux de gare, ne bougèrent pas. Instinctivement, toutes deux évitaient de procéder à des adieux sentimentaux. Elles sautèrent à bas du train lorsqu'il se mit en marche, et se retournèrent pour contempler William et Jackie, déjà engloutis dans la masse des visages qui se pressaient aux fenêtres. Le train s'éloigna, comme elles l'avaient vu faire tant de fois déjà, traversant le veld parsemé d'usines et laissant une longue traînée de fumée noire que dispersait le vent dans le ciel limpide et calme du soleil couchant.

CHAPITRE DEUX

ANTON demanda : « Quelqu'un a-t-il prévu un ordre du jour ? » et Andrew répliqua : « C'est toi qui as convoqué la réunion, camarade Anton.

– Oui, c'est exact, c'est exact. » Assis sur le banc et adossé au mur, bras croisés, il avait regardé les autres entrer : Andrew, Martha, Jasmine, Marjorie. Il se redressa alors, quitta le banc, et alla s'asseoir sur la chaise derrière la petite table blanche, se dépliant puis se ployant à la manière d'un canif qui s'ouvre et se referme. Il les contempla tous en silence. Il attendait. La grosse ampoule électrique pendue au-dessus de sa tête jetait une vive lueur blanche et le faisait paraître plus blond et pâle encore que d'habitude, ôtant toute couleur à ses yeux de glace. Ces derniers temps, les jeunes femmes avaient exprimé leur inquiétude entre elles : « J'espère qu'Anton ne néglige pas sa santé. » Ou bien : « Il n'a pas l'air bien résistant, n'est-ce pas ? » Et pourtant, Anton était un homme fort : Il détenait cette force qu'est le contrôle total de soi, et les contradictions qui se décelaient sur son visage renforçaient cette impression. L'ossature ferme de ce visage s'amenuisait vers le menton, qu'il avait petit et pointu, et néanmoins obstiné. Sa peau fragile et blanche était striée de minuscules rides qui frémissaient intensément autour des yeux et de la bouche, surtout la bouche qui, sans être petite, ajoutait encore à l'impression que la partie supérieure du visage était trop grande pour la moitié inférieure. C'était une bouche constamment sur le qui-vive, sous le contrôle de la discipline qu'il s'imposait.

Cette intensité retenue ne manquait jamais de mettre les gens mal à l'aise. Parfois, lorsqu'il avait fini de parler, ils échangeaient une petite grimace – non pas critique, ce n'était pas là ce qu'ils éprouvaient – mais comme pour avouer : « Grands dieux, jamais nous ne pourrons vivre cette *vie-là !* » Mais l'ironie, la critique s'adressaient à eux-mêmes et non à lui qui s'imposait un fardeau de discipline et leur accordait ainsi la liberté d'être comparativement irresponsables.

Il flottait dans l'air quelque chose de cette ironique admiration, à présent, tandis qu'ils attendaient de savoir de ce qu'il allait leur dire. Mais il ne semblait pas pressé de commencer, et Jasmine finit par articuler gravement : « Le camarade Anton va maintenant procéder à l'analyse de la situation. »

Il leva sur elle un regard glacial et rétorqua : « Non, camarades, je n'en ferai rien. Il me semble que personne ici » – il s'interrompit un instant pour fixer des yeux accusateurs sur Andrew – « n'a jamais réfléchi à ce que signifie une analyse de la situation – une vraie analyse marxiste. Jamais notre situation dans ce pays n'a été analysée. Pas une seule fois. Nous étions trop occupés pour réfléchir. Mais un vrai communiste n'entreprend jamais rien qui ne découle pas d'une compréhension globale de la perspective économique dans une situation donnée, et de la relation des forces de classes. Nous nous sommes tout simplement jetés dans l'action sous l'impulsion de slogans révolutionnaires ou prétendus tels. »

Le mépris contenu dans ces paroles et destiné à Jackie Bolton, désormais absent, affecta Jasmine qui lança un regard nostalgique vers l'endroit où il s'installait toujours, tapi dans une encoignure, entre un placard et le mur, avec une expression d'imperturbable ironie.

Martha songeait avec embarras : c'est vrai, mais pendant tout ce temps Anton est resté là, à écouter et observer, en attendant le départ de Jackie pour exploser.

Andrew déclara tranquillement : « Tu as parfaitement raison, camarade. Mais les choses sont allées très vite, et elles nous ont échappé. Il faut maintenant nous ressaisir. J'aimerais que tu énonces les grandes lignes qui serviront de base à la discussion.

— Echappé », reprit Anton en écho, d'une voix impatiente. Il avait une manière très particulière d'isoler un terme, de l'écouter, et de le répéter pour les obliger à y réfléchir. « Echappé est le mot correct. Si tant est que les choses aient jamais été sous notre contrôle. Nous régissons les organisations progressistes de la ville. Mais comment ? Pourquoi ? Par-dessus tout, comment ?

— Bon, bon, grogna Andrew. D'accord.

— Peut-être, camarade Anton, pourrais-tu procéder à une analyse que nous discuterions ensuite ? » se hâta de suggérer Marjorie. Anton s'adoucit manifestement en fixant son regard sur elle. La délicatesse blonde et menue de Marjorie, et son intense sincérité, semblaient la placer hors de la critique ordinaire aux yeux d'Anton. Ils le ressentaient tous ; et lui aussi, visiblement, car il se ressaisit aussitôt après cet instant de faiblesse et déclara en jetant un regard glacial sur son auditoire : « Nous sommes censés être communistes. Oui, c'est ainsi, je crois, que nous nous définissons. Je ne vais pas analyser la situation, camarades. C'est une affaire sérieuse qui requiert du temps et de la réflexion. Mais je vais plutôt vous expliquer ce que signifie le mot communiste et nous pourrons ensuite, si nous le jugeons souhaitable, procéder à l'analyse de la situation. » Il les rassembla à nouveau dans son concept de noblesse par un lent regard circulaire. « Un communiste, camarades, est une personne profondément, totalement dévouée à la cause de la libération de l'humanité. Un communiste doit se considérer comme un mort en sursis. Un communiste est détesté, méprisé, craint et pourchassé par les capitalistes du monde. Un communiste doit être prêt à tout quitter : sa famille, sa femme, ses enfants, sur un mot du Parti. Un communiste doit être prêt à travailler dix-huit heures par jour, ou vingt-quatre s'il le faut. Un communiste s'instruit sans relâche. Un communiste sait qu'en lui-même il n'est rien, mais que dans la mesure où il représente les travailleurs opprimés, il est tout ; mais il ne mérite pas de représenter les travailleurs si chaque instant de sa vie n'est consacré à devenir digne d'eux. Les travailleurs du monde entier sont les héritiers de toute culture, de tout savoir, de tout art, et notre tâche consiste à le leur expliquer ; et ils ne nous écouteront pas si nous ne sommes pas nous-mêmes des gens qu'ils puissent respecter. »

Les trois femmes se tournèrent vers Andrew qui, après tout, était aussi communiste qu'Anton. Il était confortablement adossé au mur, la pipe à la bouche, et contemplait Anton en acquiesçant de temps à autre.

« Un communiste, reprit Anton, doit se souvenir que s'il a des faiblesses personnelles, c'est au Parti qu'on les reprochera. Un communiste doit toujours régler sa vie privée de telle sorte que le Parti ne puisse en être blâmé. Un communiste doit se respecter suffisamment pour pouvoir, lorsqu'il s'adresse aux travailleurs, les regarder dans les yeux. »

Tel qu'il apparaissait dans les phrases d'Anton, le mot communiste signifiait responsabilité et générosité ; et Martha sentait croître l'exaltation qui semblait être l'atmosphère naturelle de cette petite pièce crasseuse. Cependant, quelque chose manquait. La pièce était désormais bien vide, après le départ de Jackie Bolton et de William. Ce soir, ce n'était pas le « groupe », mais cinq personnes réunies.

Marjorie bafouilla rapidement : « Camarade Anton, je crois que nous devrions recruter de nouveaux camarades, parce qu'il me semble — enfin, je veux dire que tu... il faudrait que nous soyons plus nombreux. »

Le camarade Hesse sourit avec indulgence en observant la confusion de la jeune fille, mais se ressaisit aussitôt. « Peu importe combien nous sommes. Quand Lénine a commencé, sans doute n'étaient-ils pas plus nombreux que nous ici. »

Ils se trouvèrent instantanément transportés au cœur de leur vision : au cours de ces dernières décennies, lorsque des Occidentaux sont devenus communistes, ils étaient tous contemporains de Lénine. Ils se sentaient plongés dans un vaste pays barbare (qui n'était pas le leur) noyé dans l'indolence séculaire, et membres d'un petit groupe d'hommes et de femmes armés de fusils, prêts à mourir pour l'humanité future. Ils s'imaginaient fuyant d'une cachette à l'autre, voyaient la marée des travailleurs en haillons envahir le Palais d'Hiver, entendaient Lénine proclamer :

« Camarades, nous allons maintenant entreprendre de construire le socialisme. »

Andrew observa d'une voix bourrue : « J'espère n'offenser personne en disant qu'il y a des Lénine ici. »

Ils éclatèrent de rire, et retrouvèrent leur bonne humeur.

Seul Anton ne rit pas. Son visage se crispa, et il déclara : « Si deux communistes se trouvent ensemble sur une île déserte ou dans une ville où il n'existe pas d'autres communistes, leur tâche consiste à travailler ensemble, à analyser la situation, et à décider sur la base de leur analyse ce qu'il convient de faire.

– Nous sommes tous d'accord avec toi, s'écria Marjorie avec enthousiasme en cherchant du regard l'approbation des autres, qui acquiescèrent.

– Mais je pense quand même que nous devrions recruter d'autres gens, insista Jasmine. Nous connaissons tous des gens qui sont mûrs.

– Tu ne peux pas recruter n'importe quel Tom, Dick ou Harry », objecta Anton.

Ils se sentirent mal à l'aise. Ils étaient tous assis là, en ce moment même, parce que la grande conflagration mondiale qu'était la *Révolution* les avait touchés ; avec moins de chance, ils auraient tout aussi bien pu ne pas rencontrer les gens qui leur avaient inspiré cette compréhension, et ils le ressentaient. Il devait y avoir des dizaines, des centaines d'autres gens qui attendaient d'être touchés par le feu sacré. Mais si Anton ne partageait pas ce sentiment, cela ne signifiait-il pas qu'il les jugeait, eux aussi, indignes de siéger là ? Cela pouvait-il signifier autre chose ?

Andrew affirma sur ce ton de réprobation bourrue par lequel il indiquait aux autres qu'il se trouvait en total désaccord avec Anton : « Il est évident que nous devons recruter d'autre gens. Nous ne pouvons pas avoir un groupe communiste qui se limite à cinq membres. » Il inspira une demi-douzaine de bouffées, expulsa la fumée entre ses dents serrées, et ajouta : « Je connais deux ou trois types du camp qui viendront. » Il s'affaira ensuite à tapoter, examiner et tripoter sa pipe, en lui consacrant toute son attention. Ils savaient désormais que c'était sa manière à lui de se dominer ; ils comprirent donc qu'il éprouvait une irritation particulière à l'encontre d'Anton.

Martha se hâta de dire : « Nous connaissons tous des gens, non ? » en jetant un coup d'œil anxieux à Anton, comme eux tous, et il déclara : « Avant d'amener qui que ce soit ici, il faut que le groupe entier discute et approuve chaque cas.

– Le groupe entier, observa Andrew, cinq personnes. Dont l'une, moi, aviateur et étranger au pays ; une autre, citoyen d'un pays ennemi ; une encore » – il adressa un sourire affectueux à Marjorie – « fraîchement débarquée d'Angleterre, et nous savons tous que nos chers coloniaux considèrent quiconque vient d'Angleterre comme intellectuellement déficient. Une, enfin » – il hocha amicalement la tête en direction de Martha – « qui s'est récemment comportée d'une façon que les gens jugent scandaleuse. En fait, la seule personne absolument irréprochable et respectable ici est Jasmine. Je crois que nous devrions amener d'autres gens, voir comment vont les choses, et ensuite prendre une décision.

– Voir comment vont les choses, répéta Anton pour les faire réfléchir. C'est précisément ce que nous avons fait, et voyez les résultats. Nous devons décider de faire une chose ou bien l'autre – avoir un groupe communiste correctement organisé, avec des règles et une discipline, ou bien cesser tout ce cinéma. » Il s'exprimait avec une impatience méprisante.

« Nous ne pouvons pas avoir un groupe correctement organisé s'il n'y a personne à organiser », observa Jasmine. Anton gardait le silence, et ils comprirent qu'il préférait voir le groupe se disperser.

« Mais nous avons toutes ces organisations en main, dit Martha. Il est irresponsable de vouloir les abandonner.

– Personne n'a suggéré de les abandonner, répondit Anton. Si tu veux parler de l'Aide à nos Alliés, des Amis de la Russie et du Club Progressiste, il suffit de tenir une réunion hebdomadaire de coordination. Nous n'avons pas besoin de tout un appareil d'organisation pour cela.

– Tu parles comme si nous devions décider si oui ou non il y a un parti communiste ? Mais le vote a été passé l'an dernier. Ceci *est* un parti communiste.

– Nous nous sommes agités comme des volailles dans un poulailler – sans discipline, sans analyse – comme des poules.

– Nous avons eu des réunions, des discussions, des votes sur des décisions, objecta Marjorie, maintenant au bord des larmes.

– Des décisions ? Nous en avons pris, mais personne ne s'y est conformé. Nous nous sommes comportés comme une bande d'anarchistes.

– Le meilleur moyen de mettre fin à l'anarchie, affirma Jasmine, n'est pas d'abandonner l'organisation mais de la renforcer.

– Je dois dire que je partage cette opinion, appuya Andrew. Je ne vois vraiment pas comment le camarade Anton peut proposer de procéder maintenant à un nouveau vote ou une nouvelle décision. Nous avons déjà voté. Officiellement, nous nous sommes érigés en un groupe communiste. A présent, il faut en constituer un véritable. »

Anton garda le silence un long moment, puis articula finalement : « Très bien. » Il retomba dans un profond silence. Puis reprit : « Nous avons un comité. Je suggère de convoquer une réunion du comité. Jackie est parti... » Son visage exprimait clairement la satisfaction qu'il en éprouvait. « Mais il reste Andrew, Jasmine, et moi-même.

– Cela fait trois membres du comité pour cinq personnes », s'exclama Martha. Anton lui jeta un regard furieux.

« Le comité est idiot », commença Marjorie. Elle rougit de son propre élan, tandis qu'Anton lui souriait. « J'estime qu'il n'est pas correct d'avoir un comité quand nous sommes si peu nombreux », reprit-elle d'une voix posée. Les autres échangèrent des sourires attendris.

« Très bien, dit Anton. Mais d'abord, avant de recruter des cadres – c'est-à-dire, si nous en recrutons, il faut que nous réorganisions nos responsabilités existantes. Il faut faire quelque chose pour l'Aide à nos Alliés.

– Nous en avons le contrôle bien en main », répondit Jasmine. C'était la dernière fois qu'elle allait s'exprimer en prenant la voix de Jackie Bolton. Le spectre de Jackie Bolton fut exorcisé, et pour toujours, par la manière dont Anton répliqua : « Oui, oui, oui, nous en avons le contrôle. » Le triple « oui » constituait la meilleure tentative humoristique de sa vie : c'était un acquiescement ironique, critique et lugubre qui donnait toujours la chair de poule. « Il n'y a vraiment pas de quoi nous en féliciter. Rien n'est plus facile que de prendre le contrôle d'organisations. N'importe quel idiot peut y arriver. Il suffit de comprendre la psychologie d'une foule, d'une réunion publique. Si un imbécile aviné veut faire l'important et jouer les révolutionnaires, il n'y a guère de quoi nous en féliciter. »

Jasmine était cramoisie. Dans les moments où Marjorie laissait paraître sa détresse, Anton semblait presque la protéger jusqu'à ce qu'elle eût recouvré ses esprits, mais il n'éprouvait manifestement pas les mêmes sentiments chevaleresques envers Jasmine. Il continua à la dévisager fixement et poursuivit : « J'estime que le *camarade* Bolton a vraisemblablement sabordé l'organisation. Il reste à voir s'il l'a totalement coulée. Elle ne sera sans doute plus jamais ce qu'elle était. Voyons ce que nous pouvons faire. En premier lieu, il nous faut un secrétaire respectable. »

Personne d'autre qu'Anton n'employait le mot « respectable » sans un petit sourire goguenard ; Anton, lui, l'utilisait comme mesure d'un statut. « L'ancien comité était idéal. Perr, Forester et Pyecroft étaient exactement les cadres qu'il fallait. Et le *camarade* Bolton a jugé nécessaire de les forcer à démissionner contre l'avis unanime de ce groupe.

– Mais maintenant que le trotskiste Boris Krueger en a le contrôle – et il le gardera, puisqu'il est l'ami de ce vieux gâteux de Gates –, il va falloir que nous le délogions », dit Marjorie.

Anton répondit : « Oui, oui, oui. »

Jasmine s'enquit finalement : « As-tu réévalué différemment le personnage de Boris, camarade Anton ?

– Je ne vois pas pourquoi Boris ne garderait pas le contrôle. »

Surprise, Jasmine reprit d'une voix interrogatrice : « Mais camarade Anton, il est trotskiste. »

Un long silence embarrassé s'instaura. Pendant les mois qu'avait duré le « régime de Jackie Bolton », selon l'image qu'ils avaient perçue sans pour autant l'exprimer, ni Anton ni Andrew n'avaient protesté lorsque Jackie avait ricané sur le compte de Boris et de sa femme. La moquerie avait été collective et automatique.

Anton déclara finalement : « Boris est un opportuniste, et sa femme aussi. Mais il est fort capable de diriger l'Aide à nos Alliés. »

Un sentiment de culpabilité les troubla. Boris avait été un ami personnel. Ils l'avaient apprécié – dans une incarnation antérieure. Mais l'attitude d'Anton impliquait davantage qu'une insulte à leur égard ; elle était frivole. Pendant des mois ils avaient dénigré Boris Krueger et son allié Solly Cohen. Ils leur avaient même tourné le dos (s'il est possible de tourner le dos à des gens avec qui l'on se trouve constamment dans les mêmes comités). Qu'Anton eût estimé nécessaire de corriger son jugement sur Boris ou non il était maintenant trop tard. Andrew prit la parole, mais c'était pour changer de rôle : après tout, il avait emboîté le pas à Jackie et traité Boris de trotskiste. A présent, il s'exprimait sur un ton ironique : « Camarade Anton, tu aurais pu t'exprimer plus tôt sur ce point. Et le fait est que Boris s'oppose à toutes nos propositions, dans tous les comités. Et il en va de même pour Solly Cohen et Betty Krueger. Voudrais tu s'il te plaît y réfléchir un instant ?

– Boris s'est efforcé de maintenir dans la modération l'Aide à nos Alliés, et de limiter ses activités à ses objectifs : rassembler des fonds pour l'Union soviétique. Il a continué à diriger la revue, et nous convenons tous que c'est une bonne chose, en mêlant la propagande et la collecte de fonds. A mon avis, la ligne de Boris est juste. Et la nôtre, fausse. »

Il les dévisageait fixement, à présent. Et ils étaient trop abasourdis pour pouvoir rien dire.

« Mais ne sont-ils pas trotskistes, pourtant ? » interrogea Marjorie, rougissante et anxieuse.

Fait remarquable, aucune des filles ne savait ce qu'était un trotskiste ; elles avaient accepté le terme comme une injure. Elles ne savaient d'ailleurs rien de Trotsky, si ce n'est qu'il avait tenté de faire échouer la révolution russe. Elles associaient à ce mot une notion destructrice, négative, d'opposition pour le plaisir de l'opposition – les temporisations circonspectes des Perr, Forester et Pyecroft, la tendance qu'avaient Boris et Betty à insister constamment sur la nécessité de ne pas s'aliéner les gens de la ville en se montrant trop extrême ; et la manière dont Solly Cohen venait à toutes leurs réunions et se dressait pour faire des discours sur l'Union soviétique pleins de faits et de chiffres en contradiction avec les leurs. Fait plus remarquable encore, le « groupe » consacrait l'essentiel de son temps à échafauder des complots pour circonvenir les « trotskistes » bien que les gens qualifiés de trotskistes eussent bien peu de chose en commun, si ce n'est une forte hostilité entre eux. Entre les « Perr, Forester et Pyecroft » et les gens comme Solly Cohen et Boris Krueger, se dressait un mépris parfaitement réciproque ; et le fossé était beaucoup plus large entre ces deux groupes, qu'entre Boris et Solly, et eux-mêmes. Et surtout, entre les attitudes mentales des habitants de la colonie, Noirs aussi bien que Blancs, et le petit nombre de gens qui composaient les « trotskistes » et le « groupe », l'écart était si vaste que, vues de l'autre rive, les diverses sectes qui constituaient les « trotskistes » et le « groupe » étaient pratiquement indistinctes, et équitablement définies comme « rouges » ou « bolcho ».

Pendant plus d'une heure, les cinq personnes réunies dans la pièce discutèrent de ce que devait être leur « attitude correcte » envers les « trotskistes », et parvinrent aux conclusions suivantes : il fallait les surveiller ; ne leur laisser prendre le contrôle d'aucune organisation ; ne pas leur divulguer l'existence du groupe ; et les « dénoncer » dans les réunions publiques lorsqu'ils se permettaient des déclarations contraires à l'honneur de l'Union soviétique. Des déviationnistes, des sociaux-démocrates, des sectaires de gauche, des temporisateurs de droite – tous ces termes étaient jetés au hasard, sans plus de définition. Voilà ce qu'ils étaient. Mais en même temps, on pouvait « travailler avec eux » et « s'en servir ». Quant à Boris Krueger, il suivait une fausse piste mais était fondamentalement sincère (tandis que Solly Cohen ne l'était pas), et il fallait lui laisser entendre qu'eux, le groupe, jugeraient favorablement le poste qu'il parviendrait à décrocher au Comité de l'Aide à nos Alliés.

Dix heures sonnaient, et Andrew devait aller prendre son car pour regagner le camp. Il se leva et rangea sa pipe tiède comme si elle eût été une amie avec qui il comptait poursuivre ultérieurement un entretien intime.

Anton objecta : « Oui, mais nous n'avons encore pris aucune décision fondamentale.

– Quelle décision ? » s'enquit Jasmine qui, comme eux tous, s'imaginait que leur fermeté à l'égard des trotskistes constituait une décision politique.

« Camarades, déclara Anton, nous sommes actuellement cinq. Il semble que nous soyons tous d'accord pour juger nécessaire le recrutement d'autres cadres. Il faut savoir pour quelles tâches nous voulons les recruter, et je suggère que chacun de nous résume brièvement ses responsabilités et ses occupations au sein du parti. »

Toujours debout, Andrew tira sa pipe de sa poche et l'alluma.

« Camarade Andrew — puisque tu parais si pressé.

— Camarade Anton, ce n'est pas moi qui organise le service des cars. Quoi qu'il en soit, voici : au camp, je dirige la bibliothèque. Je crois pouvoir affirmer que c'est la meilleure de tous les camps de la colonie. Sauf celle du camp de G*, qui est dirigé par un autre communiste. J'ai tous les textes progressistes de gauche disponibles et, si l'on tient compte de la difficulté qu'il y a à les obtenir, ma collection de classiques français et anglais n'est pas mauvaise du tout. J'organise deux conférences par semaine sur la littérature et la poésie anglaises, et il y vient jusqu'à cent gars. J'ai un cours hebdomadaire sur le développement du socialisme en Europe, suivi par une douzaine d'hommes. Et puis un cercle d'étude marxiste, hebdomadaire aussi, avec six participants. Je fais partie du Comité de l'Aide à nos Alliés. Et je tâche de m'instruire au maximum. Je crois que c'est tout.

— Bien, dit Anton, tu peux partir.

— Merci, lança Andrew, et il s'en alla, vibrant d'exaspération contenue.

— Marjorie, interrogea Anton.

— Je suis bibliothécaire pour les Amis de la Russi et l'Aide à nos Alliés.

— Bien. Mais tu es suffisamment au courant, désormais, pour en faire davantage. Martha ?

— Je fais partie des comités de l'Aide à nos Alliés, des Amis de la Russie, et du Club Progressiste, et j'organise la diffusion du *Watchdog*.

— Bien. Cela paraît bien équilibré. Il ne faut pas que tu en prennes davantage. Et tu devrais t'occuper de ton éducation politique. Jasmine ?

— Je suis secrétaire des Amis de la Russie, de

l'Aide à nos Alliés, et du Club Progressiste. J'organise une exposition d'affiches et de photos soviétiques. Je suis la bibliothécaire du groupe, et aussi la secrétaire. »

Martha et Marjorie se mirent à rire. Anton resta impassible et déclara : « Comme je suis originaire d'un pays ennemi et que toute activité politique m'est interdite, ma liste est évidemment beaucoup moins impressionnante que celle de Jasmine. » Il observait cette dernière d'un œil critique. « Camarade, reprit-il, il faut que cela cesse. Ce n'est pas autre chose que du laisser-aller. Personne ne peut être secrétaire de plusieurs organisations et rester efficace. Tu vas passer le secrétariat des Amis de la Russie à Matty, et celui de l'Aide à nos Alliés à Marjorie.

– C'est tout de même une question de vote », rappela Martha.

Anton la dévisagea. « Camarade, dit-il, un communiste peut toujours se faire élire. Nous sommes toujours les meilleurs, pour n'importe quelle fonction. Nous sommes toujours sûrs, ponctuels, et prêts à travailler davantage. Si nous ne sommes pas meilleurs que les autres, nous ne sommes pas des communistes. Nous ne méritons pas ce nom. »

Il commença à rassembler ses papiers. « Je déclare la séance terminée, ajouta-t-il.

– Mais, camarade, nous n'avons pris aucune décision quant aux personnes que nous allons recruter.

– Oui, oui, oui, dit Anton en se dirigeant vers la porte.

– Mais nous avons pris la décision de les recruter.

– Pas plus d'une recrue chacun, recommanda Anton. Je ferai un exposé sur les grandes lignes du matérialisme didactique. Cela signifie que nous ne serons pas plus de dix, à l'extérieur. Il faut que nous gardions le contrôle de ce que nous faisons, et que nous cessions toute cette farandole de gamines. Nous sommes des révolutionnaires. Censément. »

Marjorie observa d'une voix affectueusement malicieuse : « Anton, tu devrais nous manifester plus de tolérance. Sans doute sommes-nous bien minables en regard de toute ton expérience, mais tu ne te donnes pas beaucoup de mal pour nous le cacher. » Elle rougissait encore, à cause de l'effort qu'il lui en coûtait de le taquiner ainsi.

Il s'autorisa un sourire. Puis son visage se crispa et, les yeux fixés devant lui sur le mur crasseux, il déclara avec une exaltation retenue : « Oui, il est difficile de devenir un vrai communiste, un communiste jusqu'à la moelle. C'est dur, camarades. Je me rappelle quand je suis devenu communiste, on m'a demandé d'apprendre par cœur certains préceptes afin de pouvoir me les répéter lorsque le doute ou le découragement m'atteindraient. » Il entreprit de citer ces paroles d'une voix qu'il fit plus forte : « Le bien le plus précieux de l'homme est la vie ; et comme il ne lui est donné de vivre qu'une seule fois, il lui faut vivre de manière à n'éprouver aucun regret torturant pour les années vécues sans but ; vivre de manière à n'être pas flétri par la honte d'un passé lâche et futile ; vivre de manière à pouvoir dire en mourant : Toute ma vie et toute ma force ont été consacrées à la plus belle cause du monde – la libération de l'humanité. » L'exaltation lui tendait le visage. Il se détourna et sortit sans ajouter un seul mot.

« Mais je le sais déjà, gémit Marjorie, peinée. J'ai recopié ce texte et je l'ai épinglé au-dessus de mon lit.

– Moi aussi, dit Jasmine.

– Nous le savons tous par cœur », conclut Martha. Elles sentaient toutes qu'Anton ne les comprenait pas, et qu'il les jugeait plus insignifiantes et moins héroïques qu'elles n'étaient. « C'est même la première chose que j'ai lue de Lénine, ajouta-t-elle.

– Eh bien, il va falloir nous montrer à la hauteur », déclara Jasmine de son habituelle voix posée et neutre.

Les trois jeunes femmes traversèrent ensemble le parc, en parlant de l'Union soviétique, de la Révolution, de « après la guerre » – lorsque, comme ils le supposaient tous, commencerait une nouvelle phase de la Révolution, dans laquelle ils seraient tous des combattants de première ligne, des combattants comme Lénine, n'ayant peur de rien, et tous armés d'une compassion totale à l'égard de l'humanité entière.

CHAPITRE TROIS

MARTHA connut l'angoisse au cours des jours suivants, car il semblait qu'elle seule de tout « le groupe » ne connût personne qui fût « mûr ». Elle n'entretenait de relations qu'avec le groupe, Mme Buss et Mme Carson. Il était vrai que, comme membre de tous ces comités, elle avait brusquement fait la connaissance de plusieurs dizaines de personnes, chacune à sa manière éprise de l'Union soviétique à cause de ce nouvel état d'esprit enthousiaste ; chacune désireuse d'assister à un nombre illimité de réunions et de conférences sur les sujets les plus divers. Mais elle n'estimait pas qu'elles fussent « mûres ». Elle se jugeait coupable de ne pas les avoir « travaillées », ce qui aurait permis à certaines de franchir le fossé entre l'adhésion prometteuse à un nouvel esprit, et l'extrême abnégation qui constituait l'essence de la « maturité ». Les gens qui allaient être conviés à la réunion décisive entretenaient tous des liens personnels étroits avec l'un ou l'autre membre du groupe. En y réfléchissant, Martha décida qu'elle s'était mise dans son tort en passant trop de temps avec William car, si elle avait été une vraie communiste selon l'expression d'Anton, elle aurait réparti entre plusieurs personnes l'ardeur qu'elle avait réservée à William. Mais elle n'était qu'à demi convaincue de son tort. Pendant toutes ces années, elle n'avait aspiré qu'à partager l'étroite intimité d'un homme. Elle se rendit compte que ce n'était pas Jasmine, qui l'avait introduite dans le groupe, mais William. Si donc elle désirait amener d'autres gens à adhérer au groupe, elle devrait leur donner ce qu'elle avait donné à William. Mais c'était impossible.

Certaines femmes ne peuvent jamais être « elles-mêmes » avec personne si ce n'est avec l'homme à qui elles ont, provisoirement ou non, donné leur cœur. Si l'homme s'en va, il ne leur reste qu'un espace vide peuplé d'ombres. Elles portent le deuil de la personnalité momentanément disparue qu'elles ne peuvent assumer qu'avec un homme aimé ; elles portent le deuil de l'homme qui donne vie à leur « moi ». Elles vivent en maintenant un espace vide à leur côté, peuplé par les images de ses propres potentialités, jusqu'à ce qu'un autre homme vienne occuper cet espace, absorbe ces ombres et enfin recrée la femme et lui permette d'être « elle-même » — mais une elle-même toute neuve, puisque c'est la conception de l'homme qui la forme. Ce type de femme se reconnaît souvent, non à sa solitude, mais au nombre et à la vérité des amis et connaissances avec qui elle peut être intime mais qui, en ce qui la concerne, ne la connaissent pas « vraiment ».

Martha savait que, depuis le départ de William, elle souffrait moins de solitude que de division. Dans les moments où elle se disait « je suis seule », cette solitude comportait une souffrance délectable ; sa vieille ennemie, la nostalgie malhonnête, rôdait, et Martha s'irritait d'y succomber si facilement. Car elle éprouvait la nostalgie d'une chose qu'elle avait déjà dépassée. Il est vrai qu'avec William elle avait été une personne que jamais encore elle n'avait été : ils avaient vécu comme deux enfants blottis au sein d'un groupe protecteur, presque comme frère et sœur. Ils avaient parlé de se retrouver après la guerre, mais dans le cadre de leur rôle d'amants épris, et ce n'était pas la vérité. Déjà Martha souhaitait avec impatience se débarrasser de cette image d'elle-même, très inférieure à ce qu'elle pouvait être. Mais qui viendrait ensuite occuper cet espace vacant ? Elle ne voyait personne ; aucun des hommes qui l'entouraient actuellement n'accaparait son imagination, ou du moins jamais plus que quelques instants de fantasmes.

En attendant, se disait-elle, il lui fallait devenir une bonne communiste. Et reconnaître que, même si elle possédait certaines aptitudes à le devenir, il s'en trouverait toujours d'autres plus avant. Ainsi, jamais elle ne pourrait « manœuvrer » les gens. Elle irait un jour trouver Anton pour lui demander si un vrai communiste, un bon camarade, pouvait s'avouer tout simplement qu'il avait des limites.

La pensée de cet entretien avec Anton lui procurait un plaisir sensuel. Poussés par le désir de tout partager, les membres du groupe avaient échangé des confessions intimes. Tous, sauf Anton. On ne pouvait guère l'imaginer s'y prêtant. A la fin d'une réunion ou pendant une pause, quand les autres s'assemblaient par deux et parlaient de leur passé d'une manière qui en faisait des offrandes pour l'avenir, il s'excusait sèchement et regagnait la chambre d'hôtel où il vivait.

Mais ils savaient tous qu'au même hôtel séjournait Toni Mandel l'Autrichienne ; et tout en admettant que sa vie privée ne regardait que lui-même (alors même qu'ils exigeaient tous de subordonner leur vie privée au groupe), ils ne pouvaient s'empêcher de la juger indigne d'eux. Aux réunions, elle s'agrippait des deux mains à son bras et le contemplait d'un œil espiègle. Dans la rue elle trottait au côté d'Anton en poussant des petits éclats de rire. Plus âgée que le groupe, elle était mince et anguleuse, et portait des tailleurs aux épaules carrées dans le style de Marlène Dietrich ; les cheveux blonds et frisés qui encadraient son long visage irrégulièrement coloré, s'agitaient au bas de ses épaules, et une vie mutine, coquette, curieuse, retenue, jaillissait intensément de derrière les mèches. Jamais elle ne semblait s'estimer libérée de l'obligation d'être gaie. Mais une ou deux fois lors des réunions, quand les chuchotements et les conversations intimes se révélaient vraiment impossibles, Martha avait observé que cette femme se figeait dans une étrange fixité, la bouche entrouverte et l'œil éteint. Quant à Anton, il regardait l'Autrichienne avec un petit sourire où se mêlaient la tendresse, l'indulgence, et quelque chose de paternel ; mais Martha sentait que ce sourire protecteur s'adressait à la petite fille espiègle et non à la femme hantée et, comme lui, réfugiée. C'était précisément cette intuition qui permettait à Martha d'envisager la discussion de ses déficiences avec lui.

Ils s'étaient donné rendez-vous à six heures, avant la réunion décisive. Cet après-midi-là, Martha s'affairait à livrer des paquets du *Watchdog,* le journal communiste du Sud, dans les cafés, restaurants et magasins qui consentaient à le vendre. Après l'avoir vendu à douze exemplaires pendant des années, Jasmine en avait confié le soin à Martha, visiblement persuadée qu'elle aurait mieux fait de continuer à s'en charger elle-même. Martha en vendait maintenant cinquante douzaines. Les gloires de Stalingrad avaient créé d'inépuisables ressources de bonne volonté et de tolérance à l'égard des doctrines provocatrices du *Watchdog* dans le cœur d'une vingtaine de petits commerçants. Martha n'avait qu'à pénétrer dans un café grec ou juif, ou dans un magasin indien, avec un paquet de *Watchdog* titrant : *L'Armée Rouge reprend Rostov,* ou *La Défense héroïque de Kharkov* pour voir le patron sourire de plaisir à l'idée de le vendre pour elle. Cet après-midi-là, donc, elle enfourcha sa bicyclette comme d'habitude pour aller au cœur de la ville, de boutique en boutique. Les magasins étaient engorgés d'Africains, et aux portes pendaient des cadres de bicyclette et des guirlandes de pneus, des grosses perles de pacotille, de l'ail et des cotonnades aux couleurs vives. Devant chaque porte, un tourne-disques portatif posé sur le trottoir faisait vibrer sa musiquette métallique dans le miroitement gras qui tremblotait sur les pavés, mêlée aux odeurs entêtantes de sueur fermentée au soleil. Un Noir parfois dansait auprès du tourne-disques, tâtant et lissant le sol de ses grandes pattes de chat, roulant des épaules, des yeux et des hanches dans un élan de plaisir et de bonne humeur, tandis que du regard il scrutait les passants, hommes et femmes, pour les inviter à participer, ou du moins partager son plaisir. Ou bien il gardait les yeux lugubrement fixés devant lui, éperdu de nostalgie, Martha en était sûre, pour le veld. Car elle ne pouvait jamais pénétrer dans ce quartier sans être agressée par le désir ardent du veld, et de son enfance. Dans chaque magasin elle s'attardait un peu au comptoir, parmi les balles de coton et les bocaux de bonbons aux couleurs acides de poison, s'emplissant les poumons des odeurs de mauvaises teintures, de sueur et de savon, et parlant avec les jeunes vendeurs indiens, souriants et courtois, dont certains désormais venaient régulièrement aux réunions du Club Progressiste. Finalement, le sac alourdi de petite monnaie, elle reprenait à contrecœur la direction des quartiers respectables. Il était près de six heures ce jour-là quand elle acheva sa tournée et, comme elle passait devant la gare, elle aperçut M. Maynard au volant d'une voiture garée devant le tribunal. Mme Talbot était assise à côté de lui. Mme Talbot évitait Martha, désormais ; lorsque ses magnifiques yeux gris croisaient son regard – par accident, semblait-il – ils prenaient un air de souffrance hébétée et s'abaissaient, tandis que son visage entier arborait une expression de retrait boudeur. Elle portait ce jour-là un tailleur de soie grise orné d'un bouquet de violettes à la gorge, et son visage pâle scintillait dans un brouillard de tulle rose qui émanait de quelque part au-dessus de sa tête, où se trouvaient d'autres violettes. Manifestement, elle avait assisté au mariage que venait de célébrer M. Maynard. Guindés dans leurs costumes sombres, d'où émergeaient des mains et des visages incongrûment bronzés, ou dans leurs robes en soie fleurie complétées de gants et de chapeaux inaccoutumés, les invités du mariage s'attardaient encore sur le trottoir constellé de confettis. Martha supposa que Mme Talbot s'était réfugiée aussi vite que possible dans la voiture pour échapper à l'embarras de cette scène où sa présence semblait incongrue. Elle avait posé une main agitée sur la manche sombre de M. Maynard, qui inclinait son visage lourd et massif au-dessus d'elle. « Elle est encore en train de lui demander conseil pour ses investissements », songea Martha ; car elle avait observé que jamais Mme Talbot ne paraissait aussi totalement féminine que dans ces moments-là. Elle dépassa la voiture de manière à épargner à Mme Talbot l'irritation de devoir délibérément ignorer son existence ; mais l'œil nostalgique et perçant de M. Maynard roula vers elle, et il l'appela par la fenêtre ouverte : « Attendez-moi, jeune dame, je veux vous dire un mot. » Martha acquiesça, contrariée par le « jeune dame », mais consciente du fait qu'il était destiné à Mme Talbot, qui – elle en comprenait parfaitement la justesse – requérait toujours des autres qu'ils eussent des faiblesses momentanées dans leur niveau de comportement habituel. Martha poussa sa bicyclette un peu plus loin et attendit que M. Maynard la rejoignît ; il déclara alors d'une voix où ne perçait plus le moindre « jeune dame » : « Pouvez-vous laisser cette machine un instant ? Je veux vous parler. » Martha appuya son vélo contre le mur, et s'approcha, les bras chargés de *Watchdog*.

M. Maynard avait le sourcil froncé. Il éprouvait de la contrariété, mais pas contre elle. « Que m'apprend-on, commença-t-il finalement, il paraît que vous refusez le divorce au jeune Knowell ?

– Moi ? Je n'ai jamais rien dit de tel.

– Cela m'avait paru peu vraisemblable, je l'avoue.

– J'ai un rendez-vous à six heures, observa Martha.

– J'étais bien certain que vous auriez un rendez-vous – vous en avez toujours. Mais comme il est déjà six heures passées, peut-être pourriez-vous réserver vos excuses pour un retard d'une durée plus valable. »

Martha songea à Anton qui l'attendait, s'agita, puis reprit son calme.

– Je me suis laissé dire », reprit M. Maynard d'une voix abrupte parce qu'il détestait d'avoir à aborder ce sujet, « que vous aviez donné à entendre que si le jeune Knowell entamait la procédure de divorce contre vous, vous contre-attaqueriez en le convainquant d'adultère. »

Ecœurée de colère et de dégoût, Martha répliqua : « Autrement dit, Mme Talbot redoute que sa précieuse Elaine soit citée comme complice, et elle vous a prié d'intervenir.

– Vous pouvez le traduire ainsi. » Elle se détourna de lui, comme pour bondir au loin. Observant l'expression de fureur et de répulsion qu'elle laissait paraître, il se hâta d'ajouter en riant : « Toute personne tant soit peu intelligente sait qu'en cas de divorce, même si les deux personnes en cause sont habituellement les gens les plus charmants et les plus honnêtes du monde, on ne peut pas croire un seul mot de ce qu'ils disent.

– Dans ce cas, je ne vois vraiment pas pourquoi vous vous donnez la peine de m'interroger. » Elle était prête à s'en aller.

« Non, attendez un instant. Je vous en prie, attendez. » Il s'était empourpré, à son tour : son beau visage lourd apparaissait à présent tout congestionné. Il passa une main lasse sur ses yeux clos. « Je me suis laissé placer dans une fausse position. Je ne sais pas pourquoi j'ai accepté de vous parler – mais je suppose que c'est nécessaire. Acceptez-moi comme émissaire. Dites-moi la vérité simplement, soyez gentille, et finissons-en.

– Toute cette affaire me soulève le cœur, observa Martha. Je ne vois pas pourquoi ce doit être si – dégoûtant. J'ai vu Douglas il y a quelques jours, il m'a annoncé qu'il demanderait le divorce parce que je l'avais quitté, et je lui ai donné mon accord. D'ailleurs, pourquoi aurais-je refusé ? Je ne vais pas me laisser embringuer là-dedans.

– Embringuer ? Mais ne l'êtes-vous pas déjà ?

– Non. Pas le moins du monde. » Comme il laissait paraître son ironie, elle poursuivit : « S'ils veulent en faire une histoire sordide, c'est leur affaire.

– Et pas la vôtre ?

– Non. Si Douglas raconte à Mme Talbot que je fais des complications, ce n'est pas pour se chercher une excuse et ne pas épouser Elaine, je suis certaine qu'il veut l'épouser...

– Pourquoi ? Je n'en suis pas si certain.

– C'est évident. Plus tôt il se remariera et plus tôt son amour-propre sera vengé, n'est-ce pas ? Il va manifestement épouser quelqu'un d'ici la fin de l'année – et il a déjà Elaine sous la main. Il se remariera dès le lendemain du divorce, pour bien marquer le coup.

– Vous voulez dire pour *vous* marquer le coup ?

– *Moi* ? » Martha exprimait une surprise sincère. « Pourquoi à moi ? Il se moque bien de moi. Il se soucie de ce que diront les gens, c'est tout.

– Ah !

– Et si Mme Talbot connaissait mieux Douglas, elle saurait qu'il invente toutes ces complications à mon sujet pour qu'Elaine et elle-même le plaignent terriblement, rien de plus.

– Vous n'avez sans doute pas pensé un seul instant que Douglas pourrait ne jamais vous pardonner d'avoir omis de faire appel à ses sentiments chevaleresques, et de ne pas avoir vous-même demandé le divorce ?

– Vous voulez plutôt dire qu'il ne me pardonnera pas de ne pas lui avoir donné l'occasion de se montrer noble et généreux aux yeux d'Elaine et de Mme Talbot – il y aurait gagné des mois et des mois de complaisance apitoyée.

– Ce degré de mépris est vraiment impardonnable, savez-vous », articula-t-il finalement, d'une voix ironiquement peinée comme si elle l'avait accusé personnellement.

« Ah, Seigneur, tout ce que je demande, c'est d'être débarrassée de cette affaire. Je passe mon temps à vous répéter... » Elle s'interrompit. En fin de compte, elle n'avait eu l'occasion de rien lui répéter du tout, et ce *vous* était strictement collectif. Son ancienne vie n'avait aucun rapport avec ce qu'elle était devenue.

« Ah », dit M. Maynard d'une voix définitive. Il examina attentivement ses belles mains pendant quelques instants. « Bien, votre attitude paraît claire, et je saisirai la première occasion pour transmettre votre message à Mme Talbot.

– Je ne vous ai chargé d'aucun message pour Mme Talbot.

– Vous ne pouvez pas attendre d'elle qu'elle vous approuve.

– Je ne vois pas pourquoi. Elle va enfin pouvoir obtenir ce qu'elle a toujours désiré – qu'Elaine puisse épouser Douglas. Dieu sait pourquoi elle y tient tant, mais je l'ai toujours senti.

– Oui, je pense que vous avez raison. Sur ce point, vous avez très certainement vu juste. » Surprise, Martha se retourna pour l'observer : la manière dont il prononçait ces mots impliquait une connaissance – pour l'instant ironique – de Mme Talbot plus profonde qu'elle ne l'avait soupçonné. Il cessa de contempler ses doigts et leva les yeux vers elle. Voyant ce regard fixé sur lui, il se hâter d'ajouter : « Mme Talbot et moi-même sommes de vieux amis. »

Elle haussa les épaules, impatientée à l'idée qu'il pouvait la croire intéressée le moins du monde.

« Bon », soupira-t-il, contrarié par ce haussement d'épaules. « Je ne parviendrai jamais à sonder les profondeurs compliquées de votre moralité mais si vous êtes choquée, comme il semblerait, je puis vous dire que vous manquez d'humour. »

Martha haussa de nouveau les épaules. Il la dévisagea, remarqua sa pâleur, sa maigreur, et le rictus malheureux de sa bouche.

« Votre fille vous manque ? s'enquit-il.

– Non, répliqua Martha avec une crispation farouche des paupières.

– Ah », lança-t-il d'une voix radoucie. « Bien, bien. Et vous allez épouser ce jeune homme ?

– Quel jeune homme ? Ah, vous voulez dire William ?

– J'ignorais qu'il pût y avoir confusion avec un autre.

– Il a été muté. Parce qu'il faisait de la politique.

– C'est justice.

– Puisque les gens peuvent mourir pour la politique, je ne vois pas pourquoi ils n'auraient pas le droit d'y prendre une part active.

– Quelle naïveté. Est-ce la ligne de ce torchon-là ? » Il tendit la main pour s'emparer d'un exemplaire du *Watchdog* et contempla la première page provocante en haussant les sourcils.

« Quel mauvais goût, n'est-ce pas ? railla Martha.

– En effet. Je préfère que la propagande de gauche s'exprime en bon anglais et paraisse dans les colonnes discrètes d'hebdomadaires sérieux où seuls des réactionnaires dans mon genre peuvent la discerner. J'aime y lire que : D'après notre correspondant, on estime qu'il n'est pas impossible... » Il lui adressa un sourire engageant. Elle n'y répondit point.

« Pourquoi l'appeler propagande ? Et de toute façon, ce n'est pas écrit pour vous. » Elle lui reprit le journal et le replia avec les autres.

« Ce n'est pas davantage pour vous, me semble-t-il.

– Quelle heure est-il ?

– Venez donc prendre un verre au Club.

– Au Club ? ricana-t-elle.

– Alors venez prendre le thé au Greasy Dick.

– Je vous ai déjà dit que je suis en retard.

– Recrutez-vous de nombreux émules parmi les classes laborieuses ? »

Pour la première fois, elle lui sourit et s'abstint de répondre.

« Eh bien, vous ne répondez pas ?

– Il faut que je m'en aille.

– Non, attendez un instant.

– Pourquoi, y a-t-il autre chose ?

– Oui, c'est au sujet de Binkie. Peut-être vous souvenez-vous de mon fils ?

– Bien sûr.

– Il nous a annoncé son intention d'épouser une personne du nom de Maisie. La connaissez-vous ?

– Pas vous ? Elle a traîné avec Binkie pendant des mois.

– Nous l'ignorions. Mais il semble qu'elle soit déjà deux fois veuve ?

– Oh, alors ce type de la R.A.F. a fini par se faire descendre ?

– Comme vous le dites. Le type de la R.A.F. s'est fait descendre. De même que son premier mari.

– Ce n'est tout de même pas sa faute.

– Binkie est en permission, et il tient absolument à épouser Maisie sur-le-champ. Je l'ai vue et, quand je lui ai demandé si elle y tenait absolument aussi, elle m'a répondu que cela lui était égal. Est-elle toujours aussi enthousiaste envers ses fiancés ?

– Bah, oui. C'est – une brave fille.

– Mon Dieu !

– Que voulez-vous savoir sur elle ?

– Voici maintenant trois jours que ma femme est en larmes, mais elle est manifestement prête à trouver Maisie charmante. Ce que je veux savoir, c'est si je vais la trouver charmante aussi.

– Elle n'est pas de votre milieu, répondit Martha. Est-ce là ce que vous vouliez savoir ? » Elle avait conscience d'employer ce terme exprès, en hommage aux vieilles habitudes de leur amitié ; elle avait appris à utiliser ce mot politiquement, et non socialement. Elle se sentit à nouveau entraînée dans un univers qu'elle avait dépassé, et lui en voulut pour cela.

« Non, ce n'est pas ce qui m'intéresse. Elle n'est sans doute pas de mon milieu, mais elle est assurément du même que Binkie. Je veux savoir si elle aura une bonne influence – vous savez, l'apaisement, la stabilité, ce genre de choses. Ou bien s'ils vont divorcer dès sa prochaine permission ?

– Ils se connaissent depuis des années. Mais pourquoi n'en parlez-vous pas avec Binkie ? »

Il s'assombrit et répondit : « Je trouve impossible de *parler* avec quelqu'un dont le langage consiste exclusivement en cris sauvages de plaisir ou de souffrance – que je suis d'ailleurs bien incapable de distinguer. » Il se pencha vers elle. « Chère amie, voudriez-vous aller parler de ma part à cette jeune femme ?

– Vous voulez que moi, j'aille lui demander de ne pas épouser Binkie ? s'exclama Martha scandalisée.

– Pourquoi pas ? Si elle se soucie aussi peu de qui elle épouse ? Et je comprends bien que c'est précisément votre opinion aussi ? Pour autant que je puisse en juger, ils se marient parce qu'ils ont pris une cuite ensemble la semaine dernière et que l'idée leur en est venue.

– Mais si *moi* j'en juge d'après ce que vous m'avez toujours dit, vous trouvez le mariage idiot de toute façon... Quelle différence cela fait-il ? Si Binkie n'épouse pas Maisie, il épousera l'une d'elles.

– Comment cela ?

– De la bande – la meute, si vous préférez.

– Vous voulez dire qu'il n'existe guère de choix parmi elles ? »

Secouée d'un frémissement d'impatience, Martha reprit : « Monsieur Maynard, je ne vois plus personne de la bande, ces derniers temps. Je ne vois vraiment pas pourquoi vous me demandez cela. Je n'ai pas revu Maisie depuis des mois – sauf dans la rue. Et je trouve absolument révoltant que vous puissiez me charger de faire pression sur elle. C'est vraiment dégoûtant, vous savcz.

– Je ne vois pas en quoi, répondit-il d'une voix lasse. Mais si vous le voyez ainsi, je n'ai plus rien à dire. »

Il fit un pas ou deux, puis se retourna pour déclarer : « Je vais vous donner un conseil, jeune dame. Vous feriez mieux de laisser les Cafres tranquilles. Vous n'imaginez tout de même pas qu'ils comprennent un seul mot de ce que vous leur racontez ? »

Martha répliqua poliment : « Le seul langage qu'ils comprennent c'est le fouet !

– Mon Dieu ! » s'exclama-t-il d'une voix sincèrement fâchée. « Qu'espérez-vous donc changer ? Il se trouve que nous tenons le pouvoir, et nous nous en servons. Qu'est-ce que l'histoire ? Une suite de misère, de brutalité et d'idiotie. Rien de plus. Et il en ira toujours de même. Peu importe qui dirige un pays : c'est toujours une bande de vauriens qui mènent des imbéciles. Ecoutez-moi, jeune dame. Si, pour des raisons qui m'échappent, le processus du pouvoir vous intéresse, si vous avez vraiment envie de tenir une part du gâteau, il suffit de bien jouer vos cartes et de vous placer dans une position de pouvoir. Pour une femme, c'est facile. Epousez un politicien et menez-le comme bon vous semble – il est plus facile de se marier, dans cette ville où tout le monde fourre son nez dans les affaires des autres, que de rester la maîtresse de quelqu'un. Si vous tenez vraiment à faire la sale besogne vous-même, laissez tomber toute cette bêtise socialiste et devenez conseillère municipale, et puis débrouillez-vous pour vous faire élire... » Il s'interrompit en voyant l'expression révulsée du visage de Martha, envahi par un profond sentiment d'injustice ; il venait de parler sérieusement, d'égal à égale.

Quant à elle, elle le dévisageait comme un spécimen des horreurs d'une époque révolue ; littéralement blême de dégoût.

« Très bien, dit-il, très bien. Mais rappelez-vous ceci : pendant que vous vous agitez en braillant toutes ces histoires de socialisme, nous ne sommes pas en Angleterre où le système tolère les élans sociaux des adolescents. Ce pays est une poudrière, et vous le savez fort bien. La situation peut exploser d'un moment à l'autre – et si vous imaginez que les hordes de sauvages ne vous trancheront pas la gorge aussi bien qu'à moi, vous êtes bien sotte. »

Martha songea qu'il ressemblait à un limier, ainsi penché pour lui parler, avec ces yeux profonds aux paupières lourdes qui la fixaient avec une insistance péremptoire pour la convaincre. Elle comprit qu'il lui parlait d'homme blanc à homme blanc ; et qu'il connaissait si peu ses convictions qu'il ne pouvait guère imaginer comme cet appel paraissait méprisable, et même ridicule. Elle éprouvait la même chose que devant Mme Carson : elle écoutait d'une voix déjà morte ; elle écoutait l'enregistrement d'une voix qui, autrefois, avait paru juste.

Il lui paraissait même assez pathétique. « Je suis affreusement en retard », dit-elle. Il maintint la pression de son regard sur elle pendant encore quelques instants, les lèvres serrées ; puis il déplaça le poids de son corps impeccablement vêtu pour aller reprendre sa place au volant, la salua d'un signe de tête guindé et s'éloigna.

La bicyclette de Martha se trouvait parmi d'autres, appuyée au mur d'un magasin indien. Un jeune Indien adossé à l'encadrement de la porte, où pendaient des perles et des sachets d'épices, contemplait deux enfants noirs accroupis dans la rue qui jouaient à faire tourner les pédales des bicyclettes ; une douzaine de pédales étincelantes au soleil couchant tournoyaient ainsi, et les enfants sautaient d'un vélo à l'autre comme des grenouilles pour relancer le mouvement. Dès que le jeune Indien aperçut Martha, il s'avança avec empressement, releva les enfants noirs d'un geste brusque et cogna leurs têtes l'une contre l'autre. « Saletés de Cafres, dit-il, retournez tout de suite à la Réserve. Rentrez chez vous, filez, sales chiens de Cafres. » Il fixa un regard obséquieux sur Martha dans l'espoir d'obtenir un sourire approbateur de la femme blanche. Martha prit sa bicyclette d'un air renfrogné pour tenter de montrer qu'elle n'appréciait nullement cette affaire, et s'éloigna rapidement, tandis que derrière elle s'élevaient les voix aiguës des enfants : « Sale Juif indien. Sale Juif indien. » Et l'Indien hurla en retour : « Sales petits chiens de Cafres. »

Un sentiment de découragement s'abattit soudain sur Martha. Elle pensa à M. Maynard et à l'incident de la bicyclette, et sentit s'accroître son découragement. Sans doute était-ce parce qu'elle n'avait rien mangé depuis la veille. Et elle avait trois quarts d'heure de retard pour son rendez-vous avec Anton.

Le Black Ally grouillait d'uniformes bleu-gris, et elle ne distingua pas tout de suite Anton. Elle l'aperçut enfin dans un coin, occupé à manger en lisant un livre. Il referma le livre à son arrivée. « J'ai presque fini, observa-t-il.

– J'ai été retardée par M. Maynard. »

Les yeux d'Anton se firent soupçonneux, et il déclara : « J'espère que tu es restée prudente. »

Elle se mit à rire et répondit : « Il m'a dit que nous n'avions pas le droit d'exciter les Cafres.

– Qui, *nous* ?

– Voyons, Anton, ils ne sont pas idiots. Ils doivent bien savoir qu'il y a un groupe ou quelque chose de ce genre.

– Nous avons décidé que le groupe resterait secret.

– Mais, Anton, quelle est l'utilité de prendre des décisions si... » Elle fut incapable de poursuivre, à cause de l'intensité du regard fixé sur elle. « Les décisions sont des décisions, il faut les appliquer. »

Elle eut conscience de déchoir en ayant recours à l'humour pour atténuer cette tension : « Il a dit qu'en Angleterre ce serait très bien d'être socialistes, mais qu'ici le socialisme consistait à saper la suprématie blanche.

– Oui, oui, oui. » Il continuait à manger, sans sourire et sans cesser de la guetter. « Et maintenant, que voulais-tu me demander ? »

Elle n'avait pas prévu que sa « conversation personnelle » avec Anton se présenterait comme une question à l'ordre du jour ; et elle se sentait à présent frivole d'avoir attendu quelque chose d'autre. Elle se hâta de répondre : « Oh, peu importe. Les problèmes personnels ne comptent pas, de toute façon.

– Eh, oui, nous avons tous nos problèmes personnels », observa-t-il entre deux bouchées méthodiques. Puis, remarquant l'expression de Martha, il posa son couteau et sa fourchette pour lui parler. « La vie personnelle d'un camarade devrait interférer le moins possible avec son travail », dit-il. Un groupe d'aviateurs se leva, à la table voisine, et ils se penchèrent par-dessus les têtes d'Anton et de Martha pour attraper leurs casquettes et leurs vestes accrochées à un portemanteau dressé dans un coin. Ils adressèrent à Martha le sourire de camaraderie que tous les hommes du camp présentaient aux « rouges » de la ville. Elle leur rendit leur sourire et remarqua l'expression réprobatrice d'Anton. Il poursuivit cependant : « Pour une femme, la situation est plus difficile que pour un homme ; et c'est pourquoi les femmes ont droit à l'assistance de leurs camarades masculins. A mon avis, les problèmes des femmes n'ont pas suffisamment été étudiés par le Parti. » Cette affirmation donna à Martha le sentiment de pénétrer enfin dans l'univers de la compréhension et du soutien, et elle attendit, dans l'espoir qu'Anton continuerait. Mais il cherchait la serveuse du regard. « Que veux-tu manger ? demanda-t-il.

– Oh, mais tu as fini, ce n'est pas grave.

– Tu as mangé plein de pain. Et tu vas sans doute me dire que cela te suffit et courir là-haut pour la réunion. As-tu déjeuné, à midi ? Non, sans doute pas. A mon avis, tu devrais faire trois solides repas par jour, et dormir le nombre d'heures qu'il faut. Oui, oui, tu peux continuer ainsi pendant cinq ans, sans manger ni dormir, mais ensuite tu finiras par être malade et te retrouver à la charge des camarades. Le souci de sa santé est l'un des tout premiers devoirs du camarade. » Il avait prononcé ces phrases sur le même ton que ses observations sur la condition de la femme : mais Martha éprouvait désormais de l'irritation, en songeant que sa mère aurait pu dire le même genre de choses. Elle pensa alors : A mon âge (elle avait vingt-trois ans), je devrais avoir surmonté cette rancœur automatique et ce désir de fuite chaque fois que quelqu'un exerce une quelconque pression sur moi. C'est un réflexe dû aux querelles que j'ai eues avec ma mère. Elle déclara : « Je vais faire un effort et tenter d'être plus raisonnable. »

La serveuse s'approcha. Elle avait été en classe avec Martha, et elles échangèrent un sourire. Elle tendit le menu à Anton d'une manière qui indiqua clairement à Martha qu'elle se montrait ironiquement impressionnée par ce drôle d'oiseau étranger. « Cette jeune dame prendra une solide ration de ragoût et de légumes, dit Anton. Et aussi de la compote. »

La serveuse transmit la commande à un serveur noir qui passait, comme si elle avait été la patronne ; puis elle alla flirter maternellement avec une tablée d'aviateurs. Elle avait machinalement pris une intonation dure et méprisante pour s'adresser à l'Africain. Martha observa ce phénomène familier pour la millième fois, et raconta à Anton l'incident survenu entre le jeune Indien et les enfants noirs. Le découragement la reprit comme elle se remémorait l'affaire ; Anton l'écouta en silence puis, comme elle attendait manifestement un quelconque commentaire de sa part, finit par déclarer : « Le capitalisme crée entre les êtres humains des divisions qui disparaîtront à l'avènement du socialisme. »

Le serveur noir déposa une assiette devant elle, et la serveuse interrompit son escarmouche joviale avec les aviateurs pour demander : « Tout va bien, Matty ? » puis, au serveur, « Jim, je passe ma vie à te répéter... » Et dans un mouvement de vive impatience, elle suivit le garçon qui s'était hâté de disparaître derrière la tenture qui dissimulait la porte de la cuisine. Leurs voix s'élevèrent dans l'autre pièce : « Jim, je me tue à te le dire, je te l'ai dit une fois, je te l'ai dit cent fois, je te l'ai dit mille fois – ce n'est pas ainsi qu'on place les couteaux et les fourchettes.

– Mais, missus, mais c'est le patron qui l'a dit.

– Je me moque de ce que le patron t'a dit, c'est *moi* qui te le dis.

– Oui, missus. »

Martha déclara d'une voix farouche : « Je me dis parfois qu'il faudra bien autre chose que le socialisme pour guérir ce pays.

– Le socialisme, répondit Anton, guérira tout.

– Tu n'as pas vécu ici, tu ne te rends pas compte.

– En effet, mais j'ai l'avantage d'avoir vécu en Allemagne nazie avec un quart de sang juif. »

Impressionnée par cette richesse d'expérience, elle ne trouva plus rien à répondre et se concentra sur son assiette.

« Tu vas te détraquer le système digestif », observa Anton. Sa bouche crispée ébaucha un petit sourire paternel.

Elle se demanda s'il parlait à cette Autrichienne idiote de sa santé et de sa digestion et le regarda sans doute d'un œil songeur, car il changea aussitôt d'expression. « Et qui amènes-tu ce soir à la réunion ? » interrogea-t-il d'une voix presque accusatrice. Mais l'instinct de Martha lui souffla que l'accusation ne portait pas sur l'aspect politique de la question ; et elle répondit d'un ton badin : « Personne. J'ai sans doute dû trop m'occuper de William pour faire correctement mon travail. »

Il la dévisagea avec une insistance qui la fit rougir jusqu'à la racine des cheveux, et déclara : « Comme je te le disais, les femmes ont des problèmes spécifiques. » Mais cette fois, l'observation lui déplut, et sa rougeur vira au dégoût. « En fin de compte, je ne veux pas de compote », dit-elle, et elle se leva. Il rassembla ses papiers, paya les deux repas, et la suivit dehors où elle l'attendait, le dos à la porte du café, en contemplant la rue. Elle réfléchissait : dans le fond, il est avec cette Autrichienne depuis un bon moment... S'il s'intéresse à moi (son instinct le lui disait), peut-être est-ce parce que j'ai quelque chose en commun avec *elle*. Elle se méprisa pour cette pensée ; car elle éprouvait de la pitié pour Toni Mandel, mais guère de respect. Ce serait bien plus pratique pour Anton, se disait-elle, s'il m'avait à la place de l'autre : sa vie ne se diviserait plus en deux univers. Le cynisme de cette réflexion l'étonna, et elle s'enquit d'une voix agressive : « Pourquoi n'amènes-tu pas Mme Mandel dans le groupe ?

– Certaines personnes ne sont pas faites pour la politique. Elle n'est pas un être politique.

– Tu nous as pourtant dit que chacun *doit* être politique, et l'est nécessairement. Tu as même dit un jour que si tu te trouvais seul avec n'importe qui au monde sur une île déserte pendant une semaine, tu pourrais le convaincre de la justesse et de la logique du communisme.

– Oui, oui, oui. Mais il faut cependant se montrer tolérant dans certaines circonstances. » Ils gravissaient à présent l'escalier sombre. « Alors donc tu n'amènes personne ? Sais-tu qui amènent les autres ?

– J'ai vu Marjorie, tout à l'heure. Elle vient avec Colin Black. »

Même dans l'obscurité, elle sentit qu'il se raidissait. « Qui est ce Colin Black ?

– Tu l'as vu aux réunions du club : C'est son ami. »

Elle se souvint de l'attitude particulière d'Anton à l'égard de Marjorie et songea : Peut-être envisageait-il de se l'approprier ? Il doit pourtant bien avoir remarqué qu'elle est toujours avec Colin ? La lumière du bureau inonda soudain le visage d'Anton, qui se révéla très crispé. La pièce était bondée, et Marjorie se trouvait assise auprès de Colin. Anton la saluait habituellement en premier, Martha s'en souvint : cette fois il ne salua personne et se dirigea d'un pas guindé vers la table, s'y assit, et installa ses papiers sans jeter le moindre regard sur lcs autres qui, sous l'effet de son évidente autorité, se turent en attendant, assis sur les bancs qui longeaient les murs. Sur chaque visage apparaissait une expression de joyeuse impatience ; et Martha sentit revenir son enthousiasme et disparaître le doute et le découragement qui l'avaient accablée dans le café puis dans la rue. Elle s'assit et observa les nouveaux visages.

Elle les connaissait tous à l'exception des aviateurs qui accompagnaient Andrew, cinq hommes vêtus du lourd uniforme gris et composant manifestement un groupe dans le groupe. Colin, l'ami de Marjorie, était un jeune fonctionnaire corpulent aux cheveux sombres qui, l'œil solennel derrière ses lunettes, contemplait à tour de rôle les personnes présentes en s'interrompant de temps à autre pour jeter un regard tendre à Marjorie. De l'autre côté de cette dernière était assise une jeune fille brune et mince, extrêmement jolie. Elle s'appelait Carrie Jones et travaillait dans une société de commerce. Jasmine avait introduit un Africain que personne n'avait jamais vu, de stature massive, et qui contemplait l'assistance d'un œil bienveillant. Jasmine avait également amené un couple marié, Marie et Piet du Preez. Piet était un gaillard solide et placide, qui occupait une fonction importante dans le mouvement syndical blanc. Son épouse, au visage sympathique et sérieux, semblait vêtue pour aller prendre le thé : étroite robe à fleurs et hautes sandales blanches. De l'autre côté de Piet était assis un adolescent fluet, sans doute un de ses protégés du syndicat. Il avait le visage rouge et embarrassé, qui pelait par suite d'un coup de soleil ; ses yeux gris exprimaient la bonne volonté et ses cheveux dorés par le soleil étaient aplatis à grand renfort de pommade – mais en vain, car ils commençaient déjà à rebiquer en mèches rebelles.

Les quinze personnes présentes s'observaient avec un intérêt respectueux, dans un silence tel que les bruits du Black Ally emplissaient la pièce, tandis que les relents de cuisine concurrençaient l'odeur acide de la craie qui régnait habituellement dans le bureau.

Andrew McGrew, qui avait ôté sa veste et l'avait roulée en boule pour se caler les reins, retira sa pipe de sa bouche le temps d'adresser un signe de tête à Anton et de dire : « En avant. »

Par la position renfrognée de ses épaules et obstinément baissée de sa tête, Anton leur rappelait ce qui avait été convenu : il n'aurait pas dû y avoir plus de dix personnes présentes ce soir. Il déclara sans relever la tête : « Tout d'abord, établissons clairement l'objectif de cette réunion. »

Andrew répliqua d'une voix impatiente : « Les personnes présentes sont ici parce qu'elles croient au communisme. »

Un mouvement d'approbation et d'intérêt parcourut l'assistance, ponctué d'exclamations. Jasmine se hâta d'ajouter, dans l'espoir manifeste de dissiper toute hostilité entre les deux hommes : « Il a été convenu que nous convierions à cette réunion des gens désireux d'être recrutés comme membres. Il a également été convenu que tu nous ferais un bref exposé sur le marxisme. »

Anton s'entêta : « Il est essentiel de savoir si les personnes présentes se considèrent comme des recrues prêtes à devenir membres ou non.

– Je pense que M. Hesse a parfaitement raison », intervint Piet du Preez. « En ce qui me concerne, je ne suis pas certain de mon objectif. Je ne parle pas du communisme. J'ai côtoyé le Parti dans le Sud, l'an dernier, et ça me paraît sans problèmes. Mais il faudrait que nous en sachions davantage sur ce groupe. On en parle beaucoup, en ville. Mais s'agit-il d'un groupe communiste officiellement constitué, ou bien d'un groupe de discussion ? »

Anton garda le silence. Jasmine se tourna donc vers Andrew, qui répondit : « C'est un groupe communiste. Un groupe communiste secret. Mais les gars du camp sont simplement ici pour écouter, et décider s'ils veulent adhérer. Le camarade Anton semble estimer qu'il ne devrait rien dire avant de savoir si les gens veulent adhérer.

– Dans ce cas, dit Anton, il faudrait le définir ainsi : les personnes ici présentes sont venues pour assister à une discussion sur le marxisme, après quoi elles décideront si elles désirent ou non se joindre au groupe.

– Mais c'est ce que nous disons depuis le début », s'exclama Marjorie avec une impatience amusée. Martha avait observé que la jeune fille s'efforçait d'attirer l'œil d'Anton pour obtenir son habituelle approbation paternelle, et qu'elle était maintenant vexée parce qu'il semblait la voir sans la reconnaître. Il répliqua d'une voix glaciale : « Précisément. Il faut savoir où nous en sommes exactement. Je vais à présent vous parler du marxisme pendant trois quarts d'heure, en mettant particulièrement l'accent sur la conception matérialiste de l'histoire, et cet exposé sera suivi d'une discussion. Les personnes présentes décideront ensuite, sur la base de ce qu'elles auront entendu, si elles désirent adhérer.

– En fait, intervint la jolie fille brune en se penchant en avant, nous connaissons tous plus ou moins le Parti, non ? J'ai été recrutée l'an dernier à Londres. Bon, j'étais en vacances, alors cela ne compte peut-être pas, mais j'ai quand même quelques notions, et je pensais que les autres aussi. »

Contrôlant son irritation, Anton manipulait lentement ses papiers.

Andrew s'enquit : « Y a-t-il ici quelqu'un qui n'ait eu aucun contact avec le vrai parti communiste ? »

Le garçon assis auprès de Piet devint écarlate. Piet lui donna un coup de coude amical et leva la main comme un écolier pour déclarer : « Je n'ai encore rien fait. »

Et l'Africain Elias Phiri répondit d'un signe de tête aux coups d'œil d'Andrew, en précisant : « J'ignore tout de ces questions. Mais cela m'intéresse beaucoup. »

Ils l'observèrent tous aussitôt avec la plus vive cordialité : c'était en somme pour le bien de son peuple qu'ils se trouvaient tous rassemblés ce soir. Il accueillit leurs regards avec un large sourire.

« A présent, nous savons tous où nous en sommes », conclut Andrew. « Les gars présents ont déjà eu une expérience en Angleterre. Mais cela ne peut faire de mal à personne, d'entendre énoncer les principes.

— Au contraire », approuva calmement Anton ; et il les dévisagea lentement, l'un après l'autre. Il commença : « Camarades, nous sommes encore à l'aube de l'histoire humaine. Nous avons cette chance et cette responsabilité suprêmes de vivre en un temps où l'humanité effectue le premier grand pas pour passer de la barbarie et du chaos de la production sauvage à la lumière du socialisme — de l'enfance de notre espèce à sa maturité adulte. De nous, de tous les gens comme nous à travers le monde, membres organisés du parti communiste, dépend l'avenir de l'humanité, l'avenir de notre espèce. »

Il s'exprimait lentement, tirant l'une après l'autre les phrases de son cerveau, où elles étaient accumulées dans un état d'attente, et il les offrait à son auditoire d'une voix mesurée, sans hâte, anonyme plutôt que froide.

Martha se rendit compte qu'elle s'était penchée en avant, tendue, sur son coin de banc dur. Jetant un coup d'œil autour d'elle, elle constata qu'ils partageaient tous cet état de joie et de délivrance. Il lui semblait que cette voix sans hâte la coupait du passé, de ce passé sordide que M. Maynard lui avait décrit l'après-midi même comme une accumulation de misère, de brutalité, et de bêtise, « une bande de vauriens qui mènent des imbéciles ». C'était terminé. Elle éprouvait un sentiment d'infinie compassion : pour le passé pitoyable, et pour les innombrables malheureux du monde qu'elle s'engageait à libérer.

Cette voix calme la ramenait également aux éléments de son enfance qu'elle possédait encore, aux instants d'expérience qui lui paraissaient permanents et vrais ; aux instants d'illumination et de foi.

La voix disait : « Camarades, l'infinie complexité des événements, chacun avec sa part d'action et d'interaction, de sorte qu'aucun phénomène au monde n'est isolé ou indépendant des autres – dans la nature, rien n'arrive seul... » et elle se sentit ramenée à la conscience des forces et des poussées naturelles qui s'étaient conjuguées avec la substance de sa propre chair jusqu'à ne faire qu'un dans les moments d'illumination de son passé.

La voix disait : « Camarades, l'illusion bourgeoise de l'éternité, l'illusion que le système actuel de gouvernement est permanent... » et la terrible peur qui la hantait, ce cauchemar du mal inévitable et sans cesse renaissant, se trouva refoulé par les mots dans un coin où il n'était plus dangereux.

Elle disait : « Camarades, les hommes font l'histoire... » et Martha sentait ses épaules se redresser dans un sursaut d'énergie, comme si elle avait reçu un gage de confiance. Elle avait ressenti la même chose, des années auparavant, quand les frères Cohen, au bourg, lui avaient confié des livres comme s'ils lui eussent remis une clef en ayant confiance qu'elle saurait s'en servir correctement.

Elle disait encore : « Les motivations des hommes qui, dans le passé, faisaient l'histoire, étaient souvent bonnes ; mais l'idéologie des réformateurs n'avait bien souvent aucun rapport avec ce qu'ils accomplissaient réellement ; voici la première fois dans l'histoire que les hommes peuvent accomplir ce qu'ils *veulent* accomplir ; car le marxisme est la clef de la compréhension des phénomènes ; à notre époque, nous entrevoyons la fin de ce terrible processus qu'a montré par exemple la Révolution française, quand des hommes ont marché vers la mort par milliers pour de nobles idées – dans leur cas, la liberté, l'égalité, la fraternité, alors qu'ils détruisaient tout simplement une classe pour donner à une autre le pouvoir de voler et de détruire. Pour la première fois, la conscience et l'accomplissement sont liés, main dans la main, complémentaires... » Et Martha eut l'impression qu'une lumière s'allumait pour elle ; elle pouvait continuer d'admirer les grands hommes qu'elle avait admirés ; ils avaient été mal guidés, voilà tout. Et elle-même n'avait nul besoin de s'épuiser rageusement (comme son père, par exemple) dans la certitude de la foi trompée. L'idéalisme, qu'il fût bon ou aigri, ne pouvait plus à l'avenir être une passion mal guidée.

L'assurance calme et responsable de la voix d'Anton transportait Martha dans un état de sérénité et de détermination. Elle savait que chaque personne présente éprouvait la même chose. Elle était liée à eux tous, du plus profond d'elle-même. En écoutant, les gens échangeaient des petits sourires confiants ; leurs yeux se juraient fidélité entre eux et envers l'humanité entière.

Anton Hesse parla pendant plus de trois quarts d'heure. On ne pouvait guère dire qu'il se laissait emporter – ce n'était pas le cas ; mais ses paroles contenaient la force et la passion des grands hommes à qui il les avait empruntées ; et le silence confiant des quinze personnes qui l'écoutaient l'emplissait d'une foi en eux qui lui avait manifestement manqué au début de la réunion. Ses yeux bleu pâle, étincelants sous la lumière blanche qui tombait sur sa tête, observaient les visages à tour de rôle – non pour les solliciter, mais pour leur insuffler sa certitude, car les mots qu'il employait prouvaient sa confiance et sa justesse.

Il termina par ces mots paisibles : « Camarades, je vous ai exposé les grandes lignes de cette structure de pensée : le marxisme. Il ne faut pas vous imaginer que j'aie développé là autre chose qu'un exposé sommaire. Si nous voulons être sérieux, il faudra étudier. Etudier farouchement. »

Ses épaules s'affaissèrent et sa tête s'inclina vers ses papiers, qu'il se mit à rassembler comme s'il avait voulu s'en aller tout de suite.

« J'aimerais féliciter le camarade Anton pour cet exposé, le meilleur que j'aie jamais entendu sur le marxisme », déclara Andrew. « Je suggère que nous le nommions immédiatement responsable de la formation.

– D'accord », approuva aussitôt Jasmine.

Anton observa alors avec une ironique patience : « Camarades, puis-je vous rappeler que dans le Parti on ne nomme pas un responsable, de la formation ou d'autre chose, sur un élan d'enthousiasme ?

– Très juste, répondit Andrew. Excusez-moi.

– Y a-t-il quelqu'un ici qui ne désire pas adhérer au groupe ? » interrogea Jasmine.

Nul ne prit la parole. Au bout de quelques instants, on pouvait constater qu'ils observaient tous l'Africain Elias. Il sourit et hocha la tête. Andrew déclara : « Je pense que je peux parler au nom des gars du camp ». Les quatre aviateurs qui l'entouraient acquiescèrent.

« Alors personne ne veut rester en dehors, bien sûr », s'exclama Marjorie d'une voix vibrante.

L'un des aviateurs, un Ecossais à la chevelure flamboyante, devint écarlate et déclara sur un ton de désespoir volontairement lugubre : « Mais, les gars, je ne suis pas un puits de science, moi. S'il s'agit de retourner à l'école, moi je veux bien. J'ai lâché les études à quatorze ans ; je suis un ouvrier ordinaire, c'est tout. »

A quoi le gamin Tommy Brown fit écho : « Je pense pareil. Je ne peux pas suivre tout cela. Enfin j'ai bien aimé ce que vous disiez, mais j'ai quitté l'école à quinze ans. »

Anton se redressa et fixa son regard sur le jeune Ecossais, puis sur l'adolescent colonial. Il déclara finalement : « Camarades, dois-je comprendre que vous ne jugez pas les *travailleurs* capables d'étudier ? De s'instruire ?

– Eh, là », s'écria l'Ecossais. « Que personne ne dise rien contre les travailleurs quand je suis là. Mais tout ça se passe au-dessus de ma tête, c'est la vérité.

– Non, ce n'est pas la vérité », répliqua Anton Hesse. Il se pencha en avant et imposa son regard à Murdoch Mathews, originaire des taudis de Glasgow. Le jeune homme se tortilla avec embarras sous ce regard glacial. « Camarade, quand tu parles ainsi, cela montre que la propagande capitaliste sur l'infériorité des travailleurs t'a marqué. Tu es victime de leur propagande. En tant que travailleur tu mérites ce qu'il y a de mieux. »

Après avoir tenté d'échanger quelques coups d'œil amusés avec l'adolescent Tommy, qui était bien trop sérieux pour avoir de l'humour, Murdoch insista : « En tout cas, je ne comprends pas la moitié de ce que tu dis, camarade. » L'intonation restait faiblement accusatrice. Cependant, il se redressa sous le regard péremptoire d'Anton et reprit d'un voix différente, redevenue adulte et responsable : « Mais je veux bien. Je suis prêt à apprendre, si tu es prêt à m'instruire. »

Le camarade Anton se tourna vers Tommy : « Camarade Tommy, n'as-tu vraiment pas compris ce que j'ai dit ?

– J'ai compris en gros », répondit Tommy sur un ton d'excuse. « Mais tu employais beaucoup de mots trop compliqués.

– Eh bien, je suis navré. Il faudra me corriger, désormais. Cela a toujours été mon plus gros défaut. Mais dans une langue étrangère, ce n'est pas toujours très facile, de trouver le mot juste.

– Tu parles l'anglais mieux que moi, répliqua Tommy avec une admiration teintée d'hostilité.

– Les étrangers parlent toujours mieux l'anglais que les Anglais », déclara Marjorie dans un tel élan d'admiration pour Anton qu'il leva les yeux et lui octroya ce petit sourire paternel et indulgent qu'elle avait l'habitude de recevoir. Mais Colin Black la contemplait d'un œil béat ; le visage d'Anton s'assombrit, et il déclara en jetant un coup d'œil à la ronde : « Alors maintenant, nous allons tous pouvoir travailler à notre théorie ? »

A ces mots, l'un des aviateurs qui n'avait encore rien dit, un grand garçon négligé au visage pâle et osseux sous une épaisse tignasse brune, déclara : « Je tiens à vous rappeler, camarades, que la théorie doit rester étroitement liée à la pratique.

– Tu as été au Parti ? » interrogea Anton, sans ajouter *bien sûr,* mais son intonation l'impliquait clairement ; le jeune homme s'était exprimé avec autant d'autorité que lui-même.

« Trois ans, répondit l'aviateur.

– Tu as parfaitement raison. Nous n'oublions pas l'unité de la théorie et de la pratique. Mais avant de mettre nos idées en pratique, nous avons besoin de savoir quelles sont nos idées. En bref, nous avons besoin d'analyser la situation... » Il remarqua les sourires indulgents qu'échangeaient Jasmine, Martha, Marjorie et Andrew, la vieille équipe, et ébaucha un haussement d'épaules impatient. « Nous avons besoin, disais-je, d'analyser la situation. Mais avant de pouvoir l'analyser, nous devons en discuter. Et avant d'en discuter, nous devons nous organiser de telle manière que le groupe puisse bénéficier de l'expérience et des connaissances de chaque camarade.

Nous devons donc d'abord discuter d'organisation.

– Faute d'un seul clou, la bataille fut perdue », lança Marie du Preez avec un sourire plein d'humour. Mais l'humour disparut de son visage lorsque Anton se tourna vers elle pour déclarer : « Oui, précisément. Nous sommes marxistes – ou prétendus tels. Nous appliquons donc notre esprit à une situation existante, et agissons en conséquence. »

Marie marqua un imperceptible amusement résigné en baissant la tête, tandis que son mari lui adressait un grand sourire de côté.

« Oui, oui, oui, dit Anton, et il attendit.

– Je propose donc, commença Andrew, que le camarade Anton Hesse nous expose son plan pour l'organisation du groupe.

– Accepté », approuva Jasmine. Personne n'émit d'avis contraire.

Anton proposa le principe d'une réunion hebdomadaire, présence obligatoire, pour les affaires courantes, les rapports sur le travail accompli, la critique et l'autocritique. Il devrait également y avoir une réunion hebdomadaire, présence obligatoire, pour la formation marxiste. Et il faudrait aussi une réunion hebdomadaire, présence obligatoire, pour étudier l'organisation politique.

« Cela fait trois soirées », remarqua le jeune homme sombre et austère. « Nous n'avons pas tous autant de temps libre dans la semaine.

– Et ma petite amie, alors », protesta Murdoch d'une voix railleuse ; mais Anton répliqua : « Tant pis pour la petite amie », et il céda avec un bruyant soupir.

Comme il était hors de question de bloquer trois soirées et que ce petit groupe de gens dirigeait une demi-douzaine d'organisations parmi les plus actives et les plus exigeantes de la ville, on convint qu'il y aurait une seule réunion obligatoire par semaine, où seraient combinées la formation et l'organisation politique. On convint également qu'Andrew donnerait, au camp, des cours sur le marxisme aux aviateurs. Que le groupe resterait secret. Qu'il n'y aurait pas de cartes de membres. Qu'ils seraient uniquement liés par leur décision d'obéir à la discipline et à la volonté de la majorité.

« Pourquoi le groupe devrait-il rester secret ? » s'enquit alors le jeune Tommy Brown. « Enfin, je veux dire qu'on est en démocratie, non ? » Une rafale de rires salua ces paroles, et ils lancèrent des coups d'œil en direction d'Elias l'Africain, qui déclara gentiment : « Oui, c'est une démocratie, en effet.

– Je comprends ce que vous voulez dire », répondit Tommy avec embarras. Puis il se pencha au-dessus des autres et lança chaleureusement à Elias : « Je suis désolé, camarade Elias. J'ai encore beaucoup à apprendre. »

Elias répondit d'un geste ample et bienveillant.

« Etant convenu que nous vivons en démocratie et qu'un parti communiste n'y serait pas toléré, nous garderons le secret », conclut Anton.

Bill Bluett, l'aviateur taciturne, observa : « Il n'y a plus grand-chose de secret dans cette affaire – j'ai entendu parler d'un groupe depuis déjà plusieurs mois, au camp.

– Comme nous semblions nous-mêmes incapables de décider s'il existait un groupe ou non, répondit Anton, votre confusion ne nous étonne guère. Mais à l'avenir nous devrons nous comporter en révolutionnaires, et non en volailles, de basse-cour. »

Ils se levèrent, les uns et les autres, s'étirant et se massant après être si longtemps restés assis sur les bancs. Elias annonça qu'il devait partir aussitôt. Ils se sentirent tous coupables ; il s'en allait le premier pour leur éviter l'embarras, en descendant l'escalier tous ensemble, de décider de poursuivre la soirée dans un café où il n'aurait pas le droit d'entrer. Ils lui firent tous des adieux chaleureux en lui serrant la main, et se rendirent compte que jamais ils ne se serraient la main entre eux. L'effort d'éviter certaines formes de discrimination raciale mène souvent à en pratiquer d'autres.

Elias s'en alla ; les aviateurs partirent prendre leur car. Les civils restèrent et, ne pouvant se résoudre à se séparer, descendirent prendre un café au Black Ally où comme toujours ils parlèrent de l'Union soviétique avec une ardente nostalgie.

Les du Preez s'en allèrent les premiers. Puis Marjorie partit avec Colin. Les petites grimaces et les haussements de sourcils qui suivirent leur départ manifestaient clairement que le groupe reconnaissait en eux un bon couple ; la charmante spontanéité de Marjorie semblait faire bon ménage avec le flegme et le bon sens de Colin.

Restaient Anton, Jasmine, Martha, Tommy et Carrie.

Le visage en feu et le cheveu en bataille, Tommy exposait passionnément à Jasmine les carences de son éducation. Elle lui promit de le voir le lendemain à quatre heures, après le travail, pour mettre au point une liste de livres à lire. Carrie maintenait sur Anton la pression de ses beaux yeux sombres, et Martha songea qu'elle devait subir son attrait ; elle s'étonna d'en ressentir une morsure de jalousie. Son comportement devint aussitôt gauche et cassant à l'égard d'Anton. Mais aucune des deux jeunes femmes ne tira le moindre profit de ses émotions, car Anton se leva et déclara calmement : « Il faut que j'aie mon compte de sommeil. » Puis il les quitta en les saluant d'un signe de tête guindé.

Il était maintenant minuit, et il ne leur restait plus aucune excuse pour s'attarder. Ils se séparèrent en se jurant de se retrouver dès le lendemain le plus tôt possible.

Martha trouva Mme Carson debout dans sa cuisine, toutes lumières éteintes. Vêtue d'une fine chemise de nuit et l'oreille collée à la jointure de la porte qui menait au jardin, elle tremblait de froid et de peur exquise. Ce soir-là, Martha n'eut aucun mal à rassurer la pauvre femme et à la convaincre de regagner son lit.

CHAPITRE QUATRE

L'EXTRÉMITÉ de la Vista Cecil John Rhodes montait jusque dans une riche banlieue surnommée le Perchoir du Voleur. Dans le bas de la ville, elle s'effaçait dans un fouillis de voies ferrées où restait encore un peu de terre huileuse et puante et d'où surgissaient ici et là quelques touffes d'herbe. Juste au-delà s'étendaient côte à côte le cimetière blanc et le quartier indigène.

Avant de parvenir jusqu'aux voies ferrées, la Vista était bordée sur plusieurs centaines de mètres de hangars, de magasins et de teintureries, et c'était l'une des quatre rues parallèles collectivement désignées comme Quartier Métis. Le long de ces quatre rues, Martha vendait *The Watchdog* de porte en porte. Théoriquement, elle devait consacrer deux heures par semaine à cette activité. Mais elle y passait en vérité trois ou quatre après-midi par semaine, et trois aviateurs avaient été désignés pour l'aider. Afin de décourager l'immoralité et la multiplication du métissage, le Quartier Métis était interdit aux soldats ; mais les trois lieutenants de Martha avaient imité un grand nombre de soldats qui gardaient des vêtements civils en divers recoins et cachettes de la ville pour pouvoir se changer et rendre visite à leurs amis métis ou à des femmes.

Le point de rendez-vous des vendeurs du *Watchdog* était une boutique indienne située à l'extrémité de la Vista. Un soir à six heures, alors que Martha venait de livrer les quatre douzaines d'exemplaires que le commerçant indien vendait pour elle et qu'elle attendait paisiblement ses collègues dehors, une petite fille traversa la rue en courant vers elle, ses hanches osseuses perçant au travers d'un gros accroc à sa robe. « Missus, missus », dit-elle, « maman t'appelle. » A cent mètres de là, Murdoch Mathews apparut au milieu d'une nuée de petits garçons qui criaient gaiement : « *The Watchdog* ! », « Oncle Joe ! », « Stalingrad ! ». Son grand corps maigre et nerveux disparaissait dans des vêtements trois fois trop grands et son visage écarlate, il offrait un spectacle si saisissant que des groupes de gens s'étaient arrêtés tout au long de la rue pour l'observer. Ces rues étaient larges, plus larges même que celles de la ville haute, car elles dataient du temps où les chars à bœufs devaient pouvoir y bifurquer – et cela se produisait souvent encore. Au milieu, une bande goudronnée, prévue pour la largeur d'une voiture, retenait la poussière, mais de chaque côté la terre grumeleuse et sèche s'auréolait d'une brume de poussière rougie par les lueurs du soleil couchant, qui devaient d'ailleurs aveugler Murdoch, car elle dut gesticuler à plusieurs reprises avant d'attirer son regard. Elle lui fit signe de l'attendre ; il répondit en criant d'une voix assourdie qu'il l'attendait au coin de la rue, où l'on ne pourrait pas le voir, et il y alla en effet sous le regard de plusieurs dizaines de personnes que le spectacle fascinait.

Martha suivit l'enfant, franchissant les caniveaux et les ornières de la rue jusqu'à l'entrée de Mansion Court. La construction était typique de ce que l'on faisait cinquante ans plus tôt : des pièces indépendantes s'ouvrant sur une véranda qui bordait une cour sur trois côtés. Le sol de la cour se composait de poussière et de saleté, et des cordes à linge s'étiraient en tous sens. Au milieu de la cour, une grosse femme à la peau sombre, dont l'antique chapeau tenait sur sa tête au moyen d'aiguilles à tricoter brisées, était assise sur une chaise. Elle dévisagea Martha de ses petits yeux jaunes et soupçonneux, puis demanda : « Pourquoi je ne peux pas avoir un journal, hein ? » et elle tendit la main pour recevoir *The Watchdog* comme si ce défi constituait un test. Ses yeux se firent plus méfiants encore lorsque Martha tendit la main pour recevoir un penny.

« Est-ce qu'il n'est pas déjà venu un homme, cet après-midi, pour vendre *The Watchdog* ? » s'enquit Martha – car Murdoch était censé couvrir cette rue.

« Il n'est pas venu d'homme. On ne veut pas d'hommes, ici. La police ne veut pas d'hommes ici. » Et puis, avec une insistance soupçonneuse : « Quand est-ce que je vais avoir une chambre dans les nouveaux logements ?

– Je n'ai rien à voir avec les logements.

– Vous avez dit que je pourrai avoir un logement quand j'aurai signé les papiers, reprit-elle en écartant les mouches de son visage avec *The Watchdog* .

– S'il n'a pas vendu le journal ici, il faut que je m'y mette, alors.

– Oui, tout le monde veut des nouveaux logements, dans la cour », dit la femme.

Douze pièces donnaient sur cette cour, et plus de cent personnes y vivaient. La première porte, grande ouverte, laissait voir un homme en bras de chemise allongé sur le lit, un bras replié sur le visage ; une femme assise par terre qui tricotait, quatre enfants, un bébé dans une caisse, et une fillette d'une douzaine d'années, vêtue d'un jupon en rayonne rose, qui tourna la tête en faisant virevolter sa lourde natte noire pour accrocher un torchon à une patère déjà encombrée de vêtements. La femme assise par terre annonça à l'homme allongé : « *The Watchdog* . » Il chassa le sommeil en se frottant le visage de son avant-bras, plongea la main dans la poche de son pantalon, en extirpa une pièce de six pence, prit le journal, adressa un signe de tête amical à Martha, et se laissa retomber sur le lit, le bras posé en travers du visage. La seconde porte était fermée, mais elle eut l'impression que la pièce était pleine de gens qui écoutaient, en attendant qu'elle parte : ils redoutaient l'encaisseur des loyers ou la remise d'une assignation, et Martha passa à la porte suivante. Six hommes accroupis entre deux lits jouaient aux dés, avec chacun un tas de monnaie posé à côté de lui. Deux bébés dormaient sur l'un des lits, et une femme roulée dans une couverture sur l'autre. Un jeune homme se leva, se pencha par-dessus les têtes des autres joueurs, échangea deux piécettes contre deux exemplaires du journal, et demanda : « Comment vont les Rouges cette semaine ? » Puis il reprit sa place parmi ses camarades. Martha poursuivit sa tournée, toujours accompagnée de la petite fille qui l'avait appelée devant le magasin indien, et qui sautillait tout autour d'elle en l'observant de ses yeux noirs étincelants avec une extrême curiosité.

La porte suivante était close, mais sans donner l'impression que des gens anxieux se pressaient derrière. Martha frappa, et un jeune homme blanc ouvrit aussitôt pour s'exclamer avec un accent du Yorkshire : « Entrez, on vous attendait. » Martha comprit qu'il l'avait prise pour une métisse à la peau blanche ; mais quand il vit *The Watchdog* , l'éclair de méfiance disparut aussitôt de son visage, et il déclara : « Oh, *The Watchdog*, pour moi c'est déjà la révolution. » Il prit le journal et lui tendit un shilling, refusant la monnaie d'un signe de tête. Par la porte entrouverte, Martha aperçut derrière lui deux filles à moitié nues et un autre jeune homme, allongé sur le lit. L'une des filles s'approcha, appuya ses seins nus contre l'épaule de l'homme qui se tenait à la porte, et cria par-dessus sa tête à la femme assise sur la caisse : « Maman, tu as acheté le pain ? » Sans se retourner, mais avec un mouvement d'épaules digne et offensé, la femme répondit : « Sale putain, je vais te mettre la police aux fesses. » Et elle continua à s'éventer avec *The Watchdog*. « Vous avez vu la police ? demanda le soldat à Martha, comme entre alliés.

– Non, mais il y en a deux dans la rue à côté.

– Alors on ferait mieux de filer. » Il se hâta de fermer la porte en ajoutant, « Je tâcherai de venir à une réunion, un de ces jours, je vous verrai. »

La petite fille maigrichonne répéta alors ce qu'elle avait dit au début, sans cesser de sauter sur un pied : « M'man veut te voir. » Martha avait cru que la femme assise au milieu de la cour sur une caisse était sa mère, mais la petite fille traversa soudain la cour comme une flèche en criant : « Maman, maman, maman. »

Une porte entrouverte bougea, et une jeune femme à l'air las y passa la tête. Elle interrogea Martha : « C'est vous la bienfaisance ?

– Non.

– Ah, je croyais, dit-elle déçue.

– Puis-je vous aider ? »

La femme se hâta d'ouvrir la porte. C'était une

petite pièce semblable aux autres, grossièrement crépie, avec un sol en ciment rougeâtre tout lézardé. Des petites fourmis noires grouillaient le long des fissures. Des vêtements pendaient à des crochets, et un long corps noueux se devinait sous une couverture rapiécée, sur un lit bas. Une mèche de cheveux noirs dépassait. Le corps était agité par une respiration rauque, dure et irrégulière.

« La bienfaisance avait dit qu'ils viendraient aujourd'hui », dit la femme en regardant le lit. La couverture vola aussitôt, laissant apparaître un jeune homme très maigre, dont la chemise grise déboutonnée exhibait des côtes saillantes. Il avait le visage extrêmement maigre, et d'immenses yeux enfiévrés. Sa peau grisâtre semblait desséchée.

« Qu'est-ce que vous voulez ? demanda-t-il rageusement à Martha.

– Ce n'est pas la dame de la bienfaisance », répondit la femme. Puis elle ajouta pour Martha : « C'est mon fils. Il est très malade.

– Je t'ai déjà dit que je n'irai pas à l'hôpital, menaça-t-il.

– C'est la maladie qui te fait parler », dit la mère. Elle se tenait un peu à l'écart du lit, les mains croisées sur son ventre. Ses pieds chaussés de savates s'agitaient nerveusement sur le sol en ciment. Martha se souvint d'un geste de sa mère : cette manière qu'elle avait, quand elle était assise, de lisser indéfiniment le tissu de sa robe sur son genou, d'un geste irrité et las du plat de la main. Cette femme faisait la même chose avec ses pieds, en les frottant machinalement par terre comme un cheval resté trop longtemps debout. Elle expliqua à Martha : « C'est la maladie qui le rend méchant. Rien ne le satisfait plus. »

Un spasme de rage déforma le visage osseux et

malade. Le garçon se recoucha violemment, tournant le dos aux deux femmes, et redevint une forme agitée d'un souffle difficile.

« Voulez-vous que j'aille chercher quelqu'un ? proposa Martha

– La bienfaisance avait dit qu'ils viendraient aujourd'hui. »

Pendant toute cette conversation, la petite fille n'avait pas cessé de tortiller ses maigres jambes noires, suspendue à la poignée de la porte, et les yeux fixés sans relâche sur le visage de Martha. « Oh, arrête », dit sa mère, et elle lui allongea une vague gifle pour soulager sa propre exaspération. L'enfant rejeta automatiquement la tête de côté pour échapper au coup, et continua à se balancer à la poignée de porte en étirant ses jambes sur le sol.

La tignasse flamboyante de Murdoch apparut sur la véranda.

« Que se passe-t-il ? »

Martha le rejoignit dehors, suivie de la femme qui observait à tour de rôle leurs deux visages, avec une expression d'interrogation muette et résignée.

« Bonjour, lui dit Murdoch. Comment va le malade ? » La jovialité de l'intonation surprit Martha, mais la femme se rapprocha de Murdoch et répondit : « C'est la poitrine, ça ne s'arrange pas.

– Tuberculose », expliqua Murdoch à Martha, et la femme acquiesça, ajoutant simplement : « Il va bientôt mourir, à mon avis. »

La brutalité de cette affirmation choqua Martha, mais Murdoch hocha la tête en signe d'assentiment et dit : « Ouais, et il serait mieux à l'hôpital, là-bas ils ont tout ce qu'il faut. »

A cet instant une grosse voiture s'arrêta devant l'entrée de la cour, et une jeune femme bien habillée en sortit. Martha reconnut Ruth Manners, qui était devenue mère de famille : deux petites filles étaient assises à l'arrière, avec leur bonne africaine. Ruth traversa la cour avec précaution sur ses hauts talons, et ne leva les yeux sur le groupe qu'en arrivant tout près d'eux. Elle reconnut Martha et lui adressa un sourire poli, tandis que ses yeux pâles et méfiants s'animaient l'espace d'une seconde d'étonnement à la vue de Murdoch, avant de décider que, comme Martha, il échappait à son rayon d'intérêt. Sur le visage de Murdoch s'étala un sourire insolent. « Les œuvres de bienfaisance » ricana-t-il d'une voix bien distincte.

Ruth Manners l'ignora, et demanda à la femme : « Comment va-t-il ?

– Très mal, madame.

– A-t-il changé d'avis, pour l'hôpital ?

– Non, madame, j'ai honte de le dire, mais il ne veut pas. C'est la maladie qui lui dérange la tête, madame. »

Ruth Manners paraissait violemment écœurée par toute cette affaire. Elle demanda d'une voix claire et froide : « Dois-je essayer de lui faire entendre raison ?

– Si vous voulez, madame, mais il n'est plus lui-même. »

Martha et Murdoch s'écartèrent tandis que la jeune femme franchissait la porte et s'immobilisait pour contempler la longue forme noueuse qui gisait sous le drap blanc.

« Ronald », appela-t-elle d'une voix péremptoire.

La forme ne bougea pas.

« C'est la bienfaisance », insista la mère , découragée, mais sur un ton d'avertissement.

Un grognement s'éleva de sous le drap, suivi d'un chapelet d'obscénités. Ruth s'écarta et alla se poster face à la mère, l'air encore plus dégoûté qu'avant. « Vous devez bien voir, déclara-t-elle d'une voix acide et faussement patiente, que nous ne pouvons absolument rien faire. Prend-il ses médicaments ?

– Oui madame, je le force. »

Ruth Manners resta immobile, le sourcil froncé, à contempler la cour comme de très loin. Soudain, tout son dégoût se concentra : sous les sourcils noirs irréguliers, ses yeux pâles se fixèrent méchamment sur Murdoch et Martha, son visage se crispa de haine, et elle lança : « Je suppose que c'est encore vous, les communistes, qui lui avez mis des idées en tête. »

Ses joues étroites se colorèrent de fureur, et elle regagna sa voiture d'un pas raide.

Murdoch sourit et conclut : « C'est encore la main de Moscou. Sapristi, nous rôdons vraiment partout, nous sommes sous chaque lit. »

Tiraillée en tous sens dans sa pose stoïque et patiente par la petite fille qui s'agrippait à sa main et se balançait, la femme déclara : « Il y a un monsieur qui est venu parler à Ronald, hier. Ronald l'aimait bien. Peut-être qu'il pourrait le faire aller à l'hôpital.

– Qui était-ce ? » interrogea Martha, qui traduisait lentement le « monsieur » dans son esprit pour deviner qui c'était – sûrement un homme du camp.

Les yeux fixés sur l'invraisemblable accoutrement de Murdoch, la femme précisa avec tact : « Je crois qu'il venait du camp aussi.

– Comment était-il ?

– Il vendait votre journal.

– Nous allons essayer de trouver qui c'était », dit Martha.

Murdoch et elle quittèrent la cour ensemble, sous le regard de la petite fille ; et la femme assise sur la caisse cria : « Vous m'avez promis un logement. Vous me l'avez promis.

– Je ne vois pas qui cela peut être, dit Martha, à moins que Bill ait fait notre rue. Tiens, à propos, tu aurais dû faire cette cour – tu l'as oubliée.

– J'y arrivais, j'y arrivais », répondit aussitôt Murdoch d'une voix offensée. Il prenait un air injustement accusé dès la plus vague intonation critique mais il avait surtout beaucoup d'humour. Il adressa un sourire de clown à Martha : « Donne-moi une chance, camarade. Je parlais avec une gentille fille dans la rue derrière celle-ci.

– Quelle fille ? » demanda Martha, et elle s'aperçut aussitôt qu'elle pensait « blanche » – car sa première réaction avait été, il n'y a pas de filles dans ce quartier, c'est-à-dire pas de filles blanches, et elle eut honte. De honte et de dépit, elle ajouta : « Tu sais très bien que le groupe a décidé que vous ne fréquenteriez pas les filles métisses ; c'est contraire à la décision du groupe.

– Allons, un peu de cœur, dit-il, je parlais avec elle, simplement. »

Il paraissait contrit comme un écolier, et Martha se méprisa de répondre : « Après tout, pourquoi pas ? C'est une mauvaise décision, antidémocratique.

– Oh, il faut écouter Anton, il connaît son affaire, c'est un vrai puits de science », déclara Murdoch dans un élan mélodramatique qui irrita Martha, et elle répliqua : « Mais Anton ne peut pas avoir toujours raison, n'est-ce pas ? »

Une haute silhouette dégingandée s'approchait, sur le trottoir poussiéreux et défoncé, vêtue de vêtements beaucoup trop petits. C'était Bill Bluett.

« Garde à vous », cria-t-il de loin. Son visage arborait le plus grand sérieux, mais il adressa un clin d'œil à Martha en tordant le coin de sa bouche. « Fini ?

– Il y a là un homme malade, répondit Martha, qui ne veut pas aller à l'hôpital. » Bill Bluett réagit aussitôt à l'anxiété qui perçait dans la voix de la jeune femme par une moquerie désinvolte : Oh, mon dieu, le vilain. Ces gens n'ont pas confiance dans les hôpitaux. Il faut leur apprendre que c'est pour leur bien.

– Elle a raison », intervint Murdoch, sur un ton d'homme à homme. « Il devrait être à l'hôpital.

– Evidemment. » L'intonation restait ironique. Bill Bluett avait classé Martha dans la catégorie des « camarades bourgeois » et ne le lui laissait jamais oublier.

Elle s'adressa de nouveau à Bill : « Est-ce toi, l'ami dont nous a parlé sa mère ?

– Peut-être.

– Mais pourquoi en faire mystère ? »

Bill Bluett entreprit de lui expliquer patiemment, comme à une personne arriérée : « Ces gens n'aiment pas aller à l'hôpital indigène, ils n'aiment pas la manière dont ils y sont traités.

– Bien sûr – mais d'autre part je ne vois pas l'intérêt de mourir prématurément pour un principe politique de ce niveau. Il ne va pas à l'hôpital parce que les Métis ne veulent pas être traités comme des “Cafres”. Ils veulent un hôpital à eux. »

Bill Bluett et Martha s'étaient spontanément dressés l'un contre l'autre dès leur première rencontre, et ils se faisaient maintenant face avec passion, le sourcil batailleur.

« Bon, d'accord, dit-il. Rien de tel qu'un intellectuel pour tout ramener à des principes. Mais il n'ira pas. Et c'est tout. C'est l'un des rares, par ici, qui ait la moindre conscience politique. Il a de l'influence sur tout un groupe. Je suis passé deux ou trois fois à leurs réunions. Que ferait-il à l'hôpital ?

– Peut-être n'y mourrait-il pas aussi rapidement ? »

Bill décida brusquement que sa position était suffisamment claire, et il adressa un sourire chaleureux à Martha en déclarant :

« D'accord, Matty, je vais aller lui caresser le front de ta part. Mais il y a d'abord un autre petit problème. Dans la rue à côté, j'ai vu un type dont le mobilier va être saisi s'il n'a pas trouvé deux livres sterling d'ici ce soir à six heures – dans une demi-heure. Nous sommes de vraies petites assistantes sociales, hein ? Allez, on crache. » Il retourna les poches de son pantalon et extirpa d'une doublure une pièce de six pence. Murdoch trouva trois shillings, et Martha, en ouvrant son sac, en dénicha cinq.

« Ce n'est pas avec ça qu'on le tirera d'affaire », observa Bill Bluett. Il hocha la tête en direction de la sacoche que Martha portait en bandoulière. « Aboule.

– Mais c'est la recette du *Watchdog* .

– Eh bien, on va l'emprunter, c'est tout. Il suffira de faire une collecte dans le groupe pour rembourser. » Il s'empara de la sacoche et compta deux livres en petite monnaie, les noua dans un coin de son mouchoir, et dit : « Bon, j'irai effectuer ma tournée des malades pour te faire plaisir, mais d'abord je vais porter cela à ce pauvre type. Il a quatre gosses et un cinquième en route.

– Tu pourrais peut-être ouvrir un dispensaire de planning familial, pendant que tu y es », suggéra Martha, car il avait mentionné les quatre enfants d'un air dégoûté, comme s'ils avaient résulté d'une certaine complaisance de la part du « pauvre type ».

« Allons, allons, protesta Bill, je suis un honnête travailleur, moi, je n'aime pas ce genre de sujet de conversation.

– Oh, va te faire fiche », s'écria Martha exaspérée ; il se mit à rire, lui décocha un nouveau clin d'œil ironiquement solennel, et s'éloigna.

« Tu ne devrais pas t'énerver, avec Bill », remarqua Murdoch d'un ton grave. « Il essayait simplement de te faire sortir de tes gonds. »

Martha haussa rageusement les épaules ; ses rencontres avec Bill la laissaient toujours désemparée et blessée. Elle finit par capituler et dit : « Bah, je suppose que pour un ouvrier anglais nous sommes des affreux.

– Ouvrier ? Il n'est pas plus ouvrier que toi. C'est un bourgeois, son père était peintre – un vrai peintre, pas ce que moi j'appellerais un peintre, attention.

– Alors je commence à être fatiguée des bourgeois déguisés en ouvriers. »

Murdoch eut une réaction indignée : « C'est un type très bien. » Puis il embraya sur le mode mélodramatique : « Au camp, les gars le trouvent formidable.

– Oh, retournons à l'exposition, veux-tu ? » suggéra-t-elle, trop fâchée et trop désorientée pour vouloir y réfléchir. « Pourquoi s'en prend-il toujours à moi, s'il n'aime pas la bourgeoisie ?

– Calme-toi, Matty », implora-t-il en la suivant. « Calme-toi. »

Ils passèrent devant le magasin indien, dont le vendeur fermait la porte à clef pour la nuit. Il leur fit un signe de tête et demanda : « Comment va l'Armée Rouge ?

– Bien », répondit Martha, et sa mauvaise humeur s'évanouit au souvenir de leur objectif commun.

« J'ai récolté dix-sept shillings pour votre journal.

– Venez-vous à l'exposition ?

– On nous laisse entrer ?

– Bien sûr, dit Martha.

– Bien sûr », répéta-t-il avec une inflexion ironique, mais amicale. « La première fois dans notre chère ville que les Métis peuvent entrer dans une exposition, et vous dites "Bien sûr".

– Nous ne croyons pas au racisme. »

Il maintint son sourire ironique, hocha la tête, et reprit : « Alors les Rouges ne croient pas au racisme, et la ségrégation va prendre fin dans notre bonne ville ? » Il renonça à l'ironie et ajouta en souriant simplement : « Vous êtes de bonnes gens, et nous connaissons nos vrais amis. » Il enfourcha sa bicyclette et s'éloigna en direction des voies ferrées.

Martha et Murdoch poursuivirent leur chemin parmi la cohue des vélos vers le centre de la ville. L'expression de Murdoch avait changé, et il jetait constamment des regards obliques sur Martha. Elle songea : S'il s'y met aussi alors...

« Passons boire une bière au McGrath, proposa-t-il d'une voix toute différente.

– Nous sommes déjà en retard d'une demi-heure.

– Les Rouges, c'est encore pire que l'armée gémit-il tristement.

– Mais il faut bien que nous ayons une discipline.

– Même pas une petite larme de bière ? Bon, tu as raison. Tu as parfaitement raison. » Il soupira. « C'est beau de voir une fille comme toi renoncer à tout pour la classe ouvrière.

– Je ne vois pas à quoi je renonce.

– J'imagine qu'on peut aussi le voir comme ça. Je t'admire de le faire, ça, c'est sûr. »

Ils se frayaient un chemin parmi la foule, séparés à chaque instant par ce déferlement humain. Martha se disait : J'ai vendu *The Watchdog* avec lui cinq ou six fois, et nous assistons aux mêmes réunions. Nous n'avons absolument rien en commun. Ce n'est pas possible, tout de même...

Il lui demanda : « Si on se mariait, qu'en dirais-tu ?

– Mais, Murdoch, nous nous connaissons à peine.

– Tu es une chouette camarade, expliqua-t-il, l'air lyrique. Et tu es chouette à regarder aussi. » Comme elle fronçait le sourcil et ne répondait rien, il ajouta sur son habituel ton d'humour : « Il n'y a pas de mal à demander, hein ?

– Mais, Murdoch, comment peux-tu envisager de te marier juste comme cela ?

– On n'a guère le temps de faire sa cour, au Parti. » Puis il reprit d'un air vexé : « Je comprends bien qu'une vie d'ouvrier n'a pas grand attrait pour toi. Surtout pour vous, les filles blanches d'ici, qui n'avez jamais eu besoin de lever le petit doigt. Ah, crois-moi, tu ferais une drôle d'épouse pour un ouvrier !

– Alors pourquoi me le proposes-tu ?

– Ah, oublions tout ça ! » et il se mit à siffloter. Ils poursuivirent leur chemin dans une atmosphère chargée d'hostilité.

« Alors, pas de bière ? insista-t-il en passant devant le McGrath.

– Mais ce serait volontiers, si nous n'étions pas en retard.

– Ah, je parie bien que ce serait volontiers. Perdre cinq minutes du temps du Parti – pas toi ! » Il s'éloigna en direction du bureau, au Black Ally, en disant : « Je vais remettre ma tenue de bagnard. A tout à l'heure. »

Ils avaient loué une salle dans la Grand-Rue,

pour l'exposition qui s'intitulait : « Vingt-six ans avec l'Armée Rouge. »

Des cloisons mobiles divisaient la vaste salle, où étaient épinglées des affiches et des photographies. Jasmine et Tommy Brown étaient installés à une table près de la porte. Il tenait un livre ouvert devant lui, et elle regardait par-dessus son épaule.

« Désolée d'arriver en retard, dit Martha.

– Tu es *très* en retard », répondit Jasmine d'une voix solennelle, dans son rôle de secrétaire du groupe. Puis elle changea d'intonation pour ajouter : « Eh, Matty, qu'as-tu fait de Murdoch ? Tu ne l'as pas lâché, j'espère – il va encore se soûler.

– Je ne peux pas l'en empêcher, répliqua Martha, furieuse.

– Qu'est-ce qui t'arrive ? » Jasmine la dévisagea calmement, fit signe à Tommy de rester à sa place, et suivit Martha dans la rue. « Qu'est-ce qui te tracasse ? »

Prise d'un sincère désespoir, Martha répondit en riant : « Murdoch vient de me demander en mariage.

– Eh bien, il m'a proposé la même chose la semaine dernière. Et à Marjorie avant-hier – même qu'il est allé se soûler quand elle lui a annoncé son intention d'épouser Colin.

– Ils sont fous », conclut Martha. « Cela signifie donc que les garçons de l'armée de l'air nous ont toutes demandées en mariage dans le courant du mois.

– Bah, dit Jasmine.

– Manifestement, peu leur importe qui ils épousent. » Martha riait, mais un sentiment de consternation l'envahissait, et elle fut soulagée de voir Jasmine lever les yeux au ciel en observant d'une voix posée : « C'est l'époque. » Jasmine proférait toujours ces remarques comme si elles n'avaient encore jamais été faites. Martha songea en écho : C'est l'époque, et se mit à rire tandis que Jasmine s'éloignait en direction d'une autre salle, plus bas dans la ville, où elle aidait à organiser une réunion publique.

Tommy Brown percevait le droit d'entrée d'un groupe de filles qui venaient de quitter leur bureau. Elles allèrent contempler les affiches et les photos de la Guerre civile, qui avaient cette fixité des vieux films. Martha reconnut l'expression de leurs visages, qui manifestaient une sorte d'intérêt oisif, un peu étonné : cette expression représentait le sentiment qu'elle avait elle-même éprouvé, un an plus tôt, lorsque la « Révolution russe » lui avait été présentée pour la première fois. Et elle songea : Mais elles vont toutes se marier d'ici un an, quel est l'intérêt ?

Elle s'assit à côté de Tommy, qui l'attendait en marquant du doigt le passage du livre où il en était resté. Elle observa : « Il aurait mieux valu centrer notre exposition sur la guerre, sur l'Armée Rouge pendant cette guerre-ci, plutôt que sur la révolution. »

Tommy la scruta de ses yeux ronds. Il semblait accomplir un terrible effort. Pendant un long moment, il réfléchit aux paroles de Martha sans rien dire. Dès qu'elle passait cinq minutes avec lui, Martha se sentait frivole à cause de l'attention intense qu'il portait à tous les membres du groupe plus âgés que lui.

« Tu veux dire qu'on ne devrait pas leur engorger le communisme comme ça ? » interrogea-t-il en fronçant le sourcil. « Mais nous sommes là pour ça.

— Oh, je ne sais pas. Je ne sais pas. »

Sur le seuil, un groupe de gens à la peau sombre hésitaient, et Martha les regarda en se demandant : Indiens ? Métis ? Elle reconnut le vendeur du magasin indien et lui sourit. Ils entrèrent en jetant des coups d'œil anxieux vers les filles blanches qui circulaient dans la salle.

« On peut ? demanda le vendeur.

– Bien sûr », répondit Martha. Le groupe de jeunes Indiens se dirigea vers l'autre extrémité de l'exposition, à l'opposé des jeunes filles, avec un air de dignité inquiète, comme pour exprimer : Nous aurions préféré ne pas venir du tout si cela doit causer des problèmes.

« Oh, merde », soupira Martha, soudain désespérée ; et elle se sentit aussitôt idiote de laisser paraître ses états d'humeur devant Tommy.

Il déclara en s'empourprant : « Je crois que je ne pourrai pas devenir communiste. C'est-à-dire, j'éprouve tout le temps de mauvais sentiments. Je sais bien que c'est à cause de mon éducation. Mais quand je vois des Métis ou des Indiens dans un endroit comme celui-ci, je les trouve différents de nous. C'est mal, n'est-ce pas ?

– Nous ne pouvons pas faire table rase de notre éducation.

– Et ce n'est pas tout. Je veux dire, quand je suis là à vendre des billets aux gens, ça me fait un drôle d'effet, je ne me sens pas à ma place. C'est prétentieux, hein ?

– J'ai éprouvé la même chose au début.

– Tu vois, je me sens mal à l'aise depuis que je suis avec le groupe. Je ne sais pas ce que c'est exactement : la moitié des choses que je pense ont l'air fausses, mais je les pense quand même. Je sais que c'est mal, mais je ne peux pas m'en empêcher. » Il termina sur un ton de défi, tandis que son honnête visage de gamin s'empourprait sous l'effet de la confusion.

« Mais, Tommy, c'est parce que nous avons tous deux été élevés dans ce pays. On nous a inculqué de mauvaises attitudes à l'égard des gens de couleur. Il suffit de changer nos attitudes.

– Mais c'est difficile, de changer. Aujourd'hui, à l'atelier, j'ai fait quelque chose de très moche. Je montais un tuyau avec mon collègue. Et quand un Cafre m'a apporté le mauvais tuyau, je l'ai engueulé. Mais si je faisais autrement, les gars de l'atelier me croiraient fou. Je ne suis qu'apprenti, et c'est dur de ne pas faire comme les adultes. Et puis il y a Piet. Tout à l'heure, à l'atelier, je l'ai vu avec des Cafres qui déchargeaient des trucs, et il leur parlait exactement comme toujours – et puis, regarde, j'emploie le mot Cafre ! je ne devrais pas, mais ça m'échappe. » Il était désespéré, au bord des larmes.

Ayant fini leur tour, les jeunes filles blanches sortirent. Peu à peu, les Indiens se détendirent, et se dispersèrent pour visiter l'exposition à leur gré.

« En fait, poursuivit Tommy, c'est facile pour toi, parce que tu as reçu une meilleure éducation. »

Elle éclata de rire sous l'effet de la surprise. « Je ne crois pas que ce soit vrai.

– Mais si, je peux te le dire. »

Son doigt fixé sur un point de la page attira l'attention de Martha, Le livre était *Guerre et Paix*.

– Est-ce Jasmine qui t'a dit de le lire ?

– Elle m'a dit que c'était le plus grand roman de tous les temps. Est-ce vrai ?

– Oui, sans aucun doute.

– Eh bien, il en faut du temps, pour le lire. Je croyais que c'était le livre entier, mais il y en a encore deux après celui-ci. »

Sur la page ouverte, une demi-douzaine de phrases étaient soulignées au crayon, avec des définitions griffonnées en face.

« *Votre éloquence aurait emporté le consentement du roi de Prusse dans une tempête* », lut-elle. Puis au crayon : « éloquence : art de convaincre par la parole ».

« Je ne comprends même pas la moitié des mots, dit-il.

– Mais, Tommy, tu ne devrais pas lire de livres, sauf si tu en as envie.

– Je n'ai jamais lu de livres jusqu'à maintenant, sauf des histoires d'aventures. Jasmine m'a dit que ce livre expliquait pourquoi il y a eu une révolution. Mais peut-être qu'il existe quelque part un livre plus court ?

– Il ne t'intéresse pas ? »

Les yeux de Tommy s'illuminèrent. « Oh, si. Mais tu ne comprends pas ce que je veux dire, Matty. J'ai observé Jasmine, l'autre jour, pendant qu'elle lisait. J'ai réfléchi à la façon de lire. C'était un livre comme un autre, pour elle. Parce qu'elle en a lu beaucoup, tu comprends ? Je l'ai interrogée sur celui qu'elle lisait et elle m'a dit : "C'est une description très utile des milieux réactionnaires en France." Et puis elle a ajouté : "Mais c'est un mauvais livre." Tu vois, moi je ne saurais pas si c'est mauvais ou non. C'est simplement un livre. Quand je lis ce truc, là, je veux dire toutes ces histoires de généraux, de dames de compagnie et de courtisans, j'ai l'impression... » Il hésita, l'air fâché et têtu. « Enfin, je ne pourrais pas dire : C'est une description très utile. » Il devint soudain tout rouge de fureur. « Tu comprends, c'est tout simplement prétentieux, quand vous dites ce genre de choses. Jasmine et toi. Enfin, je trouve, en tout cas. Pendant tout le temps que je lis ça, – je me sens – complètement désorienté. C'est-à-dire, si j'étais là-bas, je penserais exactement la même chose que tous ces généraux et ces vieilles dames. Je serais exactement comme eux. Et ça me complique tout. Parce que c'étaient tous des réactionnaires, non ? Et cette fille, Natacha, elle me plaît beaucoup.

– Et pourquoi ne te plairait-elle pas ?

– Eh bien, c'était la fille d'un aristocrate, non ? Alors pourquoi me plairait-elle ?

– Voyons, Tommy. Suppose que quelqu'un écrive un roman sur toi. Les Africains pourraient dire : Pourquoi ce type blanc réactionnaire, Tommy, me plairait-il ? Mais en même temps, cela les aiderait à comprendre comment se passent les choses, vois-tu ?

– Non, je ne vois pas. C'est-à-dire, ajouta-t-il, je ne vois vraiment pas. Et quelquefois, quand je vous raconte, à Jasmine, à Piet ou à toi, ce que je ressens, vous faites un petit sourire et je sais très bien ce que vous pensez : Tommy n'est qu'un imbécile.

– Mais je n'ai pas de petit sourire, protesta Martha. Je ne comprends pas pourquoi tu imagines que tout nous est plus facile. La vérité c'est que, puisque nous sommes communistes à présent, il faut continuer à nous instruire – mais je ne pense pas que nous puissions nous transformer.

– Je n'arrive pas à dire ce que je voudrais », dit-il. Il leva son poing tanné et commença à se frapper le sommet de la tête, là où ses mèches se dressaient. « Tu dis : “Il faut continuer à nous instruire ”, mais je ne comprends même pas la moitié des mots que je lis.

– Mais nous allons tous t'aider, nous allons tous nous aider les uns les autres.

– Tu sais ce que je pense, Matty ? Bon, je sais ce que tu vas me répondre, mais je te le dirai quand même. Je ne crois pas que les gens d'ici puissent devenir des bons communistes. C'est différent pour les gars de l'armée de l'air, parce qu'ils n'ont pas vécu ici toute leur vie, alors pour eux tout est plus facile, mais je ne crois pas que nous puissions changer.

– Mais nous changeons sans cesse.

– D'accord. Je vais encore essayer. » Il poussa le livre vers elle. « Si tu m'expliques les mots, je n'aurai pas besoin de les chercher dans le dictionnaire. »

Ils se penchèrent ensemble au-dessus du livre, mais presque aussitôt, une grande feuille de carton glissa sur la page. Elle était bordée d'un trait noir, épais d'au moins deux centimètres, et portait ces mots : « EN HOMMAGE AUX HEROS ». Grimaçant un énorme sourire, Solly Cohen se tenait derrière la pile de brochures, les mains dans les poches.

Peu de temps auparavant, lors d'une réunion tenue au Club Progressiste sur le thème de la nécessité de soutenir désormais Tito plutôt que Mihaïlovitch – c'était avant que la collaboration de Mihaïlovitch avec les Allemands eût été confirmée –, Solly était venu avec un groupe de Yougoslaves pour, du fond de la salle, scander sans répit « Propagande communiste, propagande communiste » à chaque mention du nom de Tito. Puis à la fin, tandis que le président clôturait la séance, Solly avait bondi pour se mettre à crier sans relâche : « A bas Staline l'assassin. »

Entre-temps, la politique des alliés avait changé : Tito était désormais le dirigeant officiel de la guérilla yougoslave, tandis que Mihaïlovitch devenait un collaborateur suspect. Martha fit donc face à Solly d'un air triomphant.

Mais il ne semblait pas se souvenir qu'elle en eût le droit. Il désigna le grand carton bordé de noir et déclara : « Je l'ai apporté pour l'exposition. »

Martha l'examina. Y figuraient environ deux

cents noms d'officiers de l'Armée Rouge, dont elle n'avait jamais entendu parler. « Qu'est-ce que tu mijotes, à présent ? demanda-t-elle.

– Liste abrégée des officiers de l'Armée Rouge assassinés par Staline », expliqua-t-il. « Pourquoi ne les affiches-tu pas aussi ? Ils sont morts pour une bonne cause. »

Elle lui rendit le carton en disant : « Tu as vraiment pris la peine de faire imprimer tous ces noms rien que pour venir faire des histoires ici ? » Elle se montrait sincèrement étonnée. Solly continuait à sourire largement : il semblait parfaitement satisfait de la réaction qu'il provoquait. Il arborait cet air de malveillance repue qu'il affichait désormais chaque fois qu'il rencontrait le « groupe » en public, et qui permettait à Martha de le renier sans arrière-pensée.

« Que tu peux être puéril, reprit-elle.

– Tu ne vas pas afficher cette liste ? interrogea-t-il, tu n'as sans doute pas la place ? » Il jeta un rapide coup d'œil tout autour de la salle et suggéra : « Tu pourrais décrocher l'un des six portraits du père Staline, pour faire de la place. »

Tommy Brown s'écria : « Propagande capitaliste », et Solly, enchanté, se mit à hurler de rire. Il se calma, et ajouta : « La vérité, voilà ce que je veux. En tant que marxiste, je veux faire éclater la vérité.

– Que Tito était une invention du parti communiste, par exemple ? »

Il écarta l'argument d'un geste et reprit : « C'est une exposition sur l'Armée Rouge, et je veux que quelqu'un parmi les centaines d'officiers assassinés par Staline soient reconnus aussi, c'est tout.

– Tu es fou, répondit Martha. Tu es corrompu par la propagande capitaliste. » Cette fois, Solly avait apparemment obtenu ce qu'il était venu chercher car il éclata à nouveau d'un grand rire aigu et toujours en riant, se dirigea vers la porte. Il se retourna alors et s'inclina très bas devant le portrait de Staline le plus proche de lui : « Salamalec, Seigneur, salamalec. » Il sortit.

Tommy et Martha chassèrent l'existence de Solly d'un haussement d'épaules méprisant. Martha déchira le carton et, cherchant un endroit où se débarrasser des morceaux, trouva une grande malle sous la table, recouverte d'un épais papier huilé et remplie de brochures intitulées : « Vipères fascistes écrasées sous le talon de Staline. » Elle en ouvrit une et lut : « Tandis que la lie fasciste dépose ses immondices sur le sol sacré de notre Patrie russe, nos héroïques soldats russes poursuivent leur avance, armés de l'invincible foi des vrais patriotes et de l'inspiration du glorieux Parti communiste et de son chef le camarade Staline ! » Elle ébaucha une grimace chargée d'humour et se tourna vers Tommy qui, lui, manifestement en manquait.

« Tu vois », déclara-t-il, repris par le désespoir. « C'est exactement ce que je voulais dire. Toute cette histoire de patrie, ça me donne envie de rire et rien de plus. »

Des gens étaient arrivés, et tendaient de l'argent. Martha fit machinalement disparaître la brochure. Tommy l'aida à recouvrir la caisse, et expliqua : « Jasmine les avait mises en vente, mais tous les gens qui venaient se mettaient à rire en les voyant. Alors elle les a cachées. » Il semblait en éprouver une sincère honte, et Martha se rendit compte qu'elle aussi. « Après tout, il est normal que les Russes ressentent plus vivement la guerre que nous, observa-t-elle sans grande conviction.

– Mais ils parlent de "lie ". Les Allemands sont des êtres humains, tout de même. Ce sont des soldats », protesta Tommy. Puis il se hâta d'ajouter : « Enfin, le parti communiste russe est bien informé, après tout le camarade Staline doit savoir ce qu'il fait.

– Nous avons reçu d'Union soviétique quatre caisses de brochures », dit Martha. « Qu'allons-nous en faire ? Bah, nous en parlerons à la prochaine réunion et nous prendrons une décision sur la politique à suivre. »

Bill Bluett arriva alors, vêtu de son uniforme. Tommy lui montra la brochure en question. Il la lut d'un air pince-sans-rire mais quand Martha lui demanda : « Qu'en penses-tu ? Je trouve cela idiot », il répliqua aussitôt : « Oh, les vilains, vilains Russes, quel manque de tact, n'est-ce pas ?

– Il est inutile de vendre des brochures qui font rire les gens.

– Ils riraient bien autrement s'ils avaient les Allemands chez eux.

– Mais ce n'est pas le cas.

– Eh bien, nous en parlerons à la réunion et papa Anton décidera pour nous. »

Surprise, car Bill avait toujours paru respecter Anton, Martha demanda :

« Pourquoi ? Qu'est-ce qui ne va pas avec Anton ? »

Bill répondit avec un large sourire : « Mais voyons, qu'est-ce qui pourrait ne pas aller ? » Sentant qu'il y avait là une implication personnelle, Martha insista : « Que veux-tu dire ? » Il haussa les épaules et déclara d'un ton dégagé : « Si tu veux bien me laisser la place, je vais te relayer. Tu devrais être à la réunion, et tu as intérêt à te dépêcher parce qu'il va pleuvoir.

– C'est-à-dire que je risque de me mouiller les pieds ?

– Exactement. » Puis, comme d'habitude, il abandonna le mode agressif pour ajouter d'un ton mi-cajoleur et mi-camarade : « Allez, au pas de course, camarade Matty. »

Tommy reprit *Guerre et Paix,* et Bill sauta dessus. « Eh bien, dis donc, s'exclama-t-il, pourquoi pas T.S. Eliot ?

– Qu'est-ce qui te dérange dans *Guerre et Paix* ?

– Tu es bourgeoise, non ? Alors pourquoi pas T.S. Eliot, pendant que tu y es ? » Il se mit à déclamer : « Avril est le mois cruel, qui fait surgir les lilas de la terre défunte. »

Martha l'écouta d'une oreille critique : il n'en oublia pas un mot. Elle l'interrompit pour demander : « Si tu le méprises tant pourquoi prends-tu la peine de l'apprendre par cœur ?

– C'est le fruit de ma période décadente. J'ai pensé que cela te plairait. Na. »

Dehors, il faisait une chaleur étouffante. Le ciel du soir était chargé de lourds nuages noirs. Quelques grosses gouttes étincelantes tombèrent. Elle se mit à courir tandis qu'éclatait l'orage, et sentit avec un plaisir aigu le picotement de la pluie sur ses épaules.

Lorsqu'elle arriva à la réunion des Amis de la Russie, la séance avait déjà commencé et elle était trempée.

La discussion portait sur les moyens de rendre son prestige à la société car, comme l'avait prédit Anton, l'incident avec Jackie Bolton avait fait démissionner tous les membres respectables du comité de patronage, y compris le révérend Gates qui avait finalement changé d'avis. Boris Krueger, secrétaire, et un comité coopté par eux, analysaient la ligne politique, qui était exactement la même qu'avant. Martha et Marjorie faisaient partie de ce comité, avec mission de « garder un œil sur les trotskistes ». L'hostilité entre la faction Krueger et le groupe communiste était telle que, avant ou après les réunions, ils ne parvenaient pas à échanger autre chose que le minimum de politesses indispensable ; mais la similitude de leurs vues politiques – du moins en ce qui concernait cette société – leur permettait de travailler beaucoup plus rapidement que dans le passé, lorsque les susceptibilités des notables du comité de patronage les contraignaient à peser les mots de chaque résolution. Les Krueger, Martha et Marjorie parvenaient à rassembler d'importantes sommes destinées à l'Aide à la Russie, et ils vendaient en plus des tracts dans toute la ville, en quantités qui les surprenaient eux-mêmes. A la fin de la réunion, Betty Krueger suggéra à Martha, qu'elle n'avait cessé de guetter avec une hostilité délibérée, d'aller se changer avant de prendre froid. Martha avait oublié qu'elle était trempée, et elle répondit : « Mais je n'ai pas le temps.

– Ah, quelles petites abeilles toujours affairées vous faites, vous les Rouges, ricana Betty, son joli visage délicat tout enlaidi par la rage.

– Je croyais que tu étais rouge aussi, répliqua Martha, et elle sortit en compagnie de Marjorie.

– Ces trotskistes sont vraiment infantiles, s'écria Martha en songeant au comportement de Solly l'après-midi même.

– Mais ils sont très bien pour ce genre de travail, observa Marjorie. » Elle semblait embarrassée, et Martha comprit pourquoi : elle aimait bien aller de temps à autre dîner en tête-à-tête avec Colin, avant ou après les réunions, et craignait toujours que cette soumission aux « sentiments personnels » ne fût déloyale à l'égard du groupe.

« Rendez-vous avec Colin ? » s'enquit Martha ; et soulagée, Marjorie répondit : « Tu sais que nous nous marions la semaine prochaine.

– Mais c'est formidable. »

Marjorie hésitait au bord du trottoir en jetant des regards suppliants à Martha. La rue mouillée scintillait de bleu, de rouge et d'or au passage des voitures. Il pleuvait encore un peu et, bien que ce fût une pluie chaude, Martha avait commencé à frissonner.

« Penses-tu que j'aie raison ? interrogea Marjorie.

– De te marier ? »

Le visage de Marjorie, habituellement resplendissant d'enthousiasme et de spontanéité, semblait pincé. Elle portait une blouse rouge au col échancré mais, de son poing crispé sur sa gorge, la tenait fermée.

« Qu'est-ce qui ne va pas ? demanda Martha.

– Je ne sais pas. J'ai l'impression de ne pas connaître Colin depuis assez longtemps. Il est très gentil. » Elle ajouta sur une note d'humour qui fit aussitôt comprendre à Martha que l'envie de se confesser était passée : « Il est très gentil, et il correspond exactement à ce que je voulais – un homme solide, tu comprends. » Elle fit une grimace et se mit à contempler, de l'autre côté de la rue, le cinéma qui présentait un film de guerre. Des Spitfire et des Focke-Wulf piquaient en crachant du feu sur une immense affiche. Le reflet des lumières rouges du cinéma luisait sur son visage. « Tu sais, j'ai toujours dit que je refusais ce genre de mariage ennuyeux – enfin, je ne veux pas dire ennuyeux. Non, ce n'est pas cela. Mais je me suis bien amusée, et on finit par en avoir marre...

– Tu parles comme si tu avais quarante ans, s'écria Martha fâchée.

– Eh bien, j'en ai vingt-cinq, et si l'on veut avoir des enfants – bien sûr, pas question d'avoir des enfants si la révolution éclate... Mais j'imagine que tout le monde éprouve plus ou moins la même chose une fois engagé », ajouta-t-elle en souriant, cherchant à nouveau le secours de l'humour. Elle hocha la tête et s'éloigna en ajoutant hâtivement : « Je te retrouve dans une demi-heure à la réunion. »

« Ainsi donc, elle ne l'aime pas », songea Martha, réprobatrice et jugeant confusément que Marjorie avait trahi quelque chose. Puis elle se dit : Bah, peu importe, ce qui compte, c'est de tous travailler pour le Parti. Et elle se dirigea vers le quartier général du groupe. Elle n'avait pas déjeuné, et comptait se passer de dîner. Elle était encore mouillée et frissonnait, mais se disait qu'elle se réchaufferait au bureau en travaillant – il y aurait bien quelque chose à faire.

Anton arriva le premier et s'installa aussitôt à sa place de président, en consultant sa montre. « Nous ne pouvons pas tolérer ce manque de ponctualité », déclara-t-il. « Les camarades sont en retard. »

Marjorie et Colin entrèrent. Elle faisait montre d'un humour bourru, et il la contemplait d'un air embarrassé. Martha songea que le dîner en tête-à-tête avait dû manquer de chaleur. Ils accueillirent les reproches d'Anton sur leurs cinq minutes de retard en s'excusant nerveusement.

Andrew arriva peu après, accompagné de deux hommes du camp : il aurait dû y en avoir cinq de plus ; il expliqua qu'ils avaient promis de venir, mais qu'il ignorait où ils se trouvaient. Ils s'assirent tous sur les bancs durs et attendirent, tandis qu'Anton gardait les yeux fixés sur la porte.

« Pourquoi ne commençons-nous pas ? s'enquit Marjorie.

– Il s'agit d'une réunion générale ; il n'y en a qu'une par semaine, et tout le monde devrait être présent.

– J'ai idée que Murdoch ne viendra pas, hasarda l'un des soldats.

– Pourquoi ?

– Il a bu un petit coup de trop », expliqua le jeune homme d'une voix confuse.

Anton fixa sur lui son regard glacial, et Andrew se hâta d'intervenir : « Murdoch est un bon gars. Il viendra s'il le peut. »

Martha se remémora la scène de l'après-midi, et réfléchit : il ne peut tout de même pas prendre une cuite parce que j'ai dit que je ne voulais pas l'épouser... Soudain déprimée, elle songea : Allons-nous tous finir deux par deux ? Mais c'est comme de battre les cartes, totalement arbitraire. Effrayant.

Quinze minutes s'écoulèrent et Piet et Marie du Preez arrivèrent . Ils étaient en retard parce qu'ils se trouvaient à la mairie avec Jasmine, qui les avait chargés d'annoncer qu'elle ne viendrait pas.

– Et pourquoi donc ? demanda Anton.

– Elle a bien raison de ne pas vouloir venir, après ce qui s'est passé la dernière fois », observa Marjorie ; mais Anton lui cloua le bec de son regard pâle.

Un mois plus tôt, un représentant de l'association de Johannesburg, « Aide médicale pour la Russie » leur avait rendu visite. Il était éminemment respectable, puisque professeur à l'université du Rand.

Le soir, plus de mille personnes (chiffre record pour la ville) s'étaient rassemblées pour écouter le professeur parler de l'Aide à la Russie. Le Premier ministre, un évêque et la moitié du Cabinet avaient honoré la tribune de leur présence. Pendant près de deux heures, l'orateur avait exposé les vertus du communisme, et le désarroi et la corruption extrêmes du capitalisme.

Les membres du groupe avaient passé là les

meilleurs moments de leur vie, tandis que les visages des ministres s'empourpraient et se contorsionnaient et que le public applaudissait à chaque déclaration violemment révolutionnaire.

Mais Anton avait ensuite mis fin aux conversations enthousiastes des camarades qui commentaient la discussion, en déclarant : « Oui, oui. Tout cela était très amusant à sa façon. Mais cela n'a aucune importance politique. Les nouvelles recrues ne se rendent pas encore compte du fait qu'il peut être très difficile d'être communiste, que ce peut être une question de vie ou de mort. Ils ont adhéré à une époque où n'importe quel Tom, Dick ou Harry peut se prétendre communiste et où le communisme est respectable. Si vous convoquiez une réunion au milieu de la nuit pour parler de la Sécurité sociale en Sibérie, ils viendraient crier des slogans. Il est inutile de perdre la tête pour cela. Et il existe de meilleurs moyens de meubler notre temps que d'écouter une bande d'imbéciles applaudir le camarade Rochester, de Johannesburg.

Ils avaient à regret reconnu la justesse de ces propos et, en conséquence décidé que la seconde réunion publique serait organisée par Jasmine, mais qu'aucun camarade ne perdrait son temps à y assister.

« Nous avions déjà dit, rappela Anton, que les Boris et les Betty suffisaient parfaitement pour ce genre de réunions. Nous avons mieux à faire. »

Bill Bluett entra et déclara tranquillement : « Désolé d'être en retard.

– Une demi-heure, lui fit remarquer Anton.

– Nous sommes astreints à la discipline, mais pas les bénévoles. La fille qui devait me remplacer est arrivée en retard.

– Dans ce cas tu es excusé, dit Anton.

– Merci », lança Bill, sur un tel ton qu'Anton

releva la tête d'un geste brusque et qu'ils échangèrent tous deux un long regard de défi. Bill Bluett attendit qu'Anton eût baissé les yeux, et ajouta : « Et puis il y avait les brochures. Il a fallu que je traîne quatre caisses pleines, depuis l'exposition jusqu'ici.

– Je ne savais pas que tu étais responsable des brochures. Qu'as-tu à répondre Matty ?

– Je n'ai pas eu le temps. Je vendais *The Watchdog* dans le quartier métis, cet après-midi. Comme tous les autres après-midi de la semaine. »

Anton posa son stylo, repoussa ses papiers, et se laissa aller contre le dossier de sa chaise d'une manière qui les avertit tous qu'ils pouvaient s'attendre à la pleine expression de sa réprobation. Mais l'entrée de Jasmine et de Tommy, tous deux hilares et, ravis par l'enthousiasme massif dont ils avaient été témoins à la réunion politique, en modifia le cours.

« Vous méritez tous deux un blâme sévère », leur annonça Anton. Tommy alla s'asseoir auprès de Piet comme pour s'assurer sa protection. Et Jasmine, aussitôt calmée, prit place auprès d'Anton à son poste de secrétaire.

« Nous sommes plus ou moins au complet, dit Anton. Je déclare la séance ouverte. Premier sujet à l'ordre du jour, le travail du Parti. Et je me propose de parler, si personne n'y voit pas d'objection. » Il ne marqua aucune pause pour les objections. « Je propose que nous parlions de la discipline. Dans un groupe comme le nôtre, la discipline est volontaire. Il n'y a aucun moyen de l'imposer. Mais quel est l'intérêt de prendre des décisions collectives si elles ne sont pas appliquées. C'est une insulte envers le Parti. » Il se tourna vers Jasmine. « Camarade, si le camarade Tommy et toi-même aviez quitté la réunion à temps pour arriver ici à l'heure, en serait-il résulté la moindre perte – si ce n'est, bien sûr, du plaisir que vous avez pris à regarder la bourgeoisie sautiller sur ses sièges et applaudir, pour le seul plaisir d'applaudir, chaque fois qu'était prononcé le nom de l'Union soviétique.

– Je ne comprends vraiment pas pourquoi nous nous donnons le mal d'organiser ces réunions si tu méprises tant les gens qui y vont, observa Marie.

– Ce n'est pas une question de mépris mais d'analyse de la situation. Alors, camarade Jasmine ?

– Tu as raison, répondit Jasmine. Je présente mes excuses à tout le groupe, et je te promets que cela ne se reproduira plus.

– Camarade Tommy ? »

Tommy marmonna quelque chose en se tapant sur la tête avec son poing.

« Ainsi donc, voici réglé le problème des camarades Jasmine et Tommy. Le camarade Murdoch est ivre ; il n'y a aucune excuse pour cela. Les camarades Marie et Piet se sont excusés. Il manque cinq camarades de l'armée de l'air. Espérons qu'ils ont une bonne raison.

– Ils sont dans le quartier métis », lança l'un des soldats. Il s'appelait Jimmy Jones et venait d'adhérer au groupe. C'était un jeune homme à l'ossature large et aux joues creuses, passionnément sérieux, et qui prononçait volontiers des discours violemment théoriques comme s'il s'était agi de réunions publiques. « Il semble qu'ils aient créé des contacts valables dans le quartier.

– Et qui a décidé que leurs contacts l'emportaient sur la discipline du groupe ? »

Jimmy s'obstina : « Ce sont de bons contacts. Il faut les maintenir.

– Ah bon ? » dit Anton. Il se tourna vers Martha. « Tu n'as pas rempli tes fonctions concernant les brochures à cause de ton travail pour *The Watchdog*. La manière correcte d'affronter ce genre de problèmes consiste à venir trouver le groupe, à dire que tu as trop de travail, et à le faire redistribuer. Et non pas à laisser le travail en plan. »

A ces mots Bill Bluett, qui se moquait toujours de Martha quand il la rencontrait hors des réunions de groupe, lui adressa un regard chargé de gentillesse et déclara : « La camarade Matty fait du très bon travail dans le quartier métis.

– Le quartier métis, oui. Mais nous avons décidé que la vente du *Watchdog* n'y prendrait qu'un après-midi par semaine. Combien d'après-midi avez-vous passés à traîner dans le quartier métis ? Et pourquoi ?

– Il y a beaucoup de choses à y faire : des gens qui ont des problèmes, et des femmes qui veulent des conseils pour l'éducation de leurs enfants.

– Vous êtes censés vendre *The Watchdog* , et non pas jouer les assistantes sociales. »

Tout le monde se récria, et Bill déclara : « Les communistes devraient pénétrer dans la vie et les problèmes des travailleurs. C'est précisément ce que fait la camarade Matty. A propos, il faut que le groupe se cotise pour trouver deux livres sterling – un type qui a des ennuis de loyer. Allongez la monnaie.

– Camarade Bill, commença Anton.

– Camarade Anton, répondit Bill avec un sourire qui n'avait rien d'aimable.

– Combien de Métis y a-t-il dans cette colonie ? Quelques milliers. Ils n'ont aucune importance économique ni politique. Nous pouvons vendre *The Watchdog* dans le quartier métis jusqu'au jugement dernier mais, à moins que le nombre ou la condition économique de la population métisse varie considérablement, ils ne représenteront jamais une force politique. »

Bill hocha la tête et garda le silence.

« Admets-tu le bien-fondé de mon estimation ? Il me semble que c'est justement toi qui as procédé pour nous à cette analyse ?

– Oui, admit Bill à contrecœur.

– Et puis-je espérer que tu en tires les conclusions logiques ? Nous étions convenus qu'en principe notre travail se déroulerait parmi les Africains, qui dans ce pays constituent le prolétariat. Mais puisque nous n'avons actuellement aucun contact avec les Africains à cause de la structure politique qui empêche les Blancs de prendre contact aisément, nous devons travailler au sein des organisations blanches progressistes et avec les Métis, physiquement plus accessibles. Et nous avions décidé qu'un après-midi pour *The Watchdog* suffirait. »

Jimmy explosa alors : « Je suis d'accord : nous devrions aller parmi les Africains ; nous perdons notre temps, et je proteste, en ce qui concerne le travail du groupe, car nous passons tout notre temps avec les Blancs. Ce ne sont que des bourgeois et c'est une perte de temps. » Les trois hommes de l'armée de l'air manifestèrent aussitôt leur accord, ainsi que Bill et Andrew ; Jimmy renforçait ses paroles avec force hochements de tête et exclamations.

« Camarades, commença patiemment Anton, vous étiez tous présents quand nous avons analysé la situation de ce pays – n'est-ce pas ? »

Silence.

« Et de cette analyse nous avons tiré certaines conclusions, sur lesquelles nous étions tous d'accord : nous avons voté. »

Silence embarrassé.

« Eh bien, camarades ? Est-ce donc que vous souhaitez procéder à une nouvelle analyse ?

– Seigneur, non ! protesta Jimmy, fâché.

– Alors, et qu'est-ce que cela signifie ? Que ces analyses sont inutiles ? »

Jimmy s'obstina : « Tout ce que je sais, c'est que nous avons développé de bonnes relations avec un certain nombre de Métis. Ce sont des travailleurs, comme nous – ou certains d'entre nous. Nous nous comprenons les uns les autres. Et la camarade Matty a fait du bon travail. Pourquoi le gâcher ? Je ne comprends pas.

– Je poserai la question formellement, reprit Anton. Voulez-vous que nous passions une résolution visant à faire une nouvelle analyse de la force des classes dans ce pays et que, en fonction de cette nouvelle analyse, nous reconsidérions notre travail ?

– Non, s'écria vivement Jimmy. Non et mille fois non.

– Dans ce cas, logiquement, la décision antérieure reste valable. Matty consacrera un après-midi par semaine à vendre *The Watchdog* de porte en porte dans le secteur métis. Les camarades de l'armée de l'air peuvent l'aider si nécessaire. Aucun d'entre vous ne se mêlera plus des problèmes de loyer, de contrôle des naissances ou d'affaires de ce genre. Et nous allons désormais non seulement nous engager à être ponctuels, mais être effectivement ponctuels. Et maintenant, au point suivant de l'ordre du jour.

– Les brochures, suggéra Jasmine.

– Une minute, camarades », intervint Marie du Preez. Elle faisait face à Anton, et son visage exprimait un mélange d'anxiété et de chaleur maternelle à son égard, comme si elle ne pouvait atténuer sa réprobation qu'en prenant l'intonation qu'elle aurait employée avec un enfant.

« Camarade Marie, objecta Piet avec impatience.

– Je ne suis pas d'accord. Je ne saurais pas dire pourquoi. Logiquement, je suis d'accord. Quand tu te places sous l'angle de la logique, personne ne pourrait trouver d'objections. Mais humainement – c'est injuste. Certains camarades ici présents ont noué de vrais contacts amicaux avec les Métis, et maintenant tu nous annonces qu'il faut couper court et tout abandonner – ce sont des êtres humains comme nous.

– Camarade Marie, le travail d'un parti communiste dans n'importe quel pays donné se fonde sur une analyse intellectuelle de la structure des classes, des forces de classes dans ce pays à un moment déterminé. Il ne se fonde pas sur des sentiments individuels et intimes. Sinon, ce n'est plus un parti communiste. »

Marie se renfrogna et, finalement, déclara avec entêtement : « Je t'ai déjà dit que je ne pouvais pas discuter avec toi sur le plan intellectuel. Mais je sens que tu as tort. »

Son mari, Piet, qui avait gardé le sourire pendant toute cette conversation, éclata de rire et dit : « Les femmes ! Elle *sent* qu'il a tort, et cela suffit.

– Toi, ça suffit, lança sa femme.

– Je n'aime pas cela, intervint Marjorie. J'exige que le camarade Piet retire ce qu'il vient de dire.

– Moi aussi, s'écria Martha.

– Et moi, dit Jasmine.

– Je le retire, admit Piet sans cesser de sourire.

– Tu ne le retires pas vraiment, lui reprocha Marjorie. Tu nous traites avec condescendance. Tu fais preuve d'une attitude désobligeante envers les femmes.

– Camarade Marjorie, dit Anton, il a formellement retiré ce qu'il avait dit.

– Formellement », ricana Marjorie.

Les femmes dévisageaient hargneusement le syndicaliste bien bâti et rieur qui s'efforçait de prendre un air contrit.

Soudain, Andrew ôta sa pipe de sa bouche et annonça en souriant également : « Camarades, il faut que j'attrape mon car dans une demi-heure, et les gars du camp aussi.

– Très bien, conclut Marjorie. Je vois que le camarade Andrew partage le point de vue du camarade Piet.

– Quant au camarade Piet, affirma Marie en dévisageant son mari, je m'en occuperai plus tard.

– Bien ? dit Anton. Avons-nous réglé cet important problème ?

– J'espère, demanda Marjorie, que tu ne cherches pas à dire qu'il est sans importance ?

– En tant que président, reprit Anton, je propose que nous abordions le second point inscrit à l'ordre du jour. Les brochures. »

Jasmine exposa la situation : « Nous nous trouvons actuellement en possession de quatre caisses de brochures fournies par Voks à Moscou. Je considère leur style comme totalement inadapté à notre situation présente. »

Un chœur d'approbation s'éleva. Ils avaient manifestement tous vu les brochures. Mais les visages arboraient une expression embarrassée : ils jugeaient déloyal de devoir critiquer l'Union soviétique ; pis encore, ils se sentaient en quelque sorte trahis, et même menacés.

Anton observa calmement : « J'ai examiné ces brochures, et je conviens que les camarades de Moscou ont mal cerné nos besoins ; ils nous ont envoyé du matériel inadéquat. Je propose que nous leur écrivions une lettre leur expliquant pourquoi, et leur suggérant la base sur laquelle ils devraient fonder leur argumentation.

– Ils ne répondent jamais aux lettres, objecta Jasmine avec effort, car elle répugnait à énoncer une nouvelle critique à l'égard du pays bien-aimé.

– Sans doute ont-ils mieux à faire que se préoccuper des problèmes du Zambèze, répliqua Anton.

– Alors pourquoi se donnent-ils la peine de nous envoyer des brochures? » intervint Marjorie.

Anton rétorqua froidement : « Je ne pense pas que ce soit un problème très grave. Passons au point suivant.

– Je trouve que tu traites cette réunion d'une manière très arbitraire, déclara soudain Bill Bluett.

– Moi aussi », renchérit Jimmy qui se tenait tout crispé et renfrogné, ses grosses mains rouges tremblant d'émotion sur ses genoux.

Anton poursuivit : « Il reste vingt minutes avant le départ des camarades militaires, et encore huit questions à l'ordre du jour. Nous allons devoir supprimer l'instruction politique parce que certains camarades se moquent de la ponctualité.

– Je persiste à te trouver arbitraire, insista Bill.

– Dans ce cas, je vous propose d'élire un autre président. »

La voix d'Anton trahissait l'impatience et la vexation, et Marjorie observa : « Je trouve ton attitude incorrecte face à la remarque de Bill.

– Moi aussi, intervint paisiblement Jasmine : tu ne devrais pas réagir ainsi à la critique. »

Anton baissa les yeux vers la table et tripota un crayon, crevant à plusieurs reprises une feuille de papier. Des rides minuscules frémissaient aux commissures de ses lèvres.

« Je vais en profiter pour dire autre chose, à quoi je tiens beaucoup », reprit Bill. Il se leva et enfonça sa casquette sur son épaisse chevelure : « Je propose que le groupe s'efforce de respecter sa décision de procéder à la critique et à l'autocritique.

– D'accord, approuva aussitôt Jasmine.

– Puisqu'il ne s'agit pas de voter mais d'appliquer une décision déjà votée, il n'y a guère d'accord ou non », annonça Anton. Puis il se tourna poliment vers Bill : « Merci de me le rappeler, camarade. Tu as parfaitement raison.

– Oh, il n'y a pas de quoi », répliqua Bill d'une voix désinvolte en se dirigeant vers la porte. Il sortit, suivi des deux autres aviateurs.

Les autres décidèrent de poursuivre la réunion, mais Anton se leva, les salua d'un signe de tête, et déclara qu'il devait partir. Il s'en alla, laissant le groupe sans chef.

« Il n'est tout de même pas vexé parce qu'on l'a critiqué ? s'exclama Marie.

– Bien sûr que non », dit Jasmine. « C'est un vieux camarade, et il sait accepter les critiques. Poursuivons la séance. » Mais c'est alors que Martha qui avait tremblé convulsivement pendant toute la réunion, se mit à claquer des dents. Ils la dévisagèrent tous, et s'écrièrent qu'elle était malade. La séance s'acheva alors. Marie et Piet du Preez ramenèrent Martha chez elle et la mirent au lit. Martha songeait faiblement qu'être malade constituait un acte irresponsable et déloyal vis-à-vis du groupe entier. Elle se disait également qu'il serait bien agréable de rester malade un jour ou deux, d'avoir le temps de réfléchir et même – elle en éprouva un sérieux spasme de culpabilité – d'être un peu seule, et non pas toujours entourée de gens.

DEUXIÈME PARTIE

Lénine, comme on le sait, n'épargnait guère ses opposants.

A.A. Jdanov

CHAPITRE PREMIER

LE lendemain matin, Martha s'éveilla malade, mais surtout mal à son aise sous le poids de la culpabilité : elle s'était rendue malade par négligence, et son travail allait désormais retomber sur les autres. Mais la langueur de la fièvre l'enchantait. Elle avait rêvé et souhaitait se rendormir, cas ses rêves avaient revêtu cette qualité de nostalgie dont elle se méfiait tant, et qui l'attirait si dangereusement. Elle avait rêvé de « ce pays » : expression qu'elle employait pour décrire une région particulière du sommeil qu'elle visitait fréquemment ou qui la visitait – et toujours quand elle était épuisée ou malade. « Ce pays » apparaissait pâle, brumeux, plat ; des mouettes y pleuraient comme des enfants sur des plages violettes. Elle se tenait sur des rochers crayeux et colorés, au milieu de la mer âcre, et une odeur de sel lui emplissait les narines.

Elle songea : Ce doit être l'Angleterre... mais comment puis-je me sentir exilée d'Angleterre alors que je n'y suis jamais allée ? Et dois-je vraiment avoir honte de vouloir dormir quand je ne dors jamais assez ? Elle retomba dans un sommeil brûlant, et rêva qu'elle était revenue au « district » et se tenait au bord de la grande mine dévoreuse d'or de M. McFarline. Mais la mine était abandonnée. Abandonnée depuis des siècles. L'immense puits avait été creusé par une race oubliée qu'elle distinguait clairement dans son rêve : des gens cuivrés aux muscles déliés, enchaînés comme des esclaves sous le fouet d'un contremaître noir. Des siècles plus tôt ces gens avaient disparu, et la mine était tombée à l'abandon ; les parois s'étaient couvertes de petites broussailles et d'herbes rêches. Mais tout près de l'endroit où elle se tenait, une avancée plongeait à pic jusqu'au fond du puits en s'évasant à la base comme la patte d'un félin. Dressée à l'extrême bord de la mine et surplombant le vide, elle respirait l'odeur âcre et chaude du soleil africain sur la terre desséchée, et contemplait les strates profondes de la roche. La croissance de la terre apparaissait dans les couches superposées de la paroi du puits — un rouge chaud pour la terre vivante qui constituait le sol, et puis les couches mortes qui s'étageaient au-dessous. Elle voyait que la saillie plongeante n'était pas morte mais vivante. Ce n'était pas une patte d'animal mais la tête et les épaules d'un immense lézard, d'un saurien emprisonné depuis des milliers d'années dans la roche. Pétrifié. La forme de l'étroite tête et le renflement des épaules apparaissaient. Une mince corniche de pierre, au fond du puits envahi par les herbes, était le pied mort. Martha regarda encore, et vit que l'œil fixait sur elle un regard d'interrogation patiente et morose. C'était un œil cerné d'écailles et voilé de poussière, un œil triste. Il vit, songea-t-elle. Il vit encore après tant de siècles. Et il lui en faudra beaucoup d'autres pour mourir. Peut-être pourrais-je le dégager ?

Mais il semblait normal que l'immense créature à demi fossilisée fût là, vivant encore et prise dans la masse gigantesque de la terre. Elle contempla l'œil patient et à demi clos, et pensa : Tu dois être bien trop vieux pour me voir.

Elle s'éveilla, tout endolorie par la fièvre. Le rêve lui paraissait maintenant effrayant, mais surtout parce qu'il était si loin des rives froides et salées de « ce pays ». Elle se dit : la prochaine fois que je sombrerai dans le sommeil, je pourrais me retrouver n'importe où, sans savoir ce qui m'attend... Car les rives froides et salées et la mine implacable et lugubre semblaient n'avoir rien en commun, aucun lien, et cette absence même constituait un danger. Elle se rendit compte qu'elle craignait de retomber dans le sommeil.

Il était dix heures du matin. Bien qu'accablée, par l'idée de ne pas pouvoir remplir ses fonctions au sein du groupe, elle ne se rappela qu'alors ses obligations vis-à-vis du bureau où elle gagnait sa vie. Elle alla dans le couloir téléphoner à Mme Buss, qui lui expliqua longuement qu'elle était fort capable d'assurer tout le travail du bureau pour l'éternité. Pour sa part, elle n'avait jamais manqué une seule fois en quinze ans de vie professionnelle. Martha s'aperçut que Mme Carson se tenait derrière elle, écoutant la conversation. « Je suis malade », déclara-t-elle pour éviter de se trouver mêlée à une nouvelle crise domestique. Elle retourna se coucher, suivie du visage intense et livide et du regard obsédé de Mme Carson, qui s'assit au pied du lit et entreprit de lui raconter comme elle s'était un jour trouvée seule dans une ferme située dans une campagne reculée, et toute une bande d'indigènes avaient encerclé la maison et tenté d'y entrer mais – voyant qu'elle les attendait armée d'un fusil – ils s'étaient contentés de l'épier par les fenêtres et de ricaner des obscénités. Martha gisait sous un amas de couvertures en désordre, tremblante, et se répétait sans relâche : Il ne faut pas que je m'énerve contre elle ; elle est malade et n'y peut rien. Mais elle finit par déclarer, tout étonnée de s'entendre sangloter : « Mme Carson, je suis malade. »

Ainsi rappelée à la réalité de l'existence de Martha, Mme Carson se redressa lentement, lissa sa robe de ses mains noueuses, et jeta un long regard autour de la chambre comme à la recherche de quelque chose. Elle alla finalement tirer les rideaux de chintz d'un geste découragé et revint auprès du lit en fronçant les sourcils.

« Je devrais peut-être téléphoner à votre mère ? » suggéra-t-elle.

Martha se dressa sous l'emprise de la panique. « Non, je vous en prie, ne faites pas cela. »

Mme Carson ne fut guère surprise mais, rassurée de n'avoir rien à entreprendre, elle ajouta d'un ton vague : « Si vous avez besoin de quelque chose, dites-le-moi. » Et elle sortit en disant : « Il vaut mieux tirer les rideaux ; comme cela *ils* ne peuvent pas regarder. »

Martha se rendormit et fut ausitôt réveillée par d'atroces cauchemars dont elle ne se rappela rien mais qui la précipitèrent hors du lit. Elle s'était engagée à faire certaines choses, et devait absolument les faire. Elle s'habilla et prit à bicyclette la direction du centre. C'est seulement lorsqu'elle se sentit vaciller sous l'emprise de la fièvre qu'elle se reconnut malade et autorisée à rester au lit. Mais elle se rendit au bureau du groupe, prit la liste des hommes d'affaires qu'il fallait solliciter pour l'Aide médicale à la Russie, et passa la journée à aller de bureau en bureau. Elle s'étonna de constater que, par la force de l'habitude, elle pouvait sans effort endosser sa « personnalité de collecte ». Elle méprisait cette personnalité : froide, terre à terre, un peu aguicheuse, avec un humour de commande destiné à atténuer la répugnance que pouvait susciter l'idée de donner de l'argent à la Russie. Elle reçut des promesses pour plus de trois cents livres sterling. Elle retourna au quartier général et laissa un petit mot pour demander qu'un autre camarade prenne le relais, puis enfourcha sa bicyclette avec difficulté, dans la chaleur lourde et solennelle du plein après-midi. Le soleil se réfléchissait sur les murs, sur le métal des voitures et des vélos, sur la peau des Africains, dans les yeux des passants, sur les feuilles des arbres. La lumière lui transperçait les yeux et lui inondait douloureusement le crâne. Elle pédalait lentement, consciente des coups de klaxon qui lui étaient destinés. Si je me comporte bizarrement, se disait-elle, le groupe en subira les contrecoups. Il faut que je roule droit et que j'aie l'air normal. Si les gens me croient ivre, le blâme rejaillira sur le Parti.

Lorsqu'elle parvint enfin à se remettre au lit, dans l'obscurité de sa chambre, elle songea avec désespoir : A travers le monde, des gens meurent, des gens se font tuer, ils traversent d'indicibles souffrances, et moi je suis malade – je n'ai aucun droit d'être malade.

Elle s'endormit et rêva qu'elle se trouvait parmi les hordes de gens terrassés par la guerre, dont elle portait la responsabilité. Elle s'éveillait à demi, et ses yeux se refermaient aussitôt à la vue de la forte lumière qui transperçait les rideaux de chintz, en se disant : C'est la France, oui – nous y sommes bien implantés (car dans son rêve, elle, représentant le « groupe », avait endigué un flot de violence ou quelque acte de terrorisme), mais il y a aussi l'Allemagne, les gens des camps de concentration allemands, je les oublie. Et quand elle retombait dans le sommeil elle se trouvait en Allemagne, refrénant la brutalité mais en même temps tourmentée d'oublier la France, ou la Russie, ou d'autres lieux dont elle était responsable. Elle se réveillait puis dormait, dormait et s'éveillait encore, prise dans un vertige d'angoisse croissante, et retombait parfois dans ses rêves sur les rives froides et plates de la nostalgie, où n'existait aucune responsabilité ; ou bien elle retournait brièvement l'œil à demi clos et voilé de poussière de l'immense saurien pétrifié.

Dans un moment de lucidité, elle aperçut auprès du lit un grand plateau recouvert d'une moustiquaire. Soucieuse de faire quelque chose pour Martha mais incapable d'exorciser l'obsession où elle se trouvait pour y réfléchir, Mme Carson avait disposé un repas complet : de la soupe, maintenant froide et couverte d'une pellicule grasse ; du rôti et des pommes de terre figées dans la sauce ; et une tranche de gâteau toute ramollie. L'estomac de Martha se contracta, et elle alla vomir dans la salle de bain. Elle dut passer devant la cuisine où, un chasse-mouches à la main, Mme Carson, affalée sur un siège et enveloppée d'un peignoir de cretonne qui laissait entrevoir sa poitrine fripée, regardait son nouveau domestique faire un gâteau. Elle ne vit pas Martha, qui retourna se coucher et rêva qu'elle était responsable de Mme Carson et s'efforçait de lui expliquer « une fois pour toutes » qu'elle « avait suivi le mauvais chemin » et qu'elle « devrait être heureuse et cesser de gâcher sa vie à fantasmer ». Dans ce rêve, Mme Carson lui apparaissait comme une veuve joviale aimant les jeux de cartes et distribuant volontiers des œillades amicales et gaillardes, qui lui disait : Merci mon petit de m'avoir sauvée. Vous êtes ma seule véritable amie.

Ce cauchemar lui devint si intolérable qu'elle se

débattit pour y échapper et s'éveilla en haletant et gémissant.

La nuit s'écoula ainsi. Au matin, elle s'éveilla pour trouver Jasmine immobile au pied du lit, qui l'observait.

« Ça va ? s'enquit-elle.

– Bien sûr.

– Tu veux un médecin ?

– Surtout pas.

– Je ne peux pas les voir non plus. Bon, je vais au bureau. Passe-moi un coup de fil si tu as besoin qu'on te soigne. » Toujours précise et réservée, vêtue d'une robe bleue aux fleurs vives qui soulignait les contours de sa silhouette délicate, Jasmine rajusta une de ses boucles d'oreilles en fixant sur Martha un regard soucieux.

« Quoi de neuf dans le groupe ? interrogea Martha qui se sentait exilée depuis plusieurs semaines.

– Des problèmes », répondit Jasmine avec un soupir en levant les yeux au ciel. « Il y a eu une réunion hier soir. L'armée de l'air subit de sérieux troubles infantiles. Ils veulent faire la révolution tout de suite. Jimmy réclame que nous organisions une marche sur la Réserve indigène en brandissant un drapeau rouge et en scandant : A bas la tyrannie blanche.

– Sérieusement ?

– Sérieusement.

– Ce n'est peut-être pas une mauvaise idée, observa Martha d'une voix revêche.

– Tu ferais mieux de rester où tu es, répondit Jasmine. Si toi aussi tu es d'humeur à brandir des drapeaux rouges, tu vas nous encombrer au lieu de nous aider.

– Tout de même, j'ai réfléchi... nous sommes là à parler, à analyser, à répéter des formules, mais que faisons-nous de réel ? Que changeons-nous ? »

Elle éprouvait une douleur lancinante dans le crâne et restait soigneusement immobile, les yeux fixés sur le plafond blanc et frais.

« Je crois que tu ferais mieux de dormir.

– Quoi d'autre ? Que s'est-il passé d'autre ?

– L'armée nous traite de bourgeoises.

– C'est une évidence. Et alors ?

– Sous prétexte, poursuivit impavidement Jasmine, que nous portons du rouge à lèvres et du vernis à ongles. » Elle avança un pied fin chaussé d'une haute sandale bleue, et examina d'un œil complaisant ses ongles de pieds écarlates. « Ils prétendent que la manière dont nous nous habillons trahit nos origines.

– Qui ? Toutes les femmes, ou seulement celles du groupe ?

– Les camarades femmes. Ils disent que nous sommes corrompues par l'importance que la société capitaliste accorde au sexe. » Jasmine prononça cette dernière remarque sur un ton grave et interrogateur.

Martha y réfléchit des profondeurs du mécontentement angoissé qu'elle éprouvait à l'égard d'elle-même, et qui l'encourageait à se ranger dans le camp de quiconque la critiquait. Mais l'autre face de ce rejet morne et permanent d'elle-même présentait l'image de ce qu'elle souhaitait être : et essayer de faire correspondre cette image avec l'un ou l'autre homme du groupe suffisait à les lui faire tous rejeter en bloc. Elle se disait : Un vrai homme distinguerait aisément ce que je peux devenir et m'y aiderait, mais tous ces chamailleurs du groupe... Elle s'épouvanta de pouvoir penser à ses camarades masculins en ces termes, et déclara d'une voix irritée : « Oh, ils peuvent parler...

– C'est ce que j'ai dit à Jimmy.

– Évidemment, c'était Jimmy.

– Oui, je lui ai dit : "Si tu es contre le maquillage et les talons hauts, dis-moi un peu ce que tu faisais au McGrath avec la réceptionniste ? D'abord, elle se teint les cheveux." Il m'a répondu qu'il s'occupait de son éducation. »

Martha se mit à rire. Jasmine ébaucha un sourire réservé et ajouta : « Les sales hypocrites – tous les mêmes. Pas un seul pour racheter les autres. Bon, salut, Matty. Et soigne-toi bien. » Elle sortit en balançant une sacoche pleine de brochures par-dessus son épaule.

Lorsque Martha s'éveilla de nouveau, il faisait nuit, et Mme Quest se tenait au pied du lit, à la même place que Jasmine auparavant.

« Je suis contente de voir que tu te couches de bonne heure, pour une fois, déclara-t-elle d'une voix enjouée.

– Oui.

– As-tu des nouvelles de William ?

– Qui ?

– Ce caporal, tu sais bien.

– Oui, j'en ai reçu.

– Si tu comptes encore le laisser tomber, je renonce à te connaître pour ma fille.

– Mère, je me tue à vous le répéter : il n'est pas question que j'épouse William.

– Tu as quitté ton mari pour lui.

– Absolument pas. J'ai quitté Douglas pour... » Elle s'interrompit, sachant qu'il était inutile d'expliquer à sa mère pourquoi elle avait quitté Douglas.

Cependant, le regard hostile et froid de Mme Quest fixait les épaules nues de Martha. « Cette chemise de nuit est indécente, proféra-t-elle, si tes amis viennent te voir... »

Martha, qui en voyant sa mère avait d'abord pensé : Mon Dieu, elle va s'occuper de moi, remonta les couvertures jusqu'à son menton et répliqua : « Personne ne vient, et j'ai sommeil. »

Mme Quest s'approcha de la coiffeuse de Martha, examina ce qui s'y trouvait, et lança : « Alors maintenant tu te mets du rouge. Évidemment, si tu as l'intention de mener une vie de patachon, tu vas avoir bien besoin de te peindre la figure, à ton âge. Mais ne viens pas me dire que je ne t'aurai pas prévenue. » Elle retourna se poster au pied du lit et poursuivit : « Mme Carson se fait bien du souci à ton sujet.

– Comment cela ?

– Elle se plaint que tu ne tires jamais les rideaux et que le jardinier rôde pour te guetter à la fenêtre.

– Oh, fermez-la », s'exclama Martha, consternée à l'idée qu'elle acceptait ce genre de réflexion de Mme Carson, mais pas de sa mère à qui elle devait pourtant beaucoup plus de patience et de compréhension. La honte l'accabla, et sa fébrilité empira.

Mme Quest s'était réfugiée dans une attitude d'excuse humble et embarrassée, et elle se hâta de partir en disant : « Peut-être s'est-elle méprise, après tout. Bien, je ne veux pas retarder ton sommeil réparateur. » Puis elle ajouta avant de disparaître : « Il paraît que Caroline ne va pas trop bien, la pauvre petite. »

L'image de Caroline jaillit aussitôt devant Martha, qui s'enjoignit douloureusement de la chasser : Je ne peux pas penser à elle maintenant, c'est impossible, je ne peux pas. Elle refoula péniblement Caroline dans une région de son esprit qui s'appelait Entrée interdite. Mais dès qu'elle s'endormit, Caroline émergea de ce recoin interdit et s'imposa à Martha : délicieuse et enfantine, malade et plaintive, ou encore hostile à Martha, sa mère. Martha s'éveillait sans cesse, effrayée pour la première fois par la solitude de cette chambre sordide et sombre qu'elle louait, se méprisant d'avoir peur et détestant sa mère pour avoir évoqué l'image de Caroline.

Une nouvelle nuit s'écoula, puis une matinée lente et chaude. Des mouches bourdonnaient contre les rideaux que transperçaient d'aveuglants rayons jaunes. Martha réfléchissait : Si seulement ma mère revenait et qu'elle soit gentille, au lieu de me détester... Cette faiblesse amorphe l'épouvanta de nouveau. Il suffit que je sois malade, songea-t-elle, pour commencer à réclamer ma mère. Et je ne suis sans doute même pas malade, je cherche simplement à échapper à quelque chose. Mais à quoi ? Il ne faut pas que je cède. Et elle quitta son lit en vacillant, se brossa les cheveux, et se maquilla. Elle se recoucha soigneusement sur ses oreillers bien ordonnés en se sermonnant : Si je m'y applique l'esprit, je n'aurai plus besoin d'être malade. Mais elle sombra presque aussitôt dans le sommeil, et dans le délire d'un cauchemar.

Elle s'éveilla en fin d'après-midi et trouva Anton assis auprès d'elle. Elle en éprouva un délicieux soulagement.

« Oui, oui, oui, commença-t-il quand on néglige sa santé, on tombe malade. » Il lui serrait le poignet, moitié par caresse fraternelle, et moitié par nécessité de lui prendre le pouls.

« Alors, reprit-il, que dit le médecin ?

– Je n'ai pas besoin de médecin.

– Tiens donc. Peut-être est-ce vrai, mais il faut que tu m'excuses : je vais téléphoner à ton médecin pour qu'il vienne t'examiner. »

Il souriait. Martha le reconnaissait à peine. Le voici brusquement humain, songea-t-elle. Et s'il était amoureux de moi ? Cette pensée suscita en elle un mélange d'exaltation et de panique. Oh, mon Dieu, ce n'est pas mieux que les autres fois, se dit-elle involontairement – un simple accident et on tombe amoureux, si l'on peut employer ce mot. Pourtant, une pulsion d'enthousiasme résonnait en elle. Elle observa au travers de sa fièvre le visage retenu et guindé qui s'adoucissait à présent d'un petit sourire paternel, et pensa : Peut-être l'ignore-t-il, mais je l'attire.

Anton se redressa de toute sa hauteur, puis se pencha et l'embrassa sur le front. « Bien, bien, dit-il. Maintenant, tu vas rester bien tranquille et le médecin va venir. » Ils restèrent un instant embarrassés par ce baiser, puis il ajouta d'une voix brève : « Je reviendrai te voir ce soir. C'est le Dr Stern, n'est-ce pas ? Je m'en occupe. » Et il sortit sur la pointe des pieds, raide comme un échassier.

Quand je suis avec lui, se demanda-t-elle, je me sens en sécurité ? Elle se souvint qu'il avait dit : « Les problèmes des femmes ne sont pas suffisamment pris en considération », et qu'elle avait réagi positivement à cette promesse de compréhension. Oui, décida-t-elle, il est gentil.

Elle attendait maintenant la visite du médecin. Puisque Anton prenait la responsabilité de cet acte de faiblesse, l'acte de reconnaître la maladie, elle s'en trouvait déchargée. Tout rentrait dans l'ordre.

Elle gardait le visage tourné vers la porte, par où entrerait le Dr Stern. Quand elle s'éveilla, ce fut pour voir entrer Jimmy, avec les mêmes excès de précaution qu'Anton quand il était sorti, et entièrement absorbé par ces exagérations. Il portait un gros bouquet de zinnias roses dans sa lourde patte rouge et, croyant que Martha dormait, cherchait un endroit où le poser. Il finit par sortir en laissant la porte ouverte, et Martha l'entendit parler au domestique dans la cuisine. Il parlait d'une voix chaleureuse, mais le serviteur restait nerveusement évasif : le contraste entre Jimmy et Mme Carson le troublait trop. Jimmy revint avec ses fleurs raides flanquées dans un grand vase vert tarabiscoté. Martha observa que le vase lui plaisait, à voir son regard satisfait. Elle refoula consciemment un élan de réprobation envers ce mauvais goût, et se réprimanda : c'est du snobisme, ils ont bien raison de nous critiquer, bourgeoises et tout le saint-frusquin... Lorsqu'il eut finalement déposé le vase auprès du lit, il vit qu'elle était réveillée et accepta ses remerciements en souriant vaniteusement.

La clarté du soleil s'était adoucie en un jaune pâle sur les rideaux et la chaleur s'était apaisée dans la pièce, mais l'atmosphère restait moite et le visage osseux de Jimmy était cramoisi. Il portait l'épaisse tenue d'hiver.

« Pourquoi n'ôtes-tu pas ta veste ? » s'étonna-t-elle, et elle se sentit aussitôt gagnée par l'embarras. Elle se souvint que sa mère avait jugé sa chemise de nuit indécente ; et elle remonta les couvertures jusqu'à son menton en songeant : Je n'y ai pas pensé quand Anton est venu, mais j'y pense avec Jimmy.

Il était en effet tout renfrogné de réprobation à son égard. Il défit le premier bouton de sa veste, et entreprit d'améliorer la condition de Martha ; il la dévisagea, et déclara : « Tu n'as pas l'air en forme, c'est certain. »

Et il inspecta méthodiquement l'arrangement du lit avant de déterminer ce qu'il convenait de faire. « Attends une minute, je suis un expert. » Il lui glissa les mains sous la tête, la souleva, retapa les oreillers, ôta une pile épaisse de couvertures dont Martha n'avait pas senti que le poids l'accablait, puis ordonna d'un ton sans réplique : « Et maintenant, détends-toi. Il ne faut pas te recroqueviller ainsi. » Martha dénoua docilement tous ses membres.

« Voilà qui est mieux. Tu peux me croire. J'y suis passé avant toi.

– Passé où ?

– J'ai passé dix mois en sana avant la guerre. Je connais le refrain, pour ce qui est de la maladie.

– Tu es guéri ? demanda-t-elle en observant ses joues flamboyantes.

– Je suis dans l'armée, c'est la guérison, non ? »

Elle se mit à rire, mais il gardait l'air grave. « C'est pour cela que je suis venu te voir. Il faut que tu transpires. Tu as la fièvre. »

Son rôle d'infirmière le possédait. « Tu dois bien avoir une goutte de quelque chose ici, non ? Cognac ? Alors je vais t'envelopper dans les couvertures, ça fera l'affaire.

– Mais, Jimmy, le médecin va venir.

– Tu ne vas quand même pas leur faire confiance. Ils vont t'abreuver de poison et de mensonges quand la nature peut te guérir.

– Mais le Dr Stern va arriver.

– Oh, bon, si tu le prends comme ça », déclara-t-il d'un air guindé. Il était si vexé qu'il reboutonna le bouton de sa vareuse et fit un pas vers la porte.

– Jimmy ! Tu ne vas tout de même pas te vexer parce que j'ai appelé le médecin ? » Elle s'exprimait d'une voix plaintive, et songea en fronçant le sourcil : Eh bien, si je commence à prendre ce ton-là... Il s'était déjà radouci et, souriant, s'assit auprès du lit. « Pendant que je suis là, je vais te donner des nouvelles de la tournée du *Watchdog*. Je m'en suis occupé à ta place avec Murdoch et Bill. » Il se lança dans un rapport complet, presque porte par porte, et elle resta immobile à l'écouter en regardant ce visage terriblement grave. Il ajouta en conclusion : « Nous nous sommes occupés de Ronald. Tout va bien. Inutile de t'inquiéter.

– Ronald ? Le type qui est en train de mourir de... » Elle s'interrompit.

« Mourir ? Il ne meurt pas du tout. Laisse-moi te dire une chose, camarade, ce qui lui manque, c'est de bien manger et de se reposer. Ca n'existe pas, la tuberculose.

– Alors qu'avez-vous fait ?

– Nous avons fait une collecte parmi les gars du camp, et nous lui avons calé l'estomac. Juste quelques solides repas, et payé son loyer. Ces maladies, c'est simplement de la misère. Rien de plus que la misère. Tu ne peux pas le savoir, avec ton éducation, mais crois-moi, quand les docteurs parlent de tuberculose et de cancer et de toutes ces vacheries, ils jouent la carte du capitalisme. Ils seraient au chômage, sans la misère. »

La tête de Martha bourdonnait douloureusement. Elle insista : « Quand même, Jimmy, il est très malade et il faut qu'il aille à l'hôpital.

– Malade ? Évidemment, qu'il est malade. Il ira mieux d'ici une semaine, avec les gars qui s'en occupent. Et maintenant, à ton tour. Depuis combien de temps es-tu au lit ?

– Je n'en sais rien.

– Pourquoi est-ce que cette vieille bonne femme ne te soigne pas ?

– Oh, elle est bien trop occupée avec ses névroses d'indigènes.

– Comment cela, ses névroses ? Qu'est-ce que c'est que ce langage ?

– Si tu préfères, elle est obsédée par le problème africain.

– Tu n'as que le langage bourgeois à la bouche, camarade, le sais-tu ? »

Elle répliqua d'un ton désinvolte : « Je suis bourgeoise jusqu'à la moelle », et pensa : Maintenant il va se mettre en colère, et puis il en rira.

Mais l'indignation était trop vive, dans ses yeux profondément enfoncés, pour laisser la place à la colère.

« Si tu n'étais pas malade, on réglerait ça tout de suite, camarade, crois-moi. Non, mais regarde-toi un peu, toute seule au lit avec du rouge à lèvres. Qu'est-ce que ça veut dire, hein ?

– Je ne suis pas toute seule, observa-t-elle, puisque tu es là. » Et elle lui décocha un énorme sourire. Mais il s'empourpra et répliqua : « Et voilà. Crois-moi, tu es complètement pourrie et il faudra que tout ça disparaisse avant que tu ne puisses devenir une vraie camarade.

– Bon Dieu, s'exclama Martha, furieuse, quel emmerdeur !

– Quel langage ! Je n'aime pas du tout les filles qui parlent mal. »

Frémissante d'exaspération, Martha s'agitait nerveusement dans son lit. Machinalement, il tendit son énorme main pour rajuster les couvertures, comme pour dire « calme-toi ».

« Vous, les filles de la bourgeoisie, il vous manque un bon mari ouvrier pour vous apprendre deux ou trois trucs. Quand je vous regarde, toutes tant que vous êtes, je repense à ma mère et à ce que la vie lui a fait, et crois-moi, elle pourrait vous apprendre pas mal de choses.

– Oh, vous, les ouvriers, ce que vous pouvez faire comme mélo avec vos mères, alors !

– C'est du mélo ? Permets-moi de te dire qu'à tous les coups, c'est la femme ouvrière qui prend.

– Je croyais que c'était justement pour cela que nous voulions tout changer.

– Que veux-tu dire ? » demanda-t-il rageusement. Il se tenait penché en avant, dégoulinant de sueur, cramoisi. Quant à Martha, dressée sur son lit et agrippée aux couvertures, elle avait le visage ruisselant.

Changeant d'humeur, elle poursuivit d'un ton lugubre : « Nous abolirons la misère et libérerons les femmes, pour qu'elles puissent continuer à moisir et à se sacrifier pour tout le monde – comme ma mère. » Elle se mit à rire en voyant la colère effarée qu'il laissait paraître. « Ce n'est pas la peine de me parler des femmes qui se sacrifient pour leur famille – je connais déjà la chanson. Et je ne veux même pas en parler », ajouta-t-elle en constatant que l'émotion de Jimmy culminait en regard de protestation furibarde.

« Comment cela, tu ne veux pas en parler ? Eh bien, moi, je vais t'en parler, crois-moi. Les femmes sont le sel de la terre. Je peux te le dire. Et ma mère aussi, elle était le sel de la terre. Mon père est mort quand j'avais dix ans et elle m'a élevé avec mes deux sœurs en faisant le ménage dans les bureaux jusqu'à ce que je travaille pour l'aider.

– Bien, alors faisons en sorte que les femmes travaillent dix-huit heures par jour et meurent d'épuisement à cinquante ans, pour que vous puissiez continuer à nous admirer. »

Elle retomba sur ses oreillers, tremblante de fatigue.

« Je ne comprends pas de quoi tu parles, camarade, franchement. » Il tendit à nouveau la main pour remonter les couvertures de Martha. « Et tu ne devrais pas t'agiter. Je passe mon temps à te le répéter : reste tranquille. Quand ma mère était malade, une fois, je l'ai soignée pendant trois mois, nuit et jour – il faut rester au repos et laisser faire la nature. Les docteurs ne pouvaient rien pour ma mère mais moi, oui. Ils lui donnaient ceci, ils lui donnaient cela, mais je l'ai gardée au lit et au repos pendant trois mois. C'est de repos qu'elle avait besoin, et c'est du repos qu'elle a eu, grâce à moi. Il faut laisser agir en toi la force de la nature. C'est la seule façon.

– C'est possible, mais voilà le médecin qui arrive – je l'entends. »

Elle entendait le Dr Stern et Anton parler dans le couloir. Jimmy se leva en disant : « Alors je vais sortir et attendre qu'il soit parti. » Il passa sur la véranda. Elle distinguait sa haute stature patiente au travers des rideaux, découpée dans la lueur rouge du soleil couchant.

Seigneur, songea-t-elle, il a décidé de me prendre en main. Il est responsable de moi. Et derrière l'autre porte, Anton discutait son cas avec le Dr Stern. La vieille sensation d'être emprisonnée et ballottée comme un objet la transperça. Je déteste cela, songea-t-elle rageusement sans savoir ce qu'elle détestait ni pourquoi elle étouffait ainsi. Je voudrais tellement, tellement qu'on me laisse en paix. Elle éprouvait le sentiment affreux de glisser irrémédiablement vers le danger.

Quand le Dr Stern entra, impassible et las comme toujours, elle se souvint qu'elle ne l'avait pas revu depuis qu'elle avait quitté son mari, et elle s'assit en pensant : Il me désapprouve et il va me le montrer, et je vais faire semblant de ne pas m'en apercevoir. Et puis il y aura sa note. J'avais oublié – je ne peux me permettre de tomber malade.

Mais il arborait une expression strictement professionnelle. « Alors, madame Knowell », commença-t-il comme elle l'avait si souvent entendu, « que puis-je faire pour vous ? »

Elle émit un rire docile en réponse à cette plaisanterie, et se recoucha tandis qu'il lui prenait le poignet.

« Vous auriez dû m'appeler plus tôt, observa-t-il. Qui s'occupe de vous ?

– Ma logeuse.

– Je pense que nous allons vous trouver un lit à l'hôpital.

– Oh ! *non.* » Martha se redressa, comme pour échapper au piège de sa situation. Le Dr Stern la retint par l'épaule, et déclara : « Si c'est un problème d'argent, ne vous inquiétez pas. Il y a des moments où les gens peuvent payer, et des moments où ils ne peuvent pas. Vous êtes l'une de mes vieilles patientes, n'est-ce pas ? »

Les yeux de Martha s'emplirent de larmes, et elle se détourna pour les cacher. Mais sa voix tremblait quand elle le remercia.

« Oui, madame Knowell, vous êtes là depuis déjà tant de jours, avec une forte fièvre, à laisser empirer les choses – vous êtes pourtant une femme raisonnable, c'est du moins ce que je croyais.

– Peut-être que je ne le suis pas, marmonna-t-elle. Docteur Stern, je ne veux vraiment pas aller à l'hôpital.

– Et qui va vous soigner ?

– J'ai des amis. » S'il le comprend, se dit-elle, c'est qu'il est un vrai médecin et pas seulement un professionnel de la médecine. Il la dévisagea longuement : elle sentait ses lèvres trembler. Il finit par hocher la tête et dire : « Madame Knowell, il y a des moments dans la vie où nous sommes désemparés. C'est vrai pour tout le monde. »

Mon Dieu, songea-t-elle, il essaie de me faire pleurer.

« J'ai cru comprendre que votre divorce d'avec Douglas est en cours. Bon, ce n'est pas mon affaire. Mais votre fille doit vous manquer. »

La mention de Caroline sécha aussitôt les larmes de Martha à leur source. « Docteur Stern, je ferai tout ce que vous direz, mais faites en sorte que je puisse rester ici, je vous en prie. »

Il parut contrarié – non parce qu'elle refusait d'aller à l'hôpital, il le savait, mais parce qu'elle s'était fermée contre lui. Il répondit d'une voix froide : « Très bien. Je ne peux pas en garantir les conséquences. Je vais faire préparer les médicaments. Je reviendrai vous voir demain. Une femme instruite comme vous doit-elle vraiment se comporter comme une personne sans éducation qui redoute l'hôpital ? Vous êtes comme mes patients indigènes, qui croient qu'ils vont mourir à l'hôpital. »

Martha éprouva la même chose qu'avec M. Maynard : en employant cet argument, le Dr Stern se révélait infiniment éloigné d'elle, comme s'il avait reculé dans le passé. Il resta un moment immobile au pied du lit, pour voir si elle réagirait ; comme il n'en était rien, il se contenta de dire « Bon », et sortit. Elle entendit à nouveau Anton lui parler dans le couloir. Elle comprit qu'Anton allait dorénavant s'occuper d'elle. Lorsqu'il entra, elle se laissa sombrer dans la maladie ; pour la première fois, les vagues du mal la submergèrent. Elle se rendit compte qu'Anton l'avait embrassée sur le front, et une nausée lui vint à cette pensée : Cela signifie que désormais nous sommes ensemble. Elle ne se précisa pas comment ils seraient ensemble. Il resta quelques minutes assis auprès d'elle, puis déclara qu'il allait chercher les médicaments. Elle ne l'entendit pas sortir, non plus qu'elle n'entendit Jimmy entrer. Elle ouvrit les yeux, et vit l'ombre vague et immense de Jimmy au-dessus d'elle. Son attitude exprimait quelque chose d'hostile envers Martha.

« Alors, camarade, tu es malade ?

– C'est ce qu'affirme le médecin.

– Alors il va te bourrer de médicaments ?

– Je suppose.

– Je vais aller te les chercher. Je suis à vélo.

– Anton y est déjà allé.

– Je l'ai aperçu, en effet. Je l'ai aperçu », grogna-t-il d'un ton accusateur. Comme elle ne répondait pas, il reprit : « Dis-moi, il y a quelque chose entre vous ?

– Quelque chose entre nous ? » Qu'il s'arrogeât le droit de poser cette question la mit en rage. Car il se l'arrogeait manifestement. Il prenait même l'air d'avoir été trahi. « Je veux dire, est-ce qu'Anton et toi vous vous mettez ensemble ?

– Pas que je sache. » Elle gardait les yeux clos. Quand elle les rouvrit, il avait disparu.

Elle éprouvait une profonde angoisse : son estomac s'était convulsé. Cette manière qu'ils ont de tomber amoureux d'une minute à l'autre m'a irritée, se dit-elle, mais quelle est la différence entre cela et le fait qu'Anton et moi commençons une relation ? Car il me semble que nous avons une relation. Si j'avais dit oui à Jimmy ou à Murdoch en prenant une bière ou en vendant des journaux, j'aurais trouvé cela parfaitement normal, inévitable, et même romantique. Son angoisse empira, et elle se sentit prise au piège par Anton. Mais il se trouve que c'est Anton... pourquoi ? Est-ce parce qu'il est le chef du groupe ? Alors, c'est méprisable. Et en vérité, qu'avons-nous en commun ?

Ces pensées terrifiantes et confuses lui pesaient trop, et elle sombra dans un état proche du délire. Son corps avait pris le relais de son cerveau. Elle gisait sur son lit, consciente de chaque pulsion douloureuse, de chaque sensation froide ou chaude. Nettement délimité en zones de froid et de chaleur, son corps était étendu entre des draps rugueux et rêches qui la picotaient comme si elle avait été couchée sur du sable ou des fourmis. Mais ses mains n'étaient plus siennes. Elles semblaient avoir enflé. Ses mains étaient énormes, et le contrôle de leurs dimensions lui échappait. Elle les sentait au bout de ses bras, des mains de géant, comme si elle y avait comprimé l'univers entier. Tout ce qu'elle était se réfugiait dans ses mains. Elle les remuait pour voir si elle pourrait les réduire à leur taille normale. Pendant un instant elles redevenaient siennes, et puis elles enflaient à nouveau et, gisant les yeux clos, elle sentait l'extrémité de ses doigts toucher le vaste renflement de ses pouces comme si des poutres avaient été jetées en travers d'un ravin. Le monde se tenait en sécurité dans ses mains. Une tendresse l'envahissait. Elle se disait : grâce à nous, ils seront tous sauvés. Elle se disait : je maintiens l'univers en sécurité, nul ne sera plus jamais blessé ou malheureux.

Anton revint plus tard et la souleva pour lui faire prendre ses médicaments. Elle prit soin de garder ses mains écartées de lui : il le fallait, à cause de son immense pouvoir : il risquait de se blesser s'il les touchait.

Elle s'éveilla une fois dans l'obscurité et le vit assis auprès d'elle, endormi sur le siège. Lorsqu'elle dériva à nouveau, tenant l'humanité à l'abri de ses mains puissantes et tendres, elle l'y tint aussi, tout proche et en sécurité : protecteur protégé, détenteur de pouvoir rendu inoffensif.

Le matin, la fièvre avait baissé grâce aux médicaments, et Anton se tenait toujours à son chevet, souriant.

« Tu ne vas pas travailler ? » Il occupait un emploi de bureau dans une société d'import-export. Étant originaire d'un pays ennemi, il avait eu du mal à trouver du travail, et elle craignait qu'il risque de perdre son emploi par sa faute. « Tu n'y vas pas ? » insista-t-elle.

Il secoua la tête. « Je leur ai téléphoné, et maintenant il ne faut pas que tu t'inquiètes. Dors. »

Pendant trois jours Anton la veilla pratiquement sans relâche, recevant ses instructions du médecin et manœuvrant Mme Carson avec une patience ironique et douce qu'elle n'aurait jamais attendue de lui. Peu à peu les mains de Martha perdirent leur disproportion. A un moment, elle les contempla, redevenues fines et menues, et se mit à pleurer. Anton la prit dans ses bras et l'embrassa.

« Et Toni Mandel ? » murmura-t-elle. « Oui, oui, tout a une fin », répondit-il. « Ne t'inquiète pas pour Mme Mandel. »

Anton n'était pas là quand Jimmy revint, rayonnant d'hostilité. Il lui donna des nouvelles du *Watchdog*, lui annonça que Ronald était complètement guéri, et ajouta : « Il faut que je te dise, camarade, que je dois te critiquer pour ton attitude.

– Quelle attitude ?

– Je n'aime pas les mensonges. La vérité ne me blesse pas, mais je n'aime pas les mensonges.

– Quels mensonges ?

– Anton et toi.

– En quoi cela te regarde-t-il ? »

Il était de nouveau rouge et fâché, et très hostile.

Bah, se dit-elle, il est vrai que cela aurait tout aussi bien pu être Jimmy. Pourtant, le sentiment qui la liait à Anton s'était tellement développé que leur union semblait normale et inévitable ; elle ne pouvait pas imaginer qu'un accident (c'est ainsi qu'elle considérait sa maladie et les soins que lui prodiguait Anton) eût pu la lier à Jimmy.

« Et en tout cas, camarade, je tiens à te dire que j'en ai trouvé une autre. Bien mieux.

– Eh bien, j'en suis ravie, répondit-elle platement.

– Oui, bien mieux. Une femme formidable, de la classe ouvrière comme moi-même. Toi et moi, ça n'aurait absolument pas marché.

– J'en suis ravie », répéta-t-elle en se demandant qui ce pouvait être. Il n'y avait pas une seule fille de la classe ouvrière dans le groupe. La réceptionniste du McGrath, songea-t-elle. Il faudra qu'il lui fasse renoncer au rouge à lèvres et aux cheveux teints.

Il reprit : « C'est une femme qui connaît la dureté de la vie, qui sait souffrir. Oui, ces filles du quartier métis comprennent vraiment ce qu'est la vie. »

Le cerveau de Martha l'informa que toute réaction de sa part serait perçue comme « ces sales colons blancs » et donc suspecte. Il fallait pourtant qu'elle dise quelque chose. Et il attendait sa réponse, le corps tout entier tendu par le défi et prêt à se battre.

« Tu vas te faire muter, Jimmy.

– Je n'ai pas d'ordres à recevoir de ces salauds de fascistes racistes.

– Tu n'auras pas le droit de l'épouser.

– La guerre ne durera pas toujours.

– Et d'ailleurs nous avons décidé tous ensemble que les hommes de l'armée ne devaient pas nouer de relations personnelles avec les femmes métisses, parce que cela donnerait des armes aux réactionnaires contre nous. »

C'était là ce qu'il attendait. Il fit peser sur elle la force pleine de sa réprobation et déclara : « Qui a pris la décision ? Je ne suis lié par aucune décision raciste. Si le camarade Anton veut prendre des décisions racistes, il devrait avoir honte, mais je ne me sens aucunement lié par elles.

– Tu sais fort bien que ce n'est pas une question de racisme.

– Ah non ? Eh bien, pour moi, si. Et si tu veux mon avis, le camarade Anton devrait réviser son attitude. Elle ne me plaît pas du tout.

– Alors pourquoi ne l'as-tu pas dit en réunion de groupe ?

– Il y a beaucoup à redire, en ce qui concerne le groupe.

– Alors pourquoi ne le dis-tu pas au groupe ? Cela ne sert à rien de le dire au-dehors.

– Je dirai ce que je pense là où il me plaira. Je ne vais pas me laisser dicter ce que j'ai à dire ni à qui. Je te le dis, camarade, il y a beaucoup trop d'idées bourgeoises dans ce groupe, pour mon goût. Et aussi pour celui des gars du camp. »

Il quitta brusquement la pièce en claquant la porte. Martha resta immobile, à préparer dans sa tête les mots qu'elle emploierait pour décrire la scène à Anton. Instinctivement, elle l'atténua. Elle était tentée de n'en rien dire : « Les sentiments personnels de Jimmy ne regardent que lui. » Mais ce n'était pas vrai. Ils ne regardaient pas que lui, et son devoir exigeait qu'elle en fît part à Anton.

Elle déclara à Anton que Jimmy semblait dans tous ses états, et qu'il fallait « s'occuper de lui ». Puis elle lui rendit compte de ce qu'il avait dit.

A ces mots, Anton se transforma : l'homme courtois qui l'avait veillée et soignée disparut. Il devint le président : austère et froid, les lèvres serrées et le regard sans appel.

« Il ne peut pas y avoir une loi pour les uns et une loi pour les autres. Une décision a été prise et, tant que la décision n'aura pas été rapportée par un vote majoritaire du groupe, Jimmy devra s'y soumettre.

– Peut-être n'aurais-je pas dû t'en parler », dit-elle. A quoi il répondit : « Le devoir d'un camarade consiste à signaler les manquements à la discipline. Il est de notre devoir de nous aider et nous soutenir les uns les autres. »

Elle ressentait qu'il avait raison d'un point de vue logique ; mais aussi qu'il avait humainement tort. Il lui était impossible de faire coexister ces deux sentiments. Encore malade et faible, elle laissa le problème glisser au loin.

Elle fut bientôt convalescente ; et les membres du groupe vinrent la voir, à l'heure du déjeuner ou entre deux réunions. Mais les garçons de l'armée ne se montrèrent pas : Jasmine rapporta qu'ils boudaient le groupe, sans qu'on sût bien pourquoi.

Il était désormais admis que Martha et Anton constituaient un couple.

CHAPITRE DEUX

M. et Mme Maynard prenaient le petit déjeuner face à face, aux deux extrémités de la grande table recouverte d'une nappe blanche damassée, sur laquelle étincelaient l'argenterie et les raviers en cristal taillé qui exposaient les jaunes, les bruns et les ors de cinq variétés de marmelade. Mme Maynard se servit une tasse de café et une demi-tranche de pain grillé ; M. Maynard buvait du thé. Le problème qui préoccupait ces deux visages puissants et assombris restait inexprimé : le domestique indigène se tenait pendant tout le repas auprès de la desserte, prêt à les servir.

M. Maynard déclara : « Il faut que je sois au tribunal dans quarante minutes. Je crois que le salon est libre », répondit Mme Maynard. M. Maynard s'attarda à la porte qui menait au salon, à contempler le soleil matinal qui frémissait sur les feuillages vernissés de la véranda. Mme Maynard le rejoignit en enfonçant un mouchoir blanc dans l'échancrure de sa robe bleu marine très stricte, où il resta planté comme un petit éventail rigide, et observa : « Je pense que vous devriez me laisser voir cette fille. » Elle prononçait le mot « fille » d'une voix traînante.

« C'est moi qui l'ai vue la dernière fois, répliqua-t-il et elle s'est montrée sensible à la persuasion.

– C'est une affaire de femmes, insista-t-elle, mais sans force. Jusqu'à combien sommes-nous prêts à aller ?

– Je ne pense pas que nous puissions nous en tirer à moins de cent.

– Il vaut mieux ne pas tendre la perche à ce genre de personne, dit-elle, je vous conseille de faire attention. » Elle arrangeait déjà du regard les massifs de roses qui présentaient leurs pétales blancs et roses au vent ; ils s'agitaient doucement sous un nuage de papillons gris-blanc. Elle fronça le sourcil et décida : « Il faut que je fasse arroser ces fleurs par le jardinier dès ce matin. »

Il acquiesça et annonça : « Il se peut que je ne rentre pas déjeuner », et il s'éloigna, les mains dans le dos, en direction de la grille.

Mme Maynard se dirigea vers le gazon craquant de rosée, lourde silhouette bleu sombre au sourcil pensif et au regard fixé sur ses roses.

Maisie Gale habitait une chambre dans l'une de ces avenues, et il ne fallut guère plus de cinq minutes à M. Maynard pour y parvenir, effectuant un léger détour sur son habituel trajet matinal. Il comptait l'attraper avant son départ pour le bureau. Et en effet, elle poussait sa bicyclette vers le portail quand il apparut.

Elle le remercia aimablement d'être venu, et appuya son vélo contre un jacaranda.

M. Maynard lui avait rendu visite quelques semaines auparavant pour la convaincre de ne pas épouser son fils Binkie, ou tout au moins d'attendre qu'il revînt en permission. Il s'était attendu à quelque opposition, mais n'en avait rencontré aucune. Hier, elle lui avait écrit une lettre pour lui annoncer qu'elle était enceinte. « J'aimerais en parler avec vous quand cela vous conviendra. Bien amicalement, Maisie Gale. »

Elle paraissait agréablement surprise que cela lui convînt si tôt.

« Je suppose que vous en êtes certaine ? » s'enquit-il.

Maisie s'appuya contre le tronc brun d'un jeune jacaranda et l'entoura d'un bras nu, l'autre bras reposant contre sa hanche paresseuse. Dans son joli visage rond, les yeux apparaissaient cernés. « Oh oui, j'ai deux semaines de retard, répondit-elle.

– Et vous êtes sûre que Binkie est le père ? »

Elle fixa ses grands yeux bleus sur lui et l'examina de ce même air neutre qu'il arborait pour la contempler. « Oh oui. Vous comprenez, nous étions fiancés. » Ces paroles, présentées avec la conviction qu'elles rendaient parfaitement claire l'éthique de la situation, firent froncer le sourcil à M. Maynard.

« Voilà ce que j'ai pensé », reprit-elle. « Binkie m'a dit que Mme Maynard a des amis haut placés dans l'armée, et je me suis dit que Binkie pourrait peut être avoir une permission de complaisance. Oui, je sais que c'est drôlement loin, il paraît qu'ils sont peut-être déjà en Italie, mais je me disais que ça pourrait peut-être marcher. »

Les yeux de M. Maynard se fixèrent sur elle avec une soudaineté qu'il dut lui-même ressentir, car il les abaissa aussitôt et laissa paraître un petit sourire entendu.

« Ma chère enfant, déclara-t-il d'une voix alourdie par l'ironie, je puis vous assurer que c'est absolument hors de question. »

Elle parut interloquée, et se mit à rougir.

« Bon, eh bien tant pis », dit-elle, et elle empoigna le guidon de sa bicyclette.

Le visage de M. Maynard s'était durci. « Le commandant en chef doit être habitué aux pleurs et aux gémissements des filles abandonnées, vous savez – que ce soit justifié ou non. »

Elle parut encore plus bouleversée. Son visage vira au cramoisi. « Je ne comprends pas ce que vous voulez dire », déclara-t-elle.

Il ne répondit que par un regard ironique. Elle haussa les épaules et enfourcha sa bicyclette.

« Attendez », ordonna-t-il. Elle attendit, en faisant machinalement avancer et reculer son vélo au-dessous d'elle. Il eut une grimace irritée. « Ce n'est pas la peine de vous enfuir. Qu'allez-vous faire ? »

Ses yeux s'emplirent de larmes et elle détourna la tête.

« Le plus triste, c'est qu'avec mes deux autres maris, j'aurais voulu avoir un bébé et on ne faisait même pas attention, mais je n'en ai pas eu. Et puis cette fois avec Binkie on a fait attention parce qu'on était seulement fiancés, et me voilà enceinte. Enfin, c'est la vie », conclut-elle avec humour tandis que les larmes lui ruisselaient sur le visage.

« Mais voyons, ma chère enfant, vous ne pouvez pas avoir un bébé illégitime », s'écria-t-il en prenant une voix scandalisée.

En entendant cette intonation fausse, elle répondit froidement : « Je n'ai jamais dit que j'allais le faire. Ce que je demandais, c'était si Binkie pourrait revenir en permission de complaisance pour que nous puissions nous marier et que je garde le bébé. »

Il n'en finissait plus de la dévisager. Elle soutint son regard de ses yeux mouillés, le visage empreint de dégoût.

« Il vous faudra de l'argent, lança-t-il.

– J'irai à Johannesburg, dit-elle. Je connais une fille qui y est allée. Elle en a eu pour soixante-dix livres. Cinquante pour l'intervention, et vingt pour le voyage. Si vous pouviez m'avancer l'argent, je suis sûre que Binkie vous le rendrait à son retour.

– Dites-moi, combien touchez-vous comme pension de veuve ? »

Le dégoût apparaissait maintenant si violemment sur le visage de Maisie qu'il commença à éprouver de la honte, et aussi de la colère car il ne voyait pas la nécessité de s'excuser.

« J'ai refusé la pension de mon second mari, quand il est mort, parce que sa mère était veuve ; et c'est elle qui l'a reçue. Et je n'ai rien voulu à la mort de mon premier mari parce que je n'ai pas aimé l'attitude de ses parents après notre mariage. »

M. Maynard réfléchit : C'est facile à vérifier pour le premier mariage, car je connais les parents. Cette pensée fut trahie par une crispation furtive de son visage, et Maisie s'exclama : « Ce n'est pas la peine de faire des enquêtes, car ce que je dis est vrai. Et cela ne vous regarde absolument pas », ajouta-t-elle.

Ils étaient maintenant dressés face à face, antagonistes séparés par la bicyclette, sous l'ombre épaisse et verte.

« Disons cent cinquante livres, proposa-t-il, cela vous va ?

– Je viens de vous dire que l'avortement en coûterait soixante-dix.

– Ecoutez : disons cent cinquante et nous serons quittes. Mais il faut me rendre les lettres que Binkie vous a écrites, et promettre que vous ne ferez pas d'histoires. »

Elle redevint écarlate, et son visage furieux

paraissait curieusement encadré par les mèches pâles de ses cheveux. Ses bras mêmes et son cou s'étaient empourprés. « Je ne vous comprends pas », déclara-t-elle. « A quoi servent ces cent cinquante livres ? J'ai dit soixante-dix. C'est le prix que ça coûte. Et je ne vois pas pourquoi vous en faites une telle affaire. Si j'écrivais à Binkie, il m'enverrait cette somme. Il est honnête. Il voit les choses honnêtement, comme moi. Mais les postes prennent si longtemps, avec cette guerre, et je ne veux pas télégraphier pour qu'il n'ait pas d'ennuis. »

Il la contemplait d'un œil vif, et s'attarda plus longuement sur son ventre. Elle se mit à sourire d'un air sarcastique. « A quoi pensez-vous ? Vous vous dites que je suis en train de vous coller quelque chose sur le dos, hein ? Eh bien, non. Et je vais même vous dire autre chose : Ce n'est pas la peine d'imaginer que je ne sais pas pourquoi vous m'avez demandé de ne pas épouser Binkie pendant sa permission. Vous trouvez que je ne suis pas assez bien. Eh bien, moi, je me dis que si j'avais épousé Binkie, je serais coincée avec vous comme beaux-parents, et cela ne me plairait guère. Je n'aime pas vos façons de penser. Vous avez l'esprit dégoûtant. J'aime bien Binkie, c'est un bon gars, mais je ne pourrais pas vous supporter. En ce qui me concerne, c'est rompu pour toujours. Vous pouvez lui choisir une femme qui ait vos idées, et qui marchande des questions d'argent quand une fille a des ennuis. Vos saletés de soixante-dix livres vous pouvez vous les garder. Je les emprunterai ailleurs. » Elle remonta sur sa bicyclette et s'éloigna sur l'avenue, en zigzaguant dans le flot des voitures qui se dirigeaient vers les bureaux.

M. Maynard se retrouva seul sous le jacaranda, agité d'émotions contradictoires. Eh bien, elle n'est pas très douée pour le chantage, songea-t-il. Puis un nerf de justice vibra, et il se dit : Au moins, il n'est plus question de mariage, et c'est déjà quelque chose.

Mais il était abattu, et il prit le chemin du Tribunal sous les grands arbres en maugréant d'un air renfrogné. Tout de même, il semble bien qu'elle soit réellement enceinte. J'ai eu tort. Elle porte mon petit-fils en elle. Cette pensée l'atteignit durement. Il ne se l'était pas encore exprimé ainsi. Peut-être que s'il la revoyait... Mais il savait qu'il serait inutile de tenter de l'approcher à nouveau. Inutile désormais de lui proposer de faire revenir Binkie pour l'épouser, ce qu'il aurait évidemment été très facile d'arranger. Parfaitement inutile. Il avait tout gâché. Peut-être son épouse aurait-elle mieux agi ? La conviction que non le réconforta. Son esprit s'obnubilait à présent sur la pensée qu'il aurait pu avoir une petite-fille, et qu'il n'en aurait pas.

Maisie le devançait de plusieurs centaines de mètres, sachant qu'il la suivait et l'observait. Elle distinguait des arbres, des maisons, des gens, au travers d'un rideau de larmes. Elle contourna une statue de Cecil Rhodes à la hauteur d'une autre bicyclette. Sur cette bicyclette se trouvait Martha Knowell, qui lui sourit, mais de telle façon qu'il suffisait de lui sourire en retour. Maisie se souvint soudain que Martha était une Rouge, et que les Rouges croyaient à l'amour libre.

« Eh, Matty, appela-t-elle, tu as une minute ? »

Martha s'arrêta et posa le pied sur le trottoir ; Maisie la rejoignit.

« J'espère que tu ne m'en voudras pas de te demander un conseil, Matty. Mais j'ai des ennuis. » Martha lui sourit et Maisie, comparant ce sourire à d'autres dont elle gardait le souvenir, demanda : « Qu'est-ce qui t'arrive ? Tu es malade ?

– Je l'ai été, oui. C'est ma première sortie.

– Manque de chance. Nous avons tous nos problèmes.

– Qu'est-ce qu'il se passe, Maisie ?

– Eh bien voilà, Matty. Je suis en cloque. » Elle scruta anxieusement le visage de Martha, à l'affût d'un signe de réprobation. Il n'en apparut aucun, et elle poursuivit : « Ah, mon vieux, je regrette de ne pas être morte, franchement. Je n'ai pas épousé Binkie parce que ses parents nous ont demandé de patienter jusqu'à sa prochaine permission. Et maintenant je voudrais garder le gosse, mais je ne peux pas parce qu'il paraîtrait que Binkie ne peut pas avoir la permission de complaisance. »

Martha fit une grimace et déclara qu'il était dégoûtant que les femmes ne puissent pas avoir d'enfants si elles le désiraient, même si elles n'avaient pas de mari.

Maisie protesta : « Eh, dis, moi je connais une fille qui a eu un bébé sans être mariée, et tout le mone l'a traitée comme la lie de la terre.

– Je le sais bien, dit Martha, c'est ce que je veux dire. » Le visage désemparé de Maisie l'arracha à ces considérations de principes, et elle poursuivit : « Bon, tu ne peux pas avoir un enfant illégitime dans ce trou pourri, mais méfie-toi des faiseuses d'anges, elles vont t'esquinter.

– Alors il ne reste plus que Joburg.

– As-tu de l'argent ?

– Je pourrai en avoir par ma mère.

– Elle voudra bien ?

– Ma mère ne me lâchera jamais ! s'écria Maisie dans un élan passionné. Seulement je n'ai pas envie de le lui dire, parce qu'elle n'est pas trop riche non plus. Non, mais je trouverai ailleurs. Le problème, c'est que je n'ai pas l'adresse de cet endroit à Joburg, et mon amie qui la connaît est absente en ce moment. Tu en as entendu parler, toi ?

– Non, mais cela doit pouvoir se trouver.

– Cette histoire me rend malade, Matty. Je me dis : Bon, tu es une femme et tu vas avoir un bébé, c'est tout. Mais je me sens déjà moche, tu comprends. Et puis c'est idiot – quand tu penses que j'ai eu deux maris, et puis Binkie, et me voilà réduite à chercher vers qui je pourrais me tourner. » Les larmes qui lui inondaient les joues s'écrasèrent dans la poussière.

« Oh merde, Maisie, ne pleure pas, dit Martha. Pourquoi n'envoies-tu pas un télégramme à Binkie ? Il combinera quelque chose. Les hommes arrivent toujours à trouver une solution.

– Mais je ne peux pas lui envoyer un télégramme pour lui raconter la vérité, parce que quelqu'un d'autre risque de le lire et il aura des ennuis. J'ai demandé à M. Maynard, mais il est bizarre, non ?

– C'est un sale vieux réactionnaire. »

Maisie fronça le sourcil, attendit que Martha utilise un autre mot plus accessible et, comme Martha se taisait, elle reprit : « Je ne comprends absolument pas ce qu'il a voulu me dire, sauf qu'il pensait que je voulais l'entourlouper, et je ne veux rien avoir à faire avec ces gens-là. Cela me donne même une mauvaise impression de Binkie. Je ne veux pas me marier avec lui si c'est pour supporter ces gens-là toute ma vie. Mais alors que faire ?

– Je vais voir si je peux me procurer cette adresse à Joburg.

– J'aimerais bien garder le bébé, Matty. J'ai eu trois hommes – mes deux maris et Binkie, et je voudrais bien avoir un bébé à moi. »

Voyant que cette crise ne se résoudrait pas avec une simple adresse à Johannesburg, Martha suggéra : « Écoute, Maisie, tu devrais venir me voir pour en discuter.

– Je te remercie, Matty. Quand puis-je venir ? »

C'était un vrai problème. Elle sortait ce matin pour la première fois, mais elle n'avait déjà pas une seule soirée libre aussi loin qu'elle pût réfléchir. « Il y a demain soir une réunion au Club Progressiste. Je t'y retrouverai et nous pourrons discuter. Entre-temps, j'aurai interrogé mes amis.

– Mais je ne veux pas que les gens parlent de moi, Matty.

– Comment veux-tu que je puisse me renseigner ? »

Un pas lourd retentit derrière elles. M. Maynard les dépassa en leur octroyant un signe de tête guindé et un sourire mesuré, cependant qu'il décochait à Maisie un long regard aigu et pénétrant.

Maisie se remit à pleurer et balbutia : « Ces gens me persécutent, Matty. les parents de mon premier mari étaient pareils, ils ont l'esprit mal tourné, ils regardent la vie comme si ce n'était qu'une affaire d'argent.

– Viens demain soir et nous trouverons une solution.

– Merci, Matty, tu es un vrai pote. »

Elles repartirent à vélo côte à côte, et dépassèrent à leur tour M. Maynard sans le regarder.

Désormais possédé par l'image d'une petite-fille, M. Maynard souffrait d'un sentiment d'irrémédiable perte, et il contempla fixement le corps doux et rond qui s'éloignait à bicyclette en pédalant paresseusement, ne voyant plus ce corps que comme le récipient qui contenait l'héritier de sa chair. Elle ne devrait pas faire de vélo dans sa situation, songea-t-il. Puis : Martha m'avait dit qu'elle ne voyait guère Maisie, en ce moment. Pourquoi m'a-t-elle menti ? La colère l'envahit. Je suppose qu'elle est derrière tout cela... cette pensée se modifia : encore un tour des communistes. Normalement, une idée pareille n'aurait pas tenu plus d'une seconde dans son esprit critique, mais cette fois il ne sut pas y résister. Son cerveau se mit à échafauder toutes sortes de soupçons : Maisie était une Rouge, et sa demande d'argent devait être liée au communisme d'une manière ou d'une autre.

Il s'abandonna à ces idées de trahison et de duplicité jusqu'au tribunal. Il était en retard, et impatiemment attendu.

Il prit sa place à la grande table, encadré de magistrats. Son interprète africain, Elias Phiri, se tenait auprès de la petite estrade où seraient amenés les prisonniers. Un appariteur en uniforme était posté à la porte et, chaque fois qu'un prévenu entrait, il le propulsait d'une bourrade à l'intérieur de la salle en lui lançant un ordre.

En trente minutes, M. Maynard offrit à une vingtaine d'Africains le choix entre une amende de dix shillings ou un mois de prison ferme pour s'être trouvés la nuit précédente dans la ville blanche sans le laissez-passer obligatoire. Presque tous choisissaient la prison.

Un métis comparut, accusé de retard dans le paiement des traites de son mobilier : une saisie sur salaire fut ordonnée.

Une femme blanche comparut devant le magistrat pour entendre un sermon sur l'imprévoyance. Elle s'était engagée à verser cinq livres par mois en remboursement d'une dette de cent trente livres, et n'y était pas parvenue. Elle expliqua qu'elle élevait ses cinq enfants et que son mari buvait. M. Maynard répliqua que cela ne concernait pas le tribunal : il fallait qu'elle rembourse les 20 livres d'arriéré dans la semaine, et qu'elle respecte à l'avenir son engagement de payer chaque mois ses traites. C'était une femme d'une quarantaine d'années au visage étroit et tanné, dont la bouche se serrait dans une expression de rancœur et d'amertume.

« Et où vais-je trouver ces vingt livres ? interrogea-t-elle. Mon mari est sans travail.

– Il faut que vous trouviez un emploi.

– Mais j'ai un bébé de six mois.

– Il existe une crèche, non ? Mettez vos enfants à la crèche et trouvez-vous un travail.

– Mais, monsieur le juge, si je prends un travail je ne gagnerai pas plus de quinze livres par mois, et c'est le prix que la crèche me coûtera.

– Ma chère dame, vous auriez dû penser à tout cela avant de contracter des dettes.

– Merci beaucoup, dit-elle, merci. » Et elle quitta le tribunal d'un pas précipité et mécanique en marmonnant « sale vieux hibou, sale vieux hibou », tandis que M. Maynard gardait les yeux fixés sur l'emplacement où devait se tenir le prévenu suivant.

Il s'agissait d'un jeune homme blanc qui avait commis un excès de vitesse. Il gagnait cinquante livres par semaine, et fut condamné à une amende de deux livres.

Ensuite comparut un camionneur noir accusé du même délit : condamné à deux livres d'amende, il sollicita plutôt une peine de prison car il ne gagnait que quatre livres par mois.

« Et que fera votre famille, pendant votre séjour en prison ?

– Je n'ai pas de famille, monsieur le juge, répondit le camionneur avec un large sourire.

– Voilà qui est sage, acquiesça M. Maynard. Bien. Alors un mois de prison. Au suivant. »

Il n'y avait pas de suivant. La Cour se leva. C'est-à-dire que tous les fonctionnaires sortirent à l'exception de M. Maynard et de l'interprète Elias Phiri.

« Viens ici, Elias.

– Oui, monsieur le juge. » Souriant, Elias se tenait auprès de la table.

« Ce camionneur, est-ce vrai qu'il n'a pas de famille ?

M. Maynard leva sur lui un regard inquisiteur, et Elias reprit : « Bon, je crois qu'il a une femme, monsieur le juge.

– Légitime ? J'imagine que non.

– Une roue de secours, monsieur le juge.

– Et des enfants ?

– Deux enfants.

– Alors pourquoi voulait-il aller en prison ?

– Sa vraie femme arrive du Nyassaland cette semaine, monsieur le juge, et il sait que ça va barder entre les deux femmes. Je crois qu'il voulait se mettre à l'abri, monsieur le juge. »

M. Maynard aurait normalement ri à ces propos, mais il déclara d'une voix dure : « La prison est censée constituer une disgrâce. Quel est l'intérêt de vous envoyer en prison si vous n'y voyez pas une sanction. »

Elias répondit mielleusement : « Mais nous ne sommes pas encore civilisés, monsieur le juge, c'est sans doute pour cela. »

M. Maynard ne rit pas, contrairement à ce qu'avait prévu Elias, et reprit : « Je ne vois absolument pas pourquoi nous devrions héberger vos amis pour les protéger de leurs problèmes domestiques.

– Non, monsieur le juge.

– Elias.

– Oui, monsieur le juge.

– A ces réunions, les réunions communistes, y a-t-il une jeune femme, une missus blanche, qui s'appelle Maisie ?

– Non, monsieur le juge.
– En es-tu sûr ?
– Sûr et certain, monsieur le juge.
– Et les autres réunions, les réunions publiques, y va-t-elle ?
– Non, monsieur le juge.
– Tiens-tu toujours la liste des noms à jour ?
– Oh, oui, monsieur le juge.
– Alors que se passe-t-il ? Quoi de neuf ?
– Beaucoup de complications, monsieur le juge. Beaucoup de disputes.
– Ah bon. A quel sujet ?
– Les hommes des camps, ceux de l'armée, monsieur le juge, ils veulent faire la révolution avec nous les indigènes, mais les autres, ils disent non, que le moment n'est pas mûr.
– Ah ? Et que font les gars de l'armée pour fomenter une révolution ?
– Rien, monsieur le juge. Ils disent qu'il est temps de commencer, c'est tout.
– On m'a raconté qu'un homme blanc se promenait la semaine dernière dans la Réserve pour vendre un torchon communiste ?
– Je ne suis pas au courant, monsieur le juge.
– Tu ferais mieux de te renseigner, Elias. Je te paie pour cela. »

Détournant son regard du visage de M. Maynard, Elias observa calmement : « Evidemment, il y a beaucoup de soldats et même des baas de la ville qui attendent nos filles le soir à la porte de la Réserve.
– Oui », dit sèchement M. Maynard. « Je m'en rends compte. Mais tu sais très bien que je ne parle pas de cela.
– Non, monsieur le juge.
– Je te parlerai demain, Elias. » Il poussa cinq shillings en travers de la table, et Elias les empo-

cha prestement avant de quitter la salle tout aussi prestement.

M. Maynard attendit quelques instants, puis cria : « Six Pence. »

L'appariteur du tribunal indigène entra. « Baas ?

– As-tu vu des hommes blancs dans la Réserve ?

– Non, monsieur le juge.

– As-tu entendu parler d'hommes blancs dans la Réserve ? »

Six Pence, qui s'appelait Tabwinga Mleli et provenait d'une région située au nord de la vallée du Zambèze, souriait poliment. « Non, monsieur le juge. Seulement les gardiens de la paix.

– Espèce d'idiot, je connais les gardiens de la paix. Je te demande si tu as entendu parler d'hommes blancs, de soldats, qui vendent des journaux dans la Réserve ?

– Non, monsieur le juge. »

M. Maynard sortit dix shillings de sa poche et se mit à tripoter le billet sans quitter l'appariteur du regard.

– Je ne sais rien, baas.

– Très bien », répondit M. Maynard, et il remit les dix shillings dans sa poche. Voyant cela, Tabwinga qui gagnait deux livres par mois laissa échapper un profond soupir. « Envoie-moi Mathew.

– Oui monsieur le juge. »

Un instant plus tard, Mathew entra humblement. Il était âgé et travaillait au service du Tribunal depuis de nombreuses années.

« Mathew, as-tu entendu parler d'hommes blancs qui vendent des journaux communistes dans la Réserve ? »

Le vieux visage ridé de Mathew se contracta : le

billet de dix shillings s'agitait à nouveau, appât tentant, entre les doigts de M. Maynard.

« Il y a toujours des baas autour des filles, monsieur le juge.

– Ça, je le sais, bon Dieu.

– J'ai entendu dire, reprit le vieux Mathew, hypnotisé par le billet de dix shillings, qu'il y avait eu un baas blanc chez Elias la semaine dernière.

– Elias ? Tu es sûr ?

– C'est seulement ce qu'on m'a dit. Peut-être que je me trompe. »

M. Maynard lança soudain le billet de dix shillings par terre. Le visage de Mathew, contracté par la détresse, se détourna comme s'il allait quitter la pièce. Puis il se courba et ramassa lentement l'argent. Il déclara à M. Maynard sur un ton de reproche : « Je travaille pour vous depuis longtemps, monsieur le juge.

– Mais oui, vieille crapule, je le sais. Allez, sors d'ici. »

Le vieil homme se dirigea vers la porte en sautillant comme un vieux coq.

M. Maynard s'accorda alors une demi-heure de réflexion, égrenant ainsi les faits : La fille n'essaie pas de faire du chantage, elle est vraiment enceinte. Selon toutes vraisemblances l'enfant est de Binkie, encore que tout soit possible avec ces gens-là. La fille est une quantité négligeable, mais il en serait de même pour n'importe quelle autre susceptible d'épouser Binkie. Si je n'agis pas rapidement, elle va se faire avorter et c'en sera fini de Binkie. (L'instinct, et non le cerveau, de M. Maynard l'informait que ce serait le cas : il négligeait tellement Binkie comme personne qu'il ne s'était pas demandé un seul instant ce que penserait Binkie du comportement de ses parents.) Il faut que je l'empêche de se faire avorter. Il est parfaitement inutile que ma femme ou moi-même tentions de la voir. Je vais contacter Martha. Une fois que Martha aura fait entendre raison à Maisie, j'expliquerai à Maisie que, dans l'intérêt de Binkie, il serait préférable qu'elle coupe les ponts avec les éléments communistes de cette ville. Après tout, il est fonctionnaire.

Il téléphona à Martha, à son bureau, et lui demanda de déjeuner avec lui.

Ce même matin, M. Robinson avait déclaré à Martha qu'elle recevait beaucoup trop de communications personnelles au bureau. Il se tenait en ce moment auprès d'elle, impatient et chargé de documents qu'il voulait lui faire dactylographier.

« Je suppose que c'est au sujet de Maisie, dit Martha.

– Il semblerait, répondit M. Maynard, la voix alourdie par une courtoisie de commande, que j'aie offensé cette jeune dame sans le savoir. »

Martha ne répondit rien. M. Robinson se pencha vers elle. Les doigts de Mme Buss voltigeaient comme des hirondelles sur la machine à écrire voisine.

« M. Maynard » déclara finalement Martha, observant que l'expression réprobatrice de M. Robinson disparaissait comme par enchantement à la mention de ce nom, « je n'ai pas l'intention de faire vos sales besognes à votre place. Je vous l'ai déjà dit. »

M. Robinson laissa échapper un : « Quoi ! » horrifié en foudroyant Martha du regard.

« Je ne vois pas pourquoi vous supposez que ce puisse être une sale besogne », protesta M. Maynard.

Martha raccrocha. M. Robinson lui fit observer : « Vous prenez un ton bien cavalier à l'égard de vos aînés et de vos supérieurs. »

Martha éprouvait une haine nauséeuse à l'égard

du magistrat et de son patron. Elle était encore affaiblie par sa maladie. Ne recevant pas de réponse, M. Robinson examina sa dactylo. Martha savait qu'elle devait être pâle, car elle sentait un froid mortel sur ses joues. M. Robinson échappa à la situation en disant : « Je n'en ferais pas trop le premier jour, si j'étais vous, madame Knowell. Vous semblez très fatiguée. » Il se força à sourire pour ajouter : « Et vous pourriez vous souvenir qu'étant moi-même homme de loi, j'éprouve le désir légitime de voir mes employés manifester un minimum de respect à l'égard des magistrats – du moins quand ils emploient mon téléphone. » Il s'engouffra dans son bureau et claqua la porte.

Martha serait volontiers rentrée se coucher. Mais elle pensait à la réunion prévue ce soir-là. Elle en avait manqué trois, et il lui tardait de retourner au sein du groupe.

CHAPITRE TROIS

SEPT heures au Black Ally ; l'odeur de graisse chaude ; le grésillement de la friture dans la cuisine ; les tables comme toujours bondées de soldats – débraillés, bruyants, foule épaisse sous la nuée grise des fumées grasses de la cuisine et des cigarettes. Anton était attablé dans son coin habituel et mangeait méthodiquement en attendant Martha. Elle entra gaiement, souriante et pourtant nerveuse, en scrutant le visage d'Anton pour comparer ce qu'elle avait appris de lui ces trois dernières semaines avec la vision qu'elle avait eue de lui auparavant. Il sc lcva d'un bond, tira unc chaise et la fit asseoir ; ce comportement protecteur et presque maniéré appartenait à l'homme qui l'avait soignée avec dévouement. Elle songea : Il ne l'aurait pas fait auparavant. Le fait-il maintenant parce que j'ai été malade, ou parce que je suis devenue pour lui une personne différente ?

Tout près de là, le groupe de l'armée de l'air composé d'Andrew, Jimmy, Murdoch, et Bill Bluett, engloutissait des œufs au jambon et des frites. Jimmy aperçut Martha et ses larges pommettes s'empourprèrent tandis qu'il lui adressait un signe de tête guindé. Les trois autres soldats la saluèrent avec cet enjouement défensif qu'ils arboraient en face de toute femme, camarade ou non, lorsqu'ils se trouvaient en groupe. Elle observa qu'ils lançaient des regards hostiles à Anton et se souvint que, pendant son absence, des batailles de principes s'étaient déroulées. Andrew lui-même, parce qu'il était avec les autres, s'autorisa – tout en refrénant d'un ton amical et ferme les remarques désobligeantes à l'égard d'Anton – à partager leur hostilité en arborant un sourire de connivence. Elle regarda Anton pour voir ce qu'il ressentait, mais il paraissait ne pas s'en rendre compte. Il semblait impossible qu'il pût ne pas déceler leur hostilité à son égard ; il avait donc dû décider que c'était sans importance. Martha en éprouva un réconfort. Elle lui demanda tout de même :

« Anton pourquoi ne t'es-tu pas assis à leur table ?

– J'étais là avant eux.

– Tu aurais pu changer de place pour te joindre à eux ?

– Je t'attendais. » Cette attitude dénotait une galanterie maladroite, parfaitement étrangère à leurs relations avant la maladie de Martha, et en totale contradiction avec la gentille simplicité dont il avait fait preuve pendant sa maladie.

Je suis devenue autre chose pour lui, se dit-elle, et elle en éprouva un embarras contrarié. A nouveau elle se sentait prise au piège, emprisonnée : une possessivité nouvelle apparaissait en lui, froide et butée.

Je suis coincée pour la vie, songea-t-elle : mais les mots « pour la vie » la débarrassèrent de son angoisse. Ils imaginaient tous l'avenir comme une chose brève et violente. Quelque part sur leur chemin, tout près, se trouvait un gouffre sombre où ils devaient tous disparaître. Un communiste est un mort en sursis, se répéta-t-elle. C'est cela qui compte, et non ce que j'éprouve à l'égard d'Anton. Et de toute façon, si Anton et moi sommes malheureux ensemble, il sera facile de nous séparer.

Ces pensées lui traversèrent l'esprit toutes en même temps, et elle sourit à Anton en disant : « Bien sûr, moi aussi je voulais être avec toi. »

Ils poursuivirent leur repas. Martha restait consciente de la présence des aviateurs dans le coin, et leur enviait cette solidarité de camarades tout en s'affirmant qu'il était ridicule de s'attendrir : la camaraderie n'était due qu'à l'uniforme et rien de plus, elle n'avait rien à voir avec eux pris individuellement. Elle retrouvait cependant cet ancien sentiment d'être exclue de quelque chose, d'une amitié belle et chaleureuse. Elle regardait Anton manger, et lui parla de Maisie. Elle espérait l'entendre dire que Maisie devait avoir son bébé et lancer un défi au monde, mais il rompit soigneusement une tranche de pain entre ses longs doigts minces et observa : « Il n'y a pas de mal à se faire avorter, si c'est bien fait. »

A cet instant, les quatre aviateurs quittèrent leur table et s'approchèrent. Quelques instants s'écoulèrent en railleries derrière lesquelles Martha décela une haine pour Anton qui l'épouvanta. Etait-ce simplement dû à la solidarité de l'armée de l'air ? Parce qu'ils l'avaient vue choisir Anton à la place d'un d'entre eux ? Son instinct lui disait que non.

Andrew demanda carrément : « De quoi discutiez-vous, les amoureux ? »

Martha grimaça en entendant les « amoureux » mais, comme elle avait confiance en Andrew, elle lui parla de Maisie : elle éprouvait le besoin d'entendre une réaction plus généreuse que celle d'Anton au sujet du bébé.

Les trois copains l'écoutèrent aussi sérieusement qu'Andrew – elle leur en fut reconnaissante ; parce qu'elle avait des problèmes, elle redevenait une camarade, et membre du groupe à part entière.

Jimmy s'exclama fougueusement : « C'est absolument répugnant. »

Bill Bluett observa : « C'est bien fait pour elle, elle aurait dû marchander la bague au doigt, pauvre gamine. »

Andrew déclara : « Bah, nous remettrons les choses en place après la révolution.

– La révolution ne va pas l'aider beaucoup, dit Martha. A moins de la faire dans les deux ou trois prochains jours.

– Elle aurait dû penser à tout cela plut tôt, proféra Anton, au lieu de se retrouver enceinte et de gémir sur son sort. »

L'atmosphère se glaça. Les quatre hommes se raidirent et échangèrent des coups d'œil lourds de sous-entendus. Murdoch s'écria d'une voix grotesque : « Elle aurait dû y penser avant, hein ?

– Ouais, en un mot comme en cent, mon pote, déclara solennellement Jimmy, regarde où tu mets les pieds, un homme averti en vaut deux, et si les filles se laissent attraper, c'est la fin des haricots. »

Bill Bluett s'adressa à Martha en ignorant Anton : « A tout à l'heure là-haut. » Les trois autres hommes suivirent le sillage de cette tête que l'on voyait avancer vers la porte.

Martha se leva en disant : « Nous allons être en retard.

– Il nous reste cinq minutes », répliqua Anton. Il baissa le menton et se recroquevilla sans dire un seul mot. Puis d'un geste délibéré, il s'empara de l'assiette de fromage et commença à manger. Assise à l'extrême bord de sa chaise, Martha l'observait en songeant que la réunion devait commencer maintenant, que jamais encore elle ne l'avait vu en retard, fût-ce d'une demi-minute, et qu'il avait commencé à manger du fromage dans l'unique but de s'affirmer contre elle et contre les garçons du camp.

Les relents de chou et de graisse chaude lui emplirent la gorge, et elle se ressaisit pour ne pas céder à la nausée. Au bout de cinq minutes, Anton se leva en disant : « Maintenant, c'est l'heure. »

Là-haut, les effectifs étaient au complet. Anton alla s'asseoir auprès de Jasmine, qui l'attendait devant ses papiers tout prêts. Martha prit place à côté d'Andrew McGrew, éprouvant un plaisir déloyal à voir l'armée de l'air ouvrir ses rangs comme pour la protéger d'Anton. Elle regarda Anton pour voir comment il réagissait : il semblait assister à son propre procès, et elle se sentit confirmée dans son impression par l'expression satisfaite qu'arboraient les aviateurs. Jimmy lui chuchota même : « Ne t'en fais pas, ma vieille, nous allons tout régler. »

L'émotion la submergea aussitôt : les camarades avaient donc décidé de « régler » le cas d'Anton ? Mais ils n'avaient pas le droit ; et pas le droit non plus de considérer sa complicité comme acquise.

Il y avait une crise en gestation et Anton s'en rendait compte, persuadé de pouvoir la résoudre. Il déclara : « La camarade Jasmine va maintenant nous lire le compte rendu de la dernière réunion. »

De sa petite voix, Jasmine obtempéra. Comme toute bonne secrétaire elle s'effaçait avec une telle ardeur qu'Anton n'avait en vérité nul besoin de se comporter comme il le faisait, scrutant sévèrement le papier qu'elle lisait comme pour rappeler à chacun qu'un compte rendu n'était pas une simple formalité mais un acte qui requérait l'attention de tous.

L'esprit de Martha vagabondait. Elle se reprocha de ne pas mieux se concentrer. Elle avait eu l'intention de découvrir derrière les mots formels la réalité de ce qui s'était passé lors de la dernière réunion. La semaine prochaine, songeait-elle, le compte rendu dira : Compte rendu de la réunion précédente, simple formalité, rien de plus, mais il se passe en vérité quelque chose de détestable.

Au risque de s'attirer un regard réprobateur d'Anton, Martha laissa glisser ses yeux d'un visage à l'autre. Elias Phiri, à l'extrémité d'un banc, contemplait le sol. La chair épaisse et lisse de son front se plissait et s'adoucissait et se plissait encore – comme une eau lisse et chaude sous les attouchements du vent. Martha réfléchit : Quand les indigènes illettrés – je veux dire les Africains – écoutent des choses qu'ils ne comprennent pas, ils plissent le front et se détendent ainsi, mais Elias n'est pas illettré. Cela signifie donc que quelque chose l'inquiète. Un pied d'Elias bougea, puis commença à suivre un rythme. A l'affût d'un rythme, Martha distingua la vibration d'une batterie quelque part dans la rue : on dansait au McGrath. Elias refoula un bâillement coupable derrière une vaste main. Bon, il n'écoutait pas non plus.

Marie et Piet étaient assis côte à côte. Elle avait posé sa main sur le genou de son mari. Tous deux regardaient droit devant eux. Impossible de dire s'ils écoutaient ou non.

Assise auprès de Tommy, Carrie Jones contemplait ses dix ongles rouges étalés sur son genou. Elle portait une robe jaune lisse comme une motte de beurre, et son visage présentait cet aspect serein et apprêté d'une très jolie fille qui sent les yeux des hommes jouer sur elle comme des rayons de soleil. Elle est exactement comme j'étais, se dit Martha : elle se contemple dans son miroir et voit que son visage et son corps forment une sorte de coquille peinte, et elle s'adore, mais elle attend les yeux qui transperceront l'écorce pour saisir l'intérieur – eh bien, elle peut encore attendre !... Martha changea brusquement d'humeur à cette idée, qu'elle rejeta finalement. Elle se trouvait de nouveau en proie à l'insatisfaction. La moitié des choses auxquelles je pense, songea-t-elle, sont fausses et imprégnées de complaisance malsaine. – Il suffit que je sois lasse ou malade, et je me retrouve envahie de nostalgie, mais Dieu sait quelle nostalgie ! – imprégnée de complaisance malsaine, et mon cerveau se met à vagabonder, à nourrir des idées idiotes et prétentieuses qui m'échappent.

Elle bâilla, sans cesser d'observer Carrie. Que fait-elle donc ici ? Elle est ravissante, elle ne lit pas, et n'est absolument pas politisée. Il n'y a pas un seul homme dans cette pièce susceptible de l'intéresser. Et en cet instant, elle s'ennuie parce qu'elle est assise auprès de Tommy, et elle a honte de s'ennuyer.

Sentant le regard de Martha fixé sur elle, Carrie lui adressa un sourire aimable et las. La lassitude de ce sourire ramena Martha cinq minutes en arrière. Elle songea soudain : Carrie est écœurée de tout. Elle déteste cette coquille apprêtée qui est la sienne, et elle méprise les hommes pour cette expression qu'ils arborent en la voyant. Elle est devenue communiste parce qu'elle veut se transformer. Elle va nous quitter bientôt – oui, évidemment. Parce qu'il n'y a pas un seul homme ici qui ne pense pas : Carrie est une beauté. Ils ont tous cet air honteux et sur la défensive, et ils prennent une voix différente pour parler d'elle, simplement parce qu'elle est extrêmement jolie.

La voix de Jasmine se tut, et Bill Bluett se pencha en avant pour prendre la parole. Il avait visiblement écouté chaque mot du compte rendu, car il discutait maintenant trois points. Des points sans importance. Jasmine soumit les propositions de son contradicteur à l'assemblée, qui les accepta sans discussion. Le compte rendu fut donc modifié. Ils savaient tous que Bill avait fait cela, non parce que ces détails lui importaient, mais afin de défier Anton ; Anton le savait également. Il parapha le compte rendu modifié, et demanda :

« D'autres questions importantes, camarade Bill ? »

Bill secoua la tête mais resta penché en avant, sur le qui-vive. Martha contempla les mains de son camarade, négligemment posées sur ses genoux. C'étaient de longues mains blanches, mais luisantes de graisse. Il était ajusteur. Il véhiculait même une odeur de graisse. Martha regarda les mains des autres aviateurs, et songea : Eux, ils n'ont pas besoin de porter de tels stigmates. Mais Bill, si : parce qu'il vient de la bourgeoisie. Elle n'eut pas le loisir de poursuivre cette pensée, car Jimmy parlait.

« Camarade président, je désire soumettre une résolution à l'assemblée.

– A quel sujet ? » s'enquit Anton. « Nous en sommes au second point de l'ordre du jour. Instruction politique. C'est la camarade Jasmine qui doit prendre la parole.

– Je me moque du second point », rétorqua Jimmy, le visage empourpré. Sa grande bouche semblait pelleter les mots. « Je veux qu'on fasse quelque chose. Qu'on fasse quelque chose au lieu de toujours parler, parler, parler.

– Détends-toi, mon vieux », intervint Bill d'une voix apaisante auprès de Jimmy. Manifestement, les hommes de l'armée de l'air avaient une idée derrière la tête, et Jimmy bouleversait leur plan en parlant maintenant.

A côté de Martha, Andrew s'agita avec embarras. Il n'aime pas cela, songea-t-elle, et elle l'observa d'un œil inquisiteur. Il ébaucha une rapide grimace, comme pour dire : Je n'y comprends rien non plus.

« Jc veux demander à l'assemblée si je peux proposer ma résolution », insista Jimmy en les foudroyant tous du regard, y compris les camarades soldats.

« Tenons-nous-en à l'ordre du jour », suggéra Marie du Preez avec bonne humeur. « Sinon, nous allons encore dégoiser toute la nuit. »

Jimmy lui lança un regard torve, auquel elle répondit par un sourire maternel et railleur. Il rougit davantage et reprit, d'une voix encore fâchée mais un peu radoucie : « Bon, d'accord. Seulement parce que l'instruction politique, c'est la même chose. Mais j'exige d'exercer mon droit en soumettant une résolution. Je l'exige, vu ? »

Ignorant Jimmy, Anton demanda à Jasmine : « Camarade, veux-tu prendre la parole, à présent ? »

Jasmine posa sa montre devant elle et parla pendant quinze minutes des haines raciales et nationales. Ces haines, disait-elle ainsi que toute forme d'hostilité entre un groupe ou un sous-groupe de l'humanité et un autre, étaient dues au capitalisme et disparaîtraient à l'avènement du socialisme. Lorsqu'elle eut terminé, Anton déclara : « Nous avons dix minutes pour le débat. Qui veut parler en premier ?

– Je veux déposer ma résolution, annonça Jimmy.

– Mais c'est le moment de la discussion.

– Nous ne pouvons pas bouleverser l'ordre du jour ainsi, s'exclama fougueusement Jasmine.

– Je ne bouleverse rien, protesta Jimmy. Je veux soumettre une résolution, et c'est une résolution qui porte sur ce que vient de dire Jasmine.

– Je suggère que nous lâchions l'ordre du jour et que nous laissions le camarade Jimmy énoncer sa résolution », intervint Andrew de cette voix ironique qu'il employait dans les moments difficiles.

Martha jeta un coup d'œil à Bill, qui affichait un grand sourire lourd de sarcasme : il n'était manifestement pas malheureux du tour que prenait la situation.

« Accepté ? interrogea Anton, d'une voix brève.

– Accepté, oui, accepté », répondirent plusieurs voix, certaines résignées, d'autres amusées ou impatientées.

Jimmy extirpa un papier de sa poche de poitrine, le déplia et le tint devant lui. « Je voudrais proposer la résolution suivante à l'assemblée. Premièrement : toute forme de discrimination raciale est artificielle, contre nature, et forgée par les capitalistes afin de diviser pour régner... »

Elias Phiri intervint : « Minute, je voudrais poser une question.

– Camarade Elias, délcara Anton en se tournant vers lui.

– Vous dites, commença l'Africain en regardant Jasmine, que la discrimination raciale est créée par le capitalisme. C'est bien ce que vous dites, n'est-ce pas ? »

Il y eut un temps d'arrêt. Jasmine répondit d'une voix nette, bien qu'étonnée : « Oui, camarade. C'était le sujet de mon intervention.

– Je vois, dit Elias. Je vois. » Il se replongea dans la contemplation du plancher. Son pied recommença à battre et évoluer en mesure, au rythme de la batterie à peine perceptible du McGrath.

« Que veut dire le camarade Elias ? » interrogea Marjorie. « Je ne comprends pas.

— Je voulais juste en être sûr ; les communistes disent que la discrimination raciale est créée par le capitalisme — je voulais savoir », expliqua Elias à Marjorie.

Le silence se poursuivit. Il avait dit « les communistes » comme s'il n'avait pas été l'un d'entre eux. Et, pire encore, il ne l'avait pas fait exprès. Ils éprouvaient tous un sentiment de malaise.

« Je peux continuer ? demanda rageusement Jimmy.

— Vas-y, répondit Anton.

— Deuxièmement, que l'antisémitisme n'est rien d'autre qu'une propagande capitaliste.

— Bien sûr ! s'exclama Marjorie.

— Troisièmement, que les différence nationales n'existent pas. Il est idiot de parler de caractère britannique, allemand ou japonais — nous sommes tous pareils. »

Il abaissa son papier et lança un regard agressif alentour : « Ce n'est pas tout. C'est même loin d'être fini.

— Mais je ne vois pas où tu veux en venir, observa Marjorie. Enfin, nous savons tout cela, alors quel est l'intérêt de passer une résolution ?

— J'en ai marre des bavardages, rétorqua Jimmy. Je veux que certaines choses soient réglées une fois pour toutes. »

Marjorie haussa les épaules, puis ne bougea plus.

— Quatrièmement, reprit Jimmy, que tous les gens sont égaux et que tout est une question d'instruction. Et c'est le plus important de tout — l'instruction.

— Je ne comprends pas, intervint à son tour

Marie. Bien sûr, que tout le monde devrait recevoir la même instruction.

– Il ne suffit pas de dire bien sûr. Vous avez l'air de le dire du bout des lèvres. Lénine a dit : Tous les cuisiniers doivent gouverner l'Etat. Mais quand on en vient à la pratique, vous ne vous y tenez guère !

– Mais pourquoi nous dis-tu tout cela ? » s'étonna Marjorie, furieuse. Flegmatique et propriétaire, Colin joua son rôle de jeune époux en posant une lourde main blanche sur le bras agité de sa femme. Elle faillit l'écarter d'une secousse mais resta immobile, adossée à son siège et le visage crispé dans un sourire rageur.

« Le talent n'existe pas », poursuivit Jimmy. « C'est juste un truc qui sert à effrayer les travailleurs pour les empêcher d'essayer. Le talent, c'est l'instruction. Jusqu'à présent, seuls les gens instruits avaient du talent. Ils écrivent des livres et des choses de ce genre. Mais c'est parce qu'ils ont reçu de l'instruction. »

Jasmine se laissa surprendre à guetter Anton, comme dans l'attente de le voir intervenir. Mais il gardait le silence et griffonnait sur son carnet.

Marie déclara, à son habituelle manière franche et directe : « Je ne comprends pas où tu veux en venir, camarade. Veux-tu dire que nous sommes tous exactement semblables ? »

Piet éclata d'un rire tonitruant et décréta : « Si nous devons passer une résolution pour abolir la petite différence entre les hommes et les femmes, je sens que je vais retourner à mes opinions réactionnaires.

– *Oh !* » s'exclama sa femme, affreusement exaspérée. « *Lui* alors ! » Ils échangèrent des coups d'œil rapides, empreints de cet antagonisme jovial et entendu qui caractérise un couple harmonieux. « Ne faites pas attention à ce qu'il raconte. Mais comment peux-tu dire cela, Jimmy ? Les gens *naissent* différents. »

Jimmy était affalé sur son banc dans l'écorce grisâtre de son uniforme, tel un tas d'ossements grossièrement emballés. Son large visage était cramoisi, et ses yeux sombres exprimaient le désespoir. « Et voilà », commenta-t-il. « Je savais que cela finirait ainsi.

– Mais Jimmy, tu dis que le talent n'existe pas ? »

C'est alors qu'Andrew intervint à nouveau, de sa voix « humoristique » : « Je crois que le camarade Jimmy énonce maladroitement sa résolution. Pourquoi ne le mettrions-nous pas ainsi : Quatrièmement, que l'inégalité de l'instruction empêche jusqu'à présent les travailleurs d'employer leurs talents.

– Très bien », approuva Jimmy d'un ton agressif. « J'accepte, d'accord.

– Mais je ne vois vraiment pas la nécessité de passer une résolution à ce sujet », objecta Marjorie. Elle se tut sous la pression de main de son mari.

« Je veux que ce soit clair, insista Jimmy. Je veux que l'assemblée passe cette résolution.

– Mais nous ne pouvons pas passer une résolution sur ce point », protesta Jasmine. « C'est précisément ce que nous croyons tous.

– Moi je ne le crois pas », protesta Tommy en se tortillant comme à l'accoutumée, dans l'effort d'élever la voix devant tout le monde. « Ce n'est pas vrai, voilà tout. Prenez ce livre que Jasmine m'a fait lire, *Guerre et Paix*. Eh bien, je ne me vois pas en train de l'écrire, même dans mille ans, même si j'avais de l'instruction.

– Mais si », répliqua Jimmy en le dévisageant fixement. Il éleva la voix pour crier : « Et vous y voilà ! C'étaient tous des aristocrates ! Des bourgeois. Alors pourquoi faut-il rester assis à s'extasier dessus ?

– Je ne vois pas où tu veux en venir », répéta Marjorie. « Mais si Jimmy veut passer sa résolution, je pense que nous devrions la passer. Et puis nous pourrons retourner à l'ordre du jour.

– C'est de la condescendance », déclara Jimmy. « Tu n'en penses pas un mot, mais tu dis « Passons-lui sa résolution » pour me faire taire.

– Je vote en faveur de la résolution », déclara Bill. Comme s'il n'avait attendu que le son de la voix de Bill, Anton cessa de crayonner et demanda : « D'autres questions ? Qui seconde la résolution ?

– Moi », dit Bill.

La résolution fut soumise à l'assemblée et votée à l'unanimité. Ils souriaient tous avec embarras, car ils se sentaient un peu bêtes.

Mais Jimmy était manifestement au bord des larmes. Il protesta : « Ce n'est pas fait dans les règles. Je ne trouve pas cela juste.

– Ça suffit, maintenant, s'écria Piet avec une brusquerie grossière. Ça suffit : tu as eu ta résolution alors, ferme-la et laisse-nous continuer notre travail. »

Jimmy paraissait si triste et si désemparé qu'ils eurent tous le sentiment de l'avoir laissé tomber.

Bill se pencha par-dessus Martha et lança à voix basse : « Allons, ça va, mon vieux. Nous n'allons pas régler tout ce qui va de travers dans le monde en passant des résolutions, pas vrai ? »

Jimmy lui sourit en retour, mais ses yeux reniaient Bill aussi bien que tous les autres ; ils étaient tournés en lui-même, fixés sur un point douloureux qu'ils avaient – ils le ressentaient tous – cruellement blessé. Il était profondément atteint, et ils le savaient. C'était la première fois qu'ils se demandaient s'il n'avait pas perdu la tête, ou s'il n'était pas malade au point d'en devenir déséquilibré.

Ils passèrent rapidement en revue l'ordre du jour. Anton accélérait manifestement le mouvement du mieux qu'il pouvait. Il redoutait encore l'éventualité d'une mise en cause personnelle, c'était évident.

A dix heures moins cinq, il déclara : « D'autres questions ? Il nous reste cinq minutes. Je propose de clore la séance. »

Martha sentit Bill se raidir et se durcir. Maintenant, songea-t-elle, nous y voilà.

Bill lança d'une voix presque désinvolte : « Camarade président, c'est la troisième fois que nous esquivons un point de l'ordre du jour après avoir pris une décision formelle à ce sujet.

– Nous avons pris la décision formelle de ne jamais prolonger une séance au-delà de vingt-deux heures, rétorqua Anton, sur ta proposition, si tu t'en souviens.

– Nous avons également pris la décision formelle de pratiquer l'autocritique et la critique.

– Nous ne pouvons guère critiquer quinze personnes en cinq minutes.

– Ce soir, le bus du camp ne part qu'à onze heures.

– Il paraîtrait donc qu'en certaines occasions les militaires parviennent non seulement à venir tous aux réunions, mais aussi à faire en sorte que leur bus ne parte qu'une heure plus tard », observa Anton.

Bill s'enquit d'une voix déplaisante : « Est-ce une critique formelle des camarades de l'armée de l'air ? Si c'est le cas, veux-tu bien aborder la question au moment adéquat, et sous une forme qui permette d'y répondre sérieusement ?

– Tu proposes donc que nous prolongions la

réunion d'une heure, dans le but de procéder à la critique ? Y a-t-il des objections ? »

Marie du Preez fit une grimace en direction de son mari ; Colin tenta de circonvenir Marjorie avec un regard lugubre, mais elle déclara d'un ton chargé de reproche : « Bien sûr, que nous devrions pratiquer la critique. Tous les vrais groupes communistes le font.

– Bien », dit Anton. « Je propose que nous procédions dans l'ordre suivant : D'abord, l'autocritique. Ensuite la critique réciproque. Et enfin la critique individuelle des camarades à l'égard du groupe en tant que tel. Des objections ?

– Accepté, approuva aussitôt Bill.

– J'estime que nous devrions d'abord procéder à la critique réciproque, afin que notre autocritique y gagne en profondeur, suggéra Jasmine d'une voix grave.

– Accepté, lança Anton, plus impatient que jamais. Maintenant, par qui commençons-nous ? »

Il y avait deux possibilités évidentes, d'un côté Jasmine et de l'autre Jimmy, assis aux deux extrémités d'un demi-cercle approximatif. Plusieurs personnes suggérèrent d'un ton lourd d'appréhension : « D'abord Jasmine. D'ailleurs, c'est elle la secrétaire. »

Jasmine se leva. Elle se contrôlait bien, mais ses mains tremblaient. Martha contempla la jeune fille, fine et menue dans son étroite robe à fleurs, avec ses boucles noires relevées sur sa tête, pâle et austère à force de vouloir paraître calme, et ressentit un élan protecteur. Elle regarda autour d'elle, et constata qu'ils éprouvaient tous la même chose. Le désarroi de Piet semblait presque comique. Marie fut la première à se ressaisir, et elle souffla à son mari : « Allez, vieille cloche, c'est un être humain comme les autres, après tout ! »

Nul ne proféra un son pendant un long moment.

« Eh bien, camarades ? » commença Anton. « La critique de notre camarade Jasmine. » Il s'interrompit. « C'est un fait bien connu que toute personnalité recèle une tendance ou un type de faiblesse qui, s'il ou elle n'en a pas conscience de manière à pouvoir s'en corriger, peut finir par la détruire comme communiste et comme personne. »

Bill Bluett éclata d'un rire bruyant. Ils rirent tous avec lui.

Andrew déclara à Anton : « J'aimerais pouvoir adjoindre un tardif amendement à la résolution que nous avons passée tout à l'heure : à savoir que les caractéristiques nationales sont de la plus haute importance. » La voix semblait affectueuse. Anton leva les yeux, observa le visage d'Andrew pour voir s'il parlait sérieusement, et dit : « Tu veux dire que je suis allemand ? Eh bien, camarades, je répondrai à cela que, si je suis pédant, c'est là un contrepoids utile et même essentiel à votre frivolité britannique.

– Oh, je vois », s'exclama Colin. Ses lunettes étincelaient.

« Oui, oui, reprit Anton. Si le défaut fondamental du caractère allemand est la pédanterie, votre défaut à vous est l'empirisme, et le refus de fonder vos idées sur une analyse sérieuse.

– Et qu'advient-il de la résolution de Jimmy ? interrogea Piet d'une voix amusée.

– Je ne sais pas ce qu'est l'empirisme », proféra Jimmy d'une telle voix qu'ils se calmèrent tous aussitôt. La peau fine de son visage était cramoisie, et ses yeux lançaient des éclairs.

Pendant ce temps Jasmine, toujours debout, attendait. « Il semblerait que personne n'ait de critique à formuler envers notre camarade Jasmine, observa Anton.

— Si : moi », dit Andrew. Jasmine se tourna vers lui, et il poursuivit sur un ton amical : « Camarade Jasmine, tu as tendance à entreprendre beaucoup trop de travail. Je pense que tu accumules des charges et que tu les expédies en toute hâte au lieu de les laisser faire par d'autres. C'est le défaut des gens très efficaces, ajouta-t-il avec un sourire.

— Oui, je sais que c'est vrai », avoua Jasmine. Elle semblait éperdue de détresse, et ils se prirent tous à souhaiter qu'elle pût se rasseoir, tant ils étaient embarrassés.

« Autre chose ? » interrogea Anton. Comme personne ne disait rien, il poursuivit : « Très bien, camarade Jasmine. Tu peux te rasseoir.

— Mais ce n'est pas un défaut fondamental, n'est-ce pas ? » intervint Murdoch. « Et nous avons déjà souvent eu l'occasion de le signaler à Jasmine, pas vrai ? » Jasmine se releva machinalement, faisant face à Murdoch qui commença à se tortiller cocassement, comme il le faisait toujours quand l'attention se portait sur lui.

« Si tu veux formuler une critique formelle à l'égard de la camarade Jasmine, alors fais-le, lui enjoignit Anton.

— Mais je n'ai rien dit de tel », s'écria Murdoch, et Jasmine se rassit.

Jimmy déclara alors d'une voix péremptoire : « Je veux dire quelque chose. Mais ce n'est pas seulement pour Jasmine, c'est pour toutes les camarades femmes. » Il dévisagea Martha, puis Carri Jones. Elle leva ses yeux sombres et indolents sur lui, et il cria : « Vous toutes — avec votre rouge à lèvres et vos ongles peints comme des gravures de mode ! Ce n'est pas communiste. Les femmes devraient se faire respecter, au lieu de se comporter comme... je n'ose même pas dire comme quoi. »

Carrie, qui avait commencé par se renfrogner, vit apparaître des sourires sur tous les visages sauf celui de Jimmy, et sourit complaisamment en retour. Ce sourire complaisant mit apparemment Jimmy hors de lui, car il se dressa et hurla : « Là, vous voyez ? Vous croyez qu'il suffit de sourire et de se mettre du rouge à lèvres. Eh bien, je vais vous dire un truc : je n'ai pas de temps à perdre avec des filles qui se tartinent la figure.

– Dans ce cas, rétorqua Marjorie indignée, pourquoi sors-tu avec la réceptionniste du McGrath – elle se teint les cheveux ! »

Bill Bluett éclata d'un rire sardonique. Ils riaient tous à présent, à l'exception de Jimmy et d'Anton qui paraissaient fâchés.

« Je tiens à vous rappeler, déclara Anton, que nous sommes ici dans un groupe communiste. Pas au cabaret. Camarade Jimmy, tu ne peux pas soulever une question aussi importante de cette manière désinvolte. Tu soulèves le problème de la condition féminine. Puis-je proposer que nous réservions une soirée à la discussion de la condition des femmes ? »

Surprise, Martha fit un retour sur elle-même, car cela contredisait son instinct au sujet d'Anton, et tout ce qu'elle ressentait lorsqu'elle se rappelait l'Autrichienne, ce sentiment familier de confiance et de soulagement bien dressé, comme si les paroles d'Anton construisaient un pilier sur lequel elle pût prendre appui. Je m'accroche comme n'importe quel sarment de vigne imbécile à tout ce qui paraît fort, songea-t-elle avec dégoût.

Andrew prit la parole : « Camarade Anton, tu te comportes exactement comme un gouvernement capitaliste confronté à une question embarrassante – ils nomment toujours une commission restreinte en espérant que tout se calmera avant la publication du rapport.

– Mais il s'agit de la condition des femmes, intervint Martha.

– C'est *toi* qui dis cela », s'écria Jimmy, furieux, en s'adressant directement à elle. Et ils comprirent alors qu'il visait Martha depuis le début. « C'est toi qui le dis, et tu es la pire de toutes. » Jasmine observa : « Je trouve l'attitude du camarade Jimmy extrêmement sectaire. Je ne vois pas pourquoi les camarades féminines devraient être affreuses.

– Je n'ai pas dit cela », protesta Jimmy.

Jasmine insista en rougissant sur un ton de défi : « Si un vote majoritaire nous impose de renoncer au maquillage, je considérerai qu'il s'agit de domination masculine – nous sommes cinq contre neuf. J'estime personnellement que tous les hommes, communistes ou non, entretiennent des vestiges de notions bourgeoises dans leur conception des femmes. Même Lénine. Même Lénine a parlé de lunettes sales.

– Ecoutez-moi ça, s'exclama Marjorie. Les hommes m'écœurent.

– Je suis bien d'accord », renchérit Martha. Mais elle se mit à rire, et Jimmy se tourna vers elle pour déclarer : « Et je veux te critiquer aussi, camarade Matty. Tu es désinvolte. Tu n'es pas sérieuse. Les camarades de la bourgeoisie sont tous pareils.

– Mais ce n'est pas Matty que nous critiquons, en ce moment, objecta Bill Bluett.

– Eh bien, je la critique, moi.

– Je suis d'accord avec Jimmy », dit Tommy. Il transpirait abondamment, et ses yeux imploraient le pardon de Martha, alors que tout son être réclamait le droit de dire ce qui lui importait extrêmement. « J'y ai réfléchi. La camarade Matty n'est pas sérieuse. Enfin, elle agit avec sérieux, mais elle ne parle pas sérieusement. Bon, j'ai lu ce livre – j'en ai déjà parlé, de ce comte Tolstoï. Eh bien, j'ai découvert dans ce livre que son attitude est une attitude bourgeoise. Les bourgeois disent des choses sérieuses d'une manière qui ne l'est pas. Jasmine, Matty et Marjorie le font toutes, mais Matty encore plus que les autres. C'est méprisant. Elles disent quelque chose, et il faut se demander, est-ce qu'elles veulent vraiment dire cela, ou bien le contraire ?

– Je proteste », annonça Andrew. « Je proteste contre deux choses : d'abord les travailleurs ne sont pas aussi ternes que Tommy semble le croire, il a l'air de prétendre que les bourgeois ont le monopole de l'humour.

– Pas en étant drôle », objecta Tommy avec ardeur. « Ce n'est pas cela. Mais en disant des choses comme si on se moquait de soi-même parce qu'on les dit. C'est prétentieux.

– Et deuxièmement, poursuivit Andrew, Matty n'est pas en cause pour l'instant. Le camarade suivant, sur la liste des critiques, est Anton.

– Très juste, approuva Bill. Et je m'étonne que notre président n'ait pas encore interrompu la discussion. C'est parfaitement irrégulier. » Il ajouta à l'intention de Martha, sur un ton faussement sérieux : « Nous nous occuperons de ton attitude désinvolte plus tard.

– Camarade Anton, commença Andrew. Camarade Anton, aie l'obligeance de te lever pour la critique. »

Martha comprit que Bill et Andrew la protégeaient. Et aussi qu'Andrew s'apprêtait à protéger Anton contre Bill.

Anton se dressa lentement. Ses mains pendaient le long de son corps, parfaitement immobiles.

« Et maintenant, tu vas y avoir droit », annonça Andrew à Anton d'une voix bourrue où perçait la gentillesse. « Tu es un salaud arrogant, guindé, et dominateur. Tu es un pédant, un coupeur de cheveux en quatre... »

Anton souriait légèrement. Il savait qu'Andrew le protégeait de Bill et lui en voulait pour cela. Les fines rides qui lui cernaient la bouche se contractèrent, donnant à son visage l'aspect d'un mouchoir froissé. « Tu es un bureaucrate, camarade Anton. Tu es le prototype du bureaucrate. J'aimerais pouvoir t'emmener tous les soirs dans un bar crasseux pendant une semaine, pour te voir faire l'imbécile et t'enivrer. Peut-être qu'ensuite tu deviendrais un bon camarade. Mais pour le moment, tu n'es qu'un emmerdeur. »

Tout le monde riait. Elias Phiri se roulait sur son banc à force de rire. Souriant toujours légèrement, Anton adressa un hochement de tête à Andrew.

« Pas d'objections ? demanda-t-il.

– Non, nous sommes tous d'accord », acquiesça gaiement Marie. « Tu es plus vrai que nature. J'aimerais que tu te relâches un peu. »

Pleurant de rire, Elias Phiri éructa un « Ho, ho, ho », en agitant ses pieds en l'air. Puis voyant que tout le monde l'observait en souriant, il cessa de rire et resta là à hocher la tête, son corps tout entier secoué par le rire intérieur, mais le visage redevenu grave.

« La question, dit Bill à Anton, est de savoir si *tu* reconnais le bien-fondé de ces critiques ?

– Oui, camarade, répondit Anton avec raideur. Je me rends compte que j'ai tendance à être un bureaucrate... » Il parut sur le point d'ajouter autre chose, mais se tut.

« Bien », conclut Andrew. « Tu peux t'asseoir,

camarade Anton. Et surveille tes manières, faute de quoi nous élirons un autre président. »

Anton se rassit en jetant un coup d'œil à Bill ; Andrew lança également un regard chargé d'appréhension en direction de Bill. Bill se balançait en arrière, les bras croisés. Il déclara : « Le camarade Andrew a parlé pour moi. Je me réserve d'élever par la suite quelques autres critiques. »

Il y eut un temps d'arrêt, puis Carrie Jones se leva. Mais une note de frivolité avait envahi le débat. Elle écouta avec bonne humeur les critiques relatives à « l'attention excessive portée à son aspect physique » et se rassit en acquiesçant de la tête. Avant que Tommy se lève, Anton leur rappela que c'était là une affaire sérieuse, mais la séance de critique se poursuivit sur un rythme allègre. Lorsqu'ils parvinrent à Martha, Anton leur rappela une fois encore qu'ils se montraient « fondamentalement irresponsables », mais ce fut inutile ; Martha, Andrew, Jimmy et Murdoch furent critiqués hâtivement, dans un feu croisé de boutades. Anton conclut ensuite : « Voilà, camarades. Il est vingt-deux heures trente, et je suggère que nous gardions la critique de groupe et l'autocritique pour la semaine prochaine. »

Bill Bluett déroula son long corps d'un rapide mouvement, se pencha en avant, et déclara : « Oh non, oh non. Maintenant, nous allons passer aux choses sérieuses. »

Anton posa son crayon et se redressa, sur la défensive. « J'avais le sentiment que nous étions déjà dans les choses sérieuses.

– Tu sais parfaitement que tout cela n'était qu'une énorme farce. Ce n'est pas ainsi qu'on procède à la critique dans un groupe communiste digne de ce nom.

– Proposes-tu que nous reprenions tout depuis le début ?

– Non, puisqu'il est manifestement impossible de conduire une séance normale dans ce groupe – du moins tel qu'il est actuellement constitué, je propose que nous passions à la critique générale. »

Tout en bourrant lentement sa pipe, Andrew demanda : « Camarade Bill, nos critiques ne recouvrent-elles pas celles formulées à l'encontre du camarade Anton ?

– *Tes* critiques », intervint brusquement Anton, aux aguets : il avait escompté ce moment, comme ils le comprirent alors tous : « Dois-je comprendre que les camarades de l'armée de l'air, en bloc, ont à formuler une critique de notre groupe en tant qu'entité ?

– Oui », répondit Andrew. « Evidemment, si tu considères que c'est une attitude partisane, je ne pourrai pas te contredire, mais les circonstances sont particulières. C'est, bien sûr, une attitude partisane. Et je tiens à préciser par avance que je ne suis pas totalement en accord avec les camarades de l'armée de l'air. » Il se tourna vers Bill et le sollicita : « Camarade Bill, ne penses-tu pas que nous avons déjà dit ce que nous voulions dire ?

– Non, je ne trouve pas.

– Je refuse la critique d'un groupe interne, protesta Anton. C'est contraire à tous les principes du Parti.

– Si cela te fait plaisir, dit Bill. Disons que je formule des critiques en mon nom propre.

– Mais je suis d'accord avec le camarade Bill, déclara Murdoch d'une voix passionnée.

– Et moi aussi, approuva Jimmy.

– En tant que président, je ne tolérerai aucune faction partisane, insista Anton.

– Oh, arrête, Anton », dit Marie comme elle aurait parlé à l'un de ses enfants. « Arrête un peu. »

Bill déclara : « Je tiens à dire ceci : le travail du groupe tout entier est une pure perte de temps.

– Ah oui ? » dit Anton. « Tu suggères sans doute qu'il nous faut procéder à une nouvelle analyse du travail ? Dans ce cas, je l'inscrirai à l'ordre du jour pour la semaine prochaine. Note-le, Jasmine. »

Bill reprit : « Non, non, non. La semaine prochaine, je crois que nous parlons de la condition féminine dans la société capitaliste, afin que nos gentes camarades sachent si elles ont le droit ou non de porter du rouge à lèvres. Seigneur !

– Si tu veux bien avoir l'obligeance de formuler des critiques détaillées au lieu de généralisations vagues, nous pourrons procéder à une discussion de ce que tu as à dire. »

Mais avant que Bill eût rien pu dire, Murdoch cria sur ce ton d'humour défensif qu'on lui avait reproché cinq minutes auparavant : « Oh, mais c'est un fait. Et à mon avis c'est ta faute, camarade Anton. C'est ton attitude qui en est cause.

– Le camarade Anton a déjà fait l'objet d'une critique et l'a acceptée, protesta Andrew.

– Je te prie d'être précis », dit Anton. Il était maintenant furieux : son visage frémissait de rage.

« Merde, mon vieux, – n'importe qui peut le voir. Bon – prenons ta réaction vis-à-vis de l'amie de Matty, celle qui s'est trouvée enceinte. Tu n'es pas humain. » Il singea la voix d'Anton : « Elle n'avait qu'à y penser avant. » Merde, quelle attitude est-ce là pour un communiste ?

– Qu'est-ce que c'est, Matty ? s'enquit Marie. De quoi s'agit-il ?

– Une fille que je connais, et qui est enceinte. Nous en discutions, c'est tout.

– Si je comprends bien, camarades, contre-attaqua Anton, notre groupe, groupe communiste, se propose maintenant de discuter sérieusement ce qu'il convient de faire pour aider une fille qui veut se faire avorter ?

– Mais elle ne veut pas se faire avorter ! s'exclama Martha.

– Ce groupe va maintenant s'engager à trouver des avorteurs ou des maris pour toutes les filles de la colonie qui se retrouvent enceintes ?

– Et voilà, cria Jimmy. Voilà ce que je voulais dire. C'est ainsi que tu parles.

– Me critique-t-on pour une intonation ? » interrogea Anton.

Andrew intervint : « Je conviens avec Anton que tout cela est parfaitement irrégulier, mais il n'y a rien de mal à vouloir aider quelqu'un dans le pétrin. Je me souviens d'une fille, là-bas, chez nous, qui avait eu des problèmes – on lui avait trouvé un mari.

– Dans ce cas, camarade Andrew, suggéra Anton, puisque tu sembles très au fait de ces tâches essentielles au sein du Parti, pouvons-nous te confier la responsabilité, ainsi qu'à la camarade Matty, des problèmes de cette fille ? Et maintenant que c'est réglé, pouvons-nous continuer ?

– Je viendrai demain déjeuner en ville », dit Andrew à Martha. « Mangeons ensemble pour en discuter.

– Merci », murmura Martha, reconnaissante, en se rapprochant de lui. Il l'entoura de son bras et déclara : « La camarade Matty et moi-même nous constituons en sous-commission pour résoudre les problèmes personnels. »

Anton les avait observés avec une patience glaciale.

Bill déclara : « Dans ce pays, toute notre énergie est consacrée à la minorité blanche. »

Anton s'offrit le plaisir de paraître ironiquement surpris.

« Encore ? dit-il. J'entends le même refrain à chaque séance depuis au moins six semaines. C'est toujours pareil. Est-il vraiment nécessaire d'en passer par là ?

– Oui, absolument », répliqua Bill.

Anton et Bill se dressèrent l'un contre l'autre pour le combat qu'ils avaient préparé toute la soirée, mais Jimmy s'interposa en disant : « Tu dis qu'on ne peut pas prendre contact avec les Africains. Mais moi je l'ai fait. Pendant que vous, les gars de la ville, vous gardiez votre cul sur votre chaise en parlant de la révolution, et que vous racontiez les exploits de l'Armée Rouge aux colons blancs, moi je vendais *The Watchdog* dans la Réserve. Demandez un peu à Elias si ce n'est pas vrai. »

Elias s'agita d'un air malheureux sur son banc, et son front lisse et brun recommença à se plisser. Il déclara en soupirant : « Oui, camarades, mais ce n'est pas facile.

– Le groupe avait décidé que les gars de l'armée n'iraient pas dans la Réserve, rappela Anton sèchement. Et maintenant j'en arrive à mes critiques vous concernant. Vous n'avez aucune discipline, vous venez aux réunions ou non suivant votre humeur, vous effectuez votre travail quand l'envie vous en prend, il est absolument impossible de vous faire confiance.

– C'est vrai », déclara Jimmy d'un ton rogue. « Et nous enfreignons la loi sacrée de la colonie en choisissant nos amies parmi les métisses. »

Marie intervint d'un ton impatient : « Nous avons déjà discuté de tout cela la semaine dernière. Tu sais très bien pourquoi nous avons pris cette décision. »

Tommy se mit alors à s'agiter sur son banc,

avec un sourire malheureux qu'ils reconnaissaient et respectaient tous à cause de sa sincérité désespérée.

« Je veux dire quelque chose, commença-t-il. Voilà. Il y a quelque chose qui cloche. Nous disons que nous ne croyons pas à l'inégalité, que nous ne croyons pas à la ségrégation raciale, etc. Mais dans les faits, nous décidons de nous comporter exactement comme tout le monde. Nous disons "Ne choquons pas les gens". » Il se tourna d'un air navré vers Elias : « Je dois être franc, camarade, je suis contre le mariage entre Blancs et Noirs, mais je sais que c'est parce que je suis né ici – j'essaie juste de dire ce que je pense... »

Elias acquiesça, les yeux baissés.

« Mais c'est cela que nous prétendons croire. Pourtant, quand le camarade Jimmy tombe amoureux... » il hésita, puis se reprit : « ... s'intéresse à une fille du quartier métis, nous lui disons non. Parce que les gens diraient du mal des communistes. Mais je trouve qu'il y a là quelque chose d'anormal.

– Et moi donc ! s'exclama Jimmy en le regardant.

– Camarades, protesta Anton, exaspéré. Si nous fabriquions, ici et maintenant, des drapeaux rouges pour quitter cette pièce et aller scander des slogans dans la Réserve : "Dressez-vous, affamés de la terre" – eh bien, que se passerait-il ? Je serais interné dans un camp. Les hommes de l'armée seraient mutés. Les deux fonctionnaires, Marjorie et Colin, perdraient leur emploi. Piet serait contraint de démissionner de son poste au syndicat. Et tous les autres seraient expulsés. Est-ce là ce que vous voulez ? Eh bien, répondez ? Car c'est la conclusion logique de ce que vous dites. Et si vous tenez à ce que le groupe aille proclamer le droit à l'égalité sexuelle, c'est le meilleur moyen d'avoir des ennuis avec tout le monde. A quoi servirait-il que chaque homme du groupe épouse une fille africaine ou métisse demain ? C'est de toute manière impossible. Ou que nous prenions tous des maîtresses métisses ? Il n'y a rien de bien nouveau à voir des hommes blancs coucher avec des Africaines ou des Métisses, non ? Le problème de base est économique, pas social. Servez-vous de votre cerveau, camarades.

– Pourquoi faut-il que tu transformes n'importe quel problème humain tout simple en une grande affaire de principe ? s'enquit soudain Bill.

– Sommes-nous communistes ou non ? »

Jasmine s'adressa vigoureusement à Jimmy : « Ton attitude est déplorable, camarade. Nous avons tout discuté la semaine dernière avant de prendre cette décision, mais tu ne tiens aucun compte des décisions – tu continues à agir comme bon te semble. Je ne vois vraiment pas pourquoi tu te donnes la peine de venir aux réunions – si tu es membre du groupe, tu dois en accepter la discipline. »

Jimmy se leva, rajusta sa veste, et posa sa casquette sur son épaisse chevelure. « C'est juste », dit-il. « Je ne vois pas non plus pourquoi je me donne la peine de venir. » A côté de lui, Murdoch se leva aussi.

Jimmy parcourut lentement l'assemblée du regard, le visage enfiévré et l'œil étincelant. « Vous pouvez me rayer de la liste. » Puis il ajouta à l'adresse du mur, par-dessus la tête de Martha : « Je me suis trouvé une vraie ouvrière, une fille comme moi, et je me suis trouvé des camarades dans le quartier métis et dans la Réserve, à qui je peux parler d'homme à homme. Mais je ne peux plus être membre d'un groupe où l'on se contente de bavasser. »

Il quitta la pièce en claquant la porte ; Murdoch le suivit en lançant un « Salut » amical à la cantonade. Bill adressa un signe de tête neutre à chacun des camarades restants et sortit derrière les deux autres.

Andrew fourra hâtivement sa pipe dans sa poche et déclara : « Bon, je suis navré, camarades, et je vais voir ce que je peux faire. » Il sortit d'un pas rapide.

Elias, qui les avait tous observés à la dérobée d'un air soucieux, prit la parole : « Il faut que je m'en aille aussi. Je n'ai pas de passe pour le soir. » Il s'en alla tandis que des "Au revoir" fusaient de partout.

« Je propose, commença Anton comme s'il ne s'était rien passé, de clore à présent la séance.

– Mais n'allons-nous donc rien faire ? s'étonna Marjorie.

– Le camarade Andrew fera ce qu'il pourra. S'il ne peut rien faire, nous travaillerons sans les camarades de l'armée de l'air. Autre chose ? Eh bien, je déclare la réunion terminée. » Il rassembla ses livres et ses papiers, et quitta la pièce aussi brusquement que les autres.

Jasmine semblait prête à pleurer, et Marjorie abasourdie. « Mais que s'est-il passé ? » s'écria-t-elle d'une voix suppliante. « Que s'est-il donc passé, je n'y comprends rien. »

Colin lui caressa l'épaule, et elle le repoussa d'un geste exaspéré. Carrie haussa les épaules et enfila une veste de laine blanche et moelleuse en se dirigeant vers la porte. « Sans doute le communisme ne convient-il pas à ce pays ? » lança-t-elle. « Eh bien, bonne nuit, je vais aller mettre ma beauté au repos. » Et elle s'en alla.

Assis côte à côte, les du Preez contemplaient d'un œil morose l'emplacement où s'était tenu Anton comme s'il pouvait brusquement reparaître et résoudre tous ces problèmes. Finalement, Marie soupira et dit : « Ce Jimmy, ce qu'il lui faudrait, si vous voulez mon avis, c'est un bon médecin. Il se consume de tuberculose – n'importe qui peut s'en apercevoir à l'œil nu. »

Piet sourit. « Ces femmes ! Nous devrions décréter que nul ne peut venir aux réunions du groupe s'il n'a pas une température normale. »

Tommy demanda : « Mais ce n'était pas Jimmy, c'était Bill, non ? Enfin, c'est Jimmy qui parlait, mais on voyait bien qu'à travers lui, c'était tout le temps Bill. »

Piet lui lança une bourrade amicale, et lui dit : « Maintenant, tu la boucles pour ce soir et on te dépose chez toi. Qui veut qu'on le ramène ? »

Dans la rue, les « civils » virent Jimmy sous un réverbère, entouré par les gars de l'armée. Il criait et gesticulait ; et ils l'empêchaient, apparemment, de faire quelque chose.

Ils aperçurent aussi Andrew, manifestement de mauvaise humeur, qui s'éloignait tout seul. Les trois autres : Bill, Murdoch et Jimmy, se prirent par le bras et se mirent à déambuler dans la rue, contraignant les gens qui sortaient du cinéma à descendre du trottoir pour leur céder la place.

« Saletés de bidasses, maugréa Piet rageusement, il serait temps qu'on les renvoie d'où ils viennent. »

CHAPITRE QUATRE

MURDOCH lança en direction du large dos d'Andrew : « Salaud de lèche-cul. »

Bill renchérit : « C'est bien vrai. Il s'accommode à toutes les sauces, celui-là. »

Ils avaient quitté le quartier général du groupe, unis dans leur hostilité à l'égard des « civils ». Andrew s'était joint aux autres pour faire des plaisanteries désobligeantes jusqu'au bas de l'escalier. Mais il les quittait déjà, après avoir dit à Jimmy : « Tu as drôlement salopé les choses, mon vieux. » Bill avait aussitôt ricané : « Des connards, qu'on est, hein ? » Mais Andrew était resté amical et bourru pour dire : « Nous ne voulions pas tout foutre en l'air – juste infléchir la ligne politique. »

Sur quoi Jimmy s'était exclamé : « J'ai envie de tout foutre en l'air – foutre en l'air toute cette saloperie de ville et le reste avec. » Il lâcha un cri bref et rageur, les poings serrés, et les autres le retinrent de leurs mains apaisantes ; mais il se dégagea brusquement en les menaçant tous du regard, ainsi que les passants. Quand il eut retrouvé son calme, Andrew déclara : « Bon, eh bien je vais aller prendre le bus, si vous ne venez pas », et les quitta.

Quand Bill affirma : « C'est bien vrai. Il s'accommode à toutes les sauces... », les deux autres acquiescèrent farouchement. Cependant, ils éprouvèrent presque aussitôt de l'hostilité envers Bill aussi : il s'exprimait avec trop de désinvolture. Jimmy et Murdoch étaient tendus, furieux et malheureux à cause de l'incident. Mais pas Bill : ils voyaient bien que ses yeux ne laissaient rien paraître qu'une spéculation intéressée. Il n'était pas avec eux. Il demanda : « Vous comptez prendre le bus ? Parce que moi, je n'ai pas de permission pour la nuit complète.

– Merde pour le bus », répliqua Murdoch, mais sur un ton qui fit comprendre aux autres qu'il l'attraperait quand même au dernier moment. Ils se prirent par le bras et commencèrent à déambuler. La grand-rue à onze heures du soir ; les cinémas qui se vident et les hôtels qui se remplissent. Les trois jeunes gens se mirent à foncer, l'uniforme en bataille, en guettant du coin de l'œil les groupes de civils qui s'écartaient pour leur céder la place. Ils serraient les poings, prêts à se battre contre quiconque les bousculerait ou leur ferait une observation. Mais les hommes, généralement accompagnés de femmes, leur jetaient un coup d'œil scrutateur et réfléchi, et s'arrangeaient pour laisser la voie libre avant de parvenir à leur niveau. Après le passage des trois aviateurs, certains civils marmonnaient : « Un de ces jours, je vais casser la figure à ces... »

A mi-chemin, ils aperçurent Carrie Jones qui venait dans leur direction en compagnie d'une amie. En voyant les trois militaires, les deux jeunes filles se raidirent et, se tenant sur la défensive, s'écartèrent au bord du trottoir. Une demi-heure auparavant, Carrie s'était trouvée assise dans la même pièce qu'eux, mais maintenant ils devenaient l'« armée de l'air », et elle prenait garde de ne pas les regarder. A trois mètres d'elles, Murdoch émit un long sifflement. Les jeunes filles s'empourprèrent davantage encore, et elles parurent désemparées. Bill intervint d'une voix autoritaire : « Laisse tomber, mon vieux ! » Le visage et les cheveux flamboyant de la même flamme éclatante sous l'affront, Murdoch siffla de nouveau. Comme ils croisaient les filles en chahutant, Bill lança avec un grand sourire : « Camarade Carrie ! » Elle se retourna vivement, le reconnut, et le salua de la tête tandis que tout son corps exprimait la rancœur offensée.

« Pourquoi traitez-vous les filles ainsi ? » s'enquit Bill. Cette fois encore, il parlait d'une voix désinvolte : c'était chez lui la forme que prenait le reproche. Murdoch s'immobilisa brutalement, et Jimmy aussi. « Pourquoi ? gronda-t-il. Contre qui en as-tu ? elle ne nous a même pas regardés. *Camarades.* »

Bill reprit, de la même manière, comme pour vérifier ou découvrir quelque chose : « Tu lui as fait peur. C'est une manière idiote de se conduire.

– Tu m'emmerdes », rétorqua Murdoch. Son visage farouche et malheureux semblait sur le point de se décomposer, tandis que ses yeux bleu clair étincelaient de colère.

Jimmy demanda alors, avec son habituelle ardeur désespérée : « Dans quel camp es-tu ? Je ne suis pas tellement chaud pour siffler les filles, mais elle nous a traités comme des moins que rien. »

Bill se renfrogna, et parut perdre tout intérêt pour ses deux compagnons. « Nous allons rater le bus », dit-il en se précipitant. Jimmy et Murdoch se reprirent par le bras et déclarèrent d'une voix chargée d'hostilité : « Eh bien, va te coucher », et « Borde-toi bien. »

Bill rebroussa chemin pour aller prendre le bus, les épaules relevées comme celles d'Andrew auparavant, pour se protéger de leurs regards critiques.

Soudain désemparés, maintenant que leur agressivité s'était évanouie, Jimmy et Murdoch s'adossèrent à un pilier, devant une boutique. Murdoch alluma une cigarette en relevant une épaule contre le vent et en abritant la flamme au creux de ses mains – c'était une nuit fraîche et immobile, où les étoiles scintillaient très haut au-dessus des lueurs basses et colorées qui s'éparpillaient sur la petite ville.

« Oh, et puis merde, grogna Murdoch, retournons au camp. »

Jimmy ne répondit rien. Il respirait bruyamment, et ses yeux avaient une étrange fixité. Il avait un passe pour la nuit mais ses projets antérieurs ne l'intéressaient visiblement plus. Murdoch lui décocha un coup de coude, et Jimmy le suivit machinalement sans parler. La rue était à présent presque vide, mais quelques groupes s'y attardaient encore et les deux aviateurs leur cédaient la place sans les regarder. Quand ils arrivèrent à la station, le bus faisait marche arrière dans leur direction. Ils sautèrent dedans tandis qu'il passait en première. Andrew était assis à l'avant et, se tenant bien droit, lisait. Vautré sur un siège, Bill semblait dormir. Jimmy et Murdoch prirent place à l'arrière, serrés l'un contre l'autre.

« On rentre au camp de concentration, soupira Murdoch.

– Eh oui », dit Jimmy d'un ton lugubre. Mais ces réflexions dénotaient un certain plaisir, une satisfaction masochiste devant leur sort.

« Demain, il y a le match contre Guineafowl »,

rappela Murdoch. Il souriait, à présent, détendu. « On va le gagner, ajouta-t-il, on n'a encore jamais perdu un match. »

Jimmy ne répondit rien. La référence à demi moqueuse au « camp de concentration » lui faisait penser aux grandes portes grillagées du camp, aux hautes clôtures barbelées. Il agita ses épaules à l'intérieur de l'uniforme épais et encombrant. Il avait une permission pour la nuit entière. Alors pourquoi se trouvait-il là ? S'il quittait le bus à l'entrée du camp et qu'il regagnait la grand-route, il parviendrait bien à se faire ramener en ville par une voiture – si seulement l'un de ces salauds pouvait se décider à s'arrêter pour un aviateur ! C'était dans le camp une source constante d'amertume, que le refus manifesté par les civils de prendre des aviateurs en auto-stop. Mais il resta avec les autres. Ils descendirent tous ensemble du bus et, ressentant comme une pression mentale, la contrainte de cette haute clôture barbelée qui les entourait, ils firent une douzaine de pas en rangs serrés avant de s'éparpiller vers leurs campements. Bill et Andrew partirent seuls, chacun de son côté ; Jimmy et Murdoch ne les virent même pas : ils étaient murés ensemble dans une humeur chaleureuse et sentimentale qui excluait le reste du monde. L'un contre l'autre, ils se dirigèrent vers le baraquement sommaire qui, depuis deux ans, leur servait de maison ainsi qu'à dix-huit autres jeunes gens. Sous ce ciel immense, la bâtisse paraissait ramassée, tapie ; des dizaines de baraquements similaires les entouraient. Murdoch observa de sa vraie voix, une voix naturelle qu'on entendait rarement et qui le surprit lui-même, où ne résonnait aucune amertume ni aucune ironie douloureuse, une voix calme et grave de garçon confronté à un prodige : « Tu sais ce que me rappelle ce foutu endroit, mon vieux

Jimmy ? » Il avançait d'une foulée longue et dégingandée, tel un phasme gauche et attendrissant, et s'arrêta soudain, sur la défensive. Jimmy s'immobilisa auprès de lui. Ils étaient si proches qu'ils sentaient chacun la chaleur émaner du corps de l'autre.

« Quoi ? interrogea Jimmy comme l'haleine de Murdoch continuait à embuer l'air glacial et lunaire.

– Pense à l'établi. Tu vois ce que je veux dire ? »

Tous deux ajusteurs, ils travaillaient à une longue table luisante et sale où s'amoncelaient méthodiquement des quantités de petites pièces métalliques, dures et anguleuses.

L'œil fixe et la bouche entrouverte, Jimmy vit les baraquements du camp rétrécir jusqu'à la dimension de leur établi de travail, formant un agencement de pièces détachées conçues avec précision. De même que Murdoch, il se sentait emprisonné ; mais la chaude substance de son corps s'insurgeait contre cette vision. Il y eut un moment de lutte douloureuse entre les deux : la régularité odieuse et machinale du camp, qui avait cette apparence entêtante de pièces détachées et d'outils, et la chaleur pleine et ample de son corps vivant.

Il articula lentement : « C'est vrai. Tu as raison. Il n'y a plus que des machines, à notre époque. » Mais tout en proférant ces mots et en voyant le visage de Murdoch changer d'expression, passant de la conscience douloureuse de l'incommunicabilité à un sourire de gratitude et de camaraderie, il sentit sous ses doigts, comme si elles y eussent été réellement, les pièces de moteurs qu'il manipulait toute la journée. Ses gros doigts osseux s'animèrent inconsciemment pour maîtriser le métal. L'acier inerte et paresseux lui semblait prendre vie au seul toucher de ses doigts. Ses oreilles désormais fermées au bruit par l'accoutumance s'éveillèrent à un grondement d'avion : à plusieurs centaines de mètres, sur la piste, un appareil vibrait et vrombissait sous un faisceau de projecteurs, et le bruit fit voir à Jimmy l'appareil sur lequel il avait travaillé le matin même. Il avait inséré là où il le fallait un minuscule morceau d'acier bien lisse, et la partie morte de l'engin avait repris vie.

Murdoch insista en lui saisissant le bras : « Tu vois ce que je veux dire ?

– Je crois que je resterai dans l'aviation, après la guerre », dit Jimmy.

Murdoch laissa retomber son bras : il avait l'impression que Jimmy s'était détourné de lui, l'avait quitté. Il rêvait d'autre chose, quand la guerre serait finie. Il ne savait pas quoi au juste, mais son oncle tenait un petit commerce de frites et de poisson à Edimbourg, et il avait récemment envisagé de lui écrire. Il songea : Jimmy sera au sana, d'ici la fin de la guerre, à voir comme il progresse, pauvre cloche, et personne ne peut lui dire qu'il est malade, personne ne peut rien lui dire.

« J'ai faim, déclara-t-il, pensant à l'odeur plaisante qui régnait dans le bistrot de son oncle.

– J'ai du chocolat dans mon placard », proposa Jimmy.

La porte de leur baraquement était ouverte, à quelques mètres devant eux, laissant passer une chaude lumière oblongue. Leurs lits étaient chacun situés à l'autre bout de la chambre. En vérité, ils n'avaient éprouvé l'un pour l'autre aucune sympathie particulière jusqu'alors ; ils avaient chacun d'autres copains, avec qui ils travaillaient et sortaient en ville quand le groupe leur en laissait le temps.

Jimmy se souvint qu'en plus du chocolat, il lui restait des dizaines d'exemplaires invendus du *Watchdog,* datant de la semaine précédente. Il déclara d'une voix farouche : « J'aimerais bien voir une de ces camarades, puisque c'est ainsi qu'elles s'appellent, prendre un boulot d'ouvrière – ça les tuerait en une journée.

– C'est bien vrai », approuva Murdoch. « Elles ne savent pas ce que c'est que de travailler vraiment, c'est sûr. »

Ils se rapprochèrent en songeant avec amertume aux filles du groupe, qui les avaient repoussés et qui les méprisaient – du moins en avaient-ils l'impression.

Ils pénétrèrent dans la chanbrée. Les hommes étaient assis ou allongés sur leurs lits. La radio marchait. Il se dégageait de cette atmosphère une indicible nostalgic. Vcra Lynn chantait : *When You Come Home Again.*

Le lit de Jimmy était le plus proche de la porte. Ne voulant pas se séparer de son camarade, Murdoch s'assit au pied du lit. Un jeune homme vautré sur le lit voisin leva les yeux et lança d'une voix cordiale : « Vive le roi Joe. »

Jimmy et Murdoch étaient les deux Rouges de la chambrée. De notoriété publique, ils appartenaient à un groupe clandestin en ville. Ils vendaient chaque semaine plusieurs dizaines d'exemplaires du *Watchdog.* Les aviateurs l'achetaient volontiers, mais le lisaient rarement. Ils achetaient une part de l'optimisme d'alors, qu'ils ressentaient sans pouvoir le définir. La Russie se débrouillait bien : ils éprouvaient de la bienveillance à l'égard de l'Armée Rouge car il leur semblait, confusément, que son succès prouvait l'incompétence de leur propre gouvernement. Chacun de ces hommes jugeait ses supérieurs, depuis le dernier caporal jusqu'au plus haut gradé, comme des salauds incompétents et motivés par leur seul intérêt. Ils détestaient la hiérarchie entière avec une amertume joviale et globale.

Ils estimaient aussi qu'après la guerre, plus rien ne pourrait redevenir comme avant. Ils avaient ricané sur le Pacte atlantique, et ricané sur les discours patriotiques des gens en place qui parlaient des temps meilleurs promis pour après la guerre, promis pour appâter les pauvres cloches – et c'étaient eux, les pauvres cloches. Mais quand même... les choses ne pourraient plus continuer comme avant ; et les victoires de l'Armée Rouge, en quelque sorte, le prouvaient.

Toutefois, ils se protégeaient de la déception par l'incrédulité. A travers le camp, les hommes se saluaient d'un « Vive le roi Joe », mais le ton était désinvolte, et le poing qui ponctuait le salut frémissait d'une ferveur parodique. Ils achetaient *The Watchdog*, payaient trois fois le prix, mais ne se donnaient pas la peine de le lire. Ils laissaient traîner des exemplaires à la cantine, dans les salles de lecture, ou les faisaient nonchalamment dépasser de leurs poches dans le seul but d'exaspérer les officiers. Il y avait dans le camp plusieurs drapeaux rouges bricolés qui surgissaient parfois à l'appui de discours farouchement révolutionnaires, mais toujours empreints de dérision.

Au-dessus des lits, dans la chambrée, l'on pouvait voir des photos de filles, des photos de familles, et aussi plusieurs portraits de Staline portant en sous-titres : Vive le roi Joe, ou Oncle Joe.

Jimmy et Murdoch avaient tous deux épinglé de grandes photos de Staline découpées dans la presse, mais ils avaient écrit au-dessous : Camarade Staline.

Jimmy rendit son salut au voisin de lit, s'assit auprès de Murdoch, et commença à se reprocher furieusement d'être rentré. « J'ai envie de retourner en ville, dit-il.

– T'en fais pas, mon vieux, lui enjoignit Murdoch.

– Je parle sérieusement, s'entêta Jimmy.

– Mais tu ne vas pas ressortir maintenant, voyons.

– Je sais comment m'y prendre. Tu peux venir aussi.

– Je n'ai pas de permission.

– Tu n'auras qu'à rentrer par le même chemin. »

Murdoch éprouvait un certain malaise. Il reconnaissait l'expression fixe et enflammée des yeux de Jimmy. En son for intérieur, il considérait Jimmy non seulement comme malade, mais comme fou. Et malgré sa réputation de chahuteur, qui l'enchantait, il aimait l'ordre et ressentait un certain malaise à transgresser les règlements.

« Tu viens ou non ? » voulut savoir Jimmy.

Murdoch ne s'était pas attendu à un défi immédiat. Jimmy se tenait debout et resserrait son ceinturon.

« Ecoute, mon vieux, commença Murdoch en riant faiblement, j'ai besoin de roupiller. »

La voix de Vera Lynn résonnait si fort et si délicieusement que l'air épais de la chambrée en frémissait. Les hommes chantaient avec elle, groupés autour de la radio, et Murdoch mourait d'envie de se joindre à eux.

Jimmy hurla : « Tu as la trouille, voilà ce que c'est ! » Tout son être brûlait à présent du désir que Murdoch vînt avec lui. Il fixait sur son ami un regard hébété et le haïssait.

« La trouille ? » répéta Murdoch, mis au défi. Puis, considérant où cela l'entraînerait, il se réfugia dans son habituelle intonation plaintive et cocasse. « Je meurs de sommeil, c'est la vérité vraie. » Il s'interdit de faire face à l'expression agressive et crispée de Jimmy. « Je vais me coucher », dit-il, et il s'éloigna d'un pas décidé.

Jimmy se sentit trahi. Murdoch l'avait abandonné. Toute la soirée, ses amis l'avaient quitté un à un. Tout d'abord, il s'était trouvé parmi quinze camarades dans une pièce – dans son fantasme, il oubliait les tensions et les animosités pour ne se rappeler que la chaleur. Puis il y avait eu le groupe des quatre aviateurs – un à un, tous partis, et maintenant même Murdoch. Il songea : Il n'y a dans la ville qu'un seul homme vraiment sympathique, et c'est Elias. Je vais aller voir Elias.

La décision devenait très simple. Il ajusta sa casquette d'un geste machinal et quitta la chambrée, conscient du regard de Murdoch fixé sur lui. Il se cuirassa contre ce regard.

Il ne restait plus grand monde alentour, désormais, les soldats avaient regagné leurs baraquements. Au centre du camp brillait une lumière vive. Jimmy envisagea un instant d'emprunter la porte principale sans se faire voir des sentinelles quand passerait un groupe d'officiers sortant du mess. Il l'avait déjà fait, mais cela supposait de rester à traîner un moment. Peut-être pourrait-il s'introduire dans une voiture ? Il s'approcha prudemment du mess des officiers et circula un moment parmi les voitures. Dans la plupart des véhicules, il vit des couples enlacés. Ils le prendraient sûrement, car ils avaient bu, mais cela supposait de rester d'abord à perdre son temps et, surtout, à parler. Et il n'avait pas envie de parler.

Il traversa le camp d'un pas rapide, jusqu'à un endroit où l'on avait laissé des arbres près de la clôture métallique. Il resta un moment sous un arbre, à demi protégé de la lumière lunaire, à écouter la musique de danse qui provenait du mess des officiers. A cent mètres de là, la haute clôture barbelée scintillait. Quelques jours auparavant, il avait observé une petite dépression dans la terre, sous la clôture. Une sentinelle africaine faisait les cent pas. Jimmy sortit de l'ombre et s'approcha de lui. L'homme le reconnut et lança : « Camarade baas ? » Jimmy avait abreuvé cet homme de tracts et de journaux venus du Sud, traitant de l'égalité raciale. Mais il persistait à appeler Jimmy et les autres aviateurs qui, sur l'instruction des « Rouges », se montraient gentils avec lui, « Camarades baas ».

Jimmy déclara d'une voix impérieuse : « Soulève ces barbelés pendant que je passe. »

L'homme parut effrayé. « Mais il va y avoir des ennuis, camarade baas ». Il pensait aux ennuis qui s'abattraient sur lui.

« Va te faire foutre, s'écria rageusement Jimmy, si tu as les foies. » Puis, voyant l'expression méfiante et apeurée de l'Africain, il éprouva pour lui un élan de chaleureuse pitié. Il reprit l'intonation sentimentale qu'il avait employée plus tôt avec Murdoch. « Viens, mon vieux, donne-moi un coup de main – ils n'y verront que du feu. » Il s'approcha de la clôture. L'Africain hésita, puis le suivit. Le fil le plus bas se trouvait à quinze centimètres du sol, et Jimmy n'était pas si mince que cela. Le garde jeta un coup d'œil désespéré alentour, ne vit personne, saisit la lueur étrange et entêtée qui brillait dans le regard de Jimmy, se pencha et tira de toutes ses forces sur le fil raide et glissant. « Non, pas là », chuchota Jimmy en s'accroupissant à quelques mètres de lui, là ou se trouvait la dénivellation.

L'Africain jeta un nouveau coup d'œil épouvanté à la ronde. Ils se trouvaient en pleine vue.

La lumière de la lune les inondait, et il n'y avait que quelques arbrisseaux entre eux et les premiers baraquements. A cet instant, quelques officiers quittèrent le mess en compagnie de femmes, et il leur aurait suffi de tourner la tête pour distinguer Jimmy et l'Africain.

« Viens », insista Jimmy. Il s'était allongé par terre, auprès de la clôture. L'Africain se courba et souleva. Jimmy roula sur le côté. Ses épaules se coincèrent. « Encore », souffla-t-il. L'homme s'acharna de toutes ses forces ; le fil de fer frémit et résonna en même temps que frémissait le corps arc-bouté de l'Africain. Jimmy passa les épaules, puis tout son corps. Il resta un instant immobile de l'autre côté, puis roula sur lui-même à plusieurs reprises, telle une bouteille, jusque dans l'ombre des hautes herbes.

« Merci, mon vieux », entendit l'Africain.

Il répondit « Bonne nuit, camarade baas », et s'éloigna à toute vitesse en jetant des coups d'œil épouvantés dans tous les sens. Mais il semblait que nul ne s'en fût aperçu.

Jimmy rampa jusqu'à un taillis plus dense, et tourna le dos au camp. Il se reposa un moment, appuyé sur un coude. S'il n'y avait pas eu le faible rythme de la musique en provenance du mess des officiers, il aurait pu se croire à des kilomètres de toute vie humaine. Le camp retenait les vies de plusieurs milliers d'hommes, entre ses hautes enceintes rigides et barbelées ; il les tenait de près, bien en ordre et confinées. Jimmy songea que pendant tous ces mois il avait vécu dans un cycle répétitif et simple : il avait dormi dans une chambrée, travaillé sur la piste d'envol, et fait des virées en ville en prenant le bus qui partait du camp, sur la grand-route. Ici, pourtant, à dix mètres du camp, les arbres étaient bien sombres au clair de lune, et l'herbe haute n'avait jamais été foulée. Le désir de poursuivre son chemin l'avait quitté. C'était la clôture barbelée qu'il avait voulu fuir, la clôture barbelée qui l'emprisonnait comme une toile d'araignée en acier et qui lui meurtrissait la chair à chaque écart. Je vais rester ici jusqu'au matin, se dit-il, et puis je contournerai le mur jusqu'à la route en me cachant derrière les arbres, et je rentrerai par la grande porte en montrant mon laissez-passer. Personne n'en saura rien. Il n'y a rien de mal à dormir dehors. Il s'allongea complètement, immobile, ne bougeant les yeux que pour contempler la lune, les arbres, l'herbe, et les miettes de verre étincelantes qui jonchaient le sol. Issu des rues froides et sombres de la ville, il respirait à pleins poumons malades l'air frais et vif du haut veld, il tripotait des morceaux de lourde terre qui lui collaient aux doigts, et contemplait la clarté lunaire tout autour de lui en se disant : Ça, c'est vraiment quelque chose. Jamais vu un ciel pareil, là-bas. L'herbe derrière lui formait un mur solide ; parvenue à sa maturité de juillet, quand la sève ne coule plus, chaque tige désormais raidie et lisse comme de l'acier se tenait, alliée aux autres tiges, comme un ennemi prêt à bondir derrière son dos. Il se retourna légèrement, s'écartant, puis revenant, et s'entendit rire aux éclats sous l'effet du plaisir étonné qu'il éprouvait à sentir la dure résistance de l'herbe. Mais ce rire l'effraya. Il l'entendit brusque et violent, étranger à lui-même. Ses oreilles s'étaient maintenant éveillées au bruit et, par-dessus la plainte et le vrombissement lointains des avions sur la piste, il entendait les bruits étouffés de la nuit tout autour de lui. Les herbes, les feuilles, la terre entretenaient un bruissement permanent. Des clappements et des bourdonnements s'élevaient de l'herbe. Des oiseaux ? se demanda-t-il en fronçant le sourcil. Des grenouilles ? Il écouta attentivement et prit conscience de l'odeur sucrée de l'herbe. Au-dessus de sa tête s'inclinaient des épis hauts et doux, pelucheux comme de l'avoine. Il leva les yeux et vit les tiges noires se découper sur le ciel argenté et grouillant d'étoiles ; dans mon dos, songea-t-il, dures comme – le métal. Au-dessus de ma tête elles s'inclinent, séparées. Douces. Elles se balancent à cause du vent. Et ses narines à nouveau s'emplirent d'une bouffée de senteur douce et vive. Sa bouche se détendit, ses yeux devinrent fixes, et son corps se fit attentif dans l'effort de capter les sons et les parfums. Il se disait : Je vais bien m'emplir de tout cela, et puis je dormirai. Le soleil me réveillera. Le soleil monte et devient chaud, brusquement, cela me réveillera... Ses yeux fixés sur les branches noires, au-dessus de lui, cillèrent, cillèrent à nouveau – il avait quelque chose dans l'œil. Non, il avait fixé trop longtemps le beau contour noir, car il s'était formé un caillot, un caillot noir sur la barbe délicate du rameau. Il cilla brutalement en entendant, juste au-dessus de lui, une soudaine explosion de bruit comme une rafale de mitraillette. Et puis derrière son dos, dans les hautes herbes, une autre. Il s'agita nerveusement, le cœur battant, aux aguets. Il regarda, et attendit. Brusquement, il se rendit compte que le caillot noir était un insecte, et qu'il produisait précisément ce bruit. Et derrière lui aussi. Il s'écarta vivement du bouquet d'herbes luisantes. Certains bougeaient tandis qu'il les contemplait. Ils s'étaient tus, le feu des mitraillettes avait cessé. Mon Dieu, songea-t-il, c'était donc eux qui faisaient tout ce bruit – des insectes. Sa chair se recroquevilla de peur. Toujours tapi dans l'herbe, il abaissa les yeux et découvrit que ses jambes et tout son corps étaient parsemés de taches noires. Mon Dieu, ils étaient partout sur lui, d'énormes insectes armés de carapaces qui agitaient gauchement leurs antennes et grimpaient le long de son corps. Il lâcha un cri de frayeur et entreprit de les chasser à grands gestes nerveux. Les insectes s'agrippaient et, lorsqu'ils tombaient, ils tombaient lourdement en agitant leurs pattes dans l'air – comme des espèces de monstres, songea-t-il et sa chair se hérissa d'horreur. Cinq, six, dix – pendant qu'il était allongé par terre, ils avaient grimpé sur lui et même commencé à faire tous ces bruits comme s'il n'avait pas été là. Maintenant qu'il se tenait à demi redressé, l'œil aux aguets, il en discernait partout dans l'herbe et, à trois mètres de lui, ils poursuivaient leurs chants et leurs clappements comme s'il n'avait pas existé. Mais ils étaient donc partout ! Il laissa échapper un nouveau cri de terreur et s'éloigna en courant sous les arbres sans cesser de se frapper à deux mains les bras et les jambes, comme pour éteindre les flammes d'un incendie.

Il courait lourdement en haletant et en marmonnant : saloperies, dégueulasse, ignoble... et s'inspectait continuellement comme s'il avait été souillé, contaminé. Il pénétra dans une clairière dégagée, au milieu d'arbres qui dessinaient de profondes ombres. Il s'y arrêta. Où courait-il donc ? Le veld ondulait doucement devant lui. Cinq kilomètres plus loin, le ciel s'embrasait de rose et de mauve – les lumières de la ville. Il courait vers ces lumières. Mais il voulait voir Elias ; et là où habitait Elias, les rares lueurs n'illuminaient guère le ciel. S'il se dirigeait vers ces lumières, il aboutirait dans la ville blanche. Il se tourna vers la gauche, et songea : Vais-je devoir traverser la rivière ?

La rivière était un petit cours d'eau fort sale, et une douzaine d'officiers de santé avaient chapitré les soldats pour bien les convaincre de ne pas se laisser toucher par une seule goutte de cette eau ni aucune autre eau sauvage. La maladie régnait sur ces eaux, qui risquaient de leur occasionner des mois de traitement.

Jimmy arriva droit devant un ru, aperçut un reflet d'eau, et décida : je vais le sauter. Les rives étaient escarpées. Il sauta et s'accroupit au niveau de l'eau, puis bondit de toutes ses forces et retomba dans la vase jusqu'aux genoux, agrippant des herbes rêches et glissantes pour se retenir. Ici, la végétation était silencieuse, mais sa chair se hérissa de nouveau : ces saloperies de bestioles m'attendent dans l'herbe, pensa-t-il. J'ai interrompu leur sale tintamarre, mais elles sont toujours là. Toujours dans l'eau, et sentant le faible courant tirer sur ses jambes au travers du pantalon mouillé et alourdi, il leva les yeux vers la rive escarpée et, voyant un front d'herbe épaisse, il hésita à quitter l'eau par crainte des insectes. Finalement, il parvint à grand-peine à sortir du ruisseau et rampa dans l'herbe, tout recroquevillé et les bras repliés sur lui-même pour mieux se protéger. Il parvint de l'autre côté dans les herbes plus courtes qui ne lui montaient plus guère qu'à la cheville. La lune était plus basse, à présent, et elle projetait de longues ombres. Huit cents mètres plus loin, apparaissaient les flancs de la ville blanche, avec ses murs de villas étincelants. A quelques centaines de mètres sur la gauche, un fouillis de hautes cabanes sombres, telles des guérites de sentinelle ou des latrines de campagne, chacune accompagnée de son ombre oblongue. Il s'inspecta avec répulsion pour voir si des insectes ne s'incrustaient pas, en trouva un et le chassa en proférant des jurons, puis se dirigea vers les cahutes sombres. Il se déplaçait dans une odeur fétide et tournait la tête en tous sens pour y échapper. Il se rendit compte alors que cette odeur provenait de l'herbe où il marchait et non des cabanes, et il se mit à marcher sur la pointe des pieds, noué d'horreur. Autour des cahutes en briques s'étendait un terrain plat et nu. On y respirait une odeur de graines, une odeur douce et sucrée. Des fils de lumière encadraient les portes des maisonnettes. Dans l'une d'elles, il distingua le son d'un banjo. Jimmy frappa à la porte, et le banjo se tut aussitôt. Il frappa de nouveau. La porte s'entrouvrit légèrement, un visage sombre apparut et la bouche béa littéralement à la vue du visage blanc.

« Laisse-moi entrer, mon vieux », supplia Jimmy. Il s'interrompit, car le visage noir le dévisageait avec épouvante. Le blanc de ses yeux luisait dans l'obscurité.

Jimmy reprit : « Ecoute, mon vieux, je voudrais juste te demander quelque chose, c'est tout. »

La porte se referma. La lumière s'éteignit. Dans les dix ou douze autres logements qui se dressaient sous la lune, les lumières s'éteignirent également. Elles semblèrent soudain abandonnées.

Incrédule, Jimmy songea soudain : je lui ai fait peur ! *Moi* ! Eh bien – les pauvres cloches ! Qu'ils aillent se faire foutre, alors, qu'ils aillent tous se faire foutre, ces ordures de salauds de Blancs.

Jimmy l'idéaliste revenait en surface. Il resta un moment là, le dos courbé et les sourcils froncés, à réfléchir devant la porte qui venait de se refermer contre lui : Je suis complètement timbré de frapper comme ça aux portes de cette saloperie de patelin fasciste – je vais leur faire des ennuis – et si je vais voir Elias comme ça, je vais avoir des pépins aussi.

Il ôta sa veste. Mais même ainsi, avec cette chemise et ce pantalon-là, il apparaissait au premier coup d'œil comme un gars du camp. Il tremblait. Le froid de la nuit l'enserrait d'une fine brume mouvante. Il remit sa veste et prit la direction de la Réserve en songeant : Je vais faire attention, et tout ira bien.

Il marchait à nouveau dans l'herbe fétide, mais il trouva finalement un sentier et le suivit, serpentant jusqu'à la Réserve. Un kilomètre et demi plus loin, il se trouva aux abords de la Réserve qu'une clôture barbelée entourait, mais ces milliers de gens, trop nombreux pour l'espace qui leur était alloué, débordaient au-delà des clôtures en centaines de petites cabanes et d'appentis. Tout était sombre et silencieux. Il s'y mouvait tel Gulliver à Lilliput, car il était plus grand que bien des constructions. Et il savait que dans chacune dormaient une demi-douzaine de personnes : c'était un des bidonvilles dont lui avait parlé Elias. Il s'approcha de la clôture. Elle se révéla basse et rouillée. Il pensa avec ironie : Nous, les gars de l'armée de l'air, nous méritons un grillage de trois mètres de haut. Camarade baas, c'est nous, avec une belle clôture. Il se salua, lui, le camarade baas. Des grillages, des grillages, partout où l'on regarde, il n'y a que des camps de concentration et des barbelés. Il songea aux camps de concentration d'Europe sans se sentir étranger. Il s'identifiait à eux, et à tous ces gens autour de lui qui dormaient dans leurs petits cabanons. Si on allait dans la lune, se dit-il, on y mettrait des barbelés pour enfermer les gens. Il contemplait la lune, maintenant au niveau de ses yeux, et réduite à un petit disque d'argent lumineux. Il pénétra à l'intérieur de l'enceinte et adressa à la lune un salut de dérision : Alors, ma vieille ? Tu vas voir, tu te retrouveras toute bien quadrillée avant d'avoir eu le temps de dire ouf.

Dans la Réserve, l'ordre régnait, un certain ordre. De rues, point : des chemins de terre parsemés de nids-de-poule longeaient des rangées de maisons. Des dizaines de minuscules maisons de poupées l'entouraient. Il se mit à parcourir la Réserve en s'efforçant inconsciemment de paraître plus petit, car il se sentait immense dans cette lumière faible et crue. A présent, il savait où il allait. La dernière fois qu'il avait pénétré dans la Réserve, pour vendre *The Watchdog*, il avait rencontré une camaraderie chaleureuse et accueillante dans une certaine maison qui ne devait pas être bien loin. Enfant des villes aux rues sagement numérotées, il tournait son large visage en tous sens comme un chien à la recherche d'une piste, puis il repartait, certain de sa direction, vers des murs de briques parallèles, compartimentés en chambres construites côte à côte sous un seul long toit de tôle. Il marchait plié en deux, le souffle lourd. Il n'y avait pas une seule lumière en vue. Il sentait sur sa peau la pression des gens qui dormaient entassés le long des murs de brique. Les souvenirs de sa propre chair partageaient leur expérience. Il approchait maintenant d'une bâtisse qui ressemblait à celles du quartier métis, construites en carré avec, sur la façade, une ouverture comme une dent qui manque. Chaque aile se composait d'une douzaine de chambres. Il pénétra dans la cour, où flottait une épaisse odeur de légumes et de grains car il s'y tenait un marché dans la journée. La pièce qu'il cherchait laissait passer une faible lumière sous la porte. Il entendit très doucement un rythme de tambour. Il frappa. Le battement cessa. La porte s'ouvrit et un visage qu'il connaissait apparut, aussitôt effrayé. « Laisse-moi entrer, mon vieux », déclara Jimmy. La porte s'ouvrit et il entra. C'était une pièce d'une dizaine de mètres carrés, au plafond bas, dont les murs et le plafond chaulés étaient maculés de taches. Le sol était fait de brique rouge et rugueuse. Une demi-douzaine de jeunes gens assis par terre et adossés aux murs tenaient qui un harmonica, qui un banjo, une guitare ou un tam-tam indigène. Un jeune homme avait pris place sur l'unique siège. Il avait une batterie complète, usagée, mais authentique, et il en jouait doucement tout en observant Jimmy ; un autre possédait une trompette, mais il la caressait seulement et faisait semblant de jouer. Il la soulevait parfois et produisait une longue note tendre sous le couvert de la musique, mais c'était un instrument trop bruyant pour qu'il pût en jouer sans danger. Jimmy se tenait là, souriant, heureux et réconforté parce que la porte s'était ouverte pour l'accueillir ; et il regardait, tandis que les jeunes gens aux visages sombres et luisants lui souriaient de toutes leurs dents blanches sans cesser de jouer, tout doux, doucement, un souffle de musique, car c'était bien après l'heure, bien après l'heure où le règlement voulait qu'on éteignît les lumières, qu'on cessât toute musique, pour dormir à présent et s'éveiller frais et dispos le lendemain matin au service de l'homme blanc.

Jimmy se laissa glisser le long du mur crasseux et s'accroupit comme les Africains, les bras ballants sur les genoux, pour écouter. Il ne connaissait rien à la musique et ignorait ce qu'ils jouaient.

Les orchestres de danse blancs, en ville, jouaient toutes sortes de jazz mais quand ils improvisaient c'était rapide, dans le style de Chicago, le jazz de l'homme blanc – il n'y avait pas d'Africains dans les orchestres de la ville blanche. Ici, ils improvisaient aussi, jouant ce qu'ils avaient entendu en rôdant près des fenêtres, dehors, tandis que les Blancs dansaient à l'intérieur, au son du jazz qui montait de La Nouvelle-Orléans. Parfois, quand la trompette avait le temps et la place de jouer, elle chantait doucement, avec plus de tristesse ; et parfois la batterie s'animait, en réminiscence non pas de ce que faisait la batterie des Blancs dans les bals de la ville, mais d'un rythme inné parce que les tambours avaient bercé toute l'enfance de ces garçons noirs, citadins à présent mais élevés dans les villages d'un pays où les tambours se taisent rarement. Dans cette petite chambre humide, semblable à une vingtaine d'autres dans cette réserve, voisinaient désormais le tam-tam tendu de peau qui avait régné sur le village et la batterie métallique rachetée d'occasion à un orchestre blanc ; et bien souvent, tard dans la nuit, les deux tambours se répondaient l'un à l'autre, se dressaient l'un contre l'autre comme s'ils se disputaient.

Ainsi, tard dans la nuit, bien après l'heure permise pour la musique, alors qu'il était temps de dormir de ce sommeil qui nourrit le travail consciencieux et valable – une douce musique, par mesure de prudence et de secret, prenait parfois vie, une musique qui chantait, interrogeait, hésitait, une musique née de la conspiration amicale des phrases à double sens et de la fraternité créées par l'oppression

Jimmy restait là, mollement accroupi contre le mur, respirant sans difficulté, guettant comme les autres l'éventuel bruit de pas policiers au-dehors, écoutant le rythme étouffé de la musique, et il songeait : Je me sens chez moi ici. C'est l'unique endroit, dans ce foutu pays, où je me sente vraiment chez moi. Les harmonicas et la guitare se turent. La batterie et le tambour s'affrontèrent un moment. Le trompettiste emboucha son instrument et lâcha une sombre note de défi, puis se couvrit la bouche de sa main comme pour se faire taire. Le silence s'instaura et le jeune homme qui avait fait entrer Jimmy se mit à chantonner, comme pour continuer la musique : « Camarade Jimmy, Jimmy mon vieux, que fais-tu ici si tard, eh, Jimmy, tu vas nous amener de sérieux ennuis, mon vieux. »

Jimmy répondit sans réfléchir, rompant le rythme : « J'en avais marre du camp.

– C'est le grand saut, pour toi, s'ils t'attrapent », ajouta le trompettiste.

Jimmy comprit qu'il ne suffisait pas de dire tout simplement qu'il voulait être là ; il voyait bien dans leurs yeux, maintenant que la musique était finie, qu'il lui fallait faire ses preuves.

Il déclara nerveusement : « Je voulais parler à Elias. » Puis ajouta vite en voyant qu'ils s'interrogeaient du regard et se détournaient : « Il faut que je lui demande quelque chose.

– Elias Phiri ? » interrogea le batteur, et il battit une douzaine de notes sur le tam-tam avant de frapper un double coup final sur les cymbales, qu'il fit aussitôt taire en les frappant du plat de la main.

« L'interprète officiel du gouvernement ? demanda le trompettiste.

– Il est réglo, répondit Jimmy.

– Ouais, mon vieux, les fonctionnaires sont réglo », affirma un garçon qui tenait un harmonica. Il produisit un bruit discordant, puis le fit traîner en gémissement, par dérision.

« Que se passe-t-il ? » voulut savoir Jimmy, en les dévisageant l'un après l'autre. « Il n'est pas réglo ?

– Mais si, mais si », dit le garçon qui lui avait ouvert la porte. Il portait une chemise jaune éclatante et une cravate violette, et se tenait à présent debout, retenant d'une épaule une veste aux épaules carrées. Le trompettiste se leva, cachant sa trompette sous une veste qu'il tenait pliée sur son bras. L'homme au tam-tam enveloppa son instrument dans un papier brun, comme un paquet du magasin.

Jimmy se leva en répétant : « Que se passe-t-il ? Que se passe-t-il ? »

Le batteur souleva sa batterie et la remit dans un grand carton, dont il remit le couvercle en place. Le carton partait des indications imprimées en noir : Haricots à la Sauce Tomate Heinz. Il sc mit à fredonner tout doucement en souriant d'un air entendu aux autres : « Nous, les Cafres, on ne peut jamais nous faire confiance, jamais, à nous les Cafres. Oui mon vieux. » Deux jeunes gens ouvrirent brusquement la porte, écoutèrent intensément, lancèrent un rapide coup d'œil sur la cour vide où la lune jetait des ombres, puis s'élancèrent sans bruit vers l'issue, sur le devant. Ils disparurent. Le trompettiste et le batteur se tenaient comme des plongeurs au bord d'une piscine, et ils plongèrent dans le clair de lune et disparurent. Jimmy demanda aux jeunes gens qui restaient : « Qu'ai-je fait de mal, je n'y comprends rien.

– Rien, mon vieux, rien du tout », répondit celui qui l'avait fait entrer. Il souriait. Il posa la main sur l'épaule de Jimmy, et le balança un moment en arrière. « Rien du tout, mon vieux », répéta-t-il. Puis il regarda la porte. Jimmy sortit. Les trois jeunes gens s'affairèrent à verrouiller la porte. Puis, sans un regard pour Jimmy, ils traversèrent la cour au pas de course et s'élancèrent sur la route, hors de vue.

Jimmy partit à leur suite, trébuchant sur les trognons de chou et les épis de maïs. Lorsqu'il parvint à la sortie, il n'y avait plus personne en vue. Il resta à l'ombre d'un mur, une ombre de quinze centimètres d'épaisseur, et attendit. Au bout de la rue apparurent deux policiers indigènes balançant leur matraque. Ils parcoururent la route illuminée par la lune, entre les deux rangées de maisons en brique, sans le voir. Quand ils eurent disparu, Jimmy se dirigea vers la maison d'Elias, le cœur gonflé et battant comme un poing rageur qui semblait emplir toute sa poitrine. Il réfléchissait, empoisonné par un sentiment d'injustice : Je leur ai fait peur. Ils n'ont pas confiance en moi. Ils étaient terrifiés.

La blessure était telle qu'il aurait voulu crier, leur expliquer. Mais c'était trop douloureux pour être supportable, et une violente pitié remplaça la colère, il éprouva le besoin de les protéger, de les prendre sous son aile. Il songea : Je vais aller voir Elias, et nous trouverons un moyen. Il voulait détruire et punir ; protéger et sauver.

La maison d'Elias était l'une des plus belles, car Elias était fonctionnaire. Elle se trouvait dans une petite allée bordée de maisons analogues. Chacune comprenait deux petites pièces et un appentis à l'arrière, en guise de toilettes. L'allée était plongée dans une obscurité totale. Il devait être trois heures du matin.

Jimmy trouva la maison et resta un moment sous un manguier qui poussait tout près du perron de bois. Il reprenait son souffle. Il gravit ensuite les marches sans bruit, parvint sur la véranda, et frappa à un carreau.

Au bout de quelques instants, le visage d'Elias apparut, sombre dans l'obscurité, épouvanté, prêt à disparaître.

« Elias, c'est moi, chuchota Jimmy.

– Mais baas, mais baas... bégaya Elias.

– C'est moi, répéta Jimmy pour contrebalancer l'effet du “baas”.

– Attendez », dit Elias après un moment de silence.

Il disparut de la fenêtre et la porte s'ouvrit. Elias portait une chemise, et ses longues jambes étaient nues. Il se tenait devant la porte et enfilait son pantalon.

« Je veux te parler, dit Jimmy.

– Il ne faut pas venir ici, baas. Je vous l'ai dit, il ne faut pas venir. » Une forte odeur emplissait la petite pièce. Une lumière s'alluma dans la chambre voisine. Une voix de femme se devina, puis des pleurs d'enfant. Il avait des gosses, bien sûr, se souvint Jimmy – il se rappelait que lorsqu'il était venu, un soir, la maison lui avait paru grouiller de petits enfants.

« Il faut que je te parle », reprit-il. Il sentit à nouveau l'odeur âcre, et comprit que c'était Elias qui transpirait. Il songea, comprenant peu à peu, Elias a tellement peur qu'il ruisselle de sueur.

L'idée qu'Elias avait peur à cause de lui, Jimmy, le mit en colère, mais pas contre Elias.

« Ecoute, mon vieux, déclara-t-il d'une voix étouffée mais impérative, je ne fais rien de mal. Il faut que je te parle. Je suis venu pour parler. » Complètement vêtu à présent, Elias se tenait contre la porte et gardait la main sur la poignée.

« De quoi s'agit-il ? s'enquit-il à contrecœur, en jetant des coups d'œil inquiets vers la fenêtre.

– Je veux discuter des projets.

– Des projets ?

– Nous sommes socialistes, Elias. Nous sommes des camarades. Je veux te parler de l'avenir. J'ai un laissez-passer pour la nuit. Je pensais que nous pourrions passer la nuit à discuter. »

Au mot « camarades », le corps d'Elias sursauta vivement. « Vous n'auriez pas dû venir », protesta-t-il d'une voix maintenant coupante et fâchée.

La pièce voisine était de nouveau plongée dans l'obscurité et le silence, mais un mouvement se devina derrière la porte. Jimmy pensa : sa femme écoute de l'autre côté. Pour la première fois, il se rendit compte qu'il n'aurait pas dû venir : après tout, réfléchit-il, il est assez courant qu'une femme ne soit pas d'accord avec les opinions politiques de son mari. Peut-être même les ignore-t-elle.

« Mais, camarade Elias, je veux discuter avec toi de ce que nous pouvons faire pour délivrer ton peuple de sa servitude. »

Elias garda le silence. Jimmy se rendit compte qu'il avait employé l'expression : délivrer de la servitude. Elle lui parut inexacte – dénuée d'implication politique. Mais elle l'emplit à nouveau d'une émotion chaude et protectrice, et il posa la main sur l'épaule d'Elias en ajoutant : « Il faut nous aider les uns les autres, camarade. »

La voix d'Elias s'éleva en une plainte craintive et rageuse : « Il faut partir maintenant, baas, il ne faut pas rester ici. Partez. » Il secoua l'épaule pour chasser la main de Jimmy et ouvrit la porte, poussant Jimmy dehors. « Allez-vous-en, baas, je vous en prie. » Sa voix devint aiguë en prononçant « je vous en prie ». Jimmy demanda : « J'ai du temps libre demain après-midi. Pourrai-je venir te parler ?

– Non, répliqua Elias. Non. Allez-vous-en, baas. » Il referma la porte. Jimmy resta immobile devant la porte, tandis que le sang lui montait au visage. La chaleur de son corps le faisait trembler, une chaleur sèche et trépidante qui le secouait comme des mains. Lui aussi, à présent, se trouvait inondé de sueur. Il eut soudain froid. Il se détourna lentement de la maison et s'éloigna, passant sous le manguier dont les feuilles, grosses comme des lunes, luisaient durement partout sur les branches. Sans plus se soucier de la police, il trébuchait dans les profondes ornières desséchées. Une telle insouciance était due à sa fatigue et à sa déception. Les reflets crus de la lune sur les feuilles, les pierres et les fenêtres semblaient autant d'yeux moqueurs fixés sur lui. Il parvint à un terrain vague où se trouvaient les étals du marché. Une douzaine de petits fourgons aux volets fermés qu'on pouvait rabattre pour former comptoir, étaient garés là sans ordre. Il s'adossa à l'un d'eux, porteur d'inscriptions grossièrement tracées : HOT DOG DE MME SMART. MEILLEUR HOT DOG. MEILLEURS GATEAUX. MEILLEUR THE DE LA VILLE. NOUS AVONS LES MEILLEURS PRODUITS DU MONDE ! COCA COLA. POISSON FRIT. MAIS BOUILLI.

Jimmy réfléchit : Si je retourne au camp à travers champs, il va falloir que je retraverse cette herbe répugnante avec ces saletés de scarabées ou je ne sais quoi. Et puis aussi la rivière – son pantalon alourdi de boue et mouillé lui battait encore aux chevilles. Un kilomètre et demi plus loin se trouvait le quartier métis. Il irait dormir par terre dans la chambre de Ronald.

A la porte de la Réserve, il s'engagea en direction du sud sur la grand-route, qui n'était ici qu'un étroit ruban d'asphalte gris et froid à la lueur de la lune. Il ne tarda pas à dépasser le cimetière blanc, dont les arbres et les monuments luisaient, immobiles, au-dessus des ombres noires dentelées. Puis ce fut la voie ferrée, double ligne d'acier étincelant. Il s'arrêta. Juste derrière, la centrale électrique dressait ses cuves de refroidissement contre le flanc d'une colline. Les cuves blanches s'incurvaient délicatement sous des nuages de fumée noire solidifiée par la clarté glaçante de la lumière blafarde. De l'autre côté de la voie ferrée, émergeant d'un fouillis d'herbes sales, de traverses et de vieilles boîtes de conserve, se dressait un petit arbre aux tiges blêmes, dans une nuée de feuilles qui s'élançaient dans la clarté lunaire comme le jet d'une fontaine. La douloureuse blessure qui affectait

Jimmy s'atténuait peu à peu et se cicatrisait. Il ressentait une impression de vide. Il contemplait l'orgueilleux arbrisseau, les cuves trapues, les énormes masses de fumée noire découpées comme de lourds nuages d'orage par la lumière des étoiles et de la lune, et comprit que depuis l'après-midi, il s'était laissé emporter d'action folle en action folle, sans savoir ce qu'il faisait, irresponsable.

Je suis un imbécile, prononça-t-il à voix haute ; il tremblait de froid, tout seul près de la voie ferrée, du côté de la Réserve. Mais il ne suffisait pas de le dire : Jimmy souffrait encore de ce qui s'était passé entre lui et les musiciens, entre lui et Elias.

Il verra les choses différemment quand il fera jour, décida Jimmy qui se refusait à croire qu'Elias ne lui faisait pas confiance et que les joueurs de jazz l'avaient rejeté. Il se mit en route vers le quartier métis. Lorsqu'il parvint à Mansion Court où habitait Ronald, il n'y trouva que le silence et l'obscurité. Il longea sans bruit la véranda et frappa à la porte. Il dut s'y reprendre à plusieurs fois. Il s'attendait à voir Ronald ouvrir la porte – il allait mieux ces derniers temps, la fièvre semblait surmontée, et il pouvait se déplacer et discuter avec les soldats qui lui rendaient visite. Jimmy se souvint alors de la mère de Ronald. Il était curieux qu'il l'eût oubliée car, quand il avait dit à Martha qu'il avait « trouvé une femme formidable, de la classe ouvrière comme moi-même », c'est à Mme Spikes, la mère de Ronald, qu'il avait pensé. Pourtant, il n'avait guère fait plus que lui parler en présence de Ronald, et violemment rêvé de l'inviter en Angleterre quand la guerre serait terminée.

Après une longue attente entrecoupée de coups discrets sur la porte, celle-ci s'ouvrit pour laisser paraître Mme Spikes. Elle avait enfilé un vieux manteau par-dessus le jupon dans lequel elle dormait. Elle cilla en le dévisageant, encore ensommeillée – trop ensommeillée pour avoir peur.

« Madame Spikes, commença Jimmy à voix basse, sur un ton confidentiel, je suis venu demander à Ron si je pourrais dormir par terre jusqu'au matin. »

Mme Spikes se retint au chambranle car elle vacillait de fatigue, et déclara : « Ron est parti en ambulance cet après-midi pour l'hôpital. Il va mal, et ils sont venus en ambulance. Le docteur dit qu'il va mourir. »

Un enfant se mit à pleurer dans la chambre. Il avait oublié la petite fille, la sœur de Ronald.

Mme Spikes se tourna à demi vers les ténèbres de la pièce et chuchota : « Allons, chut, tais-toi. » Elle ferma la porte et s'y adossa en bâillant. Il faisait très clair sur la véranda, à cause du clair de lune qui illuminait la cour. Jimmy contemplait cette femme à demi vêtue et lui trouva l'air jeune et pitoyable. Une fine mèche de cheveux noirs s'était défaite et retombait sur son cou frêle. Jimmy observa l'ombre sous ses cheveux, et se prit à souhaiter d'y plonger et de s'y faire oublier. Elle était hébétée de fatigue. Au lieu de regarder Jimmy, ses yeux restaient fixés sur les portes alignées de la véranda opposée. Elle tourna finalement les yeux vers lui, par politesse, et déclara : « Ici, tout le monde connaît les histoires de tout le monde. »

Il comprit qu'il l'embarrassait. Il ne pouvait pas dormir chez elle en l'absence de Ronald. Il songea amèrement que même en se consumant de passion pour elle, même en souhaitant ardemment se plonger dans les délices ombreux de sa chevelure et de ses bras, il l'embarrassait et lui compliquait l'existence. Cette pensée émanait de l'être lucide ressuscité dans le calme qui s'était abattu sur lui, tandis qu'il se tenait immobile auprès de la voie ferrée.

Il reprit d'une voix indifférente, responsable : « Excusez-moi, madame Spikes. Je vais m'en aller. Et ne vous inquiétez pas pour Ron. Les docteurs n'y connaissent rien.

– Il va mourir, insista-t-elle d'une voix dure et fâchée. Vous avez un endroit où dormir ? Il y a un foyer, en ville.

– Oui, je vais aller au foyer. » Il hésita. Il était sur le point de dire : « Vous me plaisez, madame Spikes. Epousez-moi, je vous en prie. » S'en rendant compte, il s'admonesta : espèce de crétin, tu es cinglé.

« Je vous reverrai bientôt », lança-t-il. Au ton de sa voix, elle leva machinalement un bras et commença à tripoter sa mèche folle en le dévisageant d'un œil songeur et troublé. Il fut soudain frappé de constater que sa première réaction, lorsqu'elle observait l'intérêt d'un homme à son égard, était le *trouble*. Jimmy sentit monter la colère en lui : mais il comprit alors que ce *trouble*, beaucoup plus simplement, était dû à la crainte ; il avait à nouveau oublié qu'il était un homme blanc en territoire interdit. Cependant, elle avait totalement changé d'attitude ; elle paraissait à présent inquiète et entêtée. Elle attendait qu'il s'en allât.

« Bonne nuit, dit-il.

– Bonne nuit », répéta-t-elle en écho, avec un sourire fugitif. Maintenant qu'elle était libre de rentrer chez elle, de fuir les regards de ses voisins et de lui-même, elle exprimait par son sourire une vague complaisance, une appréciation de Jimmy en tant qu'homme. Tandis que la porte se refermait doucement sur son visage, il se prit à la haïr pour ce sourire et se souvint que tout autour de la cour, des soldats venaient coucher avec les femmes métisses. Elle avait probablement reçu des quantités de propositions, songea-t-il amèrement, des quantités de propositions à ne savoir qu'en faire. Il lui fallut un effort considérable pour surmonter cette amertume, en se disant : C'est une femme honnête, pas du tout ce genre-là...

Il resta immobile sur la véranda, sans savoir où aller. Une porte s'ouvrit de l'autre côté de la cour et il vit émerger une silhouette masculine. C'était un homme du camp. Jimmy décida : Je vais aller lui demander où il va à cette heure de la nuit — trop tard pour aller au foyer, maintenant, il fait presque jour. Il changea d'avis en se souvenant de la fille, qu'il avait souvent vue en venant chez Ronald. Elle était jolie, bien faite, et aguichante.

Il attendit que son camarade du camp eût disparu. Puis il traversa la cour et frappa à la porte. Il se disait : Je vais lui expliquer, il faut que je lui dise... Car il se trouvait à nouveau empli de compassion envers les femmes, et de haine pour l'homme qui venait de sortir. Des expressions lui traversaient l'esprit : la vie que tu mènes ; victime du système économique ; hommes, femmes...

Il frappa de nouveau, et la porte s'entrebâilla. « Que voulez-vous ? »

Avant qu'il eût pu répondre, la porte s'ouvrit en grand. La fille se tenait là, à demi nue, les bras vaguement enfilés dans un peignoir. Il émanait d'elle une riche et insistante odeur de sueur et de sexe, et il sentit la tête lui tourner.

« Combien ? » demanda-t-elle, immobile devant lui tout occupée à relever les lourdes masses de sa chevelure noire.

« Je ne veux pas », répondit-il. Puis, comme elle riait, il ajouta : « Vous ne vous souvenez pas de moi ? Vous m'avez déjà vu.

— Oui, je me rappelle », admit-elle. Elle le toisa

des pieds à la tête puis dit quelque chose en afrikaner par-dessus son épaule. Une vieille femme apparut et se glissa sous le bras nu de sa fille, qui s'appuyait au chambranle de la porte. Elle tenait à la main une caisse de bougies et s'enfonçait un vieux chapeau sur la tête en le fixant avec des aiguilles à tricoter cassées. Elle passa en lui murmurant des obscénités, mais de manière très impersonnelle, car ses yeux vifs scrutèrent curieusement le visage de Jimmy jusqu'à ce qu'elle eût posé la caisse en pleine lumière sur la véranda et qu'elle y eût pris place en se balançant d'avant en arrière, faisant ainsi scintiller les aiguilles de son chapeau défoncé.

« Entre », proposa la fille.

La gorge serrée de désir et aussi d'une envie de pleurer, Jimmy bredouilla : « Mais écoutez, je voulais juste...

– Tu viens ou non ? »

Derrière elle parut dans l'obscurité la lueur d'une bougie, flottant dans la nuit comme une flamme sur des eaux sombres. Puis la forme d'une bouteille se dessina sous la flamme de la bougie, et enfin un bras nu. Jimmy aperçut l'intérieur de la pièce, faiblement éclairé : Un lit qui avait déjà servi, d'où la fille et l'homme qu'il avait vu partir s'étaient levés. Un fouillis de couvertures par terre, où la vieille femme s'était installée avant d'être dérangée par ce nouveau client. Et un second lit étroit contre le mur, où était allongée une autre fille, avec son menton pointu enfoncé dans un coussin, qui l'observait avec intérêt. Derrière elle dormait un homme.

« Pardon, je me suis trompé », articula Jimmy. Il fit demi-tour et s'enfuit tandis que s'élevaient derrière lui des voix furieuses et qu'une porte claquait.

Il s'arrêta dans la rue, et attendit que son sang

eût retrouvé le calme. Le ciel pâlissait, et les étoiles s'estompaient.

Pendant les quelques minutes qu'il avait passées à Mansion Court, la nuit s'était achevée. Des mouvements s'entendaient à présent dans la rue. Deux hommes passèrent à bicyclette, courbés sur leur guidon. Puis vint un groupe d'hommes hébétés de sommeil qui portaient des bêches, ensuite deux jeunes femmes qui pédalaient lentement sans rien voir, et leurs vélos zigzaguaient lourdement parce qu'elles dormaient encore à moitié. Et puis soudain, la rue s'emplit d'une foule en route vers le travail, à pied ou à vélo.

Jimmy s'attarda sur la chaussée, à les regarder en songeant : là-bas, je serais avec eux, je serais l'un d'eux, mais simplement parce que j'ai la peau blanche... Il se souvint qu'il portait l'uniforme – il se trouvait doublement séparé d'eux.

Il allait devoir se cacher pendant deux heures. Il était à peine plus de quatre heures, à présent. Ou peut-être pourrait-il reprendre lentement le chemin du camp et se présenter aux portes à temps pour le petit déjeuner. Jimmy se mit en route pour parcourir les huit kilomètres du retour en se disant : cet après-midi, je vais coincer cet imbécile d'Elias et lui faire entendre raison.

Pendant ce temps, Elias partait trouver M. Maynard après s'être aigrement querellé avec sa femme, l'un et l'autre plongés dans un état de terreur et d'angoisse. Vers l'heure où Jimmy parvenait en ville, dans le silence de l'aube grisâtre, Elias cognait à la porte de M. Maynard.

M. Maynard s'était couché fort tard la nuit précédente, et il fut contrarié d'entendre résonner les coups sur sa porte. En jurant à mi-voix, il jeta un coup d'œil sur la porte close qui menait à la chambre de son épouse et sortit en pyjama sur la véranda. Il y trouva Elias, gris de frayeur.

Il balbutiait des histoires d'insurrection, de communisme, de soldats qui incitaient des Africains à se soulever.

M. Maynard lui enjoignit de rester où il était, et rentra dans la maison pour chercher une robe de chambre et boire un doigt de whisky. Puis, magistralement dressé devant Elias, il l'interrogea jusqu'à ce qu'il eût compris toute l'histoire.

Il comprit qu'Elias redoutait surtout que d'autres gens, et en particulier le mieux Mathew, l'autre appariteur du Tribunal, qui habitait la maison d'en face, dans la Réserve, ne commencent à répandre des histoires sur lui et à raconter qu'il recevait la nuit des hommes blancs chez lui. S'il n'avait pas éprouvé cette crainte, Elias ne se serait pas présenté ainsi chez M. Maynard.

M. Maynard continua à le questionner pour s'assurer que ses mensonges et ses bredouillements étaient dus à la peur et non déterminés par une politique. Puis, saisi de mépris pour cet homme et toute sa race, il se mit à railler Elias et à plaisanter.

« Alors, les aviateurs font la révolution, hein ?

– Mais, monsieur le juge, il était dans ma maison à trois heures et trois minutes et demie du matin. Vous pouvez demander à ma femme, elle a noté l'heure.

– Et nous pouvons nous attendre à voir le drapeau rouge flotter sur la Réserve d'un jour à l'autre, si je comprends bien ?

– Mais c'est la vérité vraie, monsieur le juge, c'est la vérité.

– Oh, retourne chez toi », s'écria M. Maynard, et il rentra dans la maison en claquant la porte. Elias se rendit au Tribunal, s'y allongea sur un banc, et dormit.

M. Maynard dormit également. A la table du petit déjeuner, il déclara à son épouse qu'il lui paraissait souhaitable de communiquer certains noms à son cousin haut placé dans l'administration de l'armée de l'air, afin qu'ils fussent immédiatement mutés. Les noms étaient ceux de James Jones, William Bluett, et Murdoch Mathews. Andrew McGrew ne fut pas mentionné car, dans sa frayeur, Elias l'avait oublié.

M. Maynard prit lc chcmin du Tribunal en se reprochant d'avoir été trop dur avec Elias. Après tout, il ne tenait guère à voir cette source se tarir. Il lui donnerait un bon pourboire – dix shillings, ou quelque chose d'approchant.

TROISIÈME PARTIE

Mon amitié pour lui commença lorsque j'observai la position qu'il adoptait face à certaines questions politiques.

Lettres d'Olive Schreiner

CHAPITRE PREMIER

PENDANT plusieurs semaines, le petit local situé au-dessus du Black Ally ne fut rempli que de civils ; les uniformes gris-bleu n'apparaissaient plus aux réunions de groupe. Puis Bill Bluett débarqua un jour sans prévenir pendant une réunion et, demandant la permission d'ajouter arbitrairement une question à l'ordre du jour, il prit place au centre de la pièce et leur lut une résolution conçue par les communistes du camp. C'était un document qui couvrait deux grandes pages et commençait par le mot : Camarades !

On y apprenait que le groupe n'était qu'une bande de petits bourgeois sociaux-démocrates infectés de trotskisme, de déviationnisme réactionnaire et d'idéologie colonialiste, et que pour ces raisons les gars de l'armée de l'Air entendaient rompre toute relation avec eux.

Ayant achevé la lecture de sa déclaration, Bill l'enfouit dans sa poche et attendit les commentaires. Comme il ne s'en formulait aucun, il reprit d'une voix différente : « Camarades, c'est vraiment beaucoup plus simple ainsi. Nous aurons notre propre groupe au camp, et resterons en liaison avec vous. » Des sourires pincés apparurent sur plusieurs visages, mais Bill ne parut pas en comprendre les raisons. « Nous aurons besoin de vous, de toute façon, pour avoir des provisions de tracts et de *Watchdog*. Je passerai un de ces jours m'organiser avec Matty – enfin, si c'est toujours elle la responsable de la diffusion et si elle n'est pas trop occupée par le social. » Il lança un sourire en biais à Martha pour marquer son approbation du travail social, consulta sa montre, salua très amicalement l'assemblée et s'en alla. Ils ne le revirent plus : Jimmy, Murdoch et lui-même furent mutés hors de la colonie dans les jours qui suivirent.

Andrew reprit sa place sur le banc, à côté du placard aux tracts, comme si rien ne s'était passé. Bien qu'il fût aussi respectueux qu'Anton de la discipline, il semblait ignorer que son comportement eût pu être jugé incorrect. Et Anton s'abstint de tout commentaire. Plus encore : à partir de là, les hommes du camp qui se déclaraient communistes originaires de telle ou telle partie du monde, passaient assister aux réunions, arrivant tard et repartant tôt, comme si le groupe n'eût rien été de plus qu'un club. Et là encore, Anton ne disait rien. Il semblait que pour ces individus venus du camp militaire, la discipline n'eût pas besoin d'exister. Cependant la discipline atteignait pour les civils un tel degré que, lorsqu'un camarade arrivait deux minutes en retard, le groupe entier s'en affligeait et en même temps cherchait à aider ce camarade à mieux s'organiser.

Ces deux attitudes contradictoires, de laisser-aller et de resserrement, apparaissaient également dans d'autres domaines.

Ainsi, la critique. Chaque semaine, ces nouveaux venus se levaient devant leurs caramades et prononçaient leur autocritique : avec sincérité, et après de considérables introspections. Mais, ils ne se critiquèrent plus jamais mutuellement, et il n'en fut même jamais question. La critique réciproque disparut de leur programme, sans qu'aucune décision formelle eût jamais été prise à ce sujet : tout au plus acquiesçaient-ils d'un signe de tête impartial lorsque l'un deux se reprochait quelque chose.

La question des alliances avait également resurgi : et le temps consacré à l'analyse du degré exact d'apostasie qu'atteignaient des gens comme les Krueger s'allongeait encore, bien que Jasmine eût renoué des liens d'amitié avec eux. Quant aux du Preez, ils consacraient toute leur vie mondaine à des gens qu'ils reconnaissaient, tout au moins une fois par semaine, être les ennemis du socialisme.

Enfin, alors que dans la petite pièce crasseuse située au-dessus du restaurant, s'étaient réparties et organisées les multiples responsabilités du groupe, il semblait désormais que la maison des du Preez fût devenue le quartier général. D'abord, elle était centrale — non pas géographiquement, car elle était située à la périphérie de la ville, mais spirituellement, dans cette banlieue aux confins d'un veld où la végétation allait bientôt faire place à de nouvelles maisons, à un ou deux kilomètres seulement de la Réserve, et non loin du quartier métis. Le groupe sentait confusément que, quand il aurait créé des liens avec le prolétariat africain, tout serait plus facile avec un point de ralliement à proximité du ghetto africain. Car ils continuaient d'éprouver, plus profondément qu'aucune autre émotion, une gêne et une souffrance permanentes au nom des Africains.

Ces sentiments s'étaient cristallisés sur la défection d'Elias Phiri, après la réunion qui avait également été la dernière des aviateurs. Jasmine était allée s'enquérir de lui au tribunal et l'avait incité à rester membre du groupe au nom de son peuple. A la réunion suivante, il était arrivé complètement ivre et, pendant l'étude des deux premières questions à l'ordre du jour, avait gardé un air boudeur et absent pour ensuite se lancer dans une longue diatribe, prononcée debout comme en séance publique, contre son peuple qui, disait-il, n'était jamais qu'une bande de sauvages arriérés et tout juste bons pour la servitude. Il les avait quittés dès la fin de son discours, qui s'achevait sur ces mots : « Je vous le dis, ce ne sont que des porcs et des sales chiens de Cafres ! »

Jasmine était retournée au tribunal et lui avait démontré, avec force exemples historiques à l'appui, l'inexactitude de son jugement. Mais elle ne réussit pas à le convaincre.

Ils ne tardèrent pas à décider qu'il était de caractère instable. En bref, on parlait d'Elias comme des Krueger et du groupe des aviateurs : « Il n'a jamais été vraiment communiste. Sinon, il n'aurait jamais pu déserter. »

Pendant tout ce temps les membres restants du groupe travaillaient de conserve dans un halo de fraternelle amitié, mais peut-être moins efficacement du fait de l'incessant va-et-vient, des comptes rendus, des papiers et des tracts entre la maison des du Preez et le bureau du groupe.

Divers changements étaient intervenus dans la vie personnelle des membres.

Après quatre mois de mariage, Marjorie attendait un enfant. Martha appréciait l'efficacité, ainsi qu'une certaine aptitude émotionnelle, chez la jeune femme ; elle observait également la position caractéristique des épaules lourdes de Colin, quelque chose d'à la fois complaisant et méfiant, et elle songeait : Eh bien, ce n'est pas encore cette fois que je vais y croire...

Un après-midi, les deux femmes rédigeaient des enveloppes pour le Club Progressiste sur la véranda des du Preez en parlant de l'Europe après la guerre. L'Italie selon elles ne pouvait manquer de devenir communiste, non plus que la France. D'ici cinq ans, l'Europe serait communiste. Elles l'imaginaient comme une libération, un soudain épanouissement dans la justice et la bonté. Elles s'y sentaient déjà participer.

« Je préférerais l'Italie, je crois », observa Marjorie. « Oui, je suis déjà allée en vacances, une fois. J'aime bien les Italiens, parce que leur tempérament diffère radicalement du mien – j'ai trop tendance à m'inquiéter et à compliquer les choses. Quand la guerre sera finie, j'irai en Italie et les camarades de là-bas me donneront un boulot pour un an ou deux. »

Elle avait complètement oublié Colin et le bébé. Son expression se modifia presque aussitôt, pour laisser paraître cet humour détaché qui avait déjà remplacé le charme enthousiaste et passionné d'avant son mariage, et elle ajouta : « On a du mal à se rappeler qu'on n'est plus libre. C'est drôle hein, Matty ? Simplement à cause de... du bébé, je ne serai plus jamais libre. » Elle avait failli dire : à cause de Colin. « Mais je ne resterai pas dans ce pays, c'est hors de question ! » conclut-elle farouchement en jetant un regard haineux à toutes les petites villas entourées de jardins qui les environnaient. « Mais tu es libre, toi », reprit-elle en adressant un sourire d'encouragement à Martha.

« Le fait d'avoir un bébé devrait tout rendre plus harmonieux, au lieu de tout rétrécir », observa Martha. Et, par une transition naturelle que Marjorie suivit spontanément, elle poursuivit : « En Union soviétique, avec les crèches et les écoles maternelles, tout doit être différent, les rapports entre hommes et femmes doivent être transformés, il doit exister une vraie égalité. » Elles parlèrent un moment de la vie des femmes en Union soviétique. Puis retombèrent dans un silence souriant, suivant toutes deux le même fantasme : Elles étaient en Union soviétique. Elles entraient dans une usine ou un atelier, que dirigeait une femme de leur âge, quelqu'un de compétent, réaliste, compréhensif. Il n'était guère besoin de parler : un sourire et une poignée de main suffisaient, et cette femme comprenait aussitôt pourquoi il fallait leur donner un travail qui nécessitât le meilleur d'elles-mêmes, et pourquoi il leur fallait garder du temps pour étudier. « Sous la contrainte du capitalisme, aurait-elle pu dire, mais c'était inutile, les femmes s'amoindrissent. Les femmes comme vous, déjà engagées dans l'avenir parce que capables d'imaginer comme les êtres humains seront différents, sont autorisées à passer un an ou deux dans le monde socialiste pour renforcer leur vision et la remporter chez elles afin de la faire partager. »

De son rêve, Martha revint sur les mots qu'avait prononcés Marjorie : « Mais tu es libre, toi... »

Car quelque chose s'était passé, qui lui avait laissé le sentiment d'être rien moins que libre.

Alors même qu'ils se considéraient et se laissaient considérer comme un couple, Anton et elle n'avaient toujours pas fait l'amour. Martha avait décidé qu'une certaine délicatesse conduisait Anton à attendre que leur relation eût atteint une maturation naturelle, et elle se berçait dans cette certitude avec un sentiment proche de l'amour.

Et puis, une semaine auparavant, il lui avait proposé d'aller au cinéma. Ils n'avaient jamais rien fait ensemble qui ne fût associé aux activités du groupe, mais il avait déclaré : « Même les meilleurs camarades ont parfois besoin de se détendre. » Le petit sourire complaisant avait fait réfléchir Martha : il ne ferait tout de même pas quelque chose d'aussi vulgaire que de m'emmener au cinéma pour préparer le terrain ?

Après le film, elle se laissa entraîner dans sa chambre d'hôtel. Elle n'y était jusque-là jamais allée. Elle pensait à l'Autrichienne, qui habitait le même hôtel, lorsque Anton se leva du lit où il était assis, la prit par la main, et la mena de sa chaise jusqu'au lit d'un mouvement où se mêlaient la galanterie, qu'elle parvint à tolérer bien qu'il fût difficile de l'associer à Anton, une suppliante incertitude qui la rapprocha de lui, et une suffisance qu'elle détesta.

L'acte sexuel qui s'ensuivit fut bref et violent, si bref qu'elle ne s'y sentit guère impliquée. Elle songea que peut-être il était nerveux. Mais il ne paraissait guère en proie à la nervosité. Elle se garda bien de laisser paraître ses sentiments, et l'écouta raconter ses expériences dans les mouvements révolutionnaires en Allemagne.

L'incident la préoccupa pendant plusieurs jours ; et elle parvint à des conclusions contradictoires. L'image du révolutionnaire, essentiellement viril, puissant et courageux, et la manière dont Anton s'était comporté au lit avec elle semblaient incompatibles. Pourtant, le besoin en elle d'admirer et de se laisser conduire était si fort qu'elle était prête à admettre : Ce doit être ma faute et non la sienne. Et pourtant, à peine atteignait-elle à ce degré d'abnégation que son expérience venait lui souffler qu'Anton était seul responsable. Par ailleurs, elle ne pouvait nier qu'avec chaque homme qu'elle avait connu, elle s'était révélée quelqu'un de différent. Diverses pressions psychologiques, parfaitement méprisables parce que malhonnêtes, lui faisaient souhaiter d'affirmer qu'elle n'avait jamais éprouvé de plaisir avec Douglas ni avec William – car ces deux hommes, dès l'instant où elle appartenait à Anton, lui semblaient fort peu désirables et extrêmement lointains – mais elle savait pourtant bien que c'était faux. Devait-elle donc attendre qu'Anton la modelât en quelque chose de neuf ?

Après cinq ou six autres expériences, la voix honnête de sa féminité décida qu'Anton était « sans espoir ». Ou plutôt, afin de sauvegarder l'image qu'elle avait de l'homme : « Il existe entre nous une incompatibilité sexuelle. »

A l'époque de sa conversation avec Marjorie sur la véranda des du Preez, elle avait enfin décidé de dire à Anton qu'elle n'était pas faite pour lui : ou, plus diplomatiquement afin de préserver l'amour-propre masculin de son amant, qu'il n'était pas fait pour elle. Dans ses fantasmes, elle voyait l'Autrichienne se précipiter dans la chambre, faire des scènes, et exiger de reprendre sa liaison avec Anton. Et elle, Martha, disait : Mais ce n'est que justice, Anton, elle te connaît depuis tellement plus longtemps que moi.

Mais l'Autrichienne avait disparu. Quand Martha interrogea Anton à son sujet, il répondit : « C'est une femme sensée, voyons, mon tout-petit. Fais-moi confiance. » Avec un gentil sourire protecteur.

Mon tout-petit émut Martha, et l'emplit de confiance, bien qu'elle eût en horreur l'émotion. Mais *c'est une femme sensée* éveillait en elle une répulsion, à cause de la complaisance. Anton avait choisi d'être sensé, et n'avat laissé d'autre alternative à Toni Mandel que de choisir le bon sens ? Sans doute. Après tout, elle n'était plus bien jeune, et la vie l'avait éprouvée. Mais serait-il sensé, *lui,* si elle, Martha, décidait de l'être ? Son instinct lui disait que non. Elle s'imaginait disant : Je suis navrée, Anton, nous avons commis une erreur. Comment réagirait-il ? L'homme qui avait effectué un déplacement spécial pour réserver deux places de cinéma et une table de restaurant avec une farouche détermination et faire ce qu'il estimait être la chose à faire, qui était galamment venu la chercher chez elle, et l'avait cérémonieusement installée dans la voiture qu'il avait spécialement empruntée pour l'occasion, et tout cela avec cette bienveillance impeccable qu'il ne manifestait jamais dans le cadre du groupe – cet homme-là, elle le devinait parfaitement capable d'une affreuse vanité. Et elle avait peur.

Mais elle redoutait davantage encore de le voir raidi par la peine, articulant de cette voix froide qui servait de rempart à son orgueil : « Bien, si tu en juges ainsi... »

Tout cela était sans importance, cependant ; après la guerre, ils se disperseraient tous sur les divers fronts révolutionnaires de l'Europe. Les soucis personnels étaient absurdes. Mais elle allait tout de même parler à Anton de leur incompatibilité, pas plus tard que ce soir... et sinon ce soir, du moins à la première occasion, quand ils ne seraient pas trop fatigués et qu'ils sauraient être raisonnables.

En attendant, il y avait cent choses à faire : organiser les réunions et les groupes d'étude, établir des enveloppes. Il y avait également le problème de Maisie.

Elle ne parlait plus de Maisie à Anton parce qu'il continuait ses allusions aux « activités charitables » sur un ton réprobateur.

Martha avait assisté à la première entrevue, d'ailleurs fort brève, entre Maisie et Andrew. Chaleureux et spontané, Andrew avait annoncé son intention d'épouser Maisie, et de lui laisser l'initiative du divorce dès que le bébé serait né. Il pensait pouvoir obtenir sans peine l'autorisation de se marier et, au pire, se réservait la possibilité d'expliquer qu'il avait mis une jeune fille dans l'embarras. Il s'exprimait en souriant, ses yeux généreux posés sur le visage calme et malheureux de Maisie. Elle demanda à réfléchir. Il insista sur le fait qu'il agirait comme elle le souhaiterait, et précisa qu'elle pourrait le joindre par l'intermédiaire de Martha. Puis il laissa les deux jeunes femmes seules. Elles étaient assises face à face au Black Ally, au-dessus d'une nappe tachée de sauce tomate. Maisie buvait en silence du thé très fort, songeuse, puis elle demanda à Martha : « Mais je ne comprends pas, Matty. Pourquoi fait-il cela ? Enfin, il n'en tirera pas d'autre profit que les complications d'un divorce ? Est-ce parce qu'il est communiste ?

– Nous ne trouvons pas normal que les bébés soient tués simplement pour des histoires idiotes d'illégitimité », répondit Martha. Puis elle ajouta, mue par le sentiment de n'avoir pas été totalement honnête : « Je ne vois pas pourquoi ce devrait être Andrew – mais il est très gentil.

– Oh, oui », approuva aussitôt Maisie.

Martha n'entendit plus parler d'elle pendant une semaine. Puis Maisie arriva un jour au bureau et invita Martha à déjeuner.

Elle avait manifestement changé d'humeur. Pour la première fois depuis qu'elle la connaissait, Martha trouva Maisie angoissée.

« Voilà, expliqua Maisie. Je suis inquiète. Imagine que je m'attache à Andrew et que je ne veuille plus le laisser divorcer ? Il n'aimerait pas cela, et je serais malheureuse. Eh bien, je ne veux pas être malheureuse. J'ai déjà bien assez d'ennuis. »

Cette déclaration provoqua chez Martha un

choc qu'à son grand déplaisir elle reconnut pour de la jalousie. Car la gentillesse d'Andrew pour le bébé de Maisie lui avait fait éprouver de la tendresse à son égard, et elle avait même songé : j'ai été idiote de me laisser embringuer avec Anton au lieu d'Andrew. Et elle voyait maintenant que Maisie s'était déjà attachée à Andrew.

Martha la rassura : « Il retournera en Angleterre après la guerre.

– Je sais. Et je suis sûre que je détesterais l'Angleterre. Mais tu comprends, Matty, il y a quelque chose de faux dans cette histoire, c'est trop calculé. »

Martha envoya un message à Andrew. Il vint en ville l'après-midi même, et elle entreprit de lui faire comprendre, sans toutefois le dire clairement, que l'objection de Maisie, face à cet arrangement pratique, concernait précisément l'aspect trop pratique de l'affaire. Elle observa que le visage d'Andrew passait de la complaisance à la gratitude. Il déclara : « Je dois dire que de mon côté, je la trouve assez à mon goût. Où habite-t-elle ? »

Le groupe maintint pendant plusieurs jours, une attitude de silence discret au sujet de Maisie et d'Andrew. Ce n'était pas là chose facile, car la joie apparaissait si clairement sur le visage d'Andrew qu'il paraissait malhonnête de ne pas la remarquer. Puis il annonça avec tout l'orgueil d'un homme épris qu'il allait épouser Maisie. Il cherchait un appartement pour Maisie, et déclara même qu'il n'approuvait guère qu'une femme travaillât pendant sa grossesse, ajoutant calmement à l'intention d'Anton qu'il se moquait bien de savoir ce qu'on en pensait en Union soviétique – il était vieux jeu. Nul ne proféra un seul mot de critique.

Ils étaient enchantés. Le groupe baignait dans

un esprit de joie chaude et pourtant ambiguë ; comme s'il leur avait été donné quelque chose d'artificiellement beau. Plus exactement, ils étaient tou s enchantés sauf Anton, qui les invitait constamment à mesurer les conséquences de cette irresponsabilité.

Marjorie observa en riant jaune : « Le groupe va avoir un bébé – mais ce n'est pas le mien ! »

Pendant ce temps, de nouvelles décisions avaient été prises concernant le travail du groupe. Une « politique fondamentalement nouvelle » avait vu le jour et, curieusement, elle ne résultait pas de l'analyse fondamentale réclamée par Anton, mais d'une remarque proférée par Jasmine.

Ils se trouvaient tous rassemblés dans le salon des du Preez, occupés à passer en revue le fonctionnement de la demi-douzaine d'associations dont ils avaient désormais la responsabilité, quand Jasmine annonça : « J'ai rencontré Mme Van der Bylt dans la rue, tout à l'heure, et elle m'a demandé pourquoi j'avais cessé de travailler pour le parti travailliste. Evidemment, je ne pouvais pas lui expliquer que j'étais devenue allergique à cette bande de sociaux-démocrates.

– Mais Jasmine, avait protesté Marie du Preez, j'en suis encore membre. Tu dois te tromper, non ? Je ne savais pas que nous étions censés démissionner. Pour quoi faire ? »

La question de principe ainsi soulevée était énorme, mais elle ne fut point traitée : Anton déclara paisiblement que Jasmine avait tort, en effet.

Jasmine se rendit à une réunion du comité du parti travailliste, où elle était invitée en observateur, et déclara à son retour qu'il n'y aurait aucune difficulté à faire coopter quatre ou cinq membres du groupe dans ce comité. Mme Van, qui était vraiment très progressiste, pas du tout comme les autres membres du comité, avait dit qu'elle serait ravie de les y faire entrer, et avait même proposé de les coopter elle-même.

Martha, Marjorie, Colin, Marie et Piet du Preez se virent enjoindre d'assister à la réunion suivante du comité. Invitée à en faire autant, Carrie Jones refusa. Et elle profita de l'occasion pour déclarer qu'elle leur souhaitait bonne chance, mais qu'elle sentait bien que jamais elle ne serait vraiment communiste. Dès le lendemain, ses fiançailles avec le patron de la société dans laquelle elle travaillait comme secrétaire furent annoncées dans le *News*.

Estimant que l'affaire avait de tout temps été prévisible, le groupe la félicita et, par la suite, se contenta de la définir comme une petite-bourgeoise typique. Curieusement, et alors qu'elle avait toujours été nettement moins convaincue qu'aucun autre d'entre eux, Carrie Jones fit l'objet de dénigrements beaucoup plus atténués que les autres renégats. Ils continuèrent tous à la saluer quand ils la rencontraient et, s'ils parlaient d'elle avec mépris, un vieux fonds d'amitié subsistait.

Dans le mois qui suivit, l'équilibre des activités du groupe bascula complètement. Les associations comme le Club Progressiste et les Amis de la Russie tournaient presque d'elles-mêmes. Les comités de ces organisations étaient pratiquement interchangeables, avec une ou deux personnes extérieures dans chaque cas pour sauver les apparences. *The Watchdog,* dont la diffusion était confiée à des dizaines de sous-agents, se vendait si bien et si facilement que Martha ne pouvait s'empêcher de penser qu'il y avait quelque chose d'inquiétant à mener une activité politique à bien avec aussi peu d'efforts.

Lorsque les cinq eurent été cooptés au comité du parti travailliste, une réunion de groupe se déroula chez les du Preez, au cours de laquelle Anton, en conclusion d'une interminable analyse, décida que leur tâche consistait désormais à influencer le parti travailliste.

Deux nouvelles têtes étaient présentes à cette réunion.

D'abord Maisie, qui écoutait paresseusement en regardant Andrew, son mari, avec affection.

Et puis aussi un soldat venu du camp, un Grec récemment arrivé après avoir combattu dans les montagnes avec les communistes. Il suivait maintenant l'entraînement pour devenir pilote. C'était un petit homme brun et maigre, doté d'un regard grave et brûlant, et d'un extraordinaire talent pour le silence.

Il ne commenta aucune des décisions politiques prises ce soir-là, estimant qu'il ne comprenait pas bien la situation dans la colonie.

Andrew et Maisie s'en allèrent de bonne heure. Anton déclara qu'Andrew n'aurait pas dû amener Maisie sans leur demander d'abord leur avis. Le Grec demanda qui elle était, et ils lui racontèrent l'histoire du couple.

Il écouta gravement. Puis il hocha la tête et dit : « C'est bien. J'aime beaucoup entendre ce genre de chose. » Il se pencha en avant, ses mains brunes et fines calées entre ses genoux, et leur parla droit dans les yeux. « Camarades, nous vivons une époque hideuse et terrible, une époque où le capitalisme est une bête qui nous assassine, qui nous affame, qui nous vole les joies de la vie. En tant que communistes, nous devons tenter de vivre comme si l'horreur était déjà morte. Nous devons tenter de vivre comme des socialistes désireux de nous entraider et d'aider les autres, même si nous nous heurtons sans cesse au capitalisme cruel. Et je suis donc heureux d'entendre l'histoire de ces deux camarades. Elle prouve que dans cette pièce, de vrais communistes sont rassemblés. Je suis heureux et fier de me trouver parmi vous dans cette pièce. » Sur ces mots il se leva, les salua tous gravement, à tour de rôle, et déclara qu'il assisterait aux réunions du groupe chaque fois qu'il le pourrait.

Anton garda le silence. Athen, le combattant clandestin nouvellement arrivé des montagnes de Grèce, avait plus que lui le droit de juger. Ils le ressentaient tous, et il le savait.

CHAPITRE DEUX

AVEC un ensemble parfait, Jasmine, Martha, Marjorie, Colin, et les du Preez, arrivèrent tous les six avec cinq minutes de retard à la première séance du comité directeur à laquelle ils étaient conviés. La salle leur était familière, car ils l'avaient louée à plusieurs reprises pour leurs propres réunions. C'était une de ces vastes salles ternes et poussiéreuses où ils semblaient désormais passer l'essentiel de leur vie, mais qui se distinguait de leur propre quartier général par la présence de deux portraits, l'un de Ramsay MacDonald, et l'autre de Keir Hardie. Avec eux six, il y avait vingt personnes présentes. A la table siégeait Mme Van, et à côté d'elle un pasteur âgé, homme grand et vif dont le visage fin paraissait sympathique, et qui, avec une bonne volonté délibérée, les observait tous d'un air impartial. Mme Van était une forte femme d'origine hollandaise, calme, sensée, raisonnable. Des cheveux gris et courts, coiffés à plat, encadraient ses joues placides. Elle avait de petits yeux bleus et francs et portait une robe qui semblait être un tablier.

Un solide Ecossais débraillé parlait lorsqu'ils

entrèrent. Martha reconnut M. McFarline, dont elle avait oublié l'existence car il appartenait à l'époque de son enfance à la ferme, trois incarnations plus tôt. Il frappait l'air de son poing au rythme des paroles traditionnelles du credo socialiste, qu'il psalmodiait avec toutes les apparences de la ferveur passionnée. Martha en resta éberluée, bien qu'elle se fût attendue à découvrir ce genre de preuves d'hypocrisie au sein du parti travailliste. M. McFarline était l'homme le plus riche du « district ». Et l'un des plus riches, disait-on, dans toute la colonie. Surtout depuis qu'il avait acheté des terrains dans le secteur de la ville promis à de nouveaux lotissements. Les mauvais traitements qu'il infligeait à son personnel indigène étaient proverbiaux, de même que le nombre d'enfants métis qui lui ressemblaient dans les villages situés aux abords de ses mines données en concession.

Cet homme, donc, discourait sur la fraternité humaine ; et les six nouveaux l'écoutaient en prenant garde de ne laisser paraître aucune ironie sur leurs visages. Ils étaient bien déterminés à faire bonne impression. Pour ces experts en matière de réunion politique, il apparaissait clairement que beaucoup de choses se passaient au-dessous de la surface ordonnée que préservait savamment Mme Van.

Autre aspect remarquable : une certaine impression de poids et de conséquence se dégageait de la manière dont les gens parlaient. Cela leur remit à l'esprit qu'ils représentaient sans aucun doute le communisme mondial, mais que les décisions prises lors de leurs réunions de groupe n'affectaient guère qu'eux-mêmes. Ici, ils avaient affaire au comité directeur du parti social-démocrate, qui détenait sept sièges au Parlement et constituait l'opposition officielle au gouvernement. Ce qui se décidait dans cette pièce affectait vraisemblablement le cours des événements dans la colonie. Si l'atmosphère de dévouement qui leur était habituelle manquait ici, ils y trouvaient par contre un sentiment inattendu de puissance. Pourquoi les y avait-on invités ?

Une question à l'ordre du jour les en informa bientôt. Mme Van observa que six nouvelles sections du parti avaient prié le comité directeur de nommer des délégués pour assister aux réunions en leur nom : ces sections se trouvaient éloignées, certaines à plusieurs centaines de kilomètres, et elles ne pouvaient guère se permettre d'envoyer des représentants. Mme Van rappela au comité qu'elle avait proposé les six noms des nouveaux délégués à la réunion précédente, et qu'ils avaient été approuvés. Elle s'interrompit alors et attendit les commentaires.

M. McFarline chuchota quelque chose à son voisin, qui acquiesça véhémentement. On devina les mots « quorum à peine atteint lors de la dernière séance ». Il était clair maintenant que Mme Van avait proposé leurs candidatures à un moment opportun pour elle, et que la faction susceptible de les refuser était essentiellement constituée des membres du Parlement, qui exprimaient leur sentiment en jetant de longs regards hostiles aux six communistes.

En bref, Mme Van avait marqué un point contre ses adversaires, et ils digéraient mal leur défaite. Et pourtant, ces hommes exprimaient leur admiration aussi bien que leur rancœur dans les sourires qu'ils grimaçaient en direction de la table où siégeaient secrétaire et président. Quant à Mme Van, bien que parfaitement maîtresse d'elle-même, elle ne pouvait se retenir de leur opposer un triomphe paisible et rayonnant, aussi perceptible que si elle avait ri à voix haute.

Ainsi donc, songeaient les six, ils se trouvaient là comme des pions dans une bataille interne dont ils ignoraient l'enjeu. Mme Van, notoirement connue pour son anticommunisme et dame de la plus haute respectabilité (elle était conseillère municipale depuis de nombreuses années), éprouvait donc des sentiments si passionnés sur un certain et mystérieux sujet, qu'elle était prête à renforcer son camp avec six communistes ? La réunion s'éternisait, conduite dans un tel respect des règles qu'ils ne pouvaient s'empêcher d'admirer Mme Van, car c'était elle, manifestement, qui avait imposé à cette assemblée disparate une discipline aussi stricte. Le président, un homme charmant et sympathique, occupait visiblement cette fonction par la seule vertu de sa personnalité, et non de sa compétence. Il se perdait dans l'ordre du jour, bafouillait continuellement, mélangeait résolutions et amendements, mais il se corrigeait avec une charmante humilité quand Mme Van le rappelait à l'ordre, ce qu'elle faisait sur-le-champ avec une fermeté très maternelle.

De leur côté, les sept membres du Parlement continuaient à fumer nonchalamment, bras croisés et jambes étalées, dans des poses d'hommes restés trop longtemps assis sur des bancs inconfortables.

Ils ne comprirent la raison de leur présence que lorsque fut abordé le dernier point de l'ordre du jour, intitulé : la participation africaine ; les membres du Parlement montrèrent, par leur soudaine attention, que c'était bien aussi pour cette affaire qu'ils se trouvaient là.

M. McFarline se leva et déclara que personne dans la colonie n'était plus ardemment dévoué que lui à l'amélioration du sort des Africains, mais qu'il jugeait cependant inopportun l'établissement d'une participation africaine, parce que...

Mais il fut contraint au silence par Mme Van, qui lui rappela que la décision d'accepter des membres africains avait été prise à la dernière réunion, et que la question se posait désormais ainsi : quelle forme devait prendre leur participation ? Elle ajouta que, si les membres du Parlement assistaient plus souvent aux réunions, ou du moins lisaient plus attentivement les comptes rendus, ils ne seraient pas aussi ignorants des affaires du parti.

A ces mots, le voisin de M. McFarline, un homme maigre et sombre dont l'expression et le discours montraient clairement en quelle piètre estime il se tenait lui-même, se permit une demi-douzaine de brèves remarques sur les dames patronnesses et les gens qui aiment les nègres.

Il fut réduit au silence avec la même sévérité maternelle.

M. McFarline observa avec la plus parfaite urbanité qu'étant donné l'heure tardive et l'échauffement des esprits, il serait préférable de reporter la question à la séance suivante.

« Mais on l'a déjà reportée deux fois, protesta M. Playfair.

— On l'a déjà reportée, précisa Mme Van, parce que certains membres du Parlement se trouvaient dans l'impossibilité d'assister aux réunions, mais je suis prête à la reporter encore si nous sommes tous d'accord. »

La colère explosa dans la faction adverse et, au milieu du vacarme, on distingua ces mots que glissait M. McFarline à son lugubre voisin : « Cette bande remportera le vote à la prochaine session ; cette fois-ci, ils n'ont pas le nombre de voix. » Et il hocha la tête vers les six communistes avec une expression de vive antipathie.

« Nous pouvons en discuter maintenant ou la prochaine fois, comme vous préférez », déclara

M. Playfair après que Mme Van lui eut chuchoté quelque chose à l'oreille.

L'homme au visage renfrogné approcha ses lèvres de l'oreille de M. McFarline, et celui-ci, tout souriant annonça : « Je suis d'accord pour reporter la question à la prochaine séance. » Il ajouta : « Il y a pas mal de sections qui ont besoin d'être un peu réveillées. » En bref, il entendait renforcer son camp comme Mme Van avait renforcé le sien. Il la dévisageait d'un air triomphant. Mais elle persistait à sourire du coin des lèvres en hochant la tête : elle n'aurait pas pu dire plus clairement : Tu crois que tu m'as eue, mais tu te trompes.

M. McFarline hésita ; il se demandait évidemment qui tirerait avantage du report destiné à « secouer » les sections inactives.

On le vit évaluer d'un œil expert l'assistance présente. Il comptait ses partisans, et Mme Van en faisait autant.

Il finit par déclarer : « Je pense que nous gagnerions du temps en votant dès maintenant. »

Mme Van acquiesça. Ils acquiescèrent tous. Mme Van fit alors observer placidement que les six nouveaux membres cooptés avaient le droit de voter sur cette question, suivant... et elle exhiba les statuts, dont elle lut à voix haute la clause concernée.

M. McFarline se renfrogna, mais dut admettre qu'elle avait raison.

On procéda alors au vote ; les six communistes votant avec la faction de Mme Van, la participation de membres africains au sein du parti fut confirmée ; leurs voix, fut-il décidé, devaient compter pour autant dans les affaires du parti que les voix des Blancs, et la question de savoir s'ils devaient se constituer en sections séparées ou non reportée à quinzaine.

La réunion était terminée. Les six communistes

restèrent à leurs places, et regardèrent les gens se disperser pour discerner quelles étaient les alliances. Ils attendaient également des explications de la part de Mme Van.

Martha observait M. McFarline. Elle souhaitait vaguement qu'il se souvienne d'elle. Pendant toute la séance, il l'avait regardée – tantôt de ce regard dur que lui valait son appartenance à la faction communiste, et tantôt de cet œil franchement évaluateur qui caractérise l'homme à femmes, et qu'elle détestait pour la même raison que tant d'années auparavant – il était trop vieux pour avoir le droit de la contempler ainsi !

A présent il s'approchait d'elle, énorme et souriant, avec cette aisance que donne le pouvoir, et il s'exclama : « Dis-moi, gamine, je te connais, non ? »

Contre son propre gré, elle éprouva de la confusion sous le regard de M. McFarline, l'homme à femmes, qui lui communiquait une chaleur vague et plaisante, et l'observait avec une extraordinaire acuité, empreinte de gentillesse. Elle se surprit à lever une main vers ses cheveux dans un élan de coquetterie machinale, et la laissa retomber. « J'étais Martha Quest », dit-elle. M. McFarline acquiesça en rassemblant ses souvenirs. Il poursuivit sur un ton d'invite, pour tâter le terrain : « Alors nous voici camarades d'armes, à présent ?

– Pas tellement camarades, monsieur McFarline ! »

Il hocha la tête en riant, éteignit la chaleureuse attention de son regard, et se détourna. Son lieutenant morose, qui l'avait guetté pendant son passage au sein de la faction communiste, lui emboîta le pas d'un air froid et guindé. Trois autres membres du Parlement sortirent avec eux.

Piet du Preez avertit Martha : « Tu ferais mieux de te méfier. C'est le pire cochon que la terre ait jamais porté. Il prétend que si on mettait bout à bout toutes les femmes avec qui il a couché, elles couvriraient la voie ferrée depuis le Zambèze jusqu'au Limpopo – sauf qu'il ne s'exprime pas aussi courtoisement ! » Il se régalait de la confusion où baignait Martha. C'était l'un de ces moments où elle apprenait malgré elle à se connaître : tous les hommes du groupe l'observaient et elle se sentait abandonnée à leurs regards.

Marie vint à son secours en secouant le bras de son mari et en disant : « Toi, ça suffit – si je ne te surveillais pas, tu serais exactement aussi dégoûtant. »

En marge, Colin et Marjorie écoutaient. Il avait posé la main sur le coude de sa femme ; apparemment, elle lui abandonnait son bras ; mais son poing se serrait. « Quelle est la plaisanterie ? » interrogea Marjorie en avançant d'un pas, mais la poigne de Colin la retint. Encore contrariée d'avoir ainsi réagi aux avances de M. McFarline, Martha remarqua la main propriétaire, la crispation rageuse de l'avant-bras, et songea avec un élan d'antipathie pour Marjorie : Pourquoi l'a-t-elle épousé ? Pourquoi ? Elle ne l'aime pas... Je vais dès ce soir dire à Anton que nous ne pouvons plus continuer ensemble.

Mme Van s'approcha alors d'eux. M. Playfair était resté, ainsi que l'un des députés, Jack Dobie, un petit homme batailleur d'origine écossaise ; encore présent, également, un grand homme mince et couvert de taches de rousseur, avec des cheveux gris et un visage passionné – c'était Johnny Lindsay, un vieux mineur du Rand.

Mme Van déclara en souriant : « Je suis enchantée de vous voir tous ici ce soir. »

Jasmine et Piet, qui la connaissaient de longue

date, s'avancèrent, tels les représentants officiels du groupe.

Mme Van éclata d'un rire espiègle et communicatif en disant : « Bon, nous avons gagné un round – c'est une bonne leçon pour ces vieux tricheurs qui n'assistent jamais aux réunions. »

Le groupe se mit à rire aussi, mais avec une pointe d'hypocrisie : s'allier à Mme Van n'était pas si simple, puisque ses amis et elle-même étaient par définition des réactionnaires.

Johnny Lindsay renchérit : « C'est une question pour laquelle on peut toujours compter sur vous, les communistes – vous êtes très bien pour les affaires raciales. »

Mme Van, Jack Dobie, M. Playfair et Johnny Lindsay hochèrent tous la tête en souriant, et le groupe comprit enfin pour quelle raison précise on les avait cooptés au comité directeur.

« Ils ne peuvent pas vous supporter », affirma Jack. Son petit visage combatif se dressait fièrement, le menton agressivement projeté en avant dans un mouvement caractéristiquement conquérant comme si cette partie de son corps avait été dotée du pouvoir de refouler l'agresseur, quelle que fût la force du poing lancé. « Ils vous haïssent maladivement », reprit-il dans un genre de grommellement, mais cette fois sur un ton où se mêlaient dérision et menace. « Et permettez-moi de vous dire, camarades – Je viens de la Clyde, j'ai travaillé toute ma vie avec les Rouges, alors vous feriez mieux de ne pas chercher à nous jouer des tours, je vous préviens, ça ne marchera pas. »

Ils riaient maintenant tous avec soulagement, dans un élan de sympathie qui succédait à la tension.

Jasmine observa de sa voix calme et mesurée : « Mais, Jack, les communistes sur certaines questions, sont toujours prêts à travailler avec les travaillistes. »

Il grommela : « Alors comme ça, vous êtes prêts à travailler avec nous, c'est bien cela ? Eh bien, sachez que j'ai été membre du parti communiste, moi aussi, autrefois, alors je connais la chanson – attention à vous. »

Mme Van déclara d'une voix grave et redoutable : « Vous pouvez être communistes à l'extérieur de cette salle, mais ici vous êtes membres de notre parti, veuillez ne pas l'oublier. » Elle hocha théâtralement la tête, et poursuivit : « Nous avons coutume de suivre nos règlements et nos statuts aussi scrupuleusement que vous respectez les vôtres ! »

A quoi Johnny ajouta : « Et notre chère Mme Van est une virtuose des règlements et des statuts – croyez bien que toute cette bande de rigolos le regrette amèrement, en ce moment ! »

Le rire général qui suivit cette remarque était orchestré par celui de Mme Van, mélodieux vestige de la jeune fille encore présente quelque part dans cette massive et imposante carrure. « Venez prendre une tasse de thé dans mon bureau, proposa-t-elle. Il faut que nous organisions un peu notre affaire. »

Le bureau personnel de Mme Van se trouvait dans le même immeuble, de l'autre côté de la cour – l'habituel carré de terre mal entretenu autour duquel courait une véranda donnant accès à quelques pièces.

Les six membres du groupe s'assirent en rond avec M. Playfair, Johnny Lindsay et Jack Dobie dans le bureau propre et ordonné de Mme Van, remarquant au-dessus de son fauteuil la présence de deux portraits : ceux de Nehru et de Gandhi. Ils burent du thé et n'ourdirent aucun complot ; point n'en était besoin, car ils se trouvaient en parfaite harmonie. La question était limpide. Tous ressentaient de même manière la situation des Africains dans la colonie ; ils n'avaient nul besoin de se convaincre, les uns et les autres que, même privés du droit de vote, les Africains devaient être amenés, ne fût-ce que modestement, à assumer des responsabilités politiques ; et même l'appartenance de quelques-uns d'entre eux à ce parti politique valait mieux que rien. La faction de Mme Van souhaitait que les membres africains forment une section spéciale, afin de s'initier à la procédure démocratique. Quant aux réactionnaires, menés par les députés, ils ne voulaient pas de Noirs au sein du parti. Jack Dobie, député et donc traître à *son* groupe, puisqu'il se dissociait d'eux sur cette question, les qualifiait d'affairistes et de syndicalistes blancs.

Il était pourtant lui-même un syndicaliste blanc, élu par les cheminots blancs.

Piet, également syndicaliste blanc, le défia en déclarant qu'ils n'étaient pas tous antiafricains.

« Ah oui ? s'écria Jack. C'est de moi que vous parlez ?

– Vous êtes assis parmi nous, non ? intervint Jasmine.

– Ce n'est pas pour mes opinions sur la question indigène. »

Il leur apparut à tous que cette qualité particulière, qui lui avait permis d'être élu même si ses opinions contredisaient celles de ses électeurs, manquait précisément aux autres membres du groupe parlementaire. Jack possédait l'honnêteté : une honnêteté simple, désintéressée et modeste. Les autres étaient des politiciens. On ne pouvait guère passer cinq minutes dans la même pièce que lui sans constater ce qui le distinguait des autres.

Les autres jouaient la ligne syndicale blanche,

mais lui voulait monter sur une estrade devant deux cents cheminots détestant les Cafres, deux cents cheminots jaloux de leurs salaires privilégiés, pour leur faire honte de ne pas considérer les Africains comme des frères et des camarades égaux devant le travail !

« Ils vous élisent, observa Mme Van, parce qu'ils ont une conscience.

– Ah oui ? J'aimerais le croire. » Il ajouta d'un air lugubre : « Ils m'élisent pour tout avoir : la satisfaction de savoir qu'ils élisent quelqu'un ayant les principes qu'ils devraient avoir – et comme je suis le seul de mon type, ils savent qu'il n'en résultera aucune différence quant à la politique du groupe parlementaire – et c'est uniquement pour cela que vous n'avez pas été fichu dehors, Frère Piet, ne vous y trompez pas ! » Sur ces mots, il hocha la tête d'un air entendu et donna une bourrade à Piet, après quoi il les quitta pour aller remplir ses obligations au Parlement.

M. Playfair s'en alla également : il avait une cérémonie religieuse à célébrer. Mme Van et Johnny Lindsay restèrent à discuter.

Les six communistes les observèrent un moment, puis échangèrent des sourires. Mme Van et Johnny passaient en revue les divers types de procédure laissés à leur disposition afin d'imposer le principe d'une section africaine. Ils parlaient comme de vieux amis qu'ils étaient, mais il y avait autre chose : cet homme aux cheveux blancs et au visage étonnamment jeune, avec ces yeux très bleus, et cette femme massive et dominatrice, au calme et à la maîtrise impressionnants, tous deux penchés l'un vers l'autre au-dessus des textes imprimés des statuts et de la Constitution, donnaient une telle impression de chaleureuse confiance que les membres du groupe poussèrent un involontaire soupir d'envie.

Martha éprouvait à nouveau son ancienne souffrance, ce sentiment d'être exclue d'une chaleur, d'un bien-être, qu'elle n'avait jamais connus. Ils sont comme des amants, songea-t-elle – qu'ils ne sont évidemment pas.

Son index gras posé sur le bas d'une page, Mme Van releva la tête et déclara d'un air triomphant : « Voilà, vous voyez ? Ça va leur clouer le bec. » Et Johnny acquiesça vigoureusement, baignant dans les délices de l'intrigue, « C'est ça. Ils vont en baver des ronds de chapeaux ! » Ils étaient là tels deux enfants conspirateurs et, voyant que leur présence n'était plus souhaitée, les membres du groupe les saluèrent et s'en allèrent. Les du Preez rentrèrent chez eux en expliquant qu'ils devaient mettre les enfants au lit mais qu'ensuite, il allait sans dire que leur maison était à la disposition du groupe.

Marjorie et Colin s'éloignèrent ensemble. Martha observa que Marjorie tenait à présent Colin par le bras, d'une main affectueuse et contrite qui fit réfléchir Martha : Elle se sent coupable d'éprouver une telle rancœur à son égard... Il faut absolument que je parle à Anton ce soir.

Jasmine et Martha s'attardèrent sur le trottoir. Toutes deux avaient regardé Colin et Marjorie s'éloigner, et le sourire qu'elles échangèrent ensuite s'accompagna d'un haussement de sourcils.

« Je ne me marierai jamais », déclara soudain Jasmine, et Martha en resta saisie car son amie était bien trop posée pour jamais mentionner les « questions personnelles ».

C'était le crépuscule : les voitures passaient dans un bref jaillissement de lumière ; les étoiles apparaissaient.

Jasmine poursuivit : « Cette histoire avec Jackie – je devais être folle. Pas d'avoir une liaison, bien sûr, mais d'envisager le mariage. » Elle s'exprimait sans passion, d'une voix songeuse où perçait une note d'amertume. « J'ai vraiment aimé cet autre homme – tu ne l'as pas connu, il a été tué pendant la guerre d'Espagne. » Elle se tut, le sourcil froncé, et soupira. « Il y a quelque chose dans le mariage, chaque fois que j'y attache mon attention, j'ai l'impression... mais tu as été mariée, bien sûr, pas moi. » Sa silhouette paraissait minuscule dans la pénombre : Jasmine donnait toujours cette impression malgré sa personnalité affirmée et la vie qu'elle menait, de fragilité, de désespoir, et de courage solitaire. « Je ne me marierai jamais », reprit-elle. Elle pressa timidement le bras de Martha et ajouta : « Et ne va pas te remarier non plus, Matty. Quel serait l'intérêt de rompre un mariage pour en contracter un autre, n'est-ce pas ? » Elle hocha la tête et s'éloigna en direction de sa voiture garée plus loin, laissant Martha réfléchir : Elle sait que je me trouve devant un dilemme au sujet d'Anton, et elle me met en garde. Pourtant, elle admire Anton.

Un avertissement lancé à l'extérieur à une personne située au cœur d'une zone dangereuse. A l'inverse, je la mettrais en garde aussi – si elle m'en donnait l'occasion, mais c'est improbable car elle se montre bien trop réservée à propos du mariage.

Martha devait retrouver Anton dans une heure pour dîner. Elle savait qu'il lui fallait profiter de cette heure pour réfléchir, mais elle décida de remonter la rue en direction du domicile de Maisie, à cinq minutes de là. Tous les membres du groupe étaient convenus de laisser Maisie et

Andrew le plus possible seuls ensemble, à cause de la situation délicate où ils se trouvaient.

Bah, ce n'est que pour une heure, prétexta Martha en son for intérieur. Ce fut Tommy qui lui ouvrit la porte, et elle distingua Athen le Grec, confortablement assis et souriant de plaisir, vraisemblablement à l'adresse de Maisie. Martha entra. L'appartement, meublé à la hâte et pauvrement, comportait deux pièces. La première contenait deux chaises achetées dans une vente aux enchères et, dans un coin, un divan recouvert d'une couverture militaire. Maisie se tenait très droite sur l'une des chaises dures, les mains mollement jointes sur ses cuisses replètes. Elle portait une robe de grossesse bleue, sous les plis de laquelle se devinait son gros ventre, paisible et ferme. Ses cheveux blonds et soyeux venaient visiblement d'être brossés, car contrairement à l'habitude ils semblaient coiffés, mais elle ne portait aucun maquillage. Elle était jeune et appétissante, et souriait à Athen avec un calme attentif. Le cheveu en bataille, Tommy servait le thé qu'il venait de préparer. Il tendait à Maisie sa tasse comme un cadeau, et la jolie femme nonchalante semblait se laisser adorer et choyer avec le plus grand plaisir.

Elle accueillit Martha d'un « Salut ! » et sourit, mais ne bougea point. Martha éprouva aussitôt un sentiment de paix. Elle prit place auprès d'Athen sur le divan, et songea : C'est bien Maisie – dans une situation inextricable, mais calme et heureuse comme je ne l'ai jamais été. Je n'ai jamais rien fait comme il fallait. J'aurais dû être heureuse quand j'étais enceinte, mais j'en voulais à la terre entière.

Athen entretenait Maisie d'histoires de guérilleros dans les montagnes. L'étroit visage sombre et ardent se crispait dans l'effort de choisir ses mots, car son anglais était incertain, mais ses yeux souriaient gentiment à Maisie. Quant à elle, Martha le savait, elle n'écoutait pas : les mots guérillero, guerre, combat, communisme, fascisme, la traversaient sans lui suggérer la moindre image de ce qu'ils représentaient. Elle se contentait d'aimer bien Athen et son amitié pour elle.

S'en rendant compte, Athen s'interrompit pour dire : « Mais il faut demander à ton mari de t'expliquer tout cela.

– Andrew me raconte tout le temps ces histoires-là. » Elle haussa les épaules. Martha observa comme ses épaules acceptaient paisiblement le haussement tandis que ses lourdes hanches restaient plantées sur la chaise ; le bas de son corps s'absorbait dans une vie qui lui était propre.

Un frémissement d'envie parcourut Martha. Mon Dieu, pensa-t-elle, je vais commencer à vouloir un autre enfant simplement parce que Maisie en attend un. Ça suffit, ça suffit – je dois retrouver Anton dans moins d'une heure.

Andrew entra en déboutonnant sa veste et jeta sa casquette dans un coin. Maisie tourna la tête vers lui, tandis que le bleu de ses yeux s'approfondissait dans un sourire.

Le groupe, bien sûr, s'interrogeait secrètement sur leurs relations. Et en même temps ils avaient honte – ou du moins estimaient qu'ils auraient dû avoir honte.

Andrew demanda : « Comment ça va, Maisie ? » et se versa du thé tandis que Maisie l'observait. Elle semblait une très jeune fille nouvellement présentée à un homme considéré par ses parents comme un bon parti, et attirée, un peu malgré elle, par celui-ci.

L'aspect extérieur de leur vie était celui de deux personnes vivant une période d'essai.

Les deux pièces de l'appartement étaient

conçues comme deux chambres. La seconde, où dormait Maisie, était typiquement féminine. Un lit à une place recouvert d'un gros édredon bleu, y trônait et toutes sortes de bibelots et de babioles traînaient sur la coiffeuse – des petites poupées, des figurines en porcelaine, et ainsi de suite. Sur l'étagère, bien en évidence, deux photographies d'elle en compagnie de ses deux maris morts, mais aucune de Binkie, le père de son enfant.

Quant à Andrew, il était entendu que le lit recouvert d'une couverture militaire était le sien : il campait dans cette pièce à l'occasion de ses permissions de nuit ou de week-end.

Sa tasse de thé à la main, il se retourna et contempla franchement Maisie : il ne l'avait pas vue depuis trois jours. Il avait beaucoup changé depuis son mariage. Avant, il s'était montré organisé et responsable, avec une bonne humeur râleuse – on ne pensait guère à lui prêter des sentiments. Peut-être un peu de sentimentalité : les plaisanteries et les tributs à l'émotion d'un homme qui n'a pas de temps à perdre. Mais son large visage s'était adouci et ses yeux avaient pris une nouvelle expression, comme pour dire : Eh bien ! Je ne m'attendais pas à ça...

Les trois visiteurs se rendirent compte en même temps qu'Andrew souhaitait les voir partir. Il s'était avancé de deux pas en direction de Maisie, mais les convenances l'avaient arrêté, et il restait à côté d'Athen. Il échangea même quelques plaisanteries sur l'armée avec le Grec, mais par pure forme car ses yeux revenaient sans cesse se poser sur Maisie.

Confus, Tommy se leva brusquement en déclarant qu'il devait absolument s'en aller dîner.

Athen, qui avait observé le couple avec un air grave d'approbation, se leva aussi en disant : « Je t'accompagne, Tommy. » Martha les suivit vers la porte.

Maisie et Andrew adressèrent un signe d'adieu à leurs visiteurs et leurs regards retournèrent aussitôt se fixer l'un sur l'autre, avec cette expression de respect et de sérieux que le groupe connaissait si bien, et qui les rendait si envieux.

En quittant la pièce, ils entendirent la voix d'Andrew : « Alors, ma vieille ? Comment va ce petit bâtard depuis l'autre jour ? »

Et la voix royale de Maisie répliqua : « Tu ne devrais pas employer ce terme de bâtard, Andrew, parce que c'est injuste, tu comprends ? »

Puis ils se mirent à rire, unis dans la chaleur merveilleuse de leur joie.

Horrifié, Tommy chuchota : « Drôle de blague, ça ne me plaît pas. »

Athen lui posa la main sur l'épaule, et dit : « Non, c'est bon – tout ça, c'est très bon, camarade. »

Ils restèrent un moment sur le trottoir, tous les trois, à contempler les fenêtres sans rideaux, là-haut, dont la lumière semblait irradiée par le bonheur d'Andrew et de Maisie. Les regards d'Athen et de Martha se croisèrent, et ils échangèrent un sourire involontaire de regret. Tommy, encore cramoisi et farouchement obstiné dans son incompréhension, insista rageusement : « Eh bien, je ne comprends pas. Ce n'est même pas son gosse à lui. C'est le gosse de quelqu'un d'autre. » Il raclait inlassablement le bord du trottoir avec son pied et fixait d'un œil acharné le bosquet de gommiers rachitiques qui poussaient quelques mètres plus loin sur un terrain vague, le dos délibérément tourné aux fenêtres illuminées.

Athen reprit d'une voix feutrée : « Mais, camarade Tommy, ne vois-tu pas l'égoïsme, dans tout cela – *mon* enfant, *mon* fils, *ma* fille – ne vois-tu donc pas que tout cela est fini désormais ? Enfin, disons que ce sera bientôt fini. La réalité, c'est qu'un bébé va naître. Un être humain tout neuf. C'est tout, camarade. »

Tommy grimaça un sourire à contrecœur.

Athen lui offrit un sourire qui, sur ce visage méditerranéen maigre et austère, exprimait une extraordinaire tendresse. Et il reprit : « Quand un enfant naît, il naît pour tous – tu comprends ? C'est mon enfant, c'est le tien, c'est celui de Martha. »

Tommy rétorqua : « Je ne crois pas que ce soit cela qui rend Andrew si content. Je veux dire : il est content parce que Maisie lui plaît, mais à mon avis le bébé n'a rien à y voir.

– Maisie lui plaît, et donc le bébé lui plaît aussi, répondit Athen. Mais c'est parce que Maisie est une fille bien. Vraiment très très bien. »

Martha soupira, et Athen l'entendit. Elle vit qu'il la regardait d'un œil compréhensif, et s'imagina qu'il la désapprouvait. Il déclara : « Maisie a beaucoup de chance, elle possède un don.

– Quel don, et quelle chance ? » interrogea Tommy, au bord du désespoir, sans cesser de heurter sa chaussure contre le trottoir.

Athen s'expliqua sans regarder Martha : « C'est une de mes vieilles marottes... j'ai pensé, je pense depuis longtemps que cette époque est dure pour les femmes. Certaines femmes le savent et luttent. Certaines autres sont comme Maisie, elles l'ignorent.

– Tout de même, s'obstina Tommy, tout de même – ce n'est pas son gosse.

– Andrew est un homme généreux, proféra Athen. Il est un bon camarade. Oui, il existe malgré tout des gens de cœur, sur terre. »

Et tu es aussi un homme de cœur, songea Martha, ajoutant involontairement : Je serais en parfaite sécurité avec cet homme. Le mot « sécurité » la troubla aussitôt. En quoi la sécurité m'intéresse-t-elle ? Et d'abord « sécurité », qu'est-ce que cela signifie au juste ? Est-ce qu'Anton est aussi un homme de cœur ? Mais elle se sentait encore plus troublée, à présent.

Athen s'adressa à Tommy : « Et maintenant, allons dîner avant la réunion, camarade. » Il adressa au jeune homme qui s'entêtait dans sa morosité un sourire doux et grave, puis ajouta : « Et tu es un homme de cœur aussi, Tommy. Tu ne devrais pas t'infliger tant de soucis. La vie est simple, camarade. Toutes les vraies choses sont très simples. Pourquoi compliques-tu tout ? De quoi s'agit-il, en somme ? Un bébé va naître, et une femme a besoin d'un homme pour s'occuper d'elle. C'est tout. C'est tout, camarade Tommy. C'est un homme de bien et une femme de bien, ils s'aident mutuellement. C'est tout, il n'y a rien d'autre. »

Martha bredouilla : « Je vous retrouve à la réunion » et s'éloigna. Elle éprouvait une violente envie de pleurer, et les larmes qui la menaçaient l'épouvantaient. Arrivée à l'angle, sous le bosquet de gommiers empoussiérés, elle se retourna pour observer les deux hommes une dernière fois : le petit Grec frêle tenait le grand garçon maladroit par l'épaule et dressait vers lui son visage ardent pour le convaincre. Je regrette, pensa-t-elle, de ne pas avoir eu quelqu'un comme Athen pour m'expliquer les choses quand j'avais dix-huit ans. Puis : La voilà encore, cette impression d'être exclue d'un monde simple et merveilleux. Ce n'est rien d'autre qu'une faiblesse sentimentale.

Pourtant, elle ne pensait pas vraiment que ce fût sentimental : il y avait quelque chose de remarquable dans la conversation d'Athen avec

Tommy, ou dans la relation qui unissait Mme Van à Johnny Lindsay, le vieux mineur.

L'odeur sèche de la poussière lui emplissait les narines ; une senteur de feuilles desséchées par le soleil tombait des gommiers qui s'assombrissaient au-dessus d'elle. Elle songea, et ce fut un moment d'illumination, une soudaine lueur : je ne sais encore rien sur rien. Il faut que je m'efforce de rester libre et disponible, de réfléchir davantage, de ne pas me laisser happer par les choses.

Les lourdes cloches de l'église catholique, au bout de la rue, égrenèrent l'heure : il était sept heures, et elle se dirigea d'un pas rapide vers le Black Ally. Ce vieux sentiment d'impatience la talonnait déjà, et l'instant d'intuition avait disparu.

Pourquoi devrais-je redouter de me trouver en face d'Anton, maintenant ? Il est absurde de me sentir emprisonnée. Ce pourrait être n'importe lequel de ces hommes, n'importe lequel, ce n'a été qu'une affaire de hasard, ou bien un choix qui m'échappe. Mais ce n'était pas *mon* choix. Si Jasmine était tombée malade, Anton l'aurait — embrassée sur le front, et je penserais maintenant de Jasmine ce qu'elle pense de moi — *Ne faiblis pas.*

Elle se trouvait plongée dans un état de fébrilité irritable et décontenancée. A la porte du Black Ally, elle se souvint qu'elle n'avait pas rendez-vous avec Anton dans cet établissement, mais au Gril du bout de la rue.

L'atmosphère du Black Ally lui plaisait, bien que la nourriture y fût mauvaise. Le Gril était coûteux, et l'on n'y allait que lors des grandes occasions. Elle réfléchit que depuis le jour où Anton l'avait « embrassée sur le front », il l'avait cérémonieusement emmenée au Gril une ou deux fois par semaine. Et il se comportait alors très différemment envers elle.

Pourquoi agit-il de la sorte ? Je n'aime pas cela, songea-t-elle avec le sentiment d'être injuste, mais trop irritée pour s'en soucier. C'est la manière dont il s'y prend – tout est si minutieux et si calculé, c'est comme s'il disait : Ce soir je vais coucher avec toi, et voici les préliminaires. Pendant presque toute la semaine je suis une camarade, une amie, et puis tout à coup, je deviens autre chose. Cela ne me plaît pas du tout.

Elle arriva au Gril, petite salle étincelante d'argenterie bien astiquée et de linge blanc, avec des serveurs en tenue impeccable. Anton l'attendait dans un angle. Il se leva à son approche et resta légèrement incliné jusqu'à ce qu'elle fût assise, ce qui la confirma dans son intention d'en finir : ce grand jeune homme maigre et pâle qui m'observe avec ses yeux décolorés – mon Dieu, il n'a rien et n'aura jamais rien à voir avec moi. Bon, il faut absolument que je dise quelque chose avant la fin du dîner.

Pendant ce temps, Anton commandait le repas. Il prenait plaisir à la traiter comme si elle eût encore été convalescente, et il déclara avec une bonhomie lourde et paternelle : « Il te faut un bon steak bien saignant oui. » Et il lui sourit comme en s'étonnant de découvrir qu'il était si simple et si plaisant de sourire.

Elle posa ses coudes sur la table et lui raconta d'un ton léger qui l'agaçait, elle le savait, la réunion de l'après-midi. Elle lui communiquait l'essentiel de l'information mais s'en moquait également – et même des six communistes. « Nous avons cru y aller pour les influencer, mais au contraire on nous manipule pour nous faire entrer dans le jeu mystérieux de Mme Van... » Elle le vit crisper le front ; il s'armait de patience, face à l'irresponsabilité qu'elle manifestait et qu'il n'avait aucune intention d'excuser mais que, dans cette circonstance exceptionnelle, il s'efforçait de tolérer.

Ces derniers temps, la position contractée de ses épaules et l'inclination méfiante de sa tête s'étaient adoucies et atténuées, avec Martha. Mais ce soir, il avait retrouvé son attitude rigide et attentive – qui atteignit Martha en plein cœur, car elle y déchiffra une protection contre d'éventuelles souffrances.

« Qu'y a-t-il ? » s'enquit-elle, voyant qu'il y avait un problème et qu'elle aurait dû s'en rendre compte avant.

« Oui, il y a un problème, répondit-il, mais finissons d'abord de dîner. »

Ils poursuivirent leur repas en silence.

Martha réfléchissait : Peut-être veut-il rompre ? Un sentiment pervers d'irrémédiable perte et de panique l'envahit. Elle s'en aperçut avec horreur : Je serais capable de l'inciter à rester avec moi simplement parce que ce serait lui qui voudrait laisser tomber ! Bon, si c'est bien cela, je résisterai un peu pour ne pas le blesser, et puis j'accepterai.

Ayant pris cette décision, elle parla de Maisie et d'Andrew tout en sachant qu'il désapprouvait le couple. Elle en faisait presque un test : s'il disait quelque chose d'amical et de généreux sur eux, cela signifierait qu'ils pouvaient être heureux ensemble.

Elle remarqua qu'il ne l'écoutait pas. Il prit la parole : « Matty, il est intervenu un fait nouveau, et nous devons prendre une décision. »

Il s'exprimait lentement, en pesant ses mots. Il raconta que son employeur l'avait pris à part le matin même pour lui annoncer que le service des Renseignements généraux était venu l'informer officieusement qu'Anton Hesse, citoyen d'un pays ennemi, entretenait une liaison notoire avec une femme britannique. Ce type de relations suscitait la réprobation. On avait laissé entendre à son employeur, mais de telle manière qu'il ne fallait pas y voir une menace réelle, que dans le passé, les citoyens de pays ennemis qui se comportaient mal avaient été réexpédiés au camp d'internement. L'employeur s'était déclaré « absolument navré ». Il n'avait pas dit clairement qu'il l'engageait à rompre cette liaison mais – irrité par un sentiment de culpabilité et honteux de manifester sa mauvaise humeur, bafouillant, verbeux – il avait parlé pendant deux heures pour finalement se dégager de toute responsabilité et en faire peser la totalité sur le service des Renseignements généraux, dont il déplorait évidemment l'existence. L'affaire avait été menée dans la grande tradition britannique : nul n'avait proféré de menaces envers quiconque, ni même exercé la moindre pression : non seulement l'employeur, mais aussi l'envoyé des Renseignements généraux s'étaient montrés extrêmement embarrassés ; ce n'était la faute de personne ; mais il en résultait qu'Anton devait soit rentrer dans le rang, soit perdre son emploi, peut-être même, retourner dans le camp d'internement.

Martha observa que la rancœur d'Anton n'était due qu'à une seule chose, comme toujours : bien qu'antifasciste et antihitlérien, on le traitait quand même en ennemi.

Il ne tentait même pas de l'influencer. Il exposait la situation aussi simplement qu'il le pouvait.

Lorsqu'elle tenta de l'interrompre, il lui opposa : « Attends, Matty, attends. Laisse-moi d'abord tout te dire. »

Et il finit par ces mots : « Et si nous analysons la situation, voici ce qu'il en est : il faut ou bien rompre, ou bien nous marier pour devenir respectables. Et ce n'est pas une décision facile à prendre. »

Il termina ainsi, lui laissant le choix.

Martha garda le silence. Elle nota qu'il était rentré dans sa coquille, selon l'expression qu'elle employait volontiers. Elle remarqua sa bouche crispée dans une volonté de patience et de résignation. Il est convaincu, songea-t-elle, que je vais décider de rompre.

« Il faut que tu réfléchisses, reprit-il. Ne dis rien maintenant, mais penses-y quand tu seras au calme. »

Il tient vraiment à moi, se dit-elle ; il était intéressant de constater que jamais encore elle ne s'était dit qu'il tenait à elle.

« Supposons que nous rompions » demanda-t-elle « est-ce encore un point contre toi, d'avoir une liaison avec une Anglaise ? »

Il répondit à contrecœur : « Oui, oui, oui. » Puis il ajouta : « Et bien entendu, ce n'est pas raisonnable, de prendre part à toutes ces activités communistes – c'est très vraisemblablement la manière qu'ont choisie ces messieurs pour me mettre en garde contre toute cette fièvre de réunions. »

Cette observation déclencha la décision de Martha. Elle réfléchit : Andrew a pu épouser Maisie pour la dépanner – c'était une excellente chose, tout le monde en convient. (Elle ne se souvint pas que tout le monde en convenait *sauf* Anton.) Si j'épouse Anton, ce n'est après tout qu'une formalité, et tout lui en sera facilité.

Elle céda à son insistance et garda pour elle sa décision, mais plus tard, après la réunion, elle lui prit vite la main comme il se détournait dans la rue en disant : « Bonne nuit, Matty », d'une voix calme et patiente, et elle déclara : « Ne t'inquiète de rien, Anton, nous allons nous marier. »

Il s'illumina aussitôt de gratitude et de soulagement, avec une soudaineté qui la laissa sans voix. Elle songea à nouveau : Ainsi donc il tient vraiment à moi.

Ils échangèrent un baiser hâtif et se quittèrent pour la nuit, sachant par instinct qu'il eût été dangereux de ne pas se quitter. En rentrant seule chez elle, Martha réfléchit à l'expression qui était apparue sur le visage d'Anton dès l'instant où elle avait annoncé qu'elle l'épouserait, et elle y décela autre chose : une dépendance, quelque chose de presque infantile, qui la mit mal à l'aise.

Mais déjà elle éprouvait, sous la pression de cette impatience qui la talonnait sans cesse, le besoin d'avancer, comme si ce mariage avec Anton et ce qu'elle allait ainsi devenir étaient déjà faits et consommés. Elle avait l'impression que tout son être s'était concentré dans le mouvement de prendre et d'absorber, comme si elle avait avalé trop vite quelque chose d'énorme.

En s'endormant cette nuit-là, elle se prit à penser : Peut-être qu'Andrew éprouvait la même chose quand il a annoncé son intention d'épouser Maisie ; et peut-être a-t-il découvert seulement après qu'il était heureux, et surpris d'être heureux. Elle s'endormit dans un état de dépression et rêva qu'elle était avec Maisie, qui allait avoir son bébé, et qu'elles couraient de porte en porte pour trouver une maison où on les accueillerait. Mais les portes restaient closes contre elles deux.

CHAPITRE TROIS

LE SAMEDI matin où Martha devait se marier pour la seconde fois, elle s'éveilla tard ; il lui restait une demi-heure pour s'habiller et se rendre au tribunal. Aucun d'eux ne s'était couché avant trois heures du matin. Désignés comme membres du sous-comité politique du parti communiste zambézien, Andrew et Anton avaient fini par rédiger un document de 150 pages exposant comment serait gouverné le territoire en cas de prise du pouvoir par les communistes. Ce chef-d'œuvre s'ouvrait par une déclaration d'une page entière sur la manière dont la ségrégation raciale serait mise hors la loi, et sur les sanctions appliquées en cas d'infraction directe ou indirecte, se poursuivait par des analyses détaillées de la situation industrielle, économique et culturelle de la colonie, anticipait sur toutes les contingences possibles, depuis la guerre déclarée par d'autres pays d'Afrique à domination blanche et soutenus par le capital britannique et américain, jusqu'au boycottage économique, et s'achevait (le style de cette dernière partie différait fondamentalement du reste, qui était sobre et précis) par un appel passionné aux masses pour qu'elles accordent leur soutien au gouvernement du peuple.

Ils étaient tous convenus d'étudier ce document en détail, mais avaient été trop occupés pour faire plus que le lire en diagonale. Il fut donc voté clause par clause, et approuvé. L'affaire se déroula dans le salon des du Preez, vaste salle confortable dont le buffet regorgeait de bouteilles de bière. Piet expliquait qu'il ne pouvait supporter l'idée d'une soirée entière consacrée à pinailler, sans bière – il refusait de s'y plier pour son syndicat, et voulait bien être damné s'il s'y laissait prendre par le Parti. Anton réprouvait cette attitude, mais ils passaient néanmoins leurs soirées assis par terre à boire de la bière, dans une atmosphère amicale et détendue qui ne ressemblait guère aux réunions d'antan, au-dessus du Black Ally.

Vers la fin, ils s'apprêtaient à rentrer se coucher, tout contents d'eux-mêmes et du document, quand Maisie – qui s'était jointe au groupe, comme elle l'expliquait, « pour s'épargner ensuite des discussions avec Andrew » – prit pour la première fois la parole. « Je voudrais savoir une chose, dit-elle. A quoi cela rime-t-il ? Enfin – je veux dire, vous ne vous présentez même pas aux élections, alors il n'y a guère de chance que tout ce travail serve. Andrew m'a expliqué, hier encore, qu'il n'y a pas en ce moment de situation révolutionnaire. Vous n'envisagez donc absolument pas de vous trouver au pouvoir. Alors pourquoi se donner tant de mal ? »

Anton répondit : « Mais camarade Maisie, c'est une question de responsabilité : nous devons faire une déclaration de politique pour que les gens sachent où nous nous situons.

– Mais vous êtes un groupe secret, alors ils ne peuvent pas le savoir, si ? »

Athen intervint alors, s'adressant directement à Maisie car c'était sa manière habituelle – il n'adressait jamais de discours généraux au groupe : « Il faut essayer de comprendre, Maisie. Nous ne sommes peut-être ici que quelques-uns. Mais nous sommes bien plus que juste un petit groupe. Nous sommes l'idéal communiste. La direction d'E.L.A.S. dans les montagnes parlait comme un gouvernement, avec l'autorité d'un gouvernement pour rendre au peuple le respect de soi. Et si deux communistes se trouvent ensemble quelque part – disons dans une ville inconnue, ils savent qu'ils ne sont plus deux personnes isolées, mais qu'ils sont le communisme. Et ils doivent se comporter avec un grand respect de soi car ils représentent l'idée. Et s'il n'y a même qu'un communiste – supposons que l'un d'entre nous se retrouve seul quelque part, peut-être en prison ou condamné à mort, eh bien jamais il ne se sentira seul – sauf en tant qu'homme, car en tant qu'homme il est seul, et c'est important. Mais il est communiste et donc il n'est jamais seul. » Il sourit à Maisie et, après un long silence de réflexion, elle lui rendit son sourire, puis reporta son regard interrogateur et grave sur son mari, qui ôta sa pipe de sa bouche pour acquiescer, l'air de dire : Oui, c'est vrai.

Piet déclara sur un ton de plaisanterie : « Bien, désormais nous pouvons nous emparer du pouvoir quand nous voudrons. Il suffira d'expliquer à nos concitoyens blancs que nous sommes les hommes qu'il leur faut. Après tout, nous n'avons pas d'Africains parmi nous, n'est-ce pas ? » Anton se renfrogna mais ne répondit rien. Depuis quelque temps, Piet lançait des réflexions de ce genre : il était en quelque sorte devenu le bouffon du groupe, et pouvait énoncer certaines vérités impossibles à dire par les autres.

Ils rentrèrent chez eux avec le sentiment – chaleureux et réconfortant bien que les objections de Maisie les eussent tous atteints en un point sensible – que, grâce à ce long document technique et minutieux, ils pourraient amener le territoire entier sur la voie du socialisme en cinq ans... si seulement ils pouvaient le mettre en pratique.

Martha s'éveilla en pensant au document – en y pensant confusément, quelque chose comme : Anton et Andrew ont établi le programme, et pourtant ils sont très différents et ne s'aiment guère. (Elle se demanda s'ils avaient conscience de se détester.) Ils n'éprouvaient aucune difficulté à se mettre d'accord sur ce sujet ; deux soirées en fait leur avaient suffi pour établir le premier jet. Anton avait dit un jour : Même aux antipodes, deux communistes confrontés aux mêmes faits devraient parvenir exactement aux mêmes conclusions – c'est là que réside la force du marxisme. Elle se souvenait de l'expression grave et fière qu'il avait arborée en prononçant ces mots. Pourtant, si quelqu'un d'aussi intransigeant que Bill Bluett ou Jackie Bolton s'était trouvé la veille au soir parmi eux, ils auraient remis chaque clause en question, et le reste du groupe n'aurait su que penser. (Elle éprouvait à présent un certain malaise à l'idée que le groupe avait adopté si volontiers, et presque à la légère, le programme.) Qu'est-ce que cela signifie donc ? Qu'un groupe vit en harmonie quand deux dirigeants s'entendent sur un sujet et le présentent tout rôti aux « bleus » ? Oui, ce doit être cela. S'il n'y avait qu'un meneur, nous en ressentirions de l'embarras. Mais que deux fortes personnalités se soutiennent l'une l'autre, et tout le monde se sent aussitôt gagné par la confiance. Ce n'est pourtant pas comme s'ils ne nous incitaient pas à critiquer et discuter : chaque fois que nous citons Staline, ils nous disent : Veuillez faire l'honneur au camarade Staline de penser par vous-mêmes au lieu de le citer. Mais tout de même, nous avons approuvé l'une après l'autre toutes les clauses de ce programme comme s'il ne s'était agi que d'une simple formalité. Il y a là quelque chose d'anormal, que je devrais comprendre : le groupe ne semble pouvoir fonctionner que si les deux personnalités les plus fortes sont d'accord entre elles. Il faut que j'y réfléchisse. Mais comment ? Je ne suis pas suffisamment compétente, je ne sais rien. Et pourtant, je suis prête à voter un programme qui risque d'affecter une nation entière...

Changeant soudain d'humeur, elle conclut sèchement : Heureusement, il n'y a pas de danger que ce genre de responsabilité intervienne. Elle réfléchit au mot *heureusement*, et décida que ses camarades avaient bien raison de lui reprocher sa désinvolture ; elle se découvrit alors fort déprimée et en rechercha les causes : bien sûr, elle devait se marier ce matin.

Elle sauta à bas de son lit, tira des robes de son armoire et les abandonna aussitôt : elle aurait dû en repasser une avant de se coucher, car elles étaient toutes fripées et il n'en restait en vérité que deux mettables. Pourquoi m'en faire, songeat-elle : il ne s'agit pour nous deux que d'une formalité. Cependant, elle enfila une robe puis l'ôta pour essayer l'autre, et s'observa dans le miroir avec ce vieux sentiment d'attentive prudence. A l'évidence, elle n'avait pas eu le temps d'examiner son image depuis des mois – son vernis à ongles était écaillé, et ses cheveux nécessitaient un peu de soin. Son visage fort pâle, ses yeux sombres et lourdement cernés, lui faisaient face fixement dans la glace. Elle se trouvait dans un état familier d'anxiété fébrile, d'irritation, de tension, comme si elle avait jonglé avec une demi-douzaine d'objets dont elle ne pouvait manquer de laisser choir au moins un. Elle scruta ce visage sévère et pourtant jeune qui était le sien, et s'interrogea : Si je ne me connaissais pas, que penserais-je ? Eh bien, je ne devinerais certainement pas tout ce qui *est arrivé* à cette personne depuis un an – divorce, adhésion au parti communiste, remariage, toutes ces complications et ce manque de sommeil. Non, c'est complètement absurde, de parler des visages. Les visages ne trahissent rien – ce visage-ci ne dit absolument rien.

De plus en plus découragée, Martha repoussa le miroir et laissa glisser une main le long de son corps. Je suis dans une de mes périodes minces, se dit-elle. C'est déjà quelque chose. Mais je ne peux tout de même pas aller me marier jambes nues – et pourquoi pas ? Personne ne s'en apercevra. Elle fouilla en hâte ses tiroirs, à la recherche d'une paire de bas, mais ils étaient tous filés.

C'est alors qu'entra Jasmine, et Martha s'exclama d'une voix désolée : « Tous mes bas sont filés.

– Eh bien, ne t'affole pas », répondit Jasmine de sa voix posée en s'asseyant déjà sur le lit pour ôter les siens. Tandis que ses jambes bronzées apparaissaient, elle leur jeta un coup d'œil approbateur et tendit les bas à Martha, qui les enfila. « Une cigarette te ferait du bien », observa-t-elle, et elle en alluma une qu'elle vint glisser entre les lèvres de Martha. Elle lui jeta en même temps un regard clinique et sourit légèrement. Martha comprit fort bien l'expression ironique et compatissante de Jasmine. Elle lui rendit son sourire, avec la même ironie, mais presque aussitôt se prit à soupirer et dit : « Il vaudrait mieux y aller tout de suite et en finir.

– Détends-toi », répondit Jasmine en lui désignant une chaise de la tête, et Martha s'y assit docilement. « J'ai vu Mme Van dans la rue, et elle m'a dit que nous devrions passer la voir toutes les deux avant le déjeuner. Alors dès que tu auras signé dans la case adéquate, nous irons. » Elle offrait ces paroles comme une prophylaxie contre le désespoir, et Martha se mit à rire. Jasmine traversa gauchement la pièce, entoura timidement Martha de son bras, et déclara d'une voix saccadée : « Ne t'en fais pas, va. » Elle hocha la tête en ébauchant un sourire embarrassé, puis redevint aussitôt grave pour dire : « Bon, en route. »

Elles roulèrent en silence jusqu'au tribunal. Anton attendait sur le trottoir. Il portait une fleur à la boutonnière et Martha en fut bouleversée, car elle se serait sentie malhonnête d'arborer une fleur.

Elle lui adressa toutefois un sourire lumineux, et nota qu'il souriait avec tendresse. Mais ce n'était pas prévu, songea-t-elle, ce n'était pas prévu du tout : elle se trouvait en grand danger d'éclater en sanglots. Ils pénétrèrent tous trois dans le tribunal, où M. Maynard les attendait. Martha avait oublié qu'il l'avait déjà mariée la dernière fois ; elle craignait qu'il mentionne la coïncidence, et qu'Anton en éprouve du dépit. Mais comment pouvait-il s'en offenser – ce serait tellement absurde ! Elle fut quand même bien soulagée de constater que M. Maynard ne cherchait pas à attirer son regard et qu'il se comportait strictement en magistrat tandis qu'il lui posait les questions d'usage. Ce fut terminé en deux minutes, et Martha vit M. Maynard se détourner vers une quatrième personne, un jeune homme qu'on avait été chercher dans le couloir pour servir de témoin, en demandant : « Personne d'autre pour le grand saut, ce matin ? » A l'expression déplaisante du sourire qu'affichait le jeune fonctionnaire, Martha comprit que son mariage avait fait l'objet de commentaires malveillants le matin même. Bah, évidemment, décida-t-elle en avalant tant bien que mal l'idée – il faut bien qu'ils cancanent, j'imagine. Ils ne peuvent guère approuver que j'épouse Anton : pas d'argent, et originaire d'un pays ennemi, en plus. Bah, qu'ils fassent comme ils veulent... ce défi la réconforta, bien que la puérilité de sa propre réaction ne lui eût point échappé. Anton lui avait pris le bras. Il déclara sur ce ton qu'il employait depuis l'instant où Martha lui avait annoncé qu'elle l'épouserait – un ton paternel et pourtant déférent : « Il faut aller prendre un verre pour célébrer l'événement. »

Martha s'empressa d'observer : « Mais nous devons passer au bureau de Mme Van, elle veut nous voir. » De sa voix posée, Jasmine insista : « C'est vrai, Matty doit retourner à sa tâche, mariage ou pas mariage. » Martha ressentit quelque chose de possessif chez Jasmine, et déclara en prenant le bras d'Anton entre ses deux mains : « Nous te retrouverons au Gril dès que ce sera fini », engageant son identité aux côtés d'Anton et non de Jasmine.

Soulagé, Anton acquiesça : « Bien sûr, il faut absolument que vous alliez voir Mme Van. Je vous attendrai. » Il adressa à Martha ce sourire reconnaissant qu'il employait si rarement, et s'éloigna tandis que les deux jeunes femmes se dirigeaient vers le bureau de Mme Van, qui leur parut tellement bondé qu'il ne restait guère de place pour elles. Les députés étaient tous là, en bloc, avec M. Playfair, Johnny Lindsay, Jack Dobie, Marie et Piet du Preez, et l'Africain M. Matushi.

Une crise, semblait-il, se nouait, survenue de la manière suivante :

Le bureau de Mme Van – conseillère municipale depuis des années et présidente d'une demi-douzaine d'organisations de bienfaisance – était toujours plein de gens qui sollicitaient ses conseils et son aide. Depuis peu, les Africains et les métis y venaient beaucoup plus nombreux qu'avant. Plusieurs organisations africaines s'étaient créées, semblables dans leur forme et leur esprit aux mutuelles fondées dans les débuts du syndicalisme britannique, mais avec ce caractère spécifique du développement africain de cette époque : quelque chose de douloureux, d'embrouillé, d'expérimental. Les dirigeants de ces nouvelles associations venaient fréquemment dans le bureau de Mme Van. Et très souvent ce dirigeant se trouvait être M. Matushi, qui partageait avec Mme Van, et bien sûr avec Jasmine et le reste du groupe, la particularité de pouvoir à tout instant s'exprimer en vertu d'une demi-douzaine de mandats divers. Cette semaine-là, comme il sollicitait les conseils de Mme Van en tant que président de la Ligue pour l'Emancipation des Africains, M.Matushi avait glissé dans son rôle de dirigeant de la Section africaine du parti travailliste, ou parti social-démocrate – si cette section parvenait à voir le jour. Mme Van s'était alors exclamée qu'il fallait envoyer un ou deux députés dans la Réserve pour expliquer certains points de droit aux Africains. M. Matushi avait acquiescé avec enthousiasme. Mme Van avait alors demandé à l'administrateur de la Réserve – un monsieur fort déférent envers la fonction de conseillère municipale qu'elle occupait – de lui accorder la grande salle de la Réserve pour ce samedi après-midi. Confirmant le projet, M. Matushi en avait fait autant au nom des membres africains du parti social-démocrate.

Lorsque Jasmine et Martha eurent compris comment s'était développée cette situation délicate, elles ne purent se retenir d'échanger des regards de compréhension amusée – et Mme Van les foudroya aussitôt d'un regard austère, comme pour leur rappeler que ce n'était guère le moment de plaisanter. L'agitation de M. McFarline, de M. Thompson qui était verdâtre, et même de M. Playfair se comprenait désormais parfaitement, ainsi que l'expression d'ironique acquiescement qu'arboraient Jack Dobie, Johnny Lindsay et les du Preez. En bref, les réactionnaires estimaient que Mme Van les plaçait à nouveau devant un fait accompli, alors qu'en vérité la soif d'aide et de conseils des Africains s'était manifestée si fortement qu'elle s'était frayé un chemin dans la faille de cette croûte blanche – la faille étant le cœur maternel et généreux de Mme Van – créant ainsi avant que Mme Van l'eût voulu une situation nouvelle.

Après avoir écouté les explications de Mme Van, M. McFarline déclara fermement qu'il n'existait aucune section africaine, puisque le parti n'avait pas encore délibéré à ce sujet. La réunion prévue dans la Réserve ne pouvait donc pas être définie comme une réunion de la section africaine. Néanmoins, puisqu'il semblait que cette réunion ne pût plus désormais être décommandée, il suggérait qu'on la décrivît comme une réunion officieuse d'Africains venus écouter quelques Européens.

M. Thompson exprima le fond de sa pensée : « Je suis responsable devant mes électeurs, et je sais qu'aucun d'entre eux n'approuverait que des hommes blancs aillent semer l'agitation dans la Réserve. »

Mme Van répondit paisiblement qu'il semblait en effet préférable de sélectionner des gens ayant un sens aigu de leur responsabilité pour s'adresser aux Africains, et elle invita M. McFarline à être l'un d'eux.

M. McFarline se hâta de répliquer qu'il y avait justement cet après-midi une séance de commission restreinte. M. Thompson devait également y assister. Cinq autres parlementaires retournaient l'après-midi même dans leurs circonscriptions. Il n'y aurait donc qu'un seul député à la réunion, Jack Dobie. Qui, avec un petit sourire, demanda à ses collègues s'ils souhaitaient lui confier le soin de présenter leur point de vue aux Africains.

M. McFarline observa d'une voix menaçante que si Jack Dobie engageait le Parti le moins du monde, il devrait faire face à certaines difficultés avec ses collègues.

A quoi Jack répliqua qu'il se ferait un plaisir de ne parler qu'en son nom propre, car il n'avait nullement l'intention d'exposer le point de vue de ses chers collègues concernant la question indigène – on lui sauterait à la gorge.

M. Thompson déclara que l'essentiel était bien sûr de s'assurer que la presse resterait dans l'ignorance de toute l'affaire car, s'il en transpirait quelque chose dans les journaux, ils perdraient tous leurs sièges.

Mme Van exprima son accord sur ce point, et les membres du Parlement s'en allèrent tous ensemble, laissant Jack, Johnny, Jasmine, Martha et les du Preez.

Mme Van indiqua alors aux personnes restantes comment elles devraient se comporter pendant la réunion. M. Playfair et Jack siégeraient à la tribune avec elle-même et M. Matushi – M. Matushi était resté assis en silence pendant toute la discussion, à observer M. McFarline et son groupe avec un sourire attentif et méfiant – tandis que Marie, Piet, Martha et Jasmine vendraient des brochures à une table.

Les brochures étaient déjà empilées. Mme Van, qui s'occupait de bienfaisance depuis des années, avait fait imprimer à ses frais plusieurs opuscules fort utiles : *Comment garder votre bébé propre. Comment nourrir votre famille. Tuez ces mouches !* Et trois autres qui exprimaient l'autre aspect, peut-être le plus profond, de la personnalité de Mme Van : *Femme africaine, tu n'es pas une esclave ! Comment diriger une réunion. Les principes du syndicalisme.*

Toujours assise derrière son bureau, Mme Van adressa aux quatre communistes un sourire à la fois enjoué et ferme, et leur déclara : « Oui, je sais que vous préféreriez vendre quelque chose sur l'Armée Rouge, mais je vous en prie, pour un après-midi, refrénez-vous. »

Jasmine et Martha regagnèrent le Gril en parlant de la réunion. Pour commencer, ni l'une ni l'autre n'étaient jamais entrées dans la Réserve africaine ; et puis elles se demandaient avec affolement si elles devaient, étant révolutionnaires, accepter de vendre des brochures d'un caractère aussi terre à terre. Mais Jasmine régla le problème en affirmant : « Au début de la révolution russe, les camarades partaient dans les régions arriérées pour combattre l'analphabétisme et enseigner l'hygiène, alors nous pouvons bien faire cela, non ? »

Anton les attendait en compagnie de Maisie et d'Andrew. Ils buvaient du vin depuis déjà un bon moment et se trouvaient dans un état euphorique, et Martha et Jasmine durent se rappeler qu'il s'agissait somme toute d'un repas de mariage. Un repas colossal avait été commandé. Loyale, Martha dévora en observant qu'elle devenait plus gaie au fur et à mesure que s'approfondissait son sentiment de malaise. Elle bavardait et plaisantait, mais sans cesser de mener un dialogue avec elle-même. Mais si Anton n'avait rien organisé de spécial, n'aurais-je pas été offensée ? Je lui aurais reproché son manque d'imagination. Alors pourquoi me vient-il une telle haine à la vue de ces agapes ? Hier il m'a dit, et sa manière de le dire m'a plu : Mais, Matty, il ne faut pas penser que je puisse jamais être déraisonnable. C'est un mariage qui n'aurait pas eu lieu sans ces circonstances particulières, aussi serons-nous tous deux raisonnables... La vérité, c'est que j'aurais voulu pouvoir faire comme Marjorie et Colin, ou Andrew et Maisie — ils se sont mariés et nous l'ont dit après. Je ne peux pas supporter Anton quand il se force à rire et à faire exactement ce qui convient.

Ce monologue désolé poursuivit son cours pendant l'interminable déjeuner, dans cette petite salle chaude et surpeuplée où des quantités d'hommes d'affaires scellaient leurs accords autour d'un gros repas.

Vers la fin, Maisie demanda à Martha si elle avait vraiment besoin d'aller à cette réunion — « ils pourraient sûrement se passer de toi, pour une fois ? » Et Martha, sachant fort bien que sa présence ne ferait strictement aucune différence dans un sens ni dans l'autre, répondit qu'elle était absolument obligée d'y aller. Elle sentit à nouveau que Jasmine l'observait.

Ils se séparèrent sur le trottoir, où Anton embrassa Martha devant eux tous, avec une jovialité gauche qui lui était parfaitement étrangère.

Martha et Jasmine s'éloignèrent ensemble d'un pas vif, en direction cette fois de la voiture de Jasmine, où le domestique de Mme Van avait empilé des liasses de brochures. Martha était bourrelée de remords : elle aurait dû rester avec Anton. Jasmine ne disait rien. En pénétrant dans la voiture, Martha s'exclama soudain d'une voix faussement rieuse qui lui rappela aussitôt celle d'Anton quelques instants plus tôt : « Je trouve qu'on devrait abolir l'institution du mariage. » Bien décidée à protéger Martha contre elle-même, Jasmine rétorqua vivement : « Anton nous a sans aucun doute fait le plus grand bien. » Puis elle se hâta d'ajouter sur un ton d'excuse en voyant Martha se buter : « Tu sais, Matty, je viens de lire quelque chose de très intéressant : quand les bourgeois se rebellent, ils deviennent bohèmes. Quand les travailleurs se révoltent, ils trouvent essentiel d'agir convenablement. »

Martha comprit que Jasmine faisait allusion à elles deux, et sentit monter une envie de rire à l'idée que cette jeune fille si posée se jugeait bohème. Ainsi donc, l'origine de la détermination farouche que mettait Anton à se comporter de manière correcte résidait dans ses racines ouvrières ? Dans ce cas, elle-même était snob. Mais elle ne le pensait pas, et s'en ouvrit à Jasmine qui s'obstina à prétendre que c'était « un fait établi », et à parler jusqu'à ce qu'elles parviennent à la Réserve, des dangers de la bohème qui les menaçait. L'entrée de la Réserve se décelait aisément, car la route s'arrêtait soudain pour devenir une voie poussiéreuse et pleine d'ornières. La voiture s'y engagea en cahotant et klaxonnant pour se frayer un chemin parmi la foule des Africains à bicyclette qui s'interpellaient, riaient et gesticulaient.

Une petite grange poussiéreuse située contre un bosquet d'arbres grisâtres, et près de laquelle cinq voitures étincelantes – puis six avec celle de Jasmine – témoignaient du caractère exceptionnel de l'événement, tenait lieu de salle de réunion.

A l'intérieur, sur les bancs, se serraient des hommes dont l'habillement rapiécé mais propre indiquait la misère décente ; ils gardaient le silence en observant la tribune où siégeait Mme Van. Indifférente aux questions d'habillement, elle portait une robe d'après-midi qu'elle aurait normalement choisie pour une garden-party ou pour l'inauguration d'une vente de charité avec un sentiment d'exaspération à l'idée de devoir respecter les conventions, mais qu'elle avait choisie aujourd'hui pour bien montrer qu'elle célébrait l'événement. A côté d'elle se trouvait Johnny Lindsay en manches de chemise, dont le visage rocailleux manifestait tout à tour l'encouragement envers les Africains, et une affectueuse approbation envers Mme Van, toute sa petite silhouette vigoureuse exprimait la détermination, la tête penchée de côté comme pour écouter au-dehors le signe avant-coureur d'un irrésistible désastre.

La table réservée à la vente des brochures se trouvait près de la porte. Aucun Africain ne vint en acheter. Et comme la gent féminine n'était représentée, les vendeurs remisèrent les fascicules intitulés : *Comment garder votre bébé propre*, etc.

Lorsque Mme Van se leva pour parler, les hommes de l'assistance se dressèrent d'un seul bond et se mirent à applaudir en rythme, ne cessant que quand elle les fit rasseoir d'un geste péremptoire. Elle entreprit alors d'énoncer quelques observations simples et prudentes, dans l'esprit de la réunion informelle qui s'était déroulée le matin même dans son bureau. Ce n'était pas une séance du parti social-démocrate, généralement appelé parti travailliste, et les personnes siégeant à la tribune ne devaient en aucun cas être considérées comme représentatives du parti, car chacun se trouvait là à titre personnel et s'exprimait à ce titre uniquement. Penchés en avant, les hommes l'écoutaient en fronçant le sourcil dans un effort de concentration. Avant que Mme Van eût achevé son discours, M. Matushi se dressa d'un bond et déclara ardemment que tous les hommes présents étaient membres du parti travailliste – pardon, du parti social-démocrate, corrigea-t-il –, qu'ils avaient tous signé et payé leur cotisation, que toutes les personnes blanches présentes appartenaient au comité directeur du parti, et que lui-même parlait au nom de tous les hommes présents pour célébrer la première réunion politique jamais tenue dans la Réserve africaine. C'est alors que l'administrateur de la Réserve, qui s'était jusqu'alors tenu en sentinelle sur le pas de la porte en arborant un visage lugubre et réprobateur, quitta la salle pour aller manifestement téléphoner à quelqu'un en haut lieu.

Johnny Lindsay se leva alors et, face aux tempêtes d'applaudissements qui couvraient tous ses mots, tenta d'affirmer aussi qu'ils étaient tous venus à titre strictement personnel.

L'assistance s'était à nouveau levée, et une dizaine d'hommes essayèrent de hurler plus fort que les autres pour se faire entendre. Mme Van adressa un signe de tête à l'un d'eux, qui cria : « Au moins nous savons désormais qu'il existe des Européens qui s'intéressent à nous avec générosité, nous savons désormais que nous avons des amis parmi les Européens. » Un rugissement collectif de gratitude et d'approbation s'éleva, et les trois Européens de la tribune échangèrent des sourires embarrassés mais ravis, renonçant dès lors à toute tentative pour endiguer le flot.

Un homme qui était resté seul dans son coin se

leva alors. C'était Elias Phiri, qui voulait savoir, avec une remarquable maîtrise de l'ironie, s'il s'agissait oui ou non d'une réunion officielle du parti social-démocrate, et si l'assistance devait oui ou non retenir les propos des orateurs comme étant l'expression de la politique officielle. Il constatait la présence de M. Dobie qui, comme chacun le savait, était membre du Parlement et attendait avec une vive impatience d'entendre ce que M. Dobie allait dire. Il se rassit au milieu du silence attentif des Africains qui le contemplaient, lui, leur porte-parole apparent, avec une lueur d'appréhension. On entendit dans la salle une sorte de sifflement – la foule retenait soudain son souffle, involontairement. Puis les yeux se tournèrent lentement vers Jack Dobie, qui s'était levé.

Jack commença par affirmer qu'il était favorable à la promotion des Africains... mais un homme jaillit et cria : « Promotion, M. Dobie ? Vous voulez dire l'égalité – depuis des années nous lisons vos discours courageux, M. Dobie. Vous avez parlé pour nous, vous avez parlé pour notre égalité. »

La tête inclinée de côté et la bouche tordue dans un sourire sec, Jack Dobie hésita imperceptiblement, puis lança à l'assistance immobile et attentive qu'il était un vieux socialiste, qu'il venait d'une région d'Ecosse bien connue pour ses traditions socialistes et militantes, il venait de la Clyde, et qu'étant socialiste il proclamait la fraternité de tous les hommes... C'est alors que l'assistance s'élança comme une immense flamme pour s'unir passionnément aux trois orateurs de la tribune, qui abandonnèrent la réserve requise par leurs liens avec leurs électeurs, les autres citoyens blancs et la presse.

L'un après l'autre se levèrent des hommes de

l'assistance, enthousiastes, fervents, désespérément pressants, tenant à la main des petits bouts de papier qu'ils ne regardaient jamais car le flot de leur colère et de leur espérance leur inspirait des paroles qui provoquaient les rires, les grondements et l'approbation de la foule. L'un après l'autre ils réclamèrent la justice, la liberté, la fraternité, l'amour, la compréhension ; ils énumérèrent toutes les injustices qui les blessaient – solennellement exprimées dans les termes mêmes des livres blancs et d'autres documents comme il faut –, le problème de l'éducation de leurs enfants, les laissez-passer, le fait qu'ils n'avaient pas le droit de voter, et qu'on tuait leur bétail dans les Réserves – mais chacune de ces briques dans l'édifice de leur servitude servait de tremplin à des discours passionnés. La tribune répondait aux questions, procédait à de petites corrections de faits, souriait, et les quatre communistes chargés de vendre les brochures, qui observaient et écoutaient, se fondirent avidement dans l'unité et la fraternité qui résonnaient dans l'assistance comme des tambours, avec le sentiment d'approcher enfin de la source de leur besoin d'aider.

Et la division qui séparait la tribune des vendeurs de brochures ne tarda pas à s'évanouir : l'un des hommes de l'assistance voulut savoir pourquoi les travailleurs blancs – « puisqu'ils travaillent avec leurs mains, ce sont des travailleurs, d'ailleurs eux-mêmes se disent travailleurs » – ne soutenaient pas les Africains, leurs camarades travailleurs, dans leur lutte pour le droit au travail qualifié. Mme Van adressa un signe de tête à Piet, qui représentait les syndicats de la construction au comité directeur du parti, et il se dressa sur ses grandes jambes maladroites pour gagner la tribune, où il exposa pendant une demi-heure les principes du syndicalisme. A un certain point, Mme Van interrompit un instituteur maigre, voûté et porteur de lunettes qui réclamait le droit à l'instruction – « car si nous sommes des enfants, comme l'affirment les Européens, eh bien en tant qu'enfants nous réclamons le droit à l'instruction afin de devenir des hommes » – pour s'écrier : « Des hommes *et* des femmes, monsieur ! Puis-je vous faire observer qu'il n'y a pas une seule femme présente ici cet après-midi ? Pourquoi donc ? Vos femmes sont-elles suffisamment bonnes pour cuisiner et porter vos enfants, mais pas assez pour lutter à vos côtés ? »

L'assistance parut déconcertée, mais plus par déférence envers les qualités de Mme Van que par la force de ses arguments. Mme Van invita donc Marie du Preez, en sa qualité de secrétaire d'une association de femmes et par là même experte en ce domaine, à parler de la promotion des femmes. Marie releva dignement la tête tandis que son mari lui adressait un sourire oblique, et se dirigea calmement vers la tribune. De même que Mme Van, elle portait une robe d'après-midi pour faire honneur aux Africains et, cependant qu'elle se tenait face au public, son large visage tout empourpré, son corps puissant drapé dans la soie fleurie et ses pieds en perpétuelle agitation dans des chaussures à talons hauts qui lui faisaient mal (elle les avait ôtées sous la table couverte de brochures), elle offrait l'image même de la « missus » blanche habituée à commander ses domestiques. « Cette question des droits de la femme, commença-t-elle d'une voix posée, est fort compliquée... » Assis entre Martha et Jasmine qui toutes deux tentèrent de lui faire honte, Piet s'exclama alors distinctement : « A qui le dis-tu ! » sans se départir de son sourire railleur d'époux. Elle s'interrompit au milieu de sa phrase et le dévisagea rageusement. Elle posa ensuite ses poings sur ses hanches dans une posture d'Amazone, et ramena lentement son regard sur le reste de l'assistance après avoir longuement scruté son mari d'un œil méprisant, puis elle reprit : « Vous tous tant que vous êtes, vous devriez avoir sacrément honte. Les hommes ! S'il est bien une chose qui m'enseigne que les couleurs n'existent pas, c'est que les hommes sont toujours des hommes, qu'ils soient noirs ou blancs. Et ne me dites pas le contraire ! Regardez-vous – soixante bonshommes avec chacun une femme à la maison, qui trotte comme une nigaude derrière vous pour vous nourrir et vous dorloter, et c'est *vous* qui venez, vous les seigneurs et maîtres, discuter et prendre des décisions avant de retourner chez vous pour dire : A quelle heure on dîne ! »

Ne sachant comment réagir, les hommes virent son mari prendre une pose désinvolte pour l'observer d'un air ironiquement appréciateur, et peu à peu ils se mirent à sourire, puis même à rire, mais avec elle et non contre elle. Dressée sur ses jambes solidement plantées, un poing sur la hanche, Marie les menaça collectivement d'un index indigné, et se lança dans un bref compte rendu du mouvement des suffragettes, qu'ils feraient bien d'étudier, leur lança-t-elle, car si eux, la prétendue élite intellectuelle africaine, continuaient à traiter leurs femmes comme ils le faisaient, elle, Marie du Preez, se ferait un devoir d'aider les Africaines de la ville à organiser leur propre mouvement revendicatif.

C'est alors que revint l'administrateur, l'air aussi hargneux et menaçant qu'avant. Il resta un moment à la porte, effaré : Marie donnait le maximum de sa voix pour traiter l'assistance masculine d'exploiteurs de main-d'œuvre humaine, d'arrogants marchands d'esclaves, de dictateurs domestiques éhontés et mesquins. Puis renonçant à comprendre, il s'approcha de la tribune et informa Mme Van que la réunion avait déjà dépassé d'une demi-heure l'horaire prévu et qu'il fallait immédiatement y mettre fin.

Le sermon sur les droits de la femme s'acheva donc brusquement, et Marie rejoignit son mari en disant : « Tiens, vieille brute, voilà ce que je pense de toi et de vous tous – et ça se prétend communiste ! » A quoi il répliqua, feignant de se recroqueviller et de se faire tout petit : « Qu'est-ce que tu as préparé pour le dîner ? » Et elle répondit avec hauteur : « Attends, et tu verras. » Elle rougit soudain et sourit en réponse au grand sourire qu'il lui adressait, et déclara de sa voix normale : « N'empêche que tu es un sacré casse-pieds, quand tu t'y mets. »

Les gens se levaient déjà et, comme les trois orateurs quittaient leur tribune, des groupes d'Africains s'agglutinèrent autour d'eux avec une obstination anxieuse, comme si ce contact personnel avait eu le pouvoir d'apaiser leur faim. D'autres se groupèrent autour de la table où se vendaient les brochures. En quelques instants, tous les exemplaires des *Principes du syndicalisme* et *Comment diriger une réunion* avaient disparu, tandis que les fascicules relatifs à l'hygiène restaient sur la table. Vigilant, l'administrateur se tenait auprès de la table et notait les titres des brochures.

Comme les participants blancs quittaient la salle, un groupe de femmes quitta l'ombre du bosquet pour s'approcher en poussant devant elles des petits enfants portant des bouquets. Vigoureusement propulsés en avant, les enfants tendirent un bouquet à chaque personne blanche. Il y eut force saluts et sourires accompagnés de timides révérences.

Martha et Jasmine restèrent un moment immobiles dans la voiture, les bouquets posés sur leurs genoux. Profondément déprimées. Jasmine semblait prête à pleurer.

« Peu importe ce qu'on peut faire dans ce maudit patelin, explosa-t-elle, nous ne sommes qu'une bande de dames patronnesses. Et tu sais ce que je ressentais, Matty, je haïssais tous ces types pour leur saloperie de gratitude, et en même temps je me sentais de plus en plus condescendante, de plus en plus satisfaite de moi-même... » Elle éclata en larmes, et Martha l'entoura de son bras. Elle avait éprouvé la même chose, et se détestait.

Jasmine cessa presque aussitôt de pleurer, et reprit : « Pardon, Matty, j'avais oublié que c'est un jour spécial pour toi. Bon, je ne te proposerai pas de t'aider à déménager tes affaires, je suppose que vous préférez être seuls. Pour changer, je passerai la soirée avec mes parents.

– Ils te parlent, maintenant ?

– Ils essaient de me marier à un ami d'affaires de mon père. »

Elle tenta de rire, mais sans y parvenir. « Tu sais, Matty, j'ai réfléchi... Je ne sais pas comment dire – mais je rentre chez moi, et je retrouve la maison, rien ne change jamais, Papa et Maman toujours pareils, et quand je m'y trouve, j'ai du mal à croire que le monde se transforme, et à me rappeler comment vit le groupe. Et je me dis, supposons que j'épouse cet homme, après tout il est charmant, d'ici deux ans je serais exactement comme eux, je penserais exactement comme eux... tu comprends, Matty – il y a des moments où tout m'épouvante. »

Sur ces mots, elle pressa l'épaule de Martha d'un geste convulsif et déclara avec une jovialité lugubre : « Bah, ce n'est pas grave – dans cent ans nous serons tous morts ! »

Martha trouva Anton, qui l'attendait dans sa

chambre d'hôtel, entouré de valises et de piles de livres, et assis sur son lit. Le bail du nouvel appartement n'avait pas été signé, et elle découvrit qu'il comptait sur elle pour aller le signer chez le gérant. Elle avait cru qu'il l'aurait fait, car elle avait pour sa part trouvé l'appartement et en avait négocié les conditions avec le propriétaire et le gérant.

« Mais j'étais à la réunion, s'exclama-t-elle, je pensais que tu réglerais cela. » Prenant conscience de son ton maussade, elle se hâta de prendre une intonation d'humour plaintif. « Mais Anton, il ne restait plus qu'à signer le truc. »

Il répliqua aussitôt sur un ton vaguement accusateur et grincheux qu'elle ne lui avait encore jamais entendu : « Tu t'y connais, toi, mais pas moi. »

La surprise réduisit Martha au silence. Elle ne s'était jamais considérée comme une experte dans le domaine des choses pratiques ; en revanche, Anton n'était-il pas un homme pratique avant toute chose ?

Elle déclara néanmoins qu'elle allait courir chez le gérant avant la fermeture de son bureau, signer le contrat, prendre les clefs, et retrouver Anton à l'appartement.

« Mais, Matty, regarde tous ces bagages – comment veux-tu que je les emporte là-bas ? » Il la dévisageait d'un œil patient, attendant qu'elle trouvât une solution.

« Anton, je t'en prie ! Appelle un taxi, ou bien téléphone à Jasmine pour lui demander sa voiture. »

Une lueur de haine étincela dans l'œil d'Anton. Elle en ressentit une frayeur qui la surprit. Elle contourna alors l'écueil en prenant cette voix cajoleuse et gaie qu'elle méprisait : « Voyons,

Anton mon chéri, comment peux-tu être aussi *benêt.* »

Elle l'embrassa, et il s'illumina tout en disant d'une voix bougonne : « Bien sûr, tu as raison, Matty. »

Elle le quitta en courant car il était tard, et faillit se heurter sur le trottoir, à un jeune homme qui lui dit : « Madame Knowell, une minute, s'il vous plaît. » Elle s'immobilisa. « Etiez-vous au meeting de la Réserve, cet après-midi ? Accepteriez-vous de faire une déclaration à ce sujet ?

– Pour qui ?

– Je suis un journaliste au *News.* »

Martha se ressaisit aussitôt et déclara : « Il faut que vous alliez voir Mme Van der Bylt.

– Mais elle ne se trouve pas à son bureau, et je n'arrive pas à la joindre chez elle.

– J'en suis navrée – mais je suis très en retard. » Martha s'éloigna en courant, et songeant : Voilà les ennuis qui commencent ! Mais elle ne tarda pas à oublier tout cela, car il y avait le bail à signer, et puis il faudrait ensuite arranger un peu l'appartement de manière à pouvoir y dormir, et elle n'avait encore rien acheté pour le dîner. Elle venait de comprendre que désormais tous les détails pratiques de l'existence lui incomberaient. Et cela représentait un tel renversement de l'idée qu'elle se faisait d'Anton, qu'il lui fallait du temps pour y réfléchir.

CHAPITRE QUATRE

LORSQUE Mme Van rentra chez elle après « le meeting de la Réserve » (les journalistes furent les promoteurs de l'expression, et elle demeura ; par la suite, on disait « le meeting de la Réserve » comme on pouvait dire « l'année où la guerre a éclaté »), elle se trouva confrontée à des problèmes immédiats d'humeur et de temps, d'un genre dont elle avait l'habitude. Comme elle pénétrait dans la maison, son mari passa la tête par la porte de son bureau et lui demanda où le domestique avait mis ses lunettes. Au même instant, le domestique en question apparut pour annoncer qu'une dame l'attendait au salon.

« La dame veut absolument vous voir, missus », déclara le jeune homme avec cette aisance du domestique satisfait dans une bonne maison féodale. « Qui est-ce, Mutisi ?

– Mme Maynard, missus.

– Eh bien, va lui dire que j'arriverai dès que je le pourrai, mais que je risque d'être retenue quelques minutes. »

Mme Van pénétra dans le bureau de son mari après avoir frappé et reçu permission d'entrer.

M. Van der Bylt était l'un des six ou sept avocats de la ville. Maigre et grisonnant, il maniait l'humour glacé et employait toujours un vocabulaire fort précis ; et il était aussi réputé dans son domaine que son épouse dans le sien propre. On l'associait au genre d'affaires que, dans une petite ville, les citoyens les plus humbles suivent comme une compétition sportive, mais avec une malveillance narquoise. Il était un expert en droit des affaires, des mines, de la terre : c'est-à-dire expert en tout ce qui concernait les conflits de propriété, mais au plus haut niveau possible. Jamais, sauf au début de sa carrière, il n'avait accepté d'affaires criminelles ou des recouvrements de créances. Les conflits relatifs aux passions humaines l'ennuyaient et lorsque, jeune avocat, il s'y était à contrecœur laissé entraîner, son visage arborait toujours un air de dégoût vaguement tolérant. Mais quand deux grandes compagnies minières s'affrontaient, ou qu'un groupe de presse en attaquait un autre, ou encore qu'une chaîne de magasins disputait la possession d'une ville à sa rivale, alors il se sentait à l'aise. En de telles occasions, il s'enfermait dans son bureau pendant des semaines d'affilée, pour y étudier comme un joueur d'échecs les raffinements de la loi. Les avocats débordés qui lui confiaient ce type d'affaires le faisaient toujours avec soulagement, car il était inutile de procéder à l'habituel défrichement préliminaire quand il était conseiller de la défense ou de la partie civile. Personne ne comprenait pourquoi un homme, avocat par tempérament, s'était laissé nommer conseiller du roi, à l'exception de sa femme qui savait qu'étant avocat, il n'aurait pas pu éviter de se laisser entraîner dans l'émotion de ces autres affaires plus basses, sordides, impliquant le crime et la passion. Lorsque Mme Van avait saisi cela, tout au début de leur mariage, ses yeux s'étaient accoutumés à le regarder – non avec ironie, car jamais elle ne se serait permis pareille chose, mais avec une certaine compréhension paisible et persifleuse.

Fait assez intéressant, toutefois, M. Van jouait le même rôle dans son domaine qu'elle dans le sien aux yeux de la population blanche de la ville. Cette horde de bourgeois mesquins était fort capable d'expliquer et de justifier dans ses moindres méandres la théorie qui s'exprime dans la langue populaire par ces expressions : « Il suffit de vouloir pour pouvoir », « On ne doit compter que sur soi-même », « Il faut avoir de l'initiative ». Ils détestaient les « grosses boîtes » plus que le diable ou même les Noirs de la colonie. Les cartels, les trusts, les consortiums et les multinationales, et par-dessus tout « la compagnie » qui avait autrefois gouverné le territoire – officiellement dépossédée par les Assemblées législatives, et qui avait maintenant pour ainsi dire plongé dans la clandestinité, se métamorphosant en centaines de noms et de formes diverses, étaient honnis. Ainsi donc, le nom de M. Van, repris dans les pages du *News* jour après jour et pendant des semaines, lors d'une bataille entre géants, était-il en quelque sorte pour ces citoyens épris d'indépendance l'emblème de leur haine de la haute finance : et les phrases sèches et percutantes de l'avocat démontrant « le sale travail d'en haut » les emplissaient de ravissement. Rien n'aurait surpris davantage M. Van que cette image de lui-même, car il eût méprisé la seule pensée de prendre parti sur autre chose qu'un point litigieux de droit.

Quelques semaines plus tôt, il avait cependant accepté une affaire assez différente de son univers habituel. Deux petits fermiers afrikaners se querellaient depuis des années au sujet d'une clôture mitoyenne. Une centaine de mètres de terrain était en cause. Leur haine mutuelle avait atteint un degré tel que l'un d'eux avait allumé un grand feu de déboisage de l'autre côté de la clôture (prétendant qu'il s'agissait de sa propre terre et qu'il avait le droit d'y mettre le feu), détruisant, pour la saison entière, non seulement la pâture de son voisin mais la sienne propre. M. Van s'était plongé dans cette affaire avec un plaisir jusqu'alors inconnu de lui. Il faut dire qu'il appartenait à la branche cadette d'une vieille famille respectable du Cap, et encore très attachée à la terre. Mme Van, au cours de ces semaines, s'était occupée de son mari avec un intérêt nouveau, et même joyeux. M. Van n'en comprenait pas la raison, et en était troublé.

M. Van éprouvait un immense besoin d'attention de la part de son épouse. Chez lui, vêtu d'une vieille robe de chambre et chaussé de pantoufles, il restait dans son bureau et appelait sans cesse sa femme à la rescousse pour qu'elle joue aux cartes, lui fasse la lecture, arrange ses coussins ou lui trouve ses livres. Il était établi qu'il se comportait en invalide.

Ce soir-là, le téléphone depuis plus d'une heure n'arrêtait pas de sonner, et il avait déjà répété une douzaine de fois au journaliste du *News* que les affaires de sa femme ne le concernaient pas, et qu'il ne savait rien qui pût intéresser les journaux. A présent que ses lunettes avaient été retrouvées par Mme Van, il demanda : « Eh bien, ma chérie, as-tu passé un bon après-midi ? » de cette voix sèche et courtoise bien connue des tribunaux, et qui n'était pas sans rappeler un grincement de porte.

« Assez satisfaisante dans l'ensemble, je crois », répondit Mme Van. Elle s'était assise sur un siège dur et s'y tenait très droite. Depuis plusieurs mois elle souffrait du dos. Elle travaillait trop, se disait-elle. Plus tard, « quand les choses seraient moins agitées », elle se reposerait. Elle entendait par là, quand la crise politique serait terminée : à sa manière, Mme Van subissait l'humeur ambiante d'apocalyptisme. Tout allait mal, songeait-elle, « le problème indigène » devenait plus aigu, et il y avait tant de gens malheureux que la situation ne pouvait manifestement plus durer. Il fallait que le bon sens l'emportât, et ensuite elle se reposerait. Cependant elle restait en face de son mari, à attendre, sachant que Mme Maynard, deux pièces plus loin, piaffait d'impatience. Mais il avait été entendu dès le début de son mariage que Mme Van devait son attention à ses enfants d'abord, puis à son mari, et ensuite seulement à son travail. Mme Maynard devait donc se résigner à attendre.

M. Van der Bylt préparait ce soir-là un transfert d'actions compliqué entre une mine d'or et une mine de cuivre. La majorité de contrôle dans les deux mines appartenait à la même compagnie qui, sous un autre nom, appartenait elle-même au complexe financier d'un important groupe du Rand. Ce transfert était contesté, mais presque avec humour (ou du moins était-ce ainsi que le voyait M. Van) car la partie qui s'y opposait était la même qui, sous une autre raison sociale, l'exigeait. En bref, c'était une de ces négociations ténébreuses et ambiguës qui donnaient tant de plaisir à M. Van, et il se régalait à l'idée d'une soirée consacrée à éplucher les textes. Mais depuis une heure le téléphone ne cessait de sonner ; il comprenait que se préparait un nouveau scandale journalistique où son nom apparaîtrait en gros, et sa femme, assise en face de lui, parlait d'une réunion en fixant sur lui un regard encore échauffé par le souvenir de la passion politique.

Leurs relations étaient, comme on dit, fort bien réglées et, bien que M. Van eût coutume d'affirmer, avec l'approbation calme mais vigoureuse de Mme Van : « Le mariage est une affaire de compromis », cet état de choses résultait de décisions qu'elle avait elle-même prises, et depuis fort longtemps.

Deux grandes illuminations avaient traversé la vie de cette femme. La première fois à dix-huit ans et alors qu'elle était déjà fiancée à ce jeune avocat plein d'avenir qui était le fils d'un ami de son père, quand sa tante l'avait emmenée en Angleterre et en Suisse pour lui ouvrir l'esprit. De même que son futur époux, elle appartenait à une vieille famille du Cap, solide et aisée, et elle avait été élevée dans un petit village assoupi d'Afrique du Sud, au cœur d'un district de vergers. Sa tante, dame fort convenable, aimait à répéter : « Il faut te souvenir, ma chérie, qu'en Europe ils n'ont pas la moindre idée des problèmes que nous avons avec les Cafres, alors il vaut beaucoup mieux ne pas aborder ce genre de questions. » Pendant le voyage, la jeune fille avait lu l'*Histoire d'une ferme sud-africaine,* et il en était résulté pour elle une véritable révolution intellectuelle. Mais elle n'en avait rien laissé paraître sur son visage ni dans son comportement et, véritable prototype de la jeune fille bien élevée, avait accepté de se laisser inviter à danser, présenter à de lointains cousins, et promener dans les parcs londoniens. C'était en 1913. La nuit elle s'enfermait à clef pour dévorer les journaux socialistes ou féministes qu'elle avait pu se procurer ; au bout d'un an, elle était parvenue à certaines conclusions : tout d'abord, elle avait grandi dans une région arriérée d'un pays dont les idées avaient plusieurs décennies de retard et, bien qu'on eût dépensé plusieurs centaines de livres pour son instruction, elle ignorait tout du monde. Une seconde constatation lui avait fait établir que, tout en sympathisant avec les idées des suffragettes et l'aide du mouvement socialiste dont les idées lui apparaissaient caractérisées par le « pacifisme », elle ne pourrait jamais espérer participer émotionnellement à tous ces extraordinaires courants européens. Plus encore, qu'il serait absurde de se laisser émouvoir avant de les avoir bien compris. Tout cela lui apparut fort clairement en une occasion très précise. Ayant informé sa tante qu'elle se rendait à l'église, elle était allée passer deux heures à un congrès socialiste, lors de son séjour à Berne. Elle avait écouté les orateurs sans ouvrir une seule fois la bouche ni parler aux gens qui l'entouraient ; revenue à son hôtel elle y était restée plusieurs heures assise sur une chaise, les yeux fixés sur le mur et les mains croisées sur ses genoux. C'est alors qu'elle avait décidé, au souvenir de toute cette ferveur des orateurs socialistes : « En Afrique du Sud, nous n'avons pas encore atteint ce stade. Et je vais d'ailleurs bientôt épouser Jan. Quand je serai mariée et indépendante, je m'instruirai pour déterminer ce que je dois faire. » Elle s'imaginait discutant ses nouvelles idées avec son mari. Elle imaginait leur action commune.

De retour chez elle, elle considéra son Jan sérieusement, à la lumière de ce qu'elle avait appris en Europe, et décida que ses parents avaient bien choisi pour elle. L'humour froid et les manières judicieuses de son fiancé semblaient prouver qu'elle pourrait compter sur lui pour partager ses idées. Elle l'épousa et, un mois plus tard, comprit qu'elle s'était trompée : elle se découvrait supérieure à son mari. Mais elle ne fit point ce que font la plupart des femmes quand elles comprennent leur erreur — créer une image et mener un combat sans espoir, parfois pendant des années, dans le no man's land qui sépare l'image de la réalité. Elle comprit que ses progrès dépendraient de ses propres efforts, et que ces efforts devraient rester secrets.

Cette évidence lui était apparue une nuit où son mari, regagnant le lit conjugal fort tard après avoir longuement travaillé sur un dossier, l'avait trouvée plongée dans la lecture d'Ingerstoll. Il la tenait dans ses bras quand le titre du livre posé près de l'oreiller lui sauta aux yeux. Il s'était alors dégagé pour se détourner en disant de sa voix sèche et ironique : « Je vois que tu es en meilleure compagnie qu'avec moi, ma chérie. Dors bien. » Elle n'avait pas dormi de la nuit, et avait décidé qu'il lui fallait absolument bannir l'émotion de sa vie. L'émotion était dangereuse. Elle pouvait en être détruite.

Elle était alors enceinte, mais son mari représentait déjà pour elle un véritable premier enfant, et elle fit désormais en sorte de rester invulnérable.

Elle donna le jour à sept enfants au cours des quinze années suivantes et se montra bonne mère et bonne épouse. La nuit, elle lisait et étudiait ; ses livres et ses journaux venaient d'Angleterre et d'Amérique. Totalement isolée, car il ne se trouvait personne dans ce petit village avec qui elle pût partager ses idées, elle devint athée, socialiste, et convaincue de l'égalité raciale – ce fut le plus dur, étant donné l'éducation qu'elle avait reçue.

Lorsque son mari avait émigré plus au nord, elle avait apprécié le changement : elle allait dans une capitale – bien que ce fût celle d'un pays encore plus arriéré que le sien. Elle y établit sa famille, puis étudia ce qui l'entourait. Elle commença par travailler dans des organisations de femmes et de bienfaisance, devint conseillère municipale et membre de l'embryonnaire parti social-démocrate, qui ne comprenait alors qu'une poignée de syndicalistes blancs retranchés derrière les slogans socialistes pour défendre leur propre position, c'est-à-dire protéger leur niveau de vie contre les travailleurs noirs. Elle en devint bientôt secrétaire. Il lui avait fallu sept années de patient travail pour faire admettre à ce parti socialiste le principe que, quand il serait au pouvoir, il nationaliserait les moyens de production, de distribution et d'échange. Le jour où ce principe avait été admis par le Congrès, Mme Van avait célébré sa victoire – non pas seule, comme elle avait pendant des années célébré ses réussites secrètes en s'offrant un cadeau ou un livre ou un abonnement à une bibliothèque, mais avec deux amis très chers, Jack Dobie et Johnny Lindsay. Ils ouvrirent une bouteille de vin dans la minuscule maison de Johnny, aux confins du quartier métis, et burent à la victoire du socialisme mondial et à la fraternité de l'espèce humaine.

Depuis lors, le parti social-démocrate faisait figure d'opposant officiel au gouvernement. Devenus adultes, ses enfants lui avaient donné neuf petits-enfants. Elle était une femme heureuse, arrivée au faîte de sa puissance, et espérait obtenir un siège au Parlement et (elle y comptait secrètement) un portefeuille ministériel, car elle se savait plus compétente que tous les ministres en place à l'exception du Premier ministre, et plus efficace que tous ceux de l'éventuel gouvernement socialiste à l'exception de M. McFarline, dont elle respectait la compétence en matière de finances bien qu'elle méprisât ses principes.

M. Van avait observé la progression obstinée de son épouse vers son objectif, la ponctuant ici et là de petits commentaires secs, ou lui jetant parfois des observations sarcastiques et cinglantes mais, s'il la considérait intérieurement comme une femme froide et sans passion, il l'avait toujours soutenue en public. Et tout au fond de lui-même, il était soulagé. Peut-être même était-il soulagé qu'elle fût immunisée contre les blessures qu'il lui infligeait. Pourtant, à sa propre manière, il rétablissait l'équilibre. Pendant les premières années de leur mariage, Mme Van avait pris l'habitude, après une dure journée avec ses jeunes enfants et une séance d'étude dans ses livres (car jamais il n'avait empiété sur ses heures de lecture comme s'ils en avaient pris la décision d'un commun accord), d'être réveillée pour quelque exigence anodine. Et jamais elle ne lui avait failli. Avec une indomptable bonne humeur, alors même qu'elle n'avait bien souvent dormi qu'une heure ou deux par nuit pendant des semaines, elle se secouait et entreprenait de lui masser le dos, de lui faire du thé, de jouer aux échecs avec lui, et de discuter interminablement sur le point de savoir s'il présentait les symptômes de la sciatique ou plutôt du lumbago. C'était comme s'il avait dit : Puisque je suis l'un de tes enfants, je réclame la même attention.

Et maintenant elle se tenait là, assise devant lui, à lui raconter la réunion qui ne l'intéressait guère, à écouter ses variations sur le thème de sa vue et de l'œil qu'il redoutait de perdre, à convenir avec lui que la poussière était particulièrement étouffante cette année et qu'il en résulterait certainement des problèmes digestifs pour leurs petits-enfants, et elle ne bougea pas avant de l'entendre affirmer : « Bien, j'imagine que tu as des choses plus intéressantes à faire que t'occuper de moi, ma chérie. » Elle se leva alors, d'un geste circonspect car son dos la faisait souffrir, l'embrassa sur la joue, annonça que le dîner serait servi dans une demi-heure, et se rendit au salon. Pendant les quelques secondes que dura le parcours, elle passa en revue toutes les raisons qui avaient pu amener Mme Maynard chez elle, et décida que ce devait être au sujet du relogement de la communauté métisse, question sur laquelle elles se trouvaient d'accord. D'ordinaire, elles ne se trouvaient jamais d'accord sur rien.

Mais dès qu'elle aperçut Mme Maynard, qui se leva d'un bond à son entrée, faisant virevolter un long sautoir de perles sur sa poitrine vêtue de dentelle noire, le visage en feu, l'œil furieux et agité, elle comprit qu'il s'agissait d'autre chose, qu'elle ignorait. Elle offrit à Mme Maynard de boire quelque chose, et Mme Maynard répondit violemment : « Oui, quelque chose de raide, s'il vous plaît. » Mme Van sonna le domestique, le pria d'apporter à boire, et les deux femmes restèrent face à face, à échanger des nouvelles de leurs époux jusqu'à ce que le domestique eût disparu, leur laissant enfin le loisir de passer aux choses sérieuses.

Les deux femmes travaillaient ensemble dans les divers comités de la ville depuis des années ; elles respectaient chacune les compétences de l'autre, mais éprouvaient une absolue réprobation mutuelle.

Et il y avait plus. Lors de ces interminables séances de comité où elles défendaient presque toujours des points de vue opposés, elles s'observaient parfois en s'interrogeant secrètement, non sans un certain embarras.

Car Mme Van, radicale convaincue, était connue de tous comme « protectrice des Cafres », socialiste et libertaire. Et pourtant elle devait, par nature et par tempérament, être profondément conservatrice ? Le dessin de son existence le prouvait, avec tous ces enfants solidement implantés dans la société, et renforcés par une quantité de petits-enfants bien élevés, tout ce confort et tout cet ordre.

Quant à Mme Maynard, elle était conservatrice par conviction, aristocrate élitiste. Pourtant, il y avait en elle quelque chose de romantique et d'anarchiste que laissait entrevoir son cabinet de dames influentes qui tiraient les ficelles dans l'ombre, et sa passion pour l'intrigue, et même son séduisant époux, avec ses aventures discrètes mais bien sûr ébruitées – en particulier cette longue liaison avec Mme Talbot, qui avait si longtemps plané sur l'existence de Mme Maynard, belle, scandaleuse et victorieuse. Et puis il y avait ce fils unique, tellement différent de la famille bien établie de Mme Van, le décevant Binkie. Et pas un seul petit-enfant. Quand Mme Maynard venait chez Mme Van der Bylt, elle voyait des petits-enfants jouer sur la véranda ou dans le jardin, mais chez elle, on ne rencontrait que les joueuses de bridge, le comité des gardiennes volontaires de l'ordre public. Aucun petit-enfant, ni aucun signe de petits-enfants.

Mme Maynard avait cent fois tenté de gagner Mme Van à son « cabinet », en partie pour s'approprier les compétences de sa rivale, et en partie par curiosité quant à l'anomalie cachée qui complétait et contredisait la sienne propre.

Mais la radicale Mme Van ne voulait rien avoir à faire avec les processus secrets et les luttes intestines de ce véritable gouvernement clandestin. Elle s'en remettait aux processus du gouvernement démocratique : travail de commission, établissement d'ordres du jour, élections. Elle préféra pendant sept ans accomplir le travail de base ennuyeux et monotone pour prouver qu'elle méritait d'être élue au bout du compte. La socialiste Mme Van faisait tout dans les règles, scrupuleusement, et au grand jour.

Telle était donc la contradiction qui les faisait s'observer et réfléchir sur elles-mêmes. Et c'était précisément cette contradiction qui allait à présent se manifester. Elles le savaient toutes deux et montraient qu'elles le savaient à la manière dont elles attendaient que le domestique eût quitté la pièce et refermé la porte.

« Alors, Mme Maynard ? s'enquit Mme Van en hochant la tête comme un président de séance accordant la parole.

– Ecoutez, chère amie », répondit aussitôt Mme Maynard. « Il faut que je vous demande quelque chose. Et c'est joliment délicat. »

Mme Van se contenta d'acquiescer.

« Connaissez-vous cette fille, Maisie Gale ? C'est une des communistes. Ou du moins, disons qu'ils lui ont mis le grappin dessus. Quelque chose de ce genre. »

Mme Van passa une dizaine de visages en revue dans sa mémoire, et hocha la tête en signe de dénégation.

« Mais vous devez la connaître. Elle court partout avec eux. En tout cas, voici l'affaire : elle était fiancée à mon fils Binkie. Elle s'est retrouvée enceinte. Et au lieu de venir nous trouver comme une fille raisonnable, nous apprenons soudain qu'elle vient d'épouser un de ces aviateurs, un sergent, je crois, ou quelque chose d'approchant. »

Mme Van observa que le dépit rendait Mme Maynard presque incohérente.

« Cette fille, Maisie, a-t-elle informé votre fils qu'elle était enceinte ?

– Pas un mot », répliqua théâtralement Mme Maynard. « Et lorsque mon mari est allé la voir, elle s'est montrée abominablement grossière.

– Comment avez-vous appris qu'elle était enceinte ? »

Mme Maynard répondit hâtivement : « On nous l'a dit. Mais le problème, c'est que Binkie a le cœur brisé. Il a une permission exceptionnelle, et il va arriver d'ici un mois. Et impossible de faire entendre raison à la demoiselle, bien entendu.

– Vous venez de me dire qu'elle avait épousé quelqu'un d'autre ?

– Oh, quelqu'un de ridicule, un type du camp. »

Mme Van garda le silence, se contentant de remplir le verre vide de Mme Maynard et d'attendre.

« Vous avez de l'influence, reprit Mme Maynard. Vous les connaissez. Et puis, il y a la fille Quest – c'est une amie de Maisie.

– Je connais Mme Knowell, bien sûr.

– Mme Hesse, à présent. Elle a épousé son Allemand.

– Vraiment quand donc ? s'étonna Mme Van.

– Mon époux les a mariés ce matin même – absurde. Mais ce n'est pas la question. Il s'agit de l'enfant de Binkie. Et cette fille, Maisie, se refuse à répondre à mes lettres ou même à voir mon mari. »

Elle s'est mariée ce matin, songea Mme Van, et elle se trouvait cet après-midi à la réunion. Elle en fut touchée pour mille raisons. Cependant, elle désapprouvait Martha. Quitter un mari se pardonnait – encore que ce fût inutile, comme elle en avait elle-même établi la preuve. Mais quitter un enfant ne se pardonnait pas. Et pourtant, elle était touchée, profondément, là où elle ne voulait point être atteinte.

Elle s'arracha à ses réflexions intimes pour

entendre Mme Maynard affirmer : « Et je vous serais donc extrêmement reconnaissante si vous tentiez de parler à cette créature, ou d'amener la petite Quest à le faire. »

Mme Van objecta : « Mais madame Maynard, je ne vous comprends pas. Cette fille est vraisemblablement majeure. Elle a épousé cet homme de son plein gré. C'est son affaire. » Comme Mme Maynard laissait paraître une totale incrédulité, elle ajouta : « Ce n'est pas mon affaire, et ce ne devrait pas être la vôtre non plus. Si elle est mariée, elle est mariée. Suggérez-vous réellement qu'elle devrait divorcer de cet homme pour épouser votre fils ?

– Mais tout cela n'est qu'une erreur. Une terrible, terrible erreur », cria Mme Maynard, les yeux pleins de larmes. Elle tourna un regard chargé d'espoir vers son antagoniste, comprit que des principes désespérément divergents se trouvaient en conflit, et se leva en déclarant : « Ces aviateurs – on n'aurait jamais dû les laisser pénétrer dans ce pays.

– Mais, chère amie, ils sont tout de même ici à cause de la guerre. »

Mme Maynard lança un regard désenchanté vers une petite table où se trouvaient les photos encadrées d'une demi-douzaine de petits enfants, et dit : « Je suis navrée d'avoir abusé de votre temps », puis elle s'en alla dans un énergique balancement de dentelles noires.

Mme Van n'avait pas eu le temps de sonner pour le dîner que le domestique vint lui annoncer une autre « missus », et qu'une femme inconnue se précipita dans la pièce en déclarant : « Je suis navrée de vous déranger, mais je veux simplement vous demander... » Mme Van l'invita à s'asseoir – mais elle refusa ; lui offrit un verre, qu'elle refusa aussi. Elle se présenta comme étant Mme Quest, et il fallait qu'elle sût...

Dans sa robe austère et sous son chapeau sombre, Mme Quest apparaissait pesque aussi enfantine et agitée que Mme Maynard. Alors que ses pensées étaient déjà retournées aux problèmes de réunions et de logements sociaux, Mme Van décela à nouveau l'indice des crises personnelles, et à nouveau chez une dame de son âge – c'est-à-dire terriblement tardives, quand elles auraient déjà dû disparaître depuis longtemps.

Mme Quest s'écria que sa fille avait épousé un Allemand, qu'elle n'en avait pas même informé ses parents, et que peut-être Mme Van pourrait... Elle fondit en larmes, les sécha d'un air contrarié, et lança d'une voix gaie : « Si vous pouviez lui parler, peut-être entendrait-elle raison ? »

Pour la seconde fois de la soirée, Mme Van observa : « Mais elle est mariée, n'est-ce pas ? » comme si ces mots avaient exprimé l'unique chose qu'elle pût dire.

Mme Van se sentait partagée. D'une part, elle était mère et désapprouvait une telle conduite de la part d'une fille. Mais de l'autre, elle remuait des pensées désenchantées à la frontière d'une région dangereuse de son esprit. Le personnage de bon sens qui résidait en Mme Van apaisa Mme Quest, lui offrit un verre, murmura que les jeunes gens de maintenant n'avaient plus de principes, mais que c'était dû à la guerre et à l'époque troublée où ils vivaient. En même temps elle réfléchissait : Elle s'est mariée ce matin, mais elle est venue cet après-midi à la réunion, et elle y attache tant d'importance que son mariage ne passe qu'après... Mais il y a là quelque chose d'anormal.

Mme Quest s'en alla enfin, aussi hâtivement qu'elle était entrée, en annonçant qu'elle ne comptait pas revoir sa fille avant que celle-ci fût venue s'excuser auprès de ses parents pour son comportement. Mme Van fit dîner son mari, mangea raisonnablement bien qu'elle n'eût pas faim, parla du cours du cuivre et de ses variations, puis s'assura que M. Van était confortablement installé pour la soirée.

Elle s'attarda ensuite dans l'obscurité de sa véranda et contempla le clair de lune qui inondait son jardin. Le jardinier avait omis de cesser l'arrosage. D'infimes miettes de lumière jouaient sur le gazon sombre et étincelant. Les arbres noirs et massifs qui bordaient la rue se tenaient parfaitement immobiles. Une senteur de terre, froide et secrète, venait à intervalles réguliers lui caresser le visage : elle se détourna pour faire face. L'odeur provenait de sa roseraie qui, recueillant de loin les fines gouttes de l'arrosage, scintillait sous les arbres. Mme Van s'arma d'un sécateur et alla cueillir un gros bouquet de roses d'où, tandis qu'elle les assemblait, ruisselaient dans l'herbe de grosses gouttes d'eau, luisantes comme des diamants. Elle transporta la gerbe de fleurs dans sa voiture, la déposa soigneusement sur le siège et prit la direction du quartier où, selon Mme Quest, Martha avait emménagé le jour même. Elle conduisait vite, témérairement même, suivant le flot des voitures qui se hâtaient vers les cinémas. Elle se sentait emplie d'une émotion embarrassée, d'une émotion étrangère — une culpabilité. Elle avait honte de ce qu'elle ressentait à l'égard de cette fille, celle de Mme Quest : et à présent la senteur pleine et douce des roses, qui s'épanouissaient et s'échauffaient dans la voiture, l'irritait, et elle baissa une vitre pour faire entrer de l'air frais.

Un brouhaha de voix et de rires l'accueillit quand elle frappa à la porte de l'appartement, et elle songea : je suis bien heureuse qu'ils célèbrent leur mariage, je déposerai les fleurs et je resterai juste cinq minutes.

La pièce était pleine de visages connus, mais elle ne vit guère de meubles. Il y avait là deux lits étroits qu'on n'avait pas encore préparés, tous deux couverts de gens. Sur l'un se trouvaient ses vieux amis Johnny Lindsay et Jack Dobie, ainsi que Jasmine, Marie et Piet du Preez. Par terre était assise une jolie blonde assez lourde, qui tenait la main d'un homme en uniforme. Mme Van jeta un second coup d'œil, rapide et scrutateur, à ce couple et décida en son for intérieur : Oui, c'est bien, ils se respectent l'un l'autre. Elle ne disait pas des jeunes couples : Ils s'aiment. Lorsque ses filles avaient amené chez elle leurs fiancés, elle avait diagnostiqué : Elle le respecte. Ou : Elle ne le respecte pas, et avait réagi conformément. Elle reconnaissait à présent ce regard de chaleureuse confiance sur le visage de la femme enceinte, Andrew lui plaisait, et elle songea : J'espère que cette bonne femme de Maynard leur fichera la paix. Il me plairait comme gendre.

A côté de Maisie était assis Tommy. Mme Van le salua d'un sourire spécial car il était venu la veille, inaudible à force d'émotion, lui demander dans son bureau si elle pensait qu'il devrait « tout laisser tomber » et se débrouiller, « je trouverai un moyen, vous verrez » – pour aller en Chine combattre aux côtés de l'Armée Rouge chinoise. Mme Van le lui avait déconseillé, et lui avait suggéré la lecture de plusieurs ouvrages, en particulier une histoire du mouvement travailliste britannique. Il lui rendit son sourire avec la ferveur rougissante et éberluée d'un adolescent.

Sur l'autre lit avaient pris place Anton Hesse et Martha, ainsi que plusieurs jeunes gens en uniforme. Sur une valise posée par terre se trouvait un jeune journaliste sud-africain du *News.* Mme

Van le laissa se lever et lui offrir la valise, sur laquelle elle s'assit en étalant sa large jupe. Il s'adossa au mur et déclara : « Mme Van, nous avons cherché à vous joindre toute la soirée. Votre mari nous a dit que vous étiez sortie.

– J'étais sortie, en effet. Et ensuite fort occupée », répliqua-t-elle, les bras toujours chargés des roses que personne n'avait remarquées. Elle était déçue de se retrouver encore dans son rôle habituel : elle observa que même ses meilleurs amis et alliés Jack et Johnny restaient adossés au mur, bien décidés à la laisser batailler seule. « Et maintenant, reprit-elle en souriant au couple Hesse, je suis ici pour célébrer un mariage. Et à titre privé !

– Mais quand même, s'exclama le journaliste. Cela ne suffit pas, vous savez. Et demain vous nous reprocherez d'avoir mal cité les faits. » En entendant ces paroles, l'assemblée éclata d'un rire spontané et bruyant, tandis que le journaliste se renfrognait.

Mais l'atmosphère restait détendue. Ils le connaissaient tous. Il débutait dans la tâche d'assister à leurs réunions, et il les prenait ensuite à part pour leur expiquer qu'il sympathisait avec leurs idées et qu'il ne fallait pas lui en vouloir si le rédacteur en chef lui ordonnait parfois de modifier les termes de ses articles.

Mme Van répliqua en souriant : « Mais, monsieur Roberts, j'ai envoyé un compte rendu au rédacteur en chef cet après-midi. Ne l'a-t-il pas reçu ?

– Il m'a chargé de vous voir », s'entêta le jeune homme, agressif et embarrassé tout à la fois. « M. Dankwertz – ainsi s'appelait l'administrateur de la Réserve – nous a appelés pour préciser que c'était une affaire très importante.

– En ce cas, il faut que je parle à M. Dankwertz, déclara la conseillère municipale. Il n'a absolument pas à faire des comptes rendus à la presse.

– Allez, mon vieux, prenez un verre », lança Jack Dobie, son petit visage tout fripé dans un mélange d'amusement et de dégoût : expression qui lui était habituelle quand il se trouvait confronté à un représentant de ce qu'il appelait toujours la presse capitaliste.

Sur le plancher trônaient deux bouteilles de vin du Cap. Anton Hesse se déplia, quitta sa place sur le lit, versa du vin rouge dans un gobelet, et le tendit au journaliste. Mme Van observa à part soi : il paraît content de lui. Puis elle regarda Martha : Non, elle ne le respecte pas.

La porte s'ouvrit à nouveau, violemment, et un autre jeune homme entra, qui adressa un salut très professionnel au jeune Robert et aussitôt tira un carnet de sa poche. Les gens présents échangèrent des coups d'œil et se préparèrent à l'attaque. C'était là un jeune rédacteur dur et ambitieux, très différent de Roberts qui n'était pas encore endurci. Mme Van lui déclara : « Monsieur du Plessis, si c'est moi que vous cherchez, je vous signale que je suis ici à titre privé et que je n'ai pas l'intention de me laisser interroger. »

M. du Plessis se raidit. Il était maigre et noueux, avec un visage dur et arrogant, et le regard combatif de qui reste sans cesse sur ses gardes.

« Madame Van der Bylt, je souhaiterais vous interroger, au nom du parti, sur vos activités cet après-midi à la Réserve. Il me reste une demi-heure avant qu'on boucle.

– J'ai envoyé un compte rendu au rédacteur en chef.

– Je désire vous poser quelques questions. Je

vous cherche partout depuis cinq heures cet après-midi, ajouta-t-il, franchement hostile.

– Ces personnes donnent une réception, lui rétorqua-t-elle. J'estime que vous auriez dû demander l'autorisation avant de venir.

– Toutes les personnes ici présentes étaient-elles à la Réserve cet après-midi ?

– Une liste complète des personnes présentes à la réunion a été fournie à votre rédacteur. »

M. du Plessis scruta l'un après l'autre tous les visages, s'attardant sur Piet du Preez.

« J'ai cru comprendre que vous faisiez des discours sur le syndicalisme et l'organisation politique, observa-t-il.

– Et sur les droits de la femme », ajouta Martha en riant soudain. Au son de ce rire, Mme Van reporta son attention sur elle et remarqua que ce rire semblait couper en deux le visage de la jeune femme : le bas semblait se forcer, tandis que les yeux sombres restaient graves et attentifs. Mme Van abaissa involontairement les yeux vers le bouquet de roses encore fraîches mais dont plusieurs pétales écarlates étaient tombés sur le plancher nu, à côté de ses épaisses chaussures marron.

Plongeant dans le combat ouvert plus tôt qu'il ne l'aurait voulu, à cause du rire général qui avait suivi les paroles de Martha, du Plessis déclara : « Mme Van, si vous ne voulez pas répondre à mes questions, vous en subirez les conséquences.

– S'il y a des inexactitudes dans votre article, l'avocat du parti s'en occupera », répondit-elle avec emphase avant de lui tourner le dos.

M. du Plessis referma son carnet et adressa un signe péremptoire à Roberts, qui était fort embarrassé par l'attitude de son confrère : il était resté adossé au mur en silence, avec un sourire honteux et des coups d'œil suppliants en direction des jeunes gens assis sur les lits, comme pour dire : « Ne m'en veuillez pas ! » Puis, il lança un nouveau regard implorant à la ronde, déclara, « Salut ! » et suivit du Plessis dehors.

« Pauvre garçon, s'exclama Mme Van d'une voix maternelle et méprisante.

– Pauvre garçon, mon œil ! s'exclama aussitôt Jack. A un poil près, il est pratiquement aussi sordide que du Plessis. Ne commencez pas à dilapider vos trésors de compassion pour ce tas de vautours. »

Tout le monde se remit à rire ; et Mme Van arbora un sourire patient avant de pouvoir insister : « Tout de même, ce n'est pas un mauvais garçon. Il est ignare, mais il apprend.

– Il apprend quoi ? cingla Jack. Il ne démissionne pas quand son rédacteur change son texte – c'est déjà bien assez, pour mon goût. »

En entendant ces paroles, Mme Van et Johnny échangèrent ces regards attendris des gens tolérants envers une intolérante tête chaude, bien que tous deux eussent dans le passé joué le rôle de l'intransigeant tandis que d'autres souriaient.

Les yeux de Mme Van se posèrent à nouveau sur les roses, cependant qu'elle se demandait comment il convenait de les offrir. Elle observa que Martha semblait pâle et lointaine, assise contre le mur avec ses bras serrés autour de ses genoux. Anton la contemplait avec une expression d'orgueil et de tendresse. Mme Van observa Martha, à qui Anton chuchotait quelque chose, se raidissait d'abord involontairement comme pour s'écarter, puis se tournait vers lui en souriant. Elle prit la main d'Anton et la garda dans la sienne.

Tout de même, songea Mme Van, ce n'est pas normal du tout. Soudain lasse et déprimée, elle décida : je vais emmener Johnny et Jack, nous prendrons un verre quelque part.

Johnny disait : « Que pensez-vous de ces deux-là ? Ils se sont mariés ce matin sans rien dire à personne. Jack et moi l'avons appris par hasard, et nous sommes venus les féliciter. »

Ce fut le signal qui déclencha rires et plaisanteries, et Mme Van, tout en acquiesçant et convenant que ces jeunes gens prenaient la vie bien trop au sérieux, vit que Martha recouvrait aussitôt sa vivacité pour répondre à la plaisanterie de Johnny, et lancer à Jack (mais avec une pointe d'ironie sèche teintée de masochisme) : « Nous autres communistes n'avons pas de temps à perdre avec tous ces caprices bourgeois », tandis que les autres membres du groupe criaient qu'elle pouvait parler pour elle ; elle rit, plaisanta, et joua le rôle d'une mariée dorlotée aussi longtemps que l'attention resta centrée sur elle, puis aussitôt retomba dans sa torpeur. Et pendant tout ce temps, nota son aînée d'un cœur allégé, elle s'agrippait à la main d'Anton comme à une bouée.

Elle tenta d'attirer l'attention de Johnny et de Jack : elle avait compris que ces deux hommes, venus comme elle sous le coup d'une impulsion, avaient interrompu une réunion communiste informelle, et que les jeunes gens souhaitaient à présent les voir partir. Jack et Johnny croisèrent son regard avec une légère raideur qui exprimait tout à la fois leur affection pour ces jeunes gens pris individuellement et leur haine pour le communisme et cette éthique qui permettait qu'une jeune femme passât sa nuit de noces à une réunion politique ; et pourtant, en même temps, ils ne pouvaient nier leur droit de tenir des réunions s'ils le souhaitaient.

Les deux hommes se levèrent en même temps

que Mme Van, qui plaisanta sur la raideur de son dos.

« Nous allons vous laisser à vos délibérations et poursuivre les nôtres », déclara-t-elle avec une raideur calculée dans ses manières pour bien faire comprendre au groupe qu'elle savait qu'ils préparaient une réunion. Elle tenait toujours les roses.

« Y a-t-il une cuisine ? » demanda-t-elle à Martha. « Avez-vous un récipient dans lequel je puisse les mettre ? » Martha vit alors les fleurs – jusqu'à cet instant, l'idée qu'elles pussent lui être destinées ne l'avait pas effleurée et elle éprouvait à présent de l'embarras pour n'y avoir point songé – et se laissa glisser à bas du lit pour accompagner Mme Van dans la petite pièce voisine, où il y avait un minuscule fourneau.

« Ma chère enfant, commença Mme Van, ce n'est guère un cadeau de mariage très présentable, mais c'est tout ce que j'ai pu faire dans un délai si bref. »

Martha s'empourpra, ses yeux s'emplirent de larmes, et elle fronça les sourcils.

Voyant ses larmes, Mme Van acquiesça comme pour dire : Oui, c'est une réaction normale ; les yeux de Martha s'écarquillèrent alors d'incrédulité, comme si elle eût subi une injustice.

Mme Van songea confusément : il faudrait qu'elle pleure, cela lui ferait du bien. Elle est trop – dure, presque. Mais elle savait en même temps qu'elle éprouvait des sentiments qu'elle n'aurait pas dû éprouver.

Martha restait cramponnée au bouquet plein d'épines, dont les pétales rouges tombaient sur la table en bois clair, et se disait : Elle m'a donné des fleurs, c'était gentil à elle, alors pourquoi est-ce que je la déteste tant ? Et pourquoi le fait-elle, alors que je la connais à peine ? Et Jack et Johnny qui passent me féliciter. Pourquoi ? Simplement parce qu'il s'agit d'un mariage, je suppose. Mais qu'ai-je à voir dans tout cela ?

Le sourire de Mme Van paraissait complaisant, et elle songea confusément : La voilà bien, avec ce vieux mari desséché et ces nombreux enfants, tous solidement installés dans la société, avec des petits-enfants par demi-douzaines, et tout bien ordonné, sans risque ni sans souffrance nulle part. Alors pourquoi ces roses ? La douleur des épines sur sa paume semblait comme un avertissement. Elle conclut : Mais sa vie n'a rien à voir avec la mienne, elle ne pourrait jamais rien comprendre à tout cela, même si on lui laissait un million d'années. (Par *tout cela,* Martha entendait quelque chose d'obscur et de malheureux, de déterminé par essence, quelque chose de parfaitement étranger à ce que Mme Van était et serait jamais). Elle ne peut pas me comprendre, et ce n'est pas à moi qu'elle donne ces roses, mais à quelqu'un d'autre.

« J'ai été très touchée d'apprendre, commença Mme Van, que vous étiez venue à notre réunion aussitôt après votre mariage ce matin. » Elle se tut. Martha avait pâli. Mme Van scruta le visage de Martha d'un œil grave mais paisible. Elle voulait voir Martha craquer et pleurer ; elle se répétait que si Martha pouvait pleurer et se jeter dans ses bras pour être réconfortée et soutenue, ce serait bon pour elle, bon pour le couple.

A cet instant lui revint en mémoire une scène qu'elle se remémorait toujours comme étant « cette nuit-là ». Elle ne se rappelait aucune des émotions de cette nuit-là, elle la voyait de très loin, comme un extrait de film : une toute jeune femme allongée auprès de son mari, éveillée dans l'obscurité d'une petite chambre. La jeune femme pleurait sans bruit ; ses larmes glacées avaient coulé toute la nuit sur ses joues. Son bras nu et froid reposait à un millimètre du bras musclé de son mari, mais elle ne bougeait pas le bras et tremblait dans l'effort de le maintenir immobile tout en se disant : Il veut que je laisse mon bras toucher le sien, mais si je cède, il y décèlera des excuses, une promesse. Il me pardonnera.

Maintenant, après tant d'années, Mme Van se rappelait l'image qui avait empli l'esprit de la jeune femme pendant ces longues heures de veille auprès d'un homme également éveillé et qui attendait qu'elle se tournât vers lui. Image d'une chose profonde, douce, sombre et vulnérable, où s'enfonçait violemment et à coups répétés une épée tranchante. Elle n'avait pas bougé, n'avait pas laissé son bras se détendre au contact de celui de son mari, et l'épée ne l'avait plus jamais blessée, et le lieu doux, sombre et douloureux qu'elle devinait quelque part au-dessus de son cœur était resté intact. Elle était restée elle-même.

L'espace d'un instant, Mme Van ressentit la souffrance de cette nuit-là, et la réminiscence inoffensive et lumineuse se mit à rayonner d'une sensation véritable. Mme Van se détourna brusquement de Martha, et observa d'une voix rude : « Ma chère enfant, je sais que toutes ces choses sont très difficiles, elles le sont toutes... » Sa voix tremblait, et elle ajouta vite : « Ma chère petite, je vous souhaite beaucoup de bonheur. » Cette expression conventionnelle soulagea considérablement Martha, qui s'approcha et la remercia, souriante, en posant les roses sur la table.

Mme Van reprit soudain : « Votre mère est venue me voir, ce soir.

– Je ne savais pas que vous la connaissiez.

– Vous auriez dû lui dire que vous alliez vous marier. »

Martha haussa les sourcils, comme pour dire : En quoi cela vous regarde-t-il ?

Regrettant d'avoir mentionné Mme Quest, Mme Van poursuivit gravement : « Tout de même, vous auriez dû le lui dire.

– Croyez-vous donc que j'aie eu envie de répandre cette abominable farce ? » s'exclama Martha.

Mme Van eut un haut-le-corps. Puis elle quitta la cuisine en faisant un geste qui répudiait totalement Martha.

La pièce principale était plongée dans le silence, et il s'y trouvait un élément nouveau : Mme Quest venait d'entrer et s'était immobilisée devant la porte, réduite au silence par la surprise que lui causait la présence inattendue de tant de gens. Elle ne voyait pas Martha et, quand sa fille apparut finalement derrière Mme Van, elle s'écria d'une voix amicale et même joyeuse : « Ah, tu es bien là ! »

S'étant juré de ne plus jamais revoir sa fille, Mme Quest s'était monté la tête après son entretien avec Mme Van, jusqu'à parvenir à un état de fureur violente. Toutes sortes de scènes de reproches, de récriminations et de réconciliation lui avaient traversé l'esprit. Au plus fort de cette rage, M. Roberts, qui cherchait Mme Van, était venu la trouver pour tenter de savoir où joindre Martha, et avait laissé échapper que cet après-midi même Martha avait « incité les Noirs à la révolution. » Martha s'approcha d'un air résigné, « Eh bien, mère ? » et regarda autour d'elle d'un air encore plus découragé. Elle commença à faire les présentations, puis renonça.

Mme Quest demanda : « Où est mon gendre ? » Cinq minutes auparavant, elle s'était imaginée lui déclarant que, avec la collaboration des autorités, elle le ferait expulser de la colonie, mais à présent elle ne paraissait plus guère que peinée avec humour.

Anton s'extirpa du fouillis de corps entassés sur le lit, tendit la main, et se retrouva serré sur le cœur d'une brave dame anglaise qu'il n'avait jamais vue ; il lui adressa un salut raide et gauche, se déclara ravi de faire sa connaissance puis, jugeant que l'on attendait autre chose de lui, s'inclina pour lui baiser courtoisement la main. « Gnadige Frau ! », murmura-t-il.

Mme Quest s'empourpra et s'exclama que si Martha allait donner une réception pour son mariage, le moins qu'elle pût faire était d'inviter son père, qui de toute façon serait extrêmement blessé d'apprendre l'événement.

Martha restait immobile au centre de la pièce, découragée. Elle contemplait avec appréhension les papiers que sa mère tenait à la main. Tout le monde observait la scène, avec des sourires retenus. Mme Van gardait une expression de sévère réprobation. Est-ce que je la déteste tant ? Et pourquoi fait-elle cela, alors que je la connais à peine ? Et Jack et Johnny qui passent me féliciter.

« Mais ce n'est pas une réception, répliqua Martha d'une voix dure et sarcastique, c'est une réunion de travail. » Elle avait l'impression que le grotesque, cet esprit de totale incongruité qui semblait se tenir aux aguets derrière tout ce qu'elle entreprenait, avait fini par l'engloutir.

« Une réunion de travail ! » cria Mme Quest. Sa colère s'en trouva ravivée. Cherchant tout autour d'elle un moyen de l'exprimer, ses yeux se posèrent sur les papiers qu'elle tenait encore à la main, et elle les jeta aussitôt à ceux qui se trouvaient près d'elle. En un instant, toutes les têtes se penchèrent au-dessus des coupures du *Zambesia News*.

Mme Quest avait pour coutume de découper

dans le *News* toutes les lettres signées Colon Blanc et Fier de l'être, ou Beau Joueur, et dont la plupart commençaient ainsi : « Depuis maintenant quarante ans que je manie les indigènes... » etc.

Jack Dobie lut à voix haute, fort sérieusement, tandis que son visage exprimait un curieux mélange d'amusement et de colère : « J'estime que l'insolence et la grossièreté des Cafres sont en grande partie dues à la propagande de certains libéraux qui sévissent dans cette ville, et que la plus grande erreur de la Grande-Bretagne consiste à croire en l'égalité : charité bien ordonnée commence chez soi, qu'elle laisse donc nos indigènes tranquilles. »

Il rendit la coupure à Mme Quest en la remerciant poliment.

Mme Quest tendit alors le papier à Martha en disant : « Tu vois, les Cafres n'obéissent plus. » Mais elle souriait. Concentrée entre les lignes des coupures de presse, sa colère s'était désormais diluée dans la pièce, et elle voulait être invitée à la fête qui se déroulait. Elle contemplait les bouteilles de vin posées par terre. Martha prit la coupure de journal, et versa un verre de vin à sa mère. Mais il n'y avait nulle part où elle pût s'asseoir.

La réunion prévue ce soir-là pour huit heures avait déjà deux heures de retard. Le « groupe » échangeait les petits papiers de Mme Quest avec des sourires ironiques et ravis.

Mme Van, dont l'instinct de sauver les situations se révélait toujours plus fort que les autres, déclara : « Ces coupures seront fort utiles pour ma collection. » Elle avait constitué un dossier intitulé : « Imbécillités de Colons Blancs », rempli d'articles et de lettres analogues, qu'elle envoyait à des journaux et des revues d'outre-mer pour démontrer la situation déplorable qui régnait en Zambésie.

Enchantée de découvrir une alliée en une femme qu'elle avait crue favorable aux Cafres, enchantée que cette conseillère municipale, réputée si dangereuse, fût en fait si raisonnable, Mme Quest saisit la main de Mme Van et s'écria : « Chère madame, je suis tellement heureuse que vous partagiez mon avis. C'est affreux, n'est-ce pas, il faudrait fusiller tous ces agitateurs. » Et sans lâcher Mme Van, elle poursuivit à l'intention de l'assistance : « Vous voyez, c'est vraiment très dangereux, ce que vous faites. Je l'ai toujours dit.

– Maintenant, il faut absolument que je rendre. Puis-je vous déposer ? » s'enquit Mme Van.

Ne sachant que faire de son verre de vin, Mme Quest chercha des yeux un endroit où le poser, ne vit rien que le plancher nu, et se hâta de finir son verre. Elle répondit ensuite : « Je vous remercie, chère madame ! et j'aimerais tant parler avec vous du problème indigène – je trouve que les gens responsables comme nous devraient constituer des genres de comités de vigilance, puisque le gouvernement ne fait rien pour nous protéger.

– Ce serait une excellente idée », approuva Mme Van. Elle se tourna vers Martha et lui dit à voix basse, en hochant la tête d'un geste emphatique et furieux : « Quand on fait les choses comme il faut, ce genre de situation ne se produit pas !

– Comme il faut ? Que peut-on faire de comme il faut dans une situation pareille ? Ne voyez-vous donc pas qu'il s'agit d'une gigantesque farce, que tout... » Elle se détourna de Mme Van et retourna à sa place sur le lit.

Haussant les épaules d'un geste rageur, Mme Van fit un signe à ses alliés Jack et Johnny, qui la suivirent vers la porte en souriant avec ravissement à la pensée de cette situation. Mme Quest se souvint alors de Martha, et lui recommanda : « Couche-toi de bonne heure, vilaine fille, et tâche de dormir un peu. » Se rappelant alors que sa fille venait juste de se marier, elle se renfrogna, ajouta hâtivement qu'elle la reverrait dans quelques jours, sourit à la ronde, et sortit.

Tout le monde semblait sur le point d'éclater de rire, mais Martha gardait un air lugubre et contracté ; un lourd silence s'installa, et Athen finit par demander : « Je n'ai pas bien compris cette femme, camarade Matty. Est-ce ta mère ? »

Martha haussa les épaules.

« Et que voulait-elle donc que tu fasses, avec toutes ces lettres réactionnaires découpées dans les journaux ?

– Nous devrions les lire et modifier comme il convient notre vision du monde.

– Je ne te comprends pas, camarade Matty. » Martha haussa à nouveau les épaules. Le Grec l'observa un moment en silence, l'air sévère, puis s'adressa directement à elle comme s'ils avaient été seuls : « Je trouve qu'il faut dire certaines choses. Il existe une forme de rire qui est très mauvaise. C'est une dérision de la vérité.

– Oui, je suis d'accord. »

Maisie intervint alors : « Je pense que Matty est troublée, et c'est bien normal. A mon avis, nous ne devrions pas faire de réunion quand Matty et Anton n'ont même pas encore eu le temps d'aménager leur chambre. »

Mais Tommy, qui attendait avec impatience depuis déjà un bon moment, incapable de comprendre les courants qui se heurtaient, et contrarié par ce mariage qu'il jugeait encore plus contre nature que celui d'Andrew avec Maisie, explosa : « Non, camarades, il faut que nous discutions d'une chose qui n'est pas claire dans ma tête. »

La réunion commença donc, sous la vigoureuse

impulsion de Tommy et de son exigence, et pour la première fois sans président, secrétaire ni formalité.

« Voilà. Si j'ai bien compris, une bagarre a commencé dans le parti travailliste — je veux dire le parti social-démocrate — et puis je veux aussi dire autre chose : tous ces noms veulent tout le temps dire autre chose ; social-démocrate veut dire révolutionnaire, si j'ai bien compris, et puis maintenant ils s'en servent pour avoir l'air respectable... » Il se cognait la tête avec ses poings. « Mais ce n'est pas la question. C'est la section africaine, qui m'inquiète. Si je comprends bien, c'est réactionnaire d'avoir une section africaine. Et c'est démocratique d'avoir des indigènes, je veux dire des Africains, membres du parti travailliste comme n'importe qui d'autre, pour participer aux réunions. Une section africaine, c'est de la ségrégation. C'est bien ça, non ? Mais Mme Van et Johnny et Jack sont chouettes, pas du tout racistes, et pourtant ils sont favorables à une section africaine, tandis que les réactionnaires sont pour les solutions démocratiques. Eh bien, je n'y comprends rien. Absolument rien du tout. »

Athen le Grec tourna son visage grave et compatissant vers Tommy, et répondit : « C'est très bien, camarade, il faut toujours exprimer ce que l'on pense. »

Piet du Preez s'exclama avec un désespoir de clown : « Il faut évidemment que nous accordions nos violons sur cette petite question. Nous devrions toujours établir clairement la ligne à suivre. »

Anton émergea de son voyage dans l'irresponsabilité de ses pensées intimes et se redressa, posant les deux pieds par terre, pour affirmer : « Camarades, nous devons — ce me semble — analyser la situation. »

La réunion s'acheva à quatre heures du matin, et tous s'endormirent où ils se trouvaient, affalés par terre ou sur les lits. Ils furent réveillés à six heures par le domestique de Maisie, qui considérait ses patrons comme des amis et des alliés. Il leur apportait un exemplaire du *News,* qui portait en gros titre : Des agitateurs incitent les Africains à la révolte.

« Baas, baas », appela-t-il par la porte entrouverte à l'intention d'Andrew, les yeux nerveusement détournés des corps en désordre qui jonchaient la pièce. « Baas, baas ! Voilà le journal. Il dit des méchancetés sur vous, baas. Oh, c'est méchant, c'est plein de méchancetés. »

QUATRIÈME PARTIE

CHAPITRE PREMIER

LES murs et les colonnades de la véranda des du Preez, exposés toute la journée au soleil, dégageaient encore à huit heures du soir une chaleur vibrante. Les membres du groupe avaient d'abord pensé qu'il ferait plus frais dans l'air calme et lourd de la nuit, mais ils changèrent d'avis et regagnèrent le salon étouffant. Il n'y avait là que la moitié du groupe. La veille au soir, Anton avait déclaré : « Réunion de groupe demain à vingt heures. »

Seuls Anton, Marjorie, Andrew et Marie étaient présents.

« Où est Piet ? » s'enquit Anton avant même de s'asseoir. Il paraissait en colère, mais d'une manière nouvelle, rigide, comme si, à chaque nouvelle entorse à la discipline, il se disait en lui-même : Oui, il fallait s'y attendre.

Marie répondit : « Il est à la réunion du syndicat, et Tommy avec lui. » Il était désormais admis que les réunions du syndicat et du parti travailliste passaient avant celles du groupe ; ou plutôt, ce n'était pas tant admis, car il eût pour cela fallu prendre des décisions concernant la ligne politique fondamentale, qu'établi de facto. Depuis « le meeting de la Réserve », le groupe s'était trouvé secoué, bouleversé, pressé de-ci et de-là par les répercussions de l'événement. Dans le syndicat de Piet, la bataille faisait rage. Piet avait fait une conférence aux Cafres sur le syndicalisme, et il en résultait un débat passionné qui amenait aux réunions des hommes qui d'habitude n'y mettaient jamais les pieds.

Dans le salon, les fauteuils étaient arrangés en cercle. Des tas de brochures sur la Russie jonchaient le sol, parmi les jouets d'enfants. La pièce irradiait une atmosphère familiale et détendue. Marie déclara : « On va en profiter pour s'en jeter un petit derrière la cravate – puisqu'on est là de toute façon.

– Il s'agit d'une réunion de groupe communiste, objecta Anton.

– Je vais prendre une bière », dit Andrew. « Moi aussi », lança Marjorie en écho. Des enfants défiant leur maître. Anton garda le silence. Il avait posé sur ses genoux les notes de son exposé concernant le cours de la guerre sur le front Est.

Marie apporta des bouteilles de bière embuées de froid. La chaleur vibrait dans la pièce, et le tonnerre grondait lentement dehors.

« Quelque chose me dit que nous allons attendre longtemps, observa Andrew. Matty et Colin sont allés écouter la conférence de Jack Dobie sur l'Inde.

– Ils n'en avaient pas le droit.

– Jack est venu nous voir pour demander à Colin d'y assister – Colin a étudié la question indienne. Comme Matty se trouvait là, elle a décidé d'accompagner Colin. »

En entendant prononcer le nom de sa femme, Anton s'arma de stoïcisme.

« Allez, mon vieux, prends une bière », insista

Marie, et elle mit de force un verre dans la main d'Anton. Il s'en débarrassa sans même le regarder et demanda : « Athen est-il de garde ? Pourquoi n'est-il pas ici ?

– Ne me le demande pas », rétorqua Andrew. « Quant à Maisie, elle n'est pas venue parce qu'elle se sentait mal. » Anton ne s'enquérait jamais de Maisie. C'était sa façon de faire sentir qu'il ne la comptait pas pour un membre du groupe. La tension entre les deux hommes s'était exacerbée.

Marie intervint : « Au nom du ciel, nous allons finir par nous entr'égorger, à cause de cette chaleur. »

Elle s'assit en bâillant et allongea les jambes.

« Peut-être devrions-nous décider formellement de conduire nos réunions de groupe autour d'un verre », suggéra amèrement Anton. Il semblait en effet que l'on fût à un petit cocktail.

« Oh, ça va, protesta Andrew. Laisse tomber. Si les choses vont de travers ce soir, on pourra toujours les régler la prochaine fois.

– Oui, oui, poursuivit Anton, nous voilà tous assis en rond à boire de la bière, et pendant ce temps nos camarades se font tuer pour nous. »

Il ramassa un journal qui traînait par terre. Les gros titres annonçaient : Le Front allemand craque. L'Etat-Major allemand vaincu par le gel. L'Armée allemande meurt de froid.

L'hiver durant, les armées russe et allemande s'étaient battues, des millions d'hommes avaient combattu et péri, bloqués dans le froid et la neige, bloqués face à face sur les centaines de kilomètres du front, plaines balayées par le blizzard et mordues par le gel, plaines du Nord privées de soleil et englouties dans la nuit et la glace. Les titres, les comptes rendus en provenance du front, les actualités cinématographiques, tout était message d'héroïsme et de détresse, mais les voix provenaient d'un lointain glacial, comme des cris indistincts de gens qui se débattaient dans une tempête de neige.

Marjorie abaissa les yeux vers les gros caractères noirs du journal, qui disaient Froid, Neige, Blizzard, Mort, et observa : « Un peu de ce froid ne nous ferait pas de mal, ici. » Son visage ruisselait de sueur, et elle déplaçait sans cesse son corps alourdi pour chercher une position plus confortable. Elle s'efforçait d'exprimer un peu d'humour.

Anton protesta : « Es-tu fière de cette plaisanterie, camarade Marjorie ? » Depuis qu'elle s'était mariée, il lui parlait toujours comme haineusement, et elle lui opposait cet air de tolérance sèche qui la caractérisait. Cette fois, elle lâcha un profond soupir sans équivoque, et Marie soupira ostensiblement avec elle.

Andrew se hâta d'intervenir : « Pourquoi ne prononces-tu pas ton exposé devant nous, camarade Anton ? Cela vaudrait quand même mieux que de le laisser perdre. »

Anton leva sur lui son regard glacial, l'abaissa pour consulter sa montre, rassembla ses notes, et commença son exposé. Il y analysait la situation actuelle de la guerre, en insistant sur les raisons pour lesquelles il n'existait pas de second front. Normalement, il parlait pendant une demi-heure environ. Cette fois, il s'exécuta en dix minutes.

Marjorie conclut : « Dans le fond, c'est comme Napoléon, toutes ces masses d'hommes qui meurent de froid.

– Camarade Marjorie, objecta Anton, les comparaisons historiques sont parfois inutiles, mais n'as-tu pas l'impression que celle-ci est un peu tirée par les cheveux ?

– Non, pourquoi ? s'étonna Marjorie d'une

voix languissante. Bien sûr, il s'agit du socialisme luttant pour vivre. Mais les hommes meurent quand même de froid.

– Les pauvres vieux », soupira Marie en versant de la bière dans son verre et en étirant davantage ses jambes devant elle. « Pauvres malheureux, si seulement le printemps pouvait venir à leur secours.

– Je suppose que tu parles de l'Armée Rouge ? s'enquit Anton.

– Je parlais aussi des Allemands.

– Le camarade Ehrenbourg a exprimé la situation clairement, je pense. Les Allemands se sont révélés des barbares et des fascistes, et il faut les considérer comme tels. Mets-toi à la place des Russes.

– Si les Russes éprouvent une telle haine pour les Allemands, alors c'est naturel. Mais en ce qui me concerne, il y a des moments où le camarade Ehrenbourg m'écœure. Je ne vois pas ce que toute cette excitation nationaliste vient faire dans le socialisme, voilà ce que je peux dire. » Elle prononça ces derniers mots sur un ton de défi délibéré, comme si elle les avait préparés depuis un certain temps. Elle ajouta : « Et je persiste à penser à ces jeunes Allemands, les pauvres bougres. Fascistes ou pas fascistes, ce sont des êtres humains. »

Anton se leva. Marie resta où elle se trouvait, manifestement vannée, manifestement indifférente. Son visage écarlate luisait de chaleur, et ses membres s'agitaient lentement comme sous l'effet d'une irritation. Les roulements du tonnerre grondaient au-dessus d'eux.

« Si seulement il pouvait pleuvoir », proféra Andrew de cette voix bourrue qui désamorçait les situations difficiles et prouvait qu'il avait recouvré la maîtrise de soi. Il tapa sur l'épaule d'Anton, et reprit : « Détends-toi, mon vieux. Allez, on pourra régler les histoires de ligne politique quand la pluie aura commencé.

– Puisque la réunion de groupe n'a pas lieu, observa Anton, je considère qu'il est de notre devoir d'aller soutenir Matty et Colin à la réunion sur l'Inde.

– Devoir ou pas, répondit Marie en s'éventant, les yeux clos, je renonce à tout jusqu'aux pluies. »

Marjorie, Andrew et Anton la quittèrent, et s'attardèrent un moment sur la véranda. Au-delà des piliers, le ciel se rassemblait en une masse sombre et tonnante. Des éclairs jaillissaient et couraient d'une masse de nuages à l'autre. L'air était desséché. Depuis une semaine, les nuages s'amoncelaient à l'horizon, s'entassaient, s'épaississaient, mais la pluie ne venait toujours pas. Ce soir-là l'air frémissait et chantait de chaleur sèche, et la poussière voletait sur la terre desséchée sous un petit vent fiévreux.

« Tu viens à la réunion ? demanda Anton à Andrew.

– Il faut bien, non ? », répondit Andrew après une hésitation. Mais il eut honte, car il ajouta aussitôt d'une voix fervente : « Jack Dobie connaît bien son affaire, il faut le soutenir. »

Quand la voiture passa devant l'immeuble où habitait Marjorie, elle déclara sur un ton d'excuse : « Je ne me sens pas très bien. Le bébé commence à peser. »

Ils la déposèrent devant chez elle, et se rendirent à la conférence. La salle était comble. « Pas mal, apprécia Andrew, trois cents personnes pour un discours sur l'Inde, par le temps qu'il fait. » Puis il ajouta : « Je t'en supplie, ne dis rien sur l'héroïsme des Russes, ou je te quitte pour aller au cinéma. »

Anton s'autorisa un sourire. Ils s'adossèrent à

un mur, tandis que Jack Dobie, énergique petite silhouette solitaire sur l'estrade, prononçait une courte entrée en matière : « Après avoir saigné l'Inde pendant des siècles, il est de notre devoir... » etc. C'est alors qu'un petit rouquin au teint d'alcoolique se mit à bondir en hurlant : « Retourne sur les bords de la Clyde. On ne veut pas de toi ici. » Un groupe d'Indiens, commerçants et instituteurs de l'école indienne, se tenaient dans un coin, les yeux fixés sur l'orateur, et murmuraient de temps à autre : « Quelle honte, quelle honte ! » en secouant la tête d'un air douloureux. La masse des citoyens présents écoutaient en silence les opinions subversives qui leur étaient exposées, avec un air bien décidé à garder l'esprit ouvert à tout. En bref, cette réunion se déroulait comme toutes celles de ce genre qui eurent lieu dans la brève période de 1942 à 1945. Les murs de la salle étaient restés tapissés d'affiches de la réunion de la veille, réunion du comité directeur des Alliés de la Russie sur le thème « L'Homme soviétique – une nouvelle espèce ? ». Lénine, Staline et une brochette de généraux soviétiques se dévisageaient par dessus la foule. Des mots comme liberté, démocratie et révolution faisaient couler les phrases l'une après l'autre. Si Lénine en personne était apparu devant des petits-bourgeois blancs, les vouant au rebut de l'histoire et invoquant par-dessus leurs têtes les masses africaines (absentes ce soir, et sagement endormies dans leurs Réserves), il se serait révélé invulnérable, protégé par l'esprit des temps et par l'image d'un paysan maculé de sang, épuisé, glacé, et armé d'une étoile rouge, d'un marteau et d'une faucille. Sur les centaines de kilomètres du front qui s'étirait sur les plaines sombres et gelées, l'Armée Rouge combattait dans la neige envahissante et le froid, et un souffle de cet air glacé pénétra dans la salle chaude et renfermée où les hommes transpiraient en manches de chemise et les femmes s'éventaient avec des programmes qui proclamaient : « Libérons l'Inde ! » Jack Dobie arpentait l'estrade, l'œil étincelant, brandissant le poing et reprochant à l'assistance d'être des sangsues impérialistes, proclamant que la liberté était indivisible.

Anton scruta les visages levés, à la recherche de Martha. Elle n'était pas là. Elle avait dû rentrer. Andrew pensait à Maisie : il avait de bonnes raisons d'aller la rejoindre ce soir. Mais les deux hommes savaient que leur rivalité les forcerait à rester jusqu'à la fin, et ensuite à emmener Jack Dobie prendre un café. Il avait été officiellement classé par le groupe comme « sincère, mais trop individualiste, ayant besoin d'être guidé par les marxistes. » A moins qu'il ne se mît à pleuvoir, et bien que le tonnerre grondât au-dessus du toit en tôle, couvrant bien souvent la voix de Jack, ils n'auraient aucune excuse pour rentrer chez eux.

A cinq cents mètres de là, dans une petite chambre brûlante et fort éclairée, Maisie Gale, devenue pour un temps Maisie York puis Maisie Denham, et maintenant Maisie McGrew, âgée de vingt-quatre ans et enceinte jusqu'aux yeux, était assise sur le lit qui servait de canapé dans la journée, le ventre posé sur ses cuisses en sueur et les mains arrondies autour d'un petit globe vivement coloré, les yeux sur la région couleur de sable qui représentait le Soudan. Assis sur une chaise en face d'elle se trouvait Athen le Grec, ses petites mains brunes et musclées posées sur ses genoux revêtus de kaki, qui contemplait Maisie avec une inquiétude patiente et fraternelle. A huit heures, croyant que la réunion se déroulerait juste au-dessus, chez les Hesse, il avait frappé et trouvé porte close. Descendant s'informer à l'étage inférieur, il avait découvert Maisie nerveuse et gauche, qui se déplaçait en tous sens dans la petite pièce en tenant à deux mains son gros ventre pour le protéger des coins de table et de chaises ; ses cheveux blonds de bébé, collés par la sueur à son crâne, faisaient paraître plus longue et plus lourde la masse jaunâtre et contrariée de son visage malheureux. Elle lui avait proposé du thé, du café, de la bière, lui avait offert de préparer un dîner s'il avait faim, puis s'était assise, avait soupiré, était restée un moment immobile à scruter par la fenêtre l'obscurité chargée d'électricité, et lui avait finalement annoncé d'une voix lourde de rancœur qu'Andrew était allé à une réunion, mais qu'elle espérait le voir bientôt rentrer.

Ce matin-là, Mme Maynard avait ouvert la porte sans frapper et informé la jeune femme, d'une voix brève et pourtant obséquieuse, que Binkie avait obtenu une permission exceptionnelle et qu'il arriverait en ville dès le lendemain. Comme Maisie n'avait rien dit, Mme Maynard était repartie avec une dignité qui exprimait bien sa résignation devant l'injustice.

Maisie s'était alors effondrée. Depuis des mois, elle avait fait mine d'ignorer les lettres, les appels téléphoniques et même les télégrammes des Maynard, mais la présence physique de cette dame péremptoire qui arborait les mêmes sourcils noirs que son fils Binkie, et qui lui ressemblait tant, l'avait contrainte à réfléchir : Binkie arrive, le père de mon enfant arrive. Il sera ici demain.

Elle tenait à présent un index blanc et dodu sur la tache rose qui représentait l'Italie, et l'autre sur le minuscule point noir de la ville où elle habitait. Elle laissa ses yeux survoler le bleu de la Méditerranée où se déroulait actuellement un combat naval, puis le jaune de l'Egypte et le sable du Soudan, l'Abyssinie au sud, la grande fosse du

Kenya, les lacs et les forêts du Nyassaland, et la sécheresse vide de la Rhodésie du nord, productrice du cuivre que l'on gaspillait à la guerre, et au sud de laquelle elle se trouvait à présent dans cette petite pièce surchauffée. Son regard surpris et anxieux retourna à l'Italie. Peut-être Binkie s'y trouvait-il encore ? Peut-être avait-il été retenu et bénéficierait-elle d'un sursis ? Mais plus probablement il flottait à présent quelque part au-dessus de l'Egypte, du Soudan, de l'Abyssinie, suivant la courbe de la terre vers le sud, quittant le froid de la guerre en Italie d'où le soleil avait disparu, pour s'envoler au sud le ventre de l'Afrique offert au soleil, offert à l'été où elle transpirait, assise, en attendant. Elle voyait un minuscule avion, comme une mouche, se déplacer vers le sud au gré de la courbe terrestre, et le soleil se reflétait sur ses ailes. Elle leva les yeux vers Athen et déclara d'une voix malheureuse : « Je ne sais que faire. Je ne sais pas ce qui est juste ou injuste. » Pour la dixième fois de la soirée, Athen répondit : « Mais voyons, Maisie, tu savais bien qu'il reviendrait un jour. Tu le savais.

– Je ne savais pas que je me sentirais comme cela en le voyant.

– Tu ne l'as pas encore vu, rectifia-t-il en souriant gentiment.

– Et quand j'ai dit à Andrew que Binkie arrivait, il s'est contenté de répondre : Eh bien, vois-le, explique-lui ce qu'il en est et finis-en.

– C'était très raisonnable », approuva Athen en remarquant l'expression hostile que prenait son visage à la seule mention de son mari. Chaque fois que son nom avait été prononcé, elle avait laissé paraître cette même expression blessée et rancunière.

« Tu aimes Andrew, affirma-t-il d'une voix grave où perçait le reproche.

– J'ai déjà été mariée deux fois avant lui.

– Ils ont été tués tous les deux. »

Athen se pencha en avant, ses deux mains étroites et musclées, brûlées de soleil, agrippées à ses genoux. Maisie contemplait les mains d'Athen du même regard étonné et froncé. « Maisie, tu les aimais, et ils ont été tués, mais ce n'est pas ta faute.

– Aimer, prononça-t-elle d'un ton morose. Je me demande parfois ce que cela veut dire.

– Penses-tu à eux ? »

Elle haussa les épaules avec impatience.

« Mais ce n'est pas déloyal envers Andrew que de penser à eux. Ce n'est pas bien, d'oublier les gens qui sont morts quand on les a aimés.

– Mais pourquoi parles-tu d'eux ? Je ne comprends pas ?

– J'ai eu de bons camarades, qui ont été tués », dit-il, toujours penché en avant, toujours les yeux fixés sur elle. « Je pense souvent à eux. Tu comprends, Maisie, si quelqu'un t'aime, il t'aime pour tout ce que tu as été. Alors il est normal de penser à ces deux hommes, si tu les as aimés et qu'ils étaient bons et honnêtes. »

Elle se raidit totalement. « Pourquoi continues-tu à parler d'eux ? C'est à Binkie que je pense. Je regrette que ce ne soit pas le bébé d'Andrew. Et sais-tu à quoi je pensais, cet après-midi ? Je me disais que si Binkie se faisait tuer, tout serait tellement plus simple. » Elle lui jeta un regard de défi.

« C'est très mal, déclara-t-il gravement et, comme si elle n'avait attendu que cela, elle laissa son corps s'affaisser et soupira.

– Je sais que c'est mal. Et après je me suis dit : Si Andrew se faisait tuer, je me retrouverais veuve pour la troisième fois.

– Maisie, pourquoi faut-il que ces hommes

meurent ? Tu dois décider ce que tu veux, et c'est tout.

– J'ai réfléchi. Quand Andrew me raconte comment il vit en Angleterre, je ne m'y vois pas du tout.

– Il compte que tu iras en Angleterre avec lui, après la guerre ?

– Après la guerre ! Ça peut prendre des années et des années. Quelquefois je me dis que ce sera une guerre de cent ans comme celle d'autrefois. Quelquefois on dit des choses comme : Quand nous serons à Londres, mais ce n'est pas sérieux.

– C'est sérieux pour lui, Maisie.

– Non, riposta-t-elle avec une fermeté inattendue. Je ne crois pas qu'il y ait réfléchi sérieusement. C'est arrivé tout seul, jusqu'à maintenant. Il était gentil et il m'a épousée pour donner un nom au bébé, et puis – on a commencé à se plaire. » Elle prononça ces derniers mots avec un arrière-ton de morosité qui n'étonnait plus Athen.

« Maisie, tu n'es pas en train de choisir entre deux hommes, mais entre deux modes de vie. Si tu retournes avec le père de ton enfant, tu seras l'épouse d'un homme riche...

– *Riche* ?

– Pour moi, c'est ce que j'appellerais une vie riche, affirma-t-il avec un petit sourire. Maisie, les Blancs de ce pays vivent comme très peu de gens peuvent vivre dans le reste du monde. Ne le sais-tu pas ? Tu crois que c'est normal. Tu seras une femme aisée, tu auras des domestiques. Mais si tu pars avec Andrew, tu seras l'épouse d'un communiste, et tu mèneras une existence dure et bonne.

– Le communisme, remarqua-t-elle. Tu sais, cela a quelque chose de bête. Oh, je sais que c'est très bien pour toi. Tu es un homme pauvre, tu m'as dit que tu vendais les journaux dans les rues d'Athènes. Alors il y a une certaine logique à ce que tu sois communiste. Mais quelquefois j'ai envie de rire quand je vois Matty et Marjorie et tous les autres – d'ailleurs, le communisme serait très mauvais pour les Noirs, tu peux dire ce que tu veux. »

Il sourit à nouveau d'un air grave, car cette expression datait d'avant son entrée dans le groupe.

Elle lui rendit son sourire, acidulé mais ferme. « Oh, je sais : tu penses que je devrais être au-dessus de ce genre de phrases ? Mais ce n'est pas le problème, comprends-tu ? Voilà à quoi je réfléchis : si je reste mariée avec Andrew, je serai communiste. Mais si je prends Binkie, plus jamais je n'y repenserai. Eh bien, cela me donne l'impression de n'être rien par moi-même.

– Comment cela, rien, Maisie ? Tu es toi. Tu n'es pas seulement l'épouse d'un homme. »

Elle rétorqua d'une voix rancunière : « Andrew parle, tu sais comment il parle, je pourrais aussi bien être un enfant.

– Ce n'est pas vrai, Maisie.

– Si, et il a toujours raison, toujours, personne d'autre ne peut jamais avoir raison. »

Athen déclara d'un ton sans réplique : « Sais-tu ce que tu es en train de faire, Maisie ? Tu cherches une excuse pour le blâmer, tu veux le détester, et tu t'inventes des raisons. »

Elle reprit ses allées et venues dans la pièce, avec un air de détresse et de maladresse. Des épaules jusqu'aux cuisses, c'était un corps anonyme de femme enceinte. Mais au-dessus et au-dessous, les membres jeunes et bronzés appartenaient sans aucun doute à une toute jeune femme, et son regard bleu et timide qui exprimait sans cesse l'étonnement suggérait une virginité grave ; grave comme les yeux noirs, tristes et critiques d'Athen. Elle se traîna jusqu'au divan et s'y assit, entoura de ses bras le globe, y posa la tête, et se mit à pleurer.

Athen la repoussa doucement sur le lit afin qu'elle reposât sur les couvertures militaires d'Andrew, prit un oreiller, lui souleva les genoux, glissa l'oreiller au-dessous, et s'assit auprès d'elle.

« C'est ce que je faisais à ma sœur quand elle était malade et qu'elle attendait un bébé. C'est confortable ?

– Oui. »

Il posa sa fine main brune sur l'énorme ventre. Elle se raidit et resta immobile.

« Voilà, dit-il. C'est bien. Je sens le bébé. C'est agréable. »

Elle ne bougeait pas ; les yeux fixés au plafond, le sourcil froncé, elle sentait la main d'Athen sur son ventre. Son visage commença à se détendre et à perdre son aspect crispé, sa couleur jaunâtre.

« Tu es peut-être une femme pour qui l'homme n'a pas tant d'importance. Ce n'est pas une mauvaise chose. Dans ce cas, il faut réfléchir à ce qui est bon pour l'enfant. Il faut que tu en fasses un homme de bien, qui comprendra le monde, qui saura se battre pour la justice et pour la paix.

– Un homme !

– Alors c'est une fille ?

– Qui voudrait être femme ?

– Tu souhaites une fille pour avoir une compagne tout au long de tes souffrances ? »

Elle éclata de rire et, comme si elle en avait honte, se mordit la main.

« Ce soir, tu n'es pas toi-même, Maisie. » Il se mit à lui caresser doucement le ventre. Il exprimait une extraordinaire douceur, et son regard laissait paraître une joie farouche. « Et maintenant, demande-toi ceci : Lequel de ces deux hommes élèvera ta fille de manière à en faire une personne de bien, qui compense le monde et vive pour l'améliorer. C'est la seule question que tu doives te poser.

– Continue, dit Maisie. Cela me fait du bien. » Elle se tut un moment, puis reprit : « Si cela avait été toi – tu aurais pu m'épouser pour m'aider, et nous nous serions aimés – nous aurions passé de bons moments.

– Aimer, lui reprocha Athen. Ne commence pas à te convaincre de n'avoir pas aimé Andrew. Si tu as aimé quelqu'un, même pour un court moment, c'est une bonne chose, et il faut en avoir conscience et le dire, au lieu de prétendre que ce n'était pas vrai.

– Aimer », répéta Maisie de sa voix habituelle, paisible et paresseuse. « Aimer, quelquefois je me dis que cela n'existe pas. » Elle souleva sa main enfantine et doduc qui reposait sur l'oreiller, et s'en couvrit la bouche pour bâiller. Athen éteignit la lampe principale ; la pièce se trouvait à présent dans la pénombre. « Il faut essayer de rester calme, maintenant, et peut-être de dormir, et aussi te souvenir que tu es une personne et que tu dois décider toi-même ce que tu veux, au lieu de blâmer les autres pour tes propres faiblesses. » Elle bâilla de nouveau, laissa retomber sa main auprès de son visage, lui sourit, et laissa ses paupières se fermer. Athen resta auprès d'elle, et continua à masser doucement l'énorme masse de son ventre jusqu'à ce qu'elle prît une respiration plus régulière. Il sortit alors doucement en éteignant les lumières.

Une demi-heure plus tard, Andrew entra, alluma la lumière du plafond, vit Maisie allongée qui dormait, éteignit, gagna le lit en tâtonnant sur la pointe des pieds, et alluma la lampe de chevet. Il s'assit là où s'était assis Athen, à côté de Maisie endormie. Il se sentait noué d'angoisse. Ce matin-là, Maisie lui avait fait part de la visite de Mme Maynard et de l'arrivée de Binkie. Tout l'après-midi, qu'au prix d'efforts considérables il était parvenu à garder libre, elle s'était montrée évasive, nerveuse, gênée et taciturne. Toute la soirée, pendant la réunion et ensuite, en prenant un café avec Anton et Jack Dobie, il avait à demi redouté et espéré ce moment où il pourrait enfin, comme il se l'exprimait, « être avec » Maisie. Il lui semblait que tout l'après-midi elle lui était restée étrangère. A présent, elle ouvrait les yeux et lui souriait, et il sentit son cœur battre soudain avec plus de chaleur et d'aise – il se rendit compte que jusqu'alors il avait battu anxieusement. Le visage de Maisie se transforma alors, elle bâilla hâtivement, et se tourna sur le côté.

« Comment va le petit casse-pieds, ce soir ? demanda-t-il de cette voix bourrue et pleine d'humour qu'il employait toujours pour cette interrogation de routine.

– Bien, » répondit-elle d'une voix neutre, puis elle ajouta poliment : « Comment était la réunion ?

– Pas mal. »

Elle observait la pièce par-dessus la courbe de l'oreiller. Il la contempla et fut surpris de découvrir que son corps enflé le dégoûtait. Il se souvint que plus tôt, déjà, quand elle lui avait annoncé la venue de Binkie, il l'avait regardée et l'avait trouvée hideuse.

Il avait côtoyé la croissance et la transformation de son corps en les remarquant à peine, enfouissant chaque nuit son visage contre elle avec gratitude, palpant l'enfant sous la chair de ses mains tendres, sans jamais penser qu'il n'était pas de lui. Maintenant, parce que Binkie venait, il se disait sans cesse : Ce n'est pas mon enfant, et sa grossesse devenait soudain étrange et dégoûtante. Maisie tendit le bras pour lui prendre la main, et l'attira sur son ventre. Le bras d'Andrew était raide et réticent ; il laissa un moment sa main sur le ventre, puis la laissa retomber. Maisie lui décocha un profond regard de reproche.

Il laissa exploser son anxiété dans la question : « Tu t'inquiètes encore au sujet de Binkie ?

– Eh bien, c'est normal, non ? » Elle observait à travers ses cils la grosse patte malhabile posée auprès de son corps. Il attaqua gauchement : « Ecoute, Maisie, il faut que je sache. Je veux savoir où j'en suis avec toi, j'ai l'impression que tu t'es retournée contre moi dès que tu as appris le retour de Binkie. »

Elle gisait là, énorme, lourde et enflée, et il éprouva un dégoût nauséeux. Elle demanda d'une voix précipitée : « Alors, j'ai changé, hein ? J'ai changé ? Je t'ai dit qu'il arrivait et tu m'as regardée comme si j'étais de la boue. »

Il garda le silence, songeant : Elle ne peut tout de même pas avoir senti ce que j'ai éprouvé à ce moment-là ? Il répliqua d'une voix agressive : « Ça a commencé dès que tu as su qu'il arrivait.

– Il est le père de mon enfant, observa-t-elle.

– Il est tellement le père de ton enfant que j'ai dû t'épouser pour donner un nom au petit casse-pieds. »

Elle se redressa et le dévisagea. Elle se disait : Il aurait eu le droit de dire cela s'il m'avait juste épousée et dit au revoir après. Mais pas après que nous nous sommes aimés. (Elle avait failli dire, que nous avons passé de bons moments ensemble, mais à cause d'Athen elle employa le mot aimer.) Alors maintenant il n'a plus le droit de dire cela, conclut-elle en se rallongeant, en lui tournant cette fois le dos carrément. « Personne ne t'a forcé à m'épouser. C'est toi qui t'es proposé.

– Je suis navré. Je n'aurais pas dû dire cela.

– Non. Tu n'aurais pas dû. »

Le silence, ensuite, devint insoutenable. Il s'enquit d'une voix raide : « Veux-tu que j'aille dormir dans ta chambre ? Ce n'est pas la peine de bouger si tu n'y tiens pas.

– Comme tu veux », répondit-elle, indifférente. Il s'apprêtait à quitter la pièce sans un mot de plus quand il remarqua qu'elle avait les yeux humides. Il poussa une exclamation contrite, ôta son uniforme à la hâte, et s'allongea auprès d'elle sur la couverture rêche. « Tu devrais te mettre en chemise de nuit, suggéra-t-il. Il fait trop chaud pour rester habillée. »

Elle se dévêtit en toute hâte, et ce faisant observa qu'il évitait de la regarder. Elle laissa paraître une expression blessée sur son visage, et se glissa vite sous les draps en lui tournant le dos. Il se tenait tout contre son dos, comme il l'avait fait ces dernières nuits, la tête appuyée aux épaules de Maisie, et les bras passés autour de son gros ventre pour soutenir ses seins lourds. Soudain il se sentit bien.

« Salut, Maisie », souffla-t-il dans ses cheveux humides, et elle se tortilla contre lui. Il comprit que la douce pression de ses fesses contre lui signifiait qu'elle cherchait à savoir s'il la désirait. Depuis le début ils avaient fait l'amour sans problèmes, s'adaptant sans même y penser à l'évolution du corps de Maisie. Cette nuit-là, il comprit que ce nouveau dégoût physique à l'égard de la jeune femme l'empêcherait absolument de faire l'amour. Il serra contre lui le buste de Maisie et l'embrassa sur le côté de la gorge en murmurant : « Ne nous disputons pas. »

Elle s'était crispée. « Nous disputer ? protesta-t-elle. Il ne s'agit pas d'une dispute. Tu ne m'aimes plus.

– Mais si, Maisie, mais si. »

Elle lui prit la main et la promena doucement sur son ventre. Il lui laissa diriger le massage un moment puis, quand elle laissa retomber sa main, il la retint : elle exprimait par sa main de la tendresse, mais son corps était étranger.

Ils restèrent immobiles, consternés. Puis elle déclara : « Je crois que je ferais mieux de dormir seule, cette nuit, je ne me sens pas très bien. »

C'était la première fois qu'ils n'allaient pas dormir ensemble. Il sortit vivement du lit et passa dans la chambre de Maisie. Les photos de ses anciens maris étaient restées épinglées au mur. Il les salua tous deux d'un œil ironique, et songea : Quand Binkie va revenir, j'imagine qu'elle placera ma photo à côté des autres. Il se força à dormir, car il ne souhaitait guère passer la nuit à remuer des pensées déchirantes, mais il redoutait encore plus que Maisie vînt s'allonger auprès de lui pour être rassurée, et qu'il dût étouffer cette nouvelle répulsion instinctive.

Juste au-dessus d'Andrew, dans une pièce identique séparée par un mince plafond, Martha gisait sur son lit en jupon, moite, guettant les éclairs secs qui jaillissaient de masses de nuages. Elle fumait sans discontinuer et ressentait une telle tension due à la chaleur, à l'irritation et à l'épuisement qu'elle ne pouvait pas rester tranquille. Elle se sentait coupable d'avoir si facilement trouvé une excuse pour échapper à la réunion du groupe, et plus coupable encore d'avoir discrètement quitté la réunion sur l'Inde aussitôt après son arrivée là-bas avec Colin. Elle savait déjà tout ce qu'allait dire Jack Dobie, l'approuvait, et aurait tout aussi bien pu écrire le discours elle-même. Et Colin l'exaspérait. Ayant décidé qu'il lui fallait se « spécialiser » dans quelque chose, il avait choisi l'Inde et s'était consciencieusement plongé dans son sujet. Assis auprès d'elle dans la salle, il hochait la tête et acquiesçait flegmatiquement en direction de Jack, tout en chuchotant dans l'oreille de Martha chaque fois qu'un détail ou un fait secondaire lui semblait faux. Elle n'avait pas tardé à s'excuser et à rentrer chez elle, mue par un impérieux besoin de solitude. C'était comme une fièvre. Dans son appartement, elle trouva deux aviateurs du Club Progressiste. Depuis le jour de son mariage avec Anton, le centre de ralliement du groupe avait glissé de chez les du Preez à cet appartement. Elle l'avait compris lorsque les gens s'étaient mis à « passer » et que les livres, les brochures et les dossiers avaient commencé à s'empiler dans le salon. C'était normal, puisque l'appartement était plus central que la maison des du Preez ; et que les du Preez étaient encombrés d'enfants alors que cet appartement bénéficiait de la flexibilité propre à un jeune couple. Une fois qu'elle eut compris qu'il lui faudrait toujours s'attendre à trouver des gens endormis par terre dans le salon ou même dans la salle de bain quand elle s'éveillerait, et à voir arriver des gens pour les repas, elle admit le fait et s'en réjouit. L'idée de ne pas se trouver trop souvent seule avec Anton lui plaisait.

Elle s'étonna cependant d'observer qu'Anton en éprouvait de la rancœur. Il semblait que le mariage eût fait naître chez Anton une nouvelle personnalité. Tout d'abord il s'était entêté, presque furtivement, mais avec un air de secrète satisfaction, à acheter pour leurs deux pièces des meubles qu'elle jugeait laids et conventionnels. Elle aurait pour sa part préféré des pièces nues comme le salon de Maisie, un lieu de campement équipé avec l'aide des amis et un peu d'ingéniosité. Mais quand elle le lui avait dit, Anton avait répliqué de cette nouvelle voix également acquise depuis le mariage, qu'elle avait des goûts de bohème. Leurs deux pièces auraient désormais pu servir de magasin d'exposition, tellement il était typique de l'ameublement en banlieue résidentielle – qu'elle détestait. De plus, Anton avait dépensé toutes ses maigres économies en mobilier et le lui avait rappelé à plusieurs reprises. Martha ne disait rien, mais comprenait que leurs idées différaient au sujet de l'argent. Pis encore, Anton faisait preuve d'une grande attirance pour la vie domestique. Martha ne tarda pas à sentir qu'il souhaitait maintenir une étanchéité totale entre les trois secteurs de sa vie : le temps qu'il consacrait à son emploi de bureau, où il travaillait consciencieusement et de manière continue ; celui qu'il consacrait aux réunions et aux entretiens visant à promouvoir le communisme ; et le temps qu'il passait à la maison, et qu'aucune irrégularité ni question politique ne devait troubler.

Mais ce dernier trait lui inspirait manifestement une certaine honte car, tout en observant Martha qui discutait, cuisinait et accueillait les gens de passage chez eux, en l'observant d'un œil attentif et critique, il se contentait de marmonner que leur maison se transformait en hôtel. « J'aurais cru, rétorquait Martha, puisque nous croyons à la camaraderie et à la vie communautaire, qu'il nous était impossible de considérer comme une vie d'hôtel le fait de nourrir et d'héberger des gens ? » L'indignation était en partie sincère, mais elle éprouvait également de l'embarras car elle savait fort bien que ses motivations avaient quelque chose de malhonnête.

« Oui, bien sûr, mais nous n'en avons pas les moyens. »

Cet argument amena Martha à prendre une décision. M. Robinson lui suggérait depuis déjà un certain temps d'appendre à tenir les comptes de la société. Elle avait refusé parce qu'elle préférait consacrer son temps à d'autres sujets d'intérêt. Elle annonça à Anton que son salaire allait augmenter de dix livres par mois, et que cette somme couvrirait leurs frais de réception.

Ce soir-là, elle pria les deux aviateurs de s'en aller parce qu'elle avait du travail. Ils lui répondirent jovialement de ne pas s'en faire, qu'ils se débrouilleraient tout seuls. Elle s'assit sur son lit et écouta leurs voix fortes derrière la mince cloison en regrettant de n'avoir pas au moins cette soirée-là à elle. Pourtant, si elle avait fait son devoir, elle serait restée à l'une des deux réunions au lieu de se trouver là à ne rien faire. Elle ne manquait pourtant pas de travail. Il y avait notamment toute cette campagne contre Mme Van. Depuis le « meeting de la Réserve », le *News* publiait chaque jour plusieurs lettres exposant comment les instruments de Moscou fomentaient la révolution parmi les Noirs. Le nom de Mme Van était toujours cité de telle manière qu'on ne pouvait manquer de la considérer comme responsable de ces activités. Et puis il était paru une pléthore de brochures et de tracts dont l'un en particulier décrivait « certains agitateurs communistes parmi les Cafres » en multipliant les insinuations personnelles, et un autre exposait l'activité de Mme Van sous un certain angle qui, puisqu'elle militait depuis des années pour l'amélioration des conditions de vie des Africains et qu'elle avait prononcé plusieurs dizaines de discours à ce sujet, pouvait donner à penser qu'elle n'avait jamais rien fait d'autre. « Nous voulons des représentants et des représentantes qui travaillent pour le bénéfice de toutes les races, disait ce tract, et non des gens qui s'intéressent uniquement aux Noirs. » Rien dans ce texte n'était vraiment diffamatoire, mais comme il avait été déposé en même temps que l'autre dans les boîtes aux lettres, ils avaient été lus ensemble et le nom de Mme Van s'était donc trouvé associé au venin du premier.

Mme Van avait chargé Martha de relire soigneusement tous ses discours afin de vérifier si on l'avait correctement citée et de s'assurer qu'il n'y avait aucun élément diffamatoire. Elle avait achevé de vérifier les discours et, cet après-midi, elle avait fini de travailler sur les lettres ; mais il avait fallu pour cela qu'elle ait un entretien avec le rédacteur en chef du *News.* Depuis le meeting de la Réserve, et pourtant de nombreuses semaines s'étaient écoulées, il n'était paru qu'une seule lettre favorable à l'événement, ou du moins invitant les citoyens à garder la tête froide et le sens de la mesure. D'autres lettres avaient pourtant été écrites dans ce sens, et Martha le savait fort bien puisqu'elle s'en était occupée personnellement. Peu de temps auparavant, le groupe avait constitué une sous-commission chargée de répondre immédiatement à toutes les lettres réactionnaires que publierait le *News.* Il n'y avait pas eu trop de travail au début, et la sous-commission (Martha et Marjorie) avait connu une certaine détente. Mais avec la nouvelle crise, il avait fallu agir, et une trentaine de personnes se considérant comme libérales avaient accepté d'écrire au rédacteur en chef pour affirmer que le meeting de Réserve ne présentait pas que des aspects subversifs. Mais pas une seule de ces lettres n'avait été publiée. Martha avait donc sollicité un entretien avec M. Haggerty, et l'avait rencontré l'après-midi même.

Né et élevé en Afrique du Sud, M. Haggerty avait accueilli Martha en lui signifiant qu'il n'avait pas de temps à perdre avec les amis des nègres. La discussion s'était presque aussitôt instaurée sur le plan des principes.

Tout d'abord, Martha lui demanda s'il trouvait démocratique qu'il n'existât qu'un seul journal dans la colonie et, qui plus est, appartenant à un groupe de presse qui opérait en Afrique du Sud et entretenait des liens étroits avec le groupement des propriétaires de mines ? Non, répondit M. Haggerty, ce n'était certainement pas démocratique, mais rien n'empêchait qu'on lançât un nouveau journal.

« Rien sauf le manque de capitaux », répliqua Martha.

M. Haggerty observa que ce n'était pas sa faute.

Etait-il démocratique, reprit Martha, puisqu'il n'existait qu'un seul journal et que celui-ci devait donc garder une conscience aiguë de ses responsabilités, qu'il ne publiât qu'une seule lettre favorable au meeting de la Réserve contre plusieurs dizaines hostiles ?

Parfaitement, acquiesça M. Haggerty. D'après son estimation, il y avait peut-être cinquante pesonnes dans toute la colonie qui approuvaient ce genre de manœuvres, et ces cinquante-là étaient largement représentées par l'unique lettre.

Cinquante personnes *blanches,* objecta Martha.

C'est juste, admit M. Haggerty puis, constatant l'impasse où il se trouvait, il expliqua à Martha qu'il considérait le *News* comme le porte-parole de l'opinion publique noire aussi bien que blanche, mais qu'à son avis « la masse des Noirs » souhaitait uniquement d'être laissée en paix. A ces mots, Martha se mit à rire et M. Haggerty à pianoter sur son bureau.

Elle voulût ensuite savoir comment il définirait, en tant que rédacteur, la politique fondamentale de son journal.

Il répondit que le journal avait pour politique de soutenir le gouvernement en place.

Etait-ce démocratique ? interrogea Martha.

Bien sûr, estima M. Haggerty : le gouvernement était élu par le peuple, il était parfaitement démocratique de le soutenir.

Elu par les Blancs, objecta Martha, puis elle entreprit de citer des paragraphes entiers de la Déclaration américaine d'Indépendance, des textes de Tom Paine, Milton, Jefferson, Shelley et Byron. A quoi M. Haggerty répliqua, après l'avoir écoutée d'un air soupçonneux, que la propagande communiste ne l'intéressait pas. Enchantée, Martha répondit avec à-propos.

M. Haggerty déclara alors que si Jefferson, Paine ou Milton avaient vécu dans une colonie semblable à celle-ci, ils auraient eu assez de sens commun pour ne pas parler de libération.

Martha décréta qu'il n'avait aucun sens de l'Histoire.

La liberté, proclama M. Haggerty en s'arrogeant le dernier mot, devait être le bien des gens propres et instruits, tandis que le plus grand besoin des Cafres concernait l'hygiène et la discipline.

L'entretien en resta là, laissant les deux parties sur une mauvaise impression.

Martha avait ensuite tenté de voir Mme Van, mais cette dernière ne se trouvait pas à son bureau.

A présent elle songeait : Je pourrais aller la trouver chez elle. Mais aller voir Mme Van à son bureau était une chose, et lui rendre visite chez elle en était une autre. Car depuis le jour de son mariage une certaine hostilité s'était élevée entre elles deux. Elle ne comprenait pas pourquoi, car elle avait conscience d'aimer et d'admirer Mme Van.

Les roses étaient restées dans la chambre bien après l'époque où l'on aurait dû les jeter. Martha avait regardé les pétales s'amollir, se recroqueviller et faner en se disant : Si je me refuse à les jeter, c'est que j'ai dû être touchée ce soir-là. Pourtant elle offrait les roses à quelqu'un d'autre, et non pas à moi ; c'est donc parfaitement malhonnête.

Cependant les roses restaient, et Martha regardait croître en elle-même une émotion particulièrement déplaisante et troublante, un sarcasme, une parodie d'elle-même, comme si elle s'était autorisé une émotion qu'elle réprouvait mais à laquelle elle prenait plaisir, et qu'en même temps elle annulait par la dérision. « Comment puis-je savoir ce que j'éprouve ou n'éprouve pas ? Il suffit que j'entende la fanfare des scouts un dimanche après-midi pour que les larmes me montent aux yeux. Et Anton n'a qu'à m'appeler « mon tout-petit » pour que ma gorge se serre. Mme Van m'offre des roses, et j'ai envie de pleurer. Tout cela est malhonnête. C'est comme si j'avais en moi un gros sac de larmes qu'il suffirait de piquer avec une épingle pour les faire jaillir... »

Martha décida de ne pas aller voir Mme Van, et s'allongea sur son lit où elle se retourna en tous sens pendant une demi-heure avant de se mettre à rassembler dossiers et papiers pour les porter à Mme Van.

Elle traversa rapidement la pièce du devant. Il s'y trouvait à présent cinq personnes. Un jeune pilote qui venait d'achever ses cours d'entraînement se soûlait dans un coin au cognac du Cap. Les deux jeunes gens arrivés avant elle étaient maintenant en compagnie de leurs petites amies, et ils s'étaient tous allongés par terre pour parler de ce qu'ils feraient après la guerre. De cette intonation ironique et désenchantée qui caractérisait l'époque (Martha reconnaissait dans cette ironie sa propre dérision), ils étaient tous d'accord qu'ils iraient en Union soviétique se présenter devant Staline et réclamer un travail difficile et dangereux. « Après tout, déclarait l'une des filles lorsque Martha passa, ils ne peuvent quand même pas avoir déjà réalisé un socialisme parfait. J'aimerais bien participer au développement de la Sibérie, ou quelque chose de ce genre. » Ils saluèrent Martha comme si elle avait été une « passagère » semblable à eux, et poursuivirent leurs fantasmes tandis qu'elle prenait sa bicyclette et remontait les avenues en direction de la maison de Mme Van.

Comme elle s'asseyait en face de Martha, droite et retenue comme à l'accoutumée, Mme Van déclara qu'elle était ravie de la voir, sur un ton suggérant qu'elle aurait dû venir la voir plus tôt. Blessée, Martha entreprit de lui rendre compte de sa mission – la discussion avec le rédacteur, les détails de l'entretien avec un avocat au sujet d'une éventuelle poursuite en diffamation, les extraits des discours. Mme Van l'écouta et saisit aussitôt la situation : elle n'avait aucun recours légal, et sa réputation politique était sans doute atteinte définitivement. Elle chassa tout cela d'un paisible hochement de tête, et poursuivit : « Et maintenant il faut discuter cette affaire du comité de samedi. Je n'apprécie pas du tout l'attitude que vous adoptez, vous autres. Il se développe actuellement une crise très grave, et je me demande si vous vous en rendez compte.

– Mais nous passons des heures à envisager ce qu'il convient de faire, madame Van.

– Je n'en doute pas un instant, répliqua froidement Mme Van, mais je ne reconnais pas aux communistes le droit d'établir une politique unilatérale. »

Martha se leva instinctivement, comme pour partir. Elle n'était plus seulement blessée mais fâchée. Alors pourquoi, aurait-elle voulu demander, avez-vous fait en sorte que nous soyons au comité ? Vous vous êtes servie de nous, et maintenant vous parlez des « communistes » sur ce ton-là. Elle observa que les amples mains de Mme Van s'activaient dans un geste qu'elle connaissait bien : elles lissaient nerveusement l'étoffe de sa robe sur ses cuisses. Elle avait bien connu chez sa mère ce signe de détresse. Mme Van n'avait pas voulu exprimer cela ; elle manifestait une exaspération intérieure. Martha se rassit et attendit.

Mme Van se ressaisit et poursuivit d'une voix différente, à la fois douce et railleuse : « Je serais heureuse de savoir quelle ligne vous avez adoptée ?

– La vôtre, répondit Martha. Mais en vérité, nous sommes embarrassés par une question de principe. Il y a quelque chose de fondamentalement antidémocratique à fonder une section africaine et... »

Mais elle ne put finir. Mme Van laissa exploser à nouveau son exaspération intérieure : « C'est vraiment extraordinaire de voir comment vous, les communistes, vous prenez toujours le parti des factions de droite ! » Mais elle s'interrompit, soupira, et reprit patiemment : « Excusez-moi, mais il y a un certain nombre de choses qui m'inquiètent. Bien sûr, c'est antidémocratique. Je m'étonne toujours de voir combien souvent les progressistes de ce pays doivent se battre pour de mauvais principes. Peut-être vous souvenez-vous, ajouta-t-elle en souriant, qu'en Afrique du Sud et ici même, le syndicalisme blanc empêche depuis des générations les Africains d'accéder à des emplois qualifiés sous le prétexte hautement moral qu'il est injuste de payer les ouvriers noirs moins bien que les blancs... alors ?

– Alors nous avons décidé de vous soutenir, mais il y a quand même quelque chose qui cloche dans cette affaire.

– Je suis heureuse d'apprendre que nous sommes devenus raisonnables », répliqua Mme Van, soudain extrêmement sèche.

Martha se leva de nouveau. Cette fois, ce fut le signe péremptoire de Mme Van en direction d'un siège qui la fit rasseoir. Martha l'écouta docilement exposer son avis sur la *ligne* qu'elle comptait voir adopter par la faction communiste. Martha trouva drôle que Mme Van la traite en messager, mais en sachant que Mme Van ne partageait pas ce point de vue. Elle écouta donc, assura Mme Van qu'ils seraient tous présents samedi et lui promit leur soutien, se leva, et constata que Mme Van paraissait déçue.

Il flotta un moment d'hésitation. Mme Van lui offrit un verre, et Martha but en écoutant Mme Van lui parler du mariage et en s'efforçant de comprendre la leçon qui lui était ainsi offerte. Elle finit par comprendre que Mme Van se parlait à elle-même, et fut troublée de découvrir que le sang-froid de cette femme pouvait être altéré. Il l'avait été. Elle s'exprimait d'une voix dure et tremblait. Le mariage, répétait-elle, était une affaire de compromis. De tolérance. Pourtant, il arrivait que l'on se demandât s'il fallait accepter le compromis sur un principe... Elle se mit ensuite à parler du droit, des affaires judiciaires, de l'attitude de son mari vis-à-vis de la loi.

Etait-elle troublée par une attitude de son mari ? Mais pourquoi maintenant ? Et pourquoi en parlait-elle à Martha ?

Martha savait seulement que la solidité de cette femme aînée lui était nécessaire, et qu'il était douloureux de la voir dans l'état où elle se trouvait actuellement. Et sans doute Mme Van souffrirait-elle ensuite au souvenir de ces instants ? Elle ne voyait pas Martha. Elle parlait d'une voix dure et inquiète. Ses petits yeux bleus glissaient d'un objet à un autre et ses mains lissaient sa robe, jusqu'au moment où le domestique vint l'informer que baas voulait voir missus tout de suite ; Mme Van soupira, resta un moment immobile sur son siège, puis se leva et remercia Martha d'être venue, à sa manière habituelle qui était aimable et stricte.

De retour chez elle, Martha ne retrouva plus que le pilote ivre, jeune homme blond et mince, encore enfantin, dont le visage s'était coloré sous l'effet du sommeil et de la boisson. Il était allongé par terre, à côté d'une bouteille de cognac vide et renversée. Martha s'agenouilla auprès de lui pour lui glisser un coussin sous la tête. Elle songea qu'il devait avoir très chaud avec sa vareuse et tenta de l'en dégager, mais il était trop lourd pour qu'elle pût lui bouger les bras et elle s'écarta en refoulant consciemment un élan maternel à son égard. Tant de pilotes étaient morts, que le groupe avait côtoyés. Et celui-ci aussi, probablement, songea-t-elle : dans quelques mois, j'apprendrai qu'il est mort. Je ne peux plus supporter ces décès et cette tristesse qui suit. Elle chassa de son esprit la pensée du pilote et décida que, puisqu'il était maintenant dix heures et qu'Anton n'allait sans doute pas tarder à rentrer, il lui restait tout juste le temps de réfléchir à sa situation. Le début de sa réflexion consista à sortir du tiroir à mouchoirs d'Anton la photographie d'une jeune femme qu'elle scruta attentivement. C'était la première épouse d'Anton, morte. Il ne l'avait mentionnée qu'après son mariage avec Martha. Depuis lors, il en parlait constamment, et Martha avait fini par comprendre que la morte le hantait. Elle contemplait souvent la photographie, respectueusement, mais aussi avec rancune et, curieusement, avec envie. C'était un visage maigre et triste, aux yeux sombres et aux lèvres pleines, mais sévères. Ses cheveux foncés étaient coupés comme ceux d'un homme, mais elle n'avait rien de masculin, vraiment rien. Martha éprouvait une attirance vers cette femme, mais ne pouvait imaginer comment elle avait pu épouser Anton. Impossible de déceler le moindre rapport entre eux. Elle avait été l'un des premiers communistes arrêtés par les nazis, apprit Martha, et elle était morte dans un camp de concentration. Anton et elle avaient été mariés trois ans, mais avaient passé fort peu de temps ensemble à cause des exigences du Parti. Comme disait Anton : « C'était une femme qui s'était vouée à la Révolution. Elle ne s'intéressait absolument pas à elle-même. »

Fallait-il y déceler une critique de Martha ? Elle ne le pensait pas. Lorsque Anton parlait de sa femme, c'était avec un air mêlé d'orgueil stoïque et d'étonnement nostalgique. Grete avait été un admirable orateur, dotée d'un immense courage physique. Elle avait « un cerveau d'homme » — Martha en prit note avec le sentiment que cela en disait long sur Anton. Aussi, « les ouvriers l'adoraient ». Et pourquoi les ouvriers ne l'auraient-ils pas adorée ? Martha apprit aussi qu'issue d'une famille riche, elle l'avait quittée pour la Cause. (Qu'Anton, si fougueusement prolétaire, eût épousé une bourgeoise, c'était encore un fait que Martha retenait pour y réfléchir, car elle sentait confusément qu'il y avait là une explication importante de la personnalité d'Anton.)

Chaque soir Anton parlait de Grete, et Martha l'écoutait. L'instant où ils se retrouvaient seuls donnait le signal de l'entrée en scène de Grete.

Un soir Martha s'était écriée d'une voix impatiente : « Mais, Anton, pourquoi parles-tu tant de Grete ? » et il avait répondu : « C'était une camarade remarquable, Matty, remarquable. »

Martha n'avait pu que hausser les épaules – geste qui résumait toute son opinion concernant le mariage. « Pourquoi devrais-je m'irriter quand ce n'est même pas un mariage ? » (En public, elle se montrait pourtant affectueuse et docile envers son mari.) En vérité, conclut-elle, il est sans doute toujours marié avec Grete. Elle rangea la photographie dans le tiroir, ôta sa robe, et s'allongea sur le lit ; elle sentait la sueur couler et picoter sa chair. Le lit se trouvait sous la fenêtre. Son regard plongeait directement dans le ciel noir et desséché que heurtait le tonnerre stérile et que déchiraient les éclairs. Les orages la mettaient toujours dans un état d'excitation sexuelle, et elle était sur le point de se laisser aller aux fantasmes de l'homme sans visage qui, sur les ailes de l'avenir, viendrait la libérer de son carcan glacé – mais elle les refoula. Anton allait bientôt rentrer. Elle avait appris à se protéger de lui, sexuellement. Elle avait consulté un livre d'éducation sexuelle qui appartenait à Marjorie, et découvert qu'Anton souffrait d'un problème nommé éjaculation précoce. Mais elle refusait l'expression. Le mélange de vaniteuse complaisance et, à l'égard de Martha, de totale incompétence dont il faisait preuve exprimait un élément de sa personnalité qui n'avait rien à voir avec des expressions de grammaire latine. Un instinct profond lui enseignait que jamais elle ne devrait lui laisser entrevoir l'ampleur de sa déception sexuelle, et elle devenait la plus accomplie des menteuses. Mais cela n'était possible que si elle refusait de se laisser émouvoir par lui. Martha n'était pas femme à pouvoir employer des expressions comme : « l'aspect sexuel du mariage ». Dès le moment où elle comprit que « coucher avec Anton » était totalement étranger à ce qu'elle éprouvait pour lui, à cette affection sèche et de plus en plus critique, elle recouvra son intégrité en mettant tous ses espoirs en l'homme imaginaire qui entrerait dans sa vie et ferait d'elle ce qu'elle se savait capable d'être. Elle devinait cet homme, plutôt qu'elle ne le voyait, comme une sorte de contrepartie masculine à Grete. Grâce à la sécurité que lui procurait l'image de cet homme, elle manifestait de la gentillesse à Anton. Mais il y avait toujours un ou deux mauvais moments à l'instant de se mettre au lit. C'était fort heureusement toujours très tard, ils se trouvaient rarement seuls ensemble pendant plus de quelques minutes, et le matin il y avait toujours chez eux des gens à nourrir. Quand la guerre sera finic, sc promcttait Martha, nous partirons chacun de notre côté. Elle commençait à basculer dans le désespoir car elle se rendait compte qu'Anton, contrairement à elle, ne considérait pas leur séparation comme évidente.

En bref, un puits de désespoir s'emplissait peu à pcu à l'abri de ses haussements d'épaules. Anton s'installait dans une situation de dépendance, d'une manière qu'elle n'appréciait guère. Il voyait quelque chose en elle qu'elle ne reconnaissait pas. Elle avait plus d'une fois songé, en l'écoutant parler de Grete, que, si elle mourait, Anton, de la même façon, parlerait d'elle à sa prochaine amie ou femme : Martha et Grete ne seraient pas tant offertes à cette autre femme comme une expérience antérieure, qu'étalées, imposées comme des possessions passées d'Anton. (Ces derniers mots étaient résolument satiriques – car Anton avait un sens de la propriété que n'avait pas Martha, mais il ne cessait jamais de condamner en elle des attitudes bourgeoises.)

Il s'ensuivait des interrogations : Puisqu'il ne pourra évidemment pas me présenter à cette autre femme comme il présente Grete, qui était une héroïne, quelles sont donc mes qualités ? Il devait bien avoir sa petite idée, pour arborer cet air complaisant qu'elle haïssait. Alors qu'avait-elle donc de particulier ? Arrivée à ce point de ses réflexions, Martha s'examinait parfois dans le miroir. (Cette nuit-là, elle s'examina, se trouva laide, et retourna se coucher sans pouvoir s'intéresser, dans cette chaleur orageuse, au fait qu'elle était laide.) Elle n'avait pourtant guère changé et restait plutôt jolie, mais sans excès. Quand elle se voyait de l'extérieur, elle se retrouvait telle qu'elle avait toujours été, nerveuse, critique à l'extrême, gauche et abrupte. Rien qui pût motiver la vanité d'Anton. Pourtant, il éprouvait de l'orgueil et le laissait paraître. Quelque chose échappait donc à Martha ; elle était idiote et sans doute, comme toujours, égoïste et son devoir consistait...

Anton rentra très tard ; Martha dormait déjà. Il alluma le plafonnier et commença à se déshabiller. Martha s'éveilla et lui dit bonsoir. Il ne répondit pas. Elle comprit alors qu'il était fâché, et se prépara à écouter le sermon qu'elle estimait mériter pour son absence aux réunions. Mais il ne disait toujours rien, bien qu'elle se fût assise, les jambes bien droites, et très attentive. Après deux ou trois questions auxquelles il répondit d'une voix coupante, il se lança dans une diatribe contre Jack Dobie qu'elle avait déjà entendue maintes fois : Jack était un flibustier socialiste à l'ancienne mode, dépourvu de toute discipline et de toute compréhension politique. Plus irritée qu'elle ne l'avait cru, Martha s'entendit répliquer, alors qu'elle s'était juré de ne rien dire, que Jack était peut-être un social-démocrate au cerveau faiblard, mais qu'il avait tout de même réussi la performance de se faire élire à plusieurs reprises par une bande de syndicalistes blancs qui détestaient tout ce qu'il représentait, mais qui respectaient tellement sa personnalité qu'ils ne voulaient voter pour personne d'autre.

Comme s'il n'avait attendu que cette objection, Anton fixa sur elle un regard de glace et proféra : « Oui, oui, mais nous ne sommes pas là pour nous extasier comme des lycéennes sur les politiciens de charme. »

Vêtu de son pyjama, il arpentait maintenant la chambre et rangeait ses affaires. Elle avait découvert avec intérêt qu'il achetait des pyjamas coûteux et les portait avec le plus grand soin. Il était très méthodique. Lorsqu'il fut prêt à se coucher, la chambre ressemblait une fois de plus à une vitrine : deux petits lits proprets, deux commodes, une penderie, le tout bien en ordre. Tout sauf moi, songea Martha, consciente de l'irritation qu'elle suscitait chez Anton, à se vautrer ainsi en jupon sous la fenêtre ouverte.

« Il faut que nous réorganisions le groupe, décréta Anton, et que nous nous prenions en main. Nous convoquons des réunions, et la moitié des gens ne se dérangent pas. Il faut que cela cesse.

– Mais, Anton, tout le monde faisait quelque chose d'important.

– Le Parti passe avant, répliqua-t-il d'une voix péremptoire. Le Parti passe toujours avant. » Il s'assit sur son lit et remonta soigneusement sa montre. Quand il eut terminé, il demanda : « Tu ne comptes pas te déshabiller ?

– Il fait tellement chaud ! » Mais elle se leva d'un bond, enfila vivement une chemise de nuit, et se recoucha.

Seigneur, se dit-elle, il ne va pas commencer à parler de Grete ? Car cet air absorbé et soucieux, tourné en lui-même, signifiait qu'il avait basculé dans son passé.

« Oui, Matty », reprit-il finalement, l'air tendre et grave : « Le Parti passe toujours avant tout. C'est le premier principe. »

Elle observa que ses yeux étaient revenus au présent, à elle. Alors je ne dois pas être si laide, après tout, décida-t-elle. Mais je déteste toute cette attitude : je lui plais ce soir, ou je ne lui plais pas. Pourtant, il est séduisant, j'imagine : grand, large d'épaules, les cheveux blonds et souples – on croirait lire une description dans un magazine féminin. Mais il plane quelque chose de cynique qui ne me plaît pas, et qui m'est étranger. Il s'approcha alors d'elle et la contempla avec ce petit sourire satisfait qu'elle lui connaissait dans ces moments-là.

« Il fait terriblement chaud, Anton », déclara-t-elle en lui prenant vivement la main pour atténuer son refus. Il changea d'expression, hocha la tête avec raideur et se dirigea vers son lit où il se coucha sans proférer un mot.

Faisant comme si l'incident n'avait pas eu lieu, il reprit son discours sur un ton moralisateur : « Ce sont l'organisation rigoureuse et la discipline du Parti qui comptent le plus. Il faudra convoquer les camarades le plus tôt possible et procéder à une réorganisation complète. »

Martha lança, dans une intention de plaisanterie : « La discipline est peut-être le plus élevé des objectifs, mais j'imagine qu'il y a des moments où l'oncle Joe s'en dispense ! »

Il se dressa sur un coude et la dévisagea. « Je suppose que tu parles du camarade Staline ?

– Oh, ne sois pas si solennel, Anton !

– Il y a certains sujets que je considère sacrés et sur lesquels je ne tolère aucune plaisanterie ! » Sur ces mots, il se recoucha et tendit le bras pour éteindre la lumière. Ils restèrent ainsi côte à côte, séparés par la largeur d'une pièce que les éclairs illuminaient continuellement de lueurs irrégulières. On dirait les lueurs des canons, rêva Martha, et son imagination retourna sur le front oriental.

Elle se prit aussitôt à éprouver de l'horreur plutôt que de la honte : tant de chamailleries et de mesquinerie quand des hommes se faisaient tuer – elle était couchée dans une affreuse petite chambre, à des milliers de kilomètres du lieu où se déterminait l'avenir du monde, submergée de colère pour rien du tout.

Elle éleva la voix : « Anton, tu ne vas pas entamer une querelle parce que j'ai appelé Staline, Oncle Joe – comme tout le monde ?

– La façon dont tu parles, répondit-il, trahit une attitude mentale. Elle trahit une façon dangereuse de voir les choses. Tu devrais faire attention, Matty. »

Tu devrais faire attention sonnait comme une menace. Martha y réfléchit un moment, puis déclara : « Oh, bonne nuit, je n'ai pas l'intention de me battre pour si peu, même si tu en meurs d'envie. »

Mais au matin, Anton boudait. Avant de partir travailler, il l'informa qu'il comptait sur elle pour faire en sorte que tous les membres du groupe soient présents le soir même à sept heures précises pour une réunion de groupe. Puis il sortit en enjambant le pilote endormi, étalé sous la fenêtre, dans la lumière violente du soleil, laissant paraître une expression d'impatience dégoûtée.

CHAPITRE DEUX

MARTHA n'eut pas le loisir de convoquer les membres du groupe avant l'heure du déjeuner. Jasmine ne se trouvait pas dans son bureau. Martha traversa la rue en courant jusqu'au quartier général du groupe, et y trouva Jasmine en compagnie de M. Matushi. A la demande de ce dernier, ils se retrouvaient chaque jour à l'heure du repas pour qu'elle pût lui enseigner les principes de l'organisation politique, mais cet enseignement avait évolué en cours d'anglais. M. Matushi parlait quatre dialectes africains, parlait et lisait l'anglais correctement, mais se considérait comme un illettré. Quand Martha entra, Jasmine corrigeait la grammaire d'une lettre qu'il avait écrite au rédacteur en chef du *News,* au sujet du meeting de la Réserve. Sa lettre n'avait pas été publiée, et il pensait que c'était dû à son mauvais usage de la langue.

Martha s'assura que Jasmine viendrait, puis partit à la recherche de Marjorie, qu'elle trouva malade et couchée, mais qui promit d'informer Colin que la réunion de ce soir avait « priorité absolue. » Maisie s'éventait devant la fenêtre. Elle écouta Martha d'une oreille indifférente, puis déclara qu'elle avait des problèmes en ce moment et qu'elle ne pourrait pas venir. Voulait-elle bien prévenir Andrew ? « Mais je viens de te dire que j'avais des problèmes, Matty. Binkie arrive aujourd'hui, et j'ai des problèmes avec Andrew.

– Eh bien, débarrasse-toi de Binkie, lui conseilla Martha. De toute façon, il n'a aucun droit de t'ennuyer.

– C'est vrai, acquiesça Maisie.

– Qu'est-ce qui ne va pas ?

– Ils me dégoûtent tous. »

Martha se mit à rire et s'en alla, mais tandis qu'elle courait dans la rue, elle sentit l'angoisse lui nouer l'estomac. Andrew et Maisie ne vont tout de même pas se laisser gâcher la vie par ce bon à rien de Binkie, songea-t-elle... Elle éprouvait un effroi terrible, et s'en dégagea en s'offrant un peu de mépris à l'égard de Maisie, à la limite du dégoût. Dans la mesure où le bonheur d'un couple avait constitué un symbole pour les autres, ce couple devait s'attendre à une réprobation équivalente si son bonheur s'effondrait. Martha réfléchissait : Hier soir Mme Van, aujourd'hui Maisie et Andrew... elle ne conclut pas sa pensée, qui était : alors il n'existe aucun espoir pour moi. Les larmes lui montèrent aux yeux.

Martha tenta de téléphoner à Athen, au camp, mais sans parvenir à le joindre. Elle essaya la maison des du Preez. Marie était sortie. Treize heures trente. Elle partit à vélo vers la banlieue où Piet dirigeait un chantier. Le ciel était chargé de masses mouvantes et solennelles qui roulaient d'un horizon à l'autre sans promettre encore la pluie. Le soleil les transperçait ici et là, jetant sur la plaine des lueurs spasmodiques. C'était une lumière orange et lourde comme un mauvais présage. Au sommet d'un mur à demi construit, Piet à califourchon mettait en place les briques qu'un Noir lui tendait. La loi voulait qu'un Africain pût faire le mortier, ramasser les briques, tendre les briques et le mortier à l'homme blanc, mais il ne pouvait pas mettre les briques en place car il s'agissait d'un travail qualifié réservé aux Blancs. Voyant Martha, Piet lui adressa un bref salut contrarié.

« Excuse-moi, Piet », dit-elle en levant les yeux vers le large visage rouge et ruisselant de l'homme blanc qui la dominait de plusieurs mètres, et vers le visage noir, animé et perlé de sueur, qui se trouvait auprès de lui, « mais Anton dit qu'il faut absolument se réunir ce soir.

– Ah oui, il dit ça ? » Piet posait les briques l'une après l'autre, et l'Africain lissait les bavures du mortier avec sa truelle. Il poursuivait son travail sans regarder Martha, et elle insista : « Ecoute, Piet, il insiste pour que nous soyons tous présents.

– J'ai une réunion syndicale.

– Anton dit que c'est important. »

Piet s'essuya le front avec la manche déboutonnée de sa chemise kaki, et répondit : « Matty, j'ai de nouveau des problèmes avec mes collègues. Des ennuis. A cinq heures. Dis à ton homme que ça commence à faire un peu trop. Et puis comment veux-tu que j'aille du siège syndical à chez vous. Si tu crois que je vais courir partout dans cette chaleur, tu te trompes.

– Je prendrai la voiture de Jasmine et j'irai te chercher.

– J'en ai par-dessus la tête. » Il mit une nouvelle brique en place et fit un signe à l'Africain en disant : « Eh, toi, dépêche-toi un peu ! » Il y a seulement six mois, songea Martha, j'aurais jugé indispensable de critiquer Piet pour sa façon de parler aux Africains !

— Tu devrais prévenir Marie, reprit-elle, je n'arrive pas à la joindre.

— Il y a un gosse malade, et elle l'a conduit à l'hôpital.

— Où est Tommy, tu peux le prévenir ?

— Il est là-bas ! » Piet inclina la tête vers un autre secteur du chantier, puis vers l'Africain, qui lui tendit une nouvelle brique.

Martha traversa le chantier, terre chaude et rugueuse, jonchée de briques, passa devant un autre homme blanc assisté d'un Africain, et rejoignit l'apprenti Tommy qui, près d'un tas de tuyaux, tenait une clef anglaise à la main en écoutant les instructions d'un Blanc plus âgé. Ils étaient entourés par un groupe de six Africains censés aller chercher les instruments qu'ils réclameraient.

Tommy parut embarrassé à la vue de Martha. Il s'approcha d'elle en s'essuyant les mains sur ses cuisses. « Salut, Matty, commença-t-il timidement, qu'est-ce que tu fais là ? » Il jeta un regard gêné en direction des hommes qui observaient la scène.

Martha lui communiqua le message, et Tommy répondit qu'il avait déjà des projets pour la soirée.

« Nous en avions tous, tu sais. » Martha s'entendit devenir péremptoire, se détesta, et ajouta : « S'il te plaît, Tommy, tâche de venir si tu peux. Maintenant il faut que je retourne au bureau. »

Elle arriva en retard, et Mme Buss décréta d'une voix acide : « M. Robinson dit qu'il veut le mémorandum terminé pour ce soir, même si vous devez pour cela rester plus tard. »

Le mémorandum ne fut terminé qu'à six heures. Exaspérée par la faim, à laquelle elle s'était tellement habituée qu'elle se demandait même secrètement si elle n'était pas malade, Martha retrouva Jasmine au Black Ally où l'odeur de la nourriture l'informa qu'elle n'avait encore rien mangé de la journée. Elle acheta un sachet de petits pâtés en croûte et les mangea hâtivement dans la voiture tandis que Jasmine conduisait en lui parlant de M. Matushi qui avait grand besoin d'aide. Peut-être Martha accepterait-elle de prendre la relève avec lui, car elle-même s'en allait. Martha ne réagit pas, jusqu'au moment où elle se rendit compte que Jasmine lui annonçait son départ pour Johannesburg où « son développement politique bénéficierait d'une expérience plus ample. »

« Tu ne peux pas t'en aller sans la permission du groupe », s'écria Martha d'une voix cinglante. Pour la seconde fois de la journée, elle entendit l'intonation péremptoire de sa propre voix, et le soupçon d'évoluer en mégère acariâtre la réduisit au silence et au désespoir.

Jasmine répondit : « J'estime que le groupe abuserait de ses droits en me refusant sa permission. » Elle ajouta qu'elle avait déjà acheté son billet de train.

Sentant revenir sa bonne humeur au fur et à mesure que les pâtés en croûte modifiaient la composition chimique de son organisme, Martha soupira qu'elle enviait Jasmine et que, si les choses se poursuivaient de cette manière, il ne resterait bientôt plus grand-chose du groupe.

A la Chambre syndicale, Jasmine déclara qu'elle allait chercher Piet à sa réunion. Martha observa qu'il serait gêné, et Jasmine entra d'un pas décidé en disant : « Tant pis. » Martha réfléchit que jamais Jasmine n'aurait dit pareille chose une semaine auparavant : comme tous les autres, elle trahissait son véritable sentiment concernant l'importance de la colonie dès qu'elle s'apprêtait à la quitter. Jasmine reparut un instant plus tard en annonçant : « Piet en prend pour son grade. » Puis elle ajouta : « Saloperie de petit bled, le moindre incident prend les allures de grand drame. »

Elles attendirent près d'une heure. Puis Piet sortit de la salle en disant : « Eh bien, je vous félicite, camarades – vous êtes connues dans tout le coin comme des Rouges sanguinaires, et voilà Jasmine qui se précipite dans la salle pour m'ordonner de sortir pendant que Martha attend dans la voiture en plein devant la porte, alors que je me décarcasse pour essayer d'avoir l'air respectable.

– Bah, ne te laisse pas abattre », répondit Jasmine, mais Piet poursuivit : « J'ai toute la meute qui me saute à la gorge parce que j'excite les Noirs, j'essaie de les calmer et de les rassurer sur mon compte, et il faut que vous veniez leur en remettre encore une louchée. » Il était trop furieux pour pouvoir en dire plus. Ils gardèrent le silence jusqu'à l'appartement.

Anton, Marjorie et Marie attendaient dans le salon.

Marie arborait un humour las, et Marjorie s'était enveloppée dans une couverture malgré la chaleur, car elle tremblait de fièvre. Anton gardait un silence lugubre.

« Alors ? allons-y, suggéra Piet.

– Il manque encore des camarades, objecta Anton. Et il est presque huit heures. La réunion était convoquée à sept heures.

– Je t'ai déjà dit que Colin ne pourrait pas venir, Anton, rappela Marjorie.

– Il *doit* venir. »

Marjorie fit appel aux autres par-dessus la tête d'Anton : « Il y a eu des ennuis hier soir après la réunion de Jack Dobie. Un des types du syndicat de l'imprimerie est venu prévenir Jack qu'il y a encore plein de tracts anonymes en préparation – Jack répandrait de la propagande séditieuse contre l'Empire britannique. Alors Colin est avec Jack, ils cherchent une solution. A quoi bon être un expert de la question indienne, poursuivit-elle plaintivement, s'il ne se manifeste pas en temps de crise ?

– Il n'y a pas d'excuse qui tienne », décréta Anton. Puis il se tourna vers Martha, qu'il n'avait pas vue depuis le matin : « Où sont Andrew et Athen ?

– Tu sais comme il est difficile de les joindre au camp.

– Ils devraient être ici.

– Peut-être aurais-tu dû laisser aux gens le temps de se retourner ? »

Marie vola au secours de Martha : « Oui, camarade, il n'est pas raisonnable de compter sur une participation totale avec si peu de préavis. »

Piet intervint d'une voix exaspérée : « Allons, commençons donc ».

L'ignorant, Anton poursuivit l'interrogatoire de Martha : « Et où est Tommy ? »

Ce fut Piet qui répondit : « J'ai dit à Tommy que ce n'était pas la peine de venir. Il y a un gars très bien, sur le chantier, un Noir du Nyassaland et Tommy s'est lié d'amitié avec lui... » Anton voulut parler, mais Piet l'en empêcha autoritairement : « Oui, c'est difficile, pour un garçon comme Tommy, de la race des seigneurs blancs, de devenir l'ami d'un Noir, et c'était plus important de maintenir son rendez-vous avec ce gars que de venir à la réunion.

– Qui a pris cette décision ? voulut savoir Anton.

– Qui a pris la décision de convoquer cette réunion ? Toi seul. Ce n'était pas une décision du groupe.

– Je suis président, répondit Anton, et j'ai le droit de convoquer des réunions d'urgence. Et maintenant, puisque nous n'espérons plus personne pour ce soir, nous pouvons commencer.

– Ce n'est pas tout, protesta Marjorie, il manque encore Maisie.

– Je ne pense pas que nous souffrions trop de l'absence de la *camarade* Maisie », ricana Anton avec un mépris si ouvert qu'ils échangèrent des coups d'œil de solidarité contre lui. Des exclamations étouffées s'élevèrent ici et là. Gardant un silence entêté, il attendait. Puis, voyant comment les autres l'observaient, il lança d'une voix coupante à Martha : « Eh bien, alors, cours voir ce que Maisie fabrique. »

Submergée de colère en entendant cette intonation, Martha descendit néanmoins. La porte de Maisie était close. Martha frappa, et frappa encore. Elle s'ouvrit enfin. Maisie se trouvait là et, derrière elle, se tenait un grand jeune homme aux épaules carrées – Binkie. La guerre l'avait fait maigrir, et il paraissait plus grand, plus droit, et aussi plus mûr. Martha ne l'aurait pas reconnu. « Excusez-moi », bredouilla Martha en repartant. Il semblait qu'elle eût interrompu un discours ou une déclaration de Maisie car, avant même que la porte fût refermée, Maisie poursuivit après avoir vaguement salué Martha d'un signe impatient : « Alors tu vois, Binkie, c'est ainsi que les choses ont tourné, et il faudra t'y faire. »

Martha grimpa l'escalier en courant, et en songeant avec ravissement : « C'est donc qu'Andrew et Maisie s'entendent bien, finalement. » Elle se précipita chez elle en s'écriant : « Tout va bien – Maisie tient tête à Binkie !

– Je suis heureux de connaître ces détails de la vie conjugale de Maisie, lança Anton, mais je suggère que nous nous mettions au travail.

– D'abord, prévint Piet, je vous signale que j'ai promis de retourner à ma réunion syndicale à neuf heures. Ils s'occupent d'autres questions en attendant.

– Il s'agit d'une réunion du parti communiste, répliqua Anton, et tu vas rester jusqu'à la fin. »

Marie jeta un coup d'œil étonné à son mari et fit claquer sa langue, puis déclara à Anton en riant : « Oh, ça va. Il faut que je m'en aille aussi, car j'ai un gosse malade et c'est la cusinière qui le garde. Dis-nous l'essentiel, et puis on filera. »

Anton commença alors le discours qu'il avait préparé : « Camarades, il est urgent que nous recouvrions le sens de la discipline. Nous sommes communistes. Les soirées d'hier et d'aujourd'hui nous montrent bien quelles distances nous avons prises vis-à-vis du comportement communiste... »

Piet l'interrompit : « Laisse tomber le remplissage. Pourquoi nous as-tu rassemblés ?

– Ma proposition concrète concerne l'organisation d'une série de conférences sur l'histoire du parti communiste. »

Marie jeta un nouveau coup d'œil anxieux, teinté d'un peu d'humour, à son mari dont la bouche s'était brusquement ouverte. Il se ressaisit au bout d'un instant et demanda d'une voix blanche : « Tu nous as tous rassemblés ici ce soir pour *cela* ?

– Oui, oui, oui. »

Piet se leva, et Marie se posta à côté de lui.

« Camarade Anton, dit-il, si tu veux que nous nous mettions tous d'accord solennellement sur le principe d'une série de conférences sur l'histoire du parti, j'y suis favorable. Mais je tiens à dire une chose : tu vis complètement en dehors de la réalité. Ou bien alors tu as pris une insolation. Quelle est la situation : Nous sommes dans les ennuis jusqu'au cou. A moins qu'on ne les prenne délicatement en main, les gens de mon syndicat risquent de faire passer une résolution raciste dont nous mettrons des années à nous débarrasser – et je me bats pour empêcher la chose. Je joue en ce moment ma place au conseil syndical. Le parti social-démocrate est en pleine crise – une scission est à craindre si l'on n'intervient pas sérieusement. Nous avons si bien travaillé que nous occupons tous en ville des positions importantes et notre influence dépasse largement l'importance de notre nombre. Et malgré tout cela, il faudrait que nous lâchions tout pour courir jusqu'ici quand... » La fureur l'empêcha de terminer sa phrase.

Marie prit le relais d'une voix conciliante : « Un peu de cœur, camarade Anton. J'ai parfois l'impression que tu n'es qu'un petit crétin, si tu veux mon avis. »

Anton s'obstina : « Je ne m'intéresse pas au jugement que tu peux porter sur mon caractère. Je propose formellement que nous commencions notre série de conférences dès demain, ou le lendemain si vous êtes tellement occupés qu'il ne vous reste plus un moment pour le parti.

– Après-demain, c'est le comité directeur du parti social-démocrate.

– C'est fini à six heures.

– Mais tu sais très bien que l'essentiel de ces réunions réside dans les discussions qui les prolongent dans les cafés.

– Je suis navré de te l'entendre dire, camarade Piet. Navré, mais cependant pas surpris.

– Oh, et puis merde », s'écria Piet. Et il sortit, suivi de Marie qui jeta un dernier regard ironiquement implorant à Anton.

Marjorie se leva et déclara : « Je suis vraiment

malade, Anton. Il faut que je rentre. Le médecin m'avait interdit de quitter mon lit.

– Si le médecin l'a dit, camarade, tu n'aurais évidemment pas dû venir. »

Marjorie laissa échapper une exclamation de colère offensée et sortit sur les talons des du Preez.

Jasmine, qui n'avait pas encore ouvert la bouche, déclara : « Je me charge de convoquer le groupe pour une date qui convienne à tous. Et j'annonce que je compte quitter la colonie dans dix jours exactement. Maintenant, bonne nuit à tous. » Elle partit en leur adressant un sourire placide.

Restée seule avec Anton, Martha attendit de savoir ce qu'il trouverait à dire, mais il rassembla méticuleusement ses papiers et, sans lui accorder un seul regard, passa dans la pièce à côté où il s'allongea sur son lit et se plongea dans la lecture de Lénine.

Martha comprit qu'elle pouvait aller se faire voir ailleurs. Elle le suivit dans la chambre et déclara : « Anton, tu es parfaitement puéril. » Il ne répondit rien. Elle attendit un moment, puis descendit chez Maisie. Elle avait entendu une voiture s'éloigner, et espérait que c'était Binkie. Maisie se trouvait seule chez elle, et accueillit Martha en disant : « Matty, je suis navrée d'avoir été si impolie tout à l'heure, mais j'étais dans tous mes états. Il est parti, maintenant, prends du thé avec moi.

– Tout va bien ?

– Il a pleuré, répondit Maisie, l'œil agrandi par la surprise et le dégoût. Il a pleuré, Matty. Ça m'a fait un effet épouvantable. Mais je n'aime pas cela, qu'un homme pleure. Enfin, bien sûr, que les hommes pleurent, mais il pleurait comme pour m'influencer, et c'était très déplaisant. Il me semble que c'est un peu tard, non – évidemment, ce n'est pas sa faute s'il a des vieux salauds qui ne pensent qu'à l'argent, comme parents, mais... » Elle éclata en sanglots comme un enfant, sans chercher à essuyer ses larmes, en se balançant doucement sur sa chaise tandis que des flots de larmes jaillissaient de ses yeux grands ouverts et ruisselaient sur son visage.

Martha passa la soirée avec elle. Maisie était à présent braquée contre les deux hommes, Binkie et Andrew. Elle parlait d'eux avec des frissons de haine et de désespoir. « Ils m'écœurent tous, Matty », répétait-elle sans cesse. « Quelquefois je me demande pourquoi nous leur accordons la moindre importance. »

Martha lui affirmait qu'elle était de mauvaise humeur et qu'elle se sentirait mieux le lendemain matin. Elle ne pouvait pas supporter l'idée que l'amour d'Andrew et de Maisie était terminé.

Quand elle remonta chez elle, Anton dormait ou feignait de dormir.

CHAPITRE TROIS

LA SÉANCE du Comité directeur avait été convoquée pour deux heures. A une heure, la pluie arriva du nord en grondant sur le veld, et enserra la ville dans un déluge torride. A deux heures, la moitié seulement des délégués étaient présents ; d'autres arrivèrent précipitamment en s'ébrouant et en s'exclamant. C'était une pièce dont le seul éclairage provenait de la porte, et il fallut allumer la lumière à cause du ciel gris plombé qui enchâssait la ville. Il faisait une chaleur insoutenable, et le bruit de l'orage empêchait que l'on entendît un seul mot ; les délégués ne tardèrent donc pas à quitter la pièce pour se tenir le long des murs qui entouraient la cour en attendant que cesse la pluie. Le bruit était encore plus violent sous le toit en tôle de la véranda. A mesure qu'arrivaient d'autres délégués, ils se dirigeaient vers leurs alliés naturels comme s'il s'était formé deux armées qui maintenant se surveillaient, à travers la pluie qui remplissait la cour, avec une méfiance experte qui se transformait, lorsqu'ils se retournaient pour accueillir les membres de leur camp, en cette excitation dure et joyeuse qui précède les grandes batailles des séances de comités. Ainsi, lorsque M. McFarline entra flanqué de son fidèle second au visage maigre, il évalua les forces en présence d'un seul coup d'œil perçant, puis salua Mme Van, sa principale ennemie, d'un signe de tête bref et presque amusé. Elle le salua en retour d'un geste brusque et gai. M. McFarline consolidait sa position parmi les nouvelles recrues, les délégués des sections hâtivement constituées à travers tout le pays, et il les observait avec autant d'intérêt que la faction « rouge » car, bien qu'ils fussent syndicalistes et donc certainement opposés à la constitution d'une section africaine, nul ne savait vraiment où ils pencheraient.

Du côté « rouge » de la cour, les rangs paraissaient plus clairs. Colin Black et Jack Dobie se tenaient côte à côte, unis par leur passion commune pour le continent indien. Mme Van avait Johnny Lindsay à ses côtés. Il émanait de ses yeux bleus pétillants et de tout son être une joie combative à la perspective de guerroyer pour une juste cause. De l'autre côté de Mme Van, M. Playfair lisait attentivement l'ordre du jour, avec cette mélancolie que lui imposait le devoir d'impartialité. L'ordre du jour était fort encombré, la pluie ne manifestait aucune intention de cesser, et la clôture de séance était prévue pour dix-huit heures. Tous les délégués prêtaient une vive attention à l'ordre du jour, étudiant le terrain, cherchant les embûches dissimulées dans les alinéas et l'attaque-surprise camouflée dans l'ordre des mots. Tout le monde comprenait que le conflit porterait sur deux points : la section africaine, et questions diverses. Jasmine, qui était aussi à l'aise parmi les ordres du jour que Mme Van, cette autre organisatrice-née, était penchée par-dessus l'épaule de M. Playfair et lui expliquait comment on pouvait utiliser diverses allocutions de routine sur des questions sans importance rien qu'en manipulant judicieusement l'ordre des mots. Martha et Marjorie apportaient leur soutien moral aux du Preez, qui s'efforçaient d'expliquer l'ordre du jour à Tommy que l'incompréhension terrorisait littéralement. Il répétait obstinément : « Tout le monde ici sait que nous allons nous battre au sujet de la section africaine, alors je ne comprends pas pourquoi M. Playfair ne dit pas simplement : "Votons et finissons-en." Je ne comprends pas pourquoi il faut faire tant d'histoires quand c'est si simple.

– C'est la démocratie, mon vieux, la démocratie – c'est tout », répétait Piet avec une bonne humeur agressive. Il ne cessait de rire et de plaisanter, et tous les efforts de Jasmine et de Martha qui s'efforçaient consciencieusement de faire entendre raison à un camarade récalcitrant, ne rencontraient que cette hostilité blagueuse et fuyante. Elles avaient parlé de Piet entre elles et décidé qu'il était fort capable, actuellement, de laisser tomber le parti, et qu'il fallait donc s'occuper de lui.

Dans un groupe calme et prudent qui se tenait plus loin sur la véranda, M. Matushi et deux autres Africains de la Réserve attendaient patiemment.

Ils durent tous attendre jusque après trois heures, quand la cour, jusque-là sombre et grise, s'illumina en une pluie fine où luisait déjà faiblement un rayon de soleil.

La salle s'emplit aussitôt. Trente personnes s'entassaient dans un espace prévu pour une douzaine. Antagonistes et amis se trouvaient massés ensemble sur des sièges durs, dans une odeur de chair humide et chaude.

Le discours d'ouverture de M. Playfair était chargé de sincérité. La colonie entière suivait les délibérations d'aujourd'hui ; les enjeux étaient universels – et ainsi de suite. Au bout d'une quinzaine de minutes, Mme Van lui décocha un regard sinistre. Il se redressa aussitôt, cachant sous une apparente bonhomie sa peine, car nul ne partageait la certitude où il était qu'un certain nombre de phrases nobles devaient suffire à les convaincre tous d'agir noblement.

Le travail commença, et avança rapidement : on se hâtait de déboiser pour dégager le terrain, les deux camps s'assurant qu'aucun piège ne se tapissait dans les questions concernant le montant des cotisations et ce genre d'affaires.

Pendant ce temps, les nouveaux visages faisaient l'objet d'examens attentifs. La faction « rouge » avait pris pour un désavantage sa position ouvertement déclarée. Mais ils se rendaient compte à présent qu'ils s'étaient sans doute trompés. C'était à l'autre camp de manœuvrer ; ils se trouvaient dans la position d'une petite armée inférieure en nombre, mais retranchée sur une hauteur. Car la demi-douzaine d'hommes nouveaux représentait plus que ce qu'ils étaient. M. McFarline et ses lieutenants s'étaient rendus dans les districts les plus reculés pour ranimer les sections assoupies et en créer de nouvelles, mais ces sections consistaient somme toute en personnes qui avaient sans doute leur propre idée sur la question. Il existait deux possibilités : ou bien leurs idées allaient s'exprimer, par les hasards de l'opinion publique, en faveur de la section africaine, ou bien – plus vraisemblablement – ces hommes habitués aux méthodes sans détours, encore possibles au sein de petits groupes éloignés des noyaux enfiévrés de l'opinion, n'allaient pas comprendre les processus de manipulation de l'ordre du jour, et allaient donc voter à l'encontre de leurs propres intentions.

La question de la « section africaine » ne surgit qu'à cinq heures. Piet ouvrit le feu du côté « rouge » par une déclaration brève et solennelle : la section africaine constituait la preuve des bonnes intentions des travailleurs blancs syndiqués à l'égard du travailleur noir ; si l'homme blanc voulait être pris au sérieux quand il se déclarait le tuteur des hommes arriérés et dépourvus de civilisation, il devait être prêt à accepter une progression au moins symbolique vers la démocratie ; et si les membres africains devaient être refoulés sous la pression d'une opinion ignorante et arriérée, le parti social-démocrate (également appelé, souligna-t-il, le parti travailliste, c'est-à-dire le parti des travailleurs) ne pourrait plus jamais prétendre être autre chose que le parti des travailleurs blancs.

M. McFarline contre-attaqua aussitôt : les membres africains inspiraient une méfiance naturelle aux citoyens de la colonie car ils – les citoyens blancs – ne comprenaient pas (il adressa un aimable signe de tête à M. Matushi et à ses deux amis) le caractère fondamentalement raisonnable des Africains inscrits : ils les soupçonnaient de conspirer pour leur propre compte derrière le dos des membres blancs. Là, il se mit à rire, et des rires embarrassés fusèrent, tandis que les trois Africains continuaient poliment à ne rien dire. Et de toute façon, l'idée même de section africaine était antidémocratique. Il proposait donc qu'il n'y eût pas de section africaine, mais que les membres africains pussent, s'ils le désiraient, assister aux réunions ordinaires des sections à titre de membres ordinaires.

Chaque camp avait sonné le ralliement, et maintenant la bataille pouvait commencer. Les deux camps se tournèrent vers les nouveaux membres, qui s'étaient regroupés sur un banc. Le chef spontané de ce groupe se distinguait déjà clairement. Danie du Toit, cheminot afrikaner originaire de D..., était un homme trapu à la tête massive, au visage large, et aux yeux calmes mais durs. Il déclara qu'étant nouveau, il souhaitait obtenir quelques précisions. Parlant en travailliste qui n'accordait aucune foi aux informations données par la presse capitaliste, il tenait pour négligeable tout ce qu'il avait pu lire sur le meeting de la Réserve ; les capitalistes s'acharnaient à discréditer le parti travailliste, et c'était tout. A moins que les gens présents ne veuillent lui fournir des renseignements valables sur ce meeting, il proposait donc qu'on abandonne cette question et qu'on passe aux choses sérieuses. « Voyons cette affaire de section africaine : nous éprouvons tous le plus grand respect pour M. McFarline et ce qu'il a fait pour les travailleurs, mais je ne suis pas d'accord avec lui. Si vous acceptez des membres africains – et pour être honnête je vous dirai que je n'y suis pas favorable, car je ne pense pas qu'ils soient mûrs pour la politique – à l'exception des personnes présentes bien sûr – ajouta-t-il vivement, il est parfaitement hypocrite de dire qu'ils devraient être membres ordinaires avec les Blancs. Je ne sais pas ce qui est accepté dans les villes... » Il prononça ces mots d'un ton qui indiquait clairement qu'il savait fort bien ce qui était accepté dans les villes – « mais dans mon district, les réunions ont lieu chez moi et je sais très bien que je ne pourrai plus jamais recruter personne s'ils savaient devoir s'asseoir côte à côte avec des Cafres. Sans vouloir offenser personne », ajouta-t-il en jetant un nouveau coup d'œil en direction de M. Matushi qui maintenait une attitude de triste et patiente dignité. « Alors autant dire que nous tiendrons les Noirs à l'écart des réunions. Ma femme ne tolérerait jamais d'avoir un Cafre dans sa maison, un point c'est tout. Je suis donc pour la création d'une section africaine. Ce n'est pas démocratique mais c'est réaliste. »

M. Matushi et ses amis acquiescèrent. Le bataillon de M. McFarline paraissait contrarié. Quant à la faction « rouge », elle maintenait à grand-peine une expression impartiale.

Mme Van chuchota quelques mots à M. Playfair, qui suggéra ensuite de passer au vote. M. McFarline se leva aussitôt pour déclarer qu'il refusait les pressions. Sa faction acquiesça fougueusement. M. McFarline s'adressa directement à ses partisans présumés : Danie du Toit et son groupe, délégués de sections que lui, M. McFarline, avait ressuscitées ou créées. Il répéta ses avertissements, à savoir que les membres du parti, sans parler des citoyens de la colonie, ne seraient jamais favorables à la création d'une section africaine. A quoi Danie du Toit répliqua que jamais une telle situation n'aurait dû s'instaurer, que les membres africains cherchaient les ennuis, mais que, puisque les choses en étaient là maintenant, il fallait bien trouver un compromis — et la section africaine lui paraissait précisément constituer un compromis.

La discussion se répandit alors dans la salle. Pendant une heure entière, les deux camps martelèrent leur point de vue en se répétant et en criant de plus en plus fort. A six heures, la séance fut prolongée. Les deux camps justifiaient leur attitude par les principes du syndicalisme et l'histoire du parti travailliste britannique. L'égalité de l'homme et la fraternité des races servirent aussi. Un débat houleux s'éleva sur la question de savoir si les races présentaient des différences fondamentales : la faction « rouge » offrit des preuves scientifiques à l'appui de son point de vue, et l'adversaire une émotion passionnelle à l'appui du sien. (Les Africains ne contribuèrent aucunement à cette partie des débats). A sept heures, aucun accord ne paraissait en vue ; les quatre hommes qui entouraient Danie du Toit n'avaient pas une seule fois ouvert la bouche, et il était impossible de prévoir comment ils voteraient.

On convint finalement de procéder au vote.

Les deux propositions obtinrent le même nombre de voix : seize à seize, deux membres du contingent du Toit ayant voté pour les « rouges » et deux autres s'étant prononcés en faveur de M. McFarline. Il incomba à M. Playfair de régler la question avec sa voix double. Mais il se leva et déclara que tout le monde connaissait ses sympathies pour la section africaine, mais que devant un tel problème il n'était pas prêt à assumer une telle responsabilité. M. McFarline exigea donc que l'affaire soit portée devant le congrès du parti.

Tous retombèrent aussitôt dans l'énervement et la frustration. Rien n'était réglé, il faudrait reconduire la bataille. La date du congrès fut fixée au mois suivant.

La réunion prouva alors abondamment comment on peut accélérer un ordre du jour quand toute le monde le souhaite. Ils bâillaient tous avec impatience et votaient presque sans discuter. M. Playfair annonçait déjà la clôture de la réunion quand Danie du Toit bondit pour déclarer qu'il avait trois questions à soulever, trois questions que sa section tenait beaucoup à voir traiter. L'assistance s'arma de patience.

Il voulait savoir trois choses. Premièrement, Jack Dobie. Ils avaient appris que frère Dobie, très respecté par tous les travailleurs de la colonie, avait prononcé des allocutions au Club Progressiste, qui était tenu par les communistes, sur le problème de l'Inde. Il en était résulté une marée de tracts anonymes contre frère Dobie dans toute la ville. Deuxièmement, Mme Van der Bylt : elle avait subi des attaques analogues de la part d'adversaires anonymes pour avoir incité les Africains à la révolte. Troisièmement, Piet du Preez qui, leur avait-on dit, avait prononcé des discours sur le syndicalisme devant des Africains. Ces trois personnes étaient membres du parti, et n'avaient aucun droit de le compromettre ainsi. Il voulait une explication.

Il apparut alors clairement qu'au lieu de s'achever, la réunion ne faisait que commencer.

M. Playfair demanda si la réunion ne devrait pas être ajournée d'une demi-heure, pour que les délégués pussent se restaurer. La faction « rouge » s'y opposa aussitôt : ils ne voulaient pas donner la possibilité à M. McFarline de prendre Danie du Toit à part pour lui expliquer en quoi il ne répondait pas à ses espérances. Pour la même raison, M. McFarline et sa faction réclamaient un ajournement. On vota, et il fut décidé que tout le monde resterait en place jusqu'au matin s'il le fallait pour en finir avec cette affaire.

Mme van, Piet, Jack et Johnny défendirent à tour de rôle leur droit de dire ce qu'ils voulaient, à titre personnel, devant les organismes de leur choix.

A quoi l'entière faction de M. McFarline répliqua violemment qu'ils n'en avaient pas le droit. Quatre de leurs candidats potentiels, Mme Van, Piet, Jack et Johnny, portaient désormais l'étiquette de communistes et d'amis des nègres — sans vouloir offenser M. Matushi et ses amis, bien sûr — et ils auraient de la chance s'ils ne perdaient pas leur caution. Une élection pouvait survenir d'un moment à l'autre. Le parti ne pouvait pas se permettre de gaspiller quatre bons candidats. Il était urgent que ces quatre personnes, sous forme de lettres au *News,* renient publiquement toute association avec le communisme et avec l'idée de vouloir hisser les Noirs au niveau d'égalité avec les Blancs.

Dans un discours empreint de dignité, Mme Van refusa.

Piet et Johnny firent de même.

Jack Dobie déclara qu'au lieu de s'excuser, il comptait poursuivre en diffamation les auteurs des tracts anonymes.

Comment pourrait-il poursuivre des gens anonymes ?

Il ne le pouvait pas, en effet, répondit Jack en dressant son menton pointu et combatif. Mais il pouvait poursuivre l'imprimeur, et d'ailleurs les formalités avaient déjà été engagées.

Frère Jack avait-il vraiment dit les choses qu'on prétendait ?

Mot pour mot, rétorqua Jack. Il considérait les Britanniques comme des impérialistes cruels qui exploitaient l'Inde, et revendiquait le droit de le dire où et quand il lui convenait.

Alors les tracts n'étaient pas diffamatoires ?

« C'est une question de principe », expliqua Jack. « Et puis un procès permettra d'exposer publiquement le point de vue socialiste concernant l'Inde. » Il insista sur le mot socialiste en défiant du regard tous les membres du comité exécutif de ce même parti.

Danie du Toit souhaitait savoir ce que les électeurs de frère Jack pensaient de son attitude. Jamais de sa vie il n'avait rencontré un cheminot qui eût les mêmes idées que frère Jack, et il ne pensait pas que les cheminots de la circonscription de frère Jack fussent différents de ceux qu'il côtoyait.

Jack répondit qu'il était allé dans sa circonscription la nuit précédente, qu'il avait vu autant de cheminots qu'il était possible en aussi peu de temps, et qu'il les avait trouvés, « une fois les principes expliqués », d'accord pour qu'il exprimât ses opinions.

Et frère Jack avait-il convoqué une assemblée générale ?

Non, répliqua Jack, pour la bonne raison qu'il était impossible de convoquer une assemblée générale avec un seul jour de préavis.

Danie répéta qu'il désapprouvait l'initiative de frère Jack, et Jak répéta son défi. Johnny Lindsay et Piet réaffirmèrent leurs principes, et la réunion se transforma à nouveau en champ de bataille sur les thèmes de la fraternité, de la liberté et de l'égalité raciale, tandis que M. Matushi et ses deux amis s'éclipsaient pour la même raison que d'habitude : c'était l'heure du couvre-feu et ils n'avaient pas de laissez-passer pour circuler le soir.

Après leur départ, la discussion devint beaucoup plus libre, la faction de M. McFarline affirmant vigoureusement que les Cafres, les Noirs, les indigènes étaient des sauvages et des enfants, absolument pas mûrs pour l'organisation politique, tandis que la faction « rouge » les contredisait pied à pied.

A minuit, la réunion s'acheva d'elle-même. Rien n'avait été réglé, si ce n'est qu'un congrès allait tenter de réconcilier deux factions irréconciliables.

De nouveaux courants d'antipathie s'étaient fait jour. Ainsi, on avait entendu M. McFarline déclarer à ses lieutenants, toute courtoisie évanouie, que même si Mme Van devait être la dernière femme sur cette planète, jamais il ne pourrait se résoudre à la b... Comme prévu, Mme Van l'avait entendu et lui avait décoché un regard d'un tel mépris qu'il avait haussé la voix, en s'éloignant vers la véranda baignée de pluie, pour préciser : « A dire vrai, il n'est pas de femme au monde qui ne me soit appétissante, jeune ou vieille, blanche ou noire, mais franchement — Mme Van n'a pour moi ni c.. ni t..., c'est la vérité vraie. »

Mme Van s'était efforcée de sourire, mais elle avait fondu en larmes sous le choc de la contrariété. Jack et Johnny étaient aussitôt accourus pour la cajoler et l'aider à ranger ses papiers et ses affaires.

En quittant la salle, Danie avait déclaré à Jack : « Vous nous avez frappés dans le dos, frère, vous nous avez joué un mauvais tour avec toutes ces histoires d'aimer nos frères et nos semblables. Si le parti perd les prochaines élections, ce sera votre faute, ne l'oubliez pas. »

Jack avait répondu que si le parti ne respectait aucun principe, il ne méritait pas de passer, mais Danie du Toit était déjà parti.

Finalement, l'un des membres de la faction parlementaire, McFarline, qui avait remarqué l'inconfort et les changements de position continuels de Marjorie (elle approchait de la fin de sa grossesse) lui avait déclaré : « Eh bien, si le communisme consiste à faire siéger une femme toute la nuit dans la fumée quand elle devrait être au lit, le communisme n'est pas pour moi. »

Marjorie avait répondu par une déclaration des droits de la femme, mais il l'avait interrompue en disant : « Eh bien, je ne voudrais pas que ma femme se conduise comme vous », et s'était éloigné si vite qu'il n'avait pas entendu la réponse exaspérée de Marjorie : « Ça m'étonnerait que vous laissiez votre femme ouvrir la bouche en public, espèce de dictateur minable ! »

Marjorie déposa Martha devant chez elle en observant avec cet humour morose qui avait complètement submergé le charme impulsif qu'on lui avait connu : « Pour autant que je puisse voir, quand le socialisme aura gagné il faudra faire une nouvelle révolution contre les hommes – quelle bande de réactionnaires vicieux, alors ! Colin m'a annoncé aujourd'hui que les femmes ne devraient pas travailler une fois mariées – heureusement pour lui qu'il ne l'a jamais dit avant ! »

Quant à Martha, elle était trop épuisée pour répondre. Elle songeait qu'il lui fallait encore affronter Anton avant de pouvoir dormir. Il ne lui avait plus adressé un seul mot depuis leur dispute.

CHAPITRE QUATRE

L'AFFAIRE Dobie contre Johnson devait passer devant le tribunal à onze heures ce samedi matin. Et le fameux congrès était convoqué pour quinze heures à G..., situé à deux cent quarante kilomètres de là. Jack et ses lieutenants devraient donc rouler à tombeau ouvert pour arriver au congrès à temps.

A onze heures, l'affaire Van Rensberg contre Welty suivait toujours son cours ; et les représentants des « rouges » – Martha, Jack et Mme Van, eurent bien du mal à trouver la place de s'asseoir sur les bancs où s'entassaient des fermiers afrikaners venus avec leurs épouses suivre le dernier round de la longue bataille provoquée par cette fameuse clôture mitoyenne. M. Robinson plaidait pour les Van Rensberg et Martha comprit qu'il n'y aurait pas ce jour-là de glorieuse apothéose ; informé par M. Robinson au titre de Conseiller de la Couronne, M. Van avait déterré une obscure loi qui permettrait d'entretenir le feu pendant encore plusieurs mois. Ces braves gens de la campagne, le visage allumé par les plaisirs du procès, paraissaient étonnés. Et à juste titre : Martha savait que M. Robinson lui-même était étonné : il s'était écrié la veille qu'il espérait au moins que M. Van savait ce qu'il faisait, car il en avait pour son compte largement par-dessus la tête – cependant que les honoraires couvraient des pages et des pages de registre. Une demi-douzaine d'affaires, greffées sur la principale, suivaient leur cours. Un Welty avait agressé un Van Rensberg dans un bar ; une épouse Van Rensberg avait insulté une tante Welty. Une fille Van Rensberg s'était éprise d'un fils Welty et ils s'étaient enfuis ensemble. On les avait rattrapés et, comme la fille était mineure, les parents Van Rensberg poursuivaient les Welty pour détournement de mineure. Les deux jeunes gens étaient présents à l'audience et échangeaient des regards, chacun bien gardé par une armée de parents : en dépit de la cohue, les deux clans parvenaient à maintenir entre eux une distance d'une trentaine de centimètres que Martha, Jack et Mme Van mirent à profit pour se faire une place.

Pendant ce temps, les avocats et les conseils faisaient assaut de clauses et d'alinéas tandis que le juge anglais, sa perruque de guingois surplombant un visage pâle, séduisant et teinté d'humour, se permettait de temps à autre un jugement impartial et appréciateur, comme pour dire : « Bien joué ».

Le maniement savant d'une obscure disposition légale valut à M. Van de remporter un ajournement de l'affaire à la semaine suivante, ce qui devait lui donner le temps de dénicher la preuve que les Welty, se fondant sur la certitude morale que les Van Rensberg avaient brûlé *leurs* pâtures, avaient fait paître leur bétail sur les terres des Van Rensberg. Martha observa que M. Van, habituellement si austère et si tatillon, semblait littéralement exulter ; la résonance afrikaner de sa voix s'amplifiait, et la sécheresse presque anglaise de sa personnalité s'était estompée sous l'influence de son identification à l'affaire. Il se laissait aller à rencontrer le regard du public, comme pour lui faire partager son plaisir. Et ils le partageaient ; ou l'auraient partagé s'ils avaient pu comprendre les subtilités de la bataille. L'affaire Van Rensberg contre Welty prit fin, ou plus exactement fut suspendue et, tandis que les factions quittaient le tribunal, on pouvait voir des individus soutenant indifféremment l'un ou l'autre camp échanger des plaintes et des soupirs parce qu'ils avaient perdu une matinée de travail à la ferme et devraient revenir encore la semaine suivante.

Le tribunal se vida en cinq minutes. C'était une haute pièce où les rayons de lumière et les reflets des gens en mouvement jouaient sur les panneaux de bois sombre bien ciré. Dans cette salle silencieuse située au cœur de l'immeuble, on n'entendait pas même le vrombissement des avions militaires.

M. Van arpentait la salle du tribunal pour bien marquer qu'il était désormais conseiller de la défense. Martha et Jack se retinrent de regarder Mme Van tandis que son mari se conduisait ainsi. Elle ressentait douloureusement le fait qu'il eût accepté de défendre l'adversaire de son meilleur ami, ils le savaient. Mais par loyauté envers son mari, jamais elle n'avait prononcé la moindre critique à son égard. Elle avait simplement précisé, d'une voix raidie par l'effort de se contenir et en détournant les yeux, que « M. Van ne m'a jamais promis de refuser certaines affaires ».

Depuis un mois maintenant, des lettres et des tracts anonymes, ainsi que des lettres aux journaux, décrivaient Jack Dobie comme un traître à l'Angleterre et même « un vrai cadeau à offrir aux nazis ». Pendant tout ce temps il avait gardé la tête haute et refusé de répondre aux critiques, et s'était contenté d'accumuler des chiffres et des faits sur l'administration britannique en Inde. Il avait organisé trois réunions dans sa circonscription pour expliquer sa position aux cheminots. Ils n'étaient guère satisfaits et le prouvèrent car, lorsque la salle du tribunal se remplit après le départ des fermiers afrikaners, on put voir un groupe de huit cheminots venus d'U... pour observer comment se comporterait leur député. Il y avait également trois hommes du conseil syndical, parmi lesquels figurait Piet, car on l'avait sélectionné par esprit de justice, sachant qu'il soutenait Jack, pour contrebalancer l'influence des deux autres qui lui étaient hostiles. L'aile droite du parti social-démocrate avait envoyé une demi-douzaine d'observateurs. Tous ces gens étaient impatients de s'en aller pour assister au congrès.

Jack avait insisté pour assurer lui-même sa propre défense, car il ne voulait pas que ces maudits avocats s'écartent subrepticement des faits politiques pour se laisser entortiller dans les filets de la paperasserie.

Il quitta Martha et Mme Van en leur adressant une petite grimace insolente et lugubre, et traversa la salle pour aller se placer en face de M. Van, solennel et compassé sous sa perruque et revêtu de la toge noire.

Il prit la pose de celui qui va haranguer la foule. En attendant que les formalités préliminaires fussent effectuées, il vérifia qu'il se rappelait bien les principaux faits de sa démonstration en consultant ses notes. C'étaient celles mêmes qu'il avait utilisées pour son discours au Club Progressiste puis devant les assemblées de cheminots de sa circonscription et, dès que le juge lui fit signe, il entreprit de prononcer à nouveau le même discours, mais avec cette fois davantage de statistiques. La joue appuyée sur une main, le juge immobile contemplait rêveusement la salle du tribunal. Les avocats de la partie adverse échangèrent des coups d'œil de réprobation professionnelle, face à cet amateurisme qui discréditait le fonctionnement de l'institution. Serein, M. Van prenait des notes en attendant son heure. Il interrompit Jack au bout de dix minutes pour lui demander : « Dois-je comprendre que vous appuyez votre argumentation sur la misère du peuple indien après trois siècles d'administration britannique ? » A quoi Jack répondit vigoureusement par l'affirmative ; M. Van se rassit alors et continua à prendre des notes. Il s'était muni de trois témoins : un major en retraite de l'armée des Indes ; un homme d'affaires qui avait travaillé plusieurs années à Bombay ; et la veuve d'un ingénieur du génie civil indien, qui vivait désormais de sa retraite dans une grande maison de banlieue qu'elle avait baptisée Nuits de Simla. Cette dame, qui présentait toutes les apparences d'une vieille Anglaise proprette, et arborait une chevelure blanche mousseuse sous laquelle ses yeux farouches mais ternis observaient la situation ; et le major, bouffi et rougeaud, étaient tous deux exactement tels qu'on pouvait les imaginer, et ils manifestaient une vive colère à chaque mot que prononçait Jack Dobie, échangeant de vigoureux signes de réprobation et des marmonnements furieux de Quelle honte ! et Quelle horreur ! Quant à l'homme d'affaires, c'était un homme affable et courtois, connu pour son érudition au sujet des Upanishad. Il avait proposé au Club Progressiste de prononcer une conférence sur ce thème. Il ne paraissait nullement souhaiter d'être associé aux deux autres témoins et se tenait le plus loin possible de leur duo de soupirs et de protestations indignées ; il approuva visiblement le regard bienveillant mais impérieux du juge qui leur enjoignait de se taire. Ainsi rappelé à l'ordre, M. Van chuchota quelques mots à ses deux témoins, qui désormais gardèrent le silence.

Pendant ce temps, Jack poursuivait son plaidoyer. Manifestement tiraillés entre plusieurs loyautés contradictoires, les syndicalistes présents s'agitaient sur leurs sièges, se renfrognaient, et chuchotaient entre eux. L'avocat de la défense et les conseillers attendaient en feuilletant leurs dossiers. Quant à l'imprimeur poursuivi, un petit artisan furibond de devoir perdre son temps ainsi, il regardait sans cesse autour de lui et contemplait les curieux atours de la Cour en se demandant manifestement ce que toute cette histoire pouvait bien avoir de commun avec sa modeste imprimerie toute récente, dont le seul but était de rapporter assez d'argent pour financer les études de ses deux enfants à l'université du Cap.

Le juge éleva soudain la voix pour demander combien de temps M. Dobie comptait parler. « Jusqu'à ce que j'aie exposé mon cas, répondit Jack.

– Ah », fit le juge, et il remit sa joue sur la paume de sa main.

Quelques instants plus tard, Jack introduisit la disparition de l'analphabétisme en Union soviétique ; le juge se dressa aussitôt pour faire observer d'une voix absente et presque rêveuse, qu'il ne voyait pas ce que l'Union soviétique venait faire dans la question indienne.

Ayant prévu cette interruption, Jack haussa le ton pour proclamer qu'il estimait parfaitement justifié de comparer les trente années de régime soviétique sur des peuples arriérés avec l'administration britannique en Inde.

« Je crains, articula lentement le juge, de ne pouvoir partager vos vues. »

A partir de cet instant, l'affaire changea complètement de ton. Enchantée, la Gauche se redressa, soudain attentive. La défense, avocats et partisans, acquiescèrent énergiquement aux propos du juge.

« Je tiens à insister, déclara Jack. Je veux démontrer qu'il est possible d'abolir le retard d'un peuple s'il existe la volonté réelle de l'abolir. »

Sans détourner le regard chargé d'intérêt qu'il fixait sur le fond de la salle, le juge l'interrompit : « Mon cher monsieur, je dois vous interdire absolument d'utiliser ce tribunal à des fins de propagande pour l'Union soviétique. » Et il ajouta : « Ou d'ailleurs de toute propagande, quelle qu'elle soit.

– Suggérez-vous que j'ai fait de la propagande ? » s'enquit Jack. Ses yeux croisèrent ceux de M. Van. Ils échangèrent ce que l'on pourrait appeler des clins d'œil retenus. Jack était persuadé qu'il perdrait son procès, mais il avait voulu saisir cette occasion de promouvoir la cause. Il éprouvait donc en même temps de l'indignation parce qu'on voulait l'empêcher de faire de la propagande, de l'amusement parce qu'il y parvenait quand même, et aussi du mépris envers la défense – un mélange compliqué de plaisir et de dégoût pour toute l'affaire paraissait malgré lui sur son visage, et contrariait évidemment ses détracteurs syndicaux tout autant qu'il contrariait la défense. L'atmosphère était chargée d'impatience nerveuse et morose : à midi passé, Jack parlait depuis déjà une demi-heure, et la moitié au moins de l'assistance voulait s'en aller pour assister au congrès.

« Dans ce cas, déclara Jack, j'en resterai là. » Il se rassit, croisa les jambes, et pointa son menton en direction du juge. Il avait de toute façon terminé son discours, mais on convint qu'il avait choisi un bon moment pour se rasseoir, donnant ainsi l'impression d'être censuré et réduit au silence.

M. Van entreprit alors d'interroger la veuve de l'ingénieur. Ecarlate de fureur et de chaleur, elle proclama qu'elle avait vécu quarante ans en Inde, que les relations entre Indiens et Britanniques étaient parfaites, et que pour sa part elle avait toujours gardé ses domestiques pendant des années. « Mon Ayah était ma meilleure amie, s'écria-t-elle d'une voix batailleuse, et mon mari disait toujours... » Le juge étouffa un bâillement, et M. Van se hâta de faire taire le témoin. Martha imagina un instant que M. Van n'avait peut-être décidé d'accepter cette affaire que pour employer son talent à ridiculiser la défense, mais elle vit sur le visage triste et grave de Mme Van qu'elle se trompait.

La brave veuve répondit à cinq ou six questions de M. Van, et il apparut qu'elle écrivait toujours à son Ayah pour Noël, qu'elle avait donné à son cuisinier « de très bons gages pour l'époque », et qu'elle avait même payé pour lui permettre d'envoyer son fils à l'école, « car ils sont très imprévoyants, et si nous ne les avions pas formés, ils seraient tous analphabètes ». Elle estimait également que la pauvreté de l'Inde était due à son climat, car les habitants manquaient d'énergie, la chaleur qui régnait pendant la mousson était inimaginable, et « les pauvres bougres ne pouvaient pas aller comme nous sur les collines ».

M. Van la remercia courtoisement ; il paraissait

fort content d'elle. Il cita ensuite l'homme d'affaires, qui adressa des sourires chaleureux à Jack, de l'autre côté de la salle, comme pour dire : Que le meilleur gagne.

A son avis, la misère de l'Inde « que nul ne pouvait nier » ne comptait guère, car la véritable culture ne dépendait pas de l'argent et, en tant qu'expert sur l'affaire des Upanishads — « à titre strictement amateur, bien sûr » — il pouvait affirmer que l'Inde était probablement la nation la plus cultivée et la plus spiritualiste du monde. (A ces mots, la veuve et le major faillirent mourir d'indignation.) Passionnément épris de l'Inde — il était heureux de préciser qu'il y était né — il ne pouvait répondre qu'une seule chose au Conseiller de la Couronne : bien qu'il sympathisât avec les vues de M. Dobie, celles-ci ne tenaient aucun compte de la question essentielle : Etait-il ou n'était-il pas plus facile à un homme riche d'entrer au paradis qu'à un chameau de passer par le chas d'une aiguille ? (Il adressa un sourire tolérant à Jack comme pour dire : je n'éprouve aucun plaisir particulier à vous présenter comme un grossier matérialiste, mais je crains que la Vérité ne me laisse guère d'alternative.)

M. Van remercia le second témoin avec la même politesse, et appela le troisième, le major, sur qui il comptait manifestement beaucoup.

A la barre, le major explosa comme un obus, et le juge dut le rappeler à l'ordre dès la fin de sa première phrase.

« Je dois rappeler au témoin qu'il se trouve devant la Cour déclara-t-il, sans détacher son regard du mur du fond ni même soulever sa joue lasse de la paume de sa main.

— Mais ce maudit type vient de faire des discours pendant une heure d'affilée, protesta le major.

– En effet, soupira le juge, en effet. Mais j'espère bien que vous n'allez pas en faire autant. »

M. Van se pencha et glissa quelques mots à l'oreille du major qui s'exclama bruyamment : « Oh, bon, merde, mais je vais quand même dire ce que j'ai à dire. »

Il déclara que pour « quiconque connaissait quelque chose à l'Inde », les causes de la misère étaient « évidentes pour le cerveau le plus humble » ; les femmes dépensaient tout leur argent en bijoux. Si elles avaient le bon sens de l'investir, au lieu de le pendre à leur nez et à leurs oreilles ou de l'enrouler à leurs bras et à leur cou, elles pourraient amasser un capital et...

Jack fit alors observer en souriant que le revenu moyen annuel était de quelques shillings par tête.

Les syndicalistes commençaient à sourire. Un courant de sympathie s'était établi entre eux et Jack grâce à la présence de cet ennemi naturel qui leur était commun : le major gras et rougeaud, fruste et grossier.

Martha et Mme Van riaient à gorge déployée.

Le juge souriait gravement au mur.

Imperturbable comme un ordre de justice, M. Van poursuivait l'interrogatoire du témoin : « Vous estimez donc que les causes de la misère en Inde sont... »

A ce moment passionnant, Martha aperçut le visage agité de son domestique par une porte latérale qu'on avait laissée ouverte pour créer un courant d'air dans la salle chaude et moite du tribunal. Elle quitta Mme Van en s'excusant et promit de revenir aussitôt. Le domestique apportait un message d'Anton disant qu'elle devait immédiatement rentrer à la maison.

« Mais j'ai dit au baas que j'irais au congrès.

– Le baas a dit de venir tout de suite.

– Bon, très bien, j'arrive. »

Elle s'attarda un dernier moment à la porte : le major faisait un discours à l'intention de Jack, dans lequel il racontait comment un Sikh lui avait un jour sauvé la vie, ce qui prouvait bien que les Indiens, loin de haïr les Anglais, les adoraient. « Il n'y a pas de plus grande preuve, s'écria-t-il farouchement, que de donner sa vie pour un ami. »

Il semblait que l'affaire tirât à sa fin. Des groupes de syndicalistes sortaient. Un couple passa devant Martha, et elle entendit : « J'ai eu une bonne d'enfant zoulou quand j'étais petite et... » Ils s'éloignèrent dans le couloir lambrissé. Martha n'avait pas imaginé que l'on pût juger les arguments de M. Van pour la défense autrement qu'absurdes, mais sans doute savait-il fort bien ce qu'il faisait.

Elle se mit à courir dans la rue vers chez elle, les yeux fixés sur un avion qui survolait la Grand-Rue. Elle s'imaginait vivant dans une capitale d'Europe : c'était un avion ennemi qui mitraillait la rue. L'un des pilotes qui venaient aux réunions – celui qui s'était soûlé chez elle un mois auparavant – avait dit qu'il détestait cette petite ville, et même tout le pays à tel point que quand il la survolait il s'imaginait qu'il « mitraillait toute cette saloperie de bled et toute cette saloperie de Blancs puants ». Après le silence du tribunal, où n'avait résonné que le bruit des voix, ses oreilles résistaient douloureusement au vrombissement des avions. Elle arriva chez elle prête à pleurer à cause du bruit, trouva l'appartement vide, et referma violemment les fenêtres de la chambre, où il faisait bien trop chaud. Mais deux avions qui viraient au-dessus de la maison pour aller atterrir faisaient trembler l'air, et elle s'assit sur son lit en se bouchant les oreilles de ses deux poings.

Elle ne désirait rien d'autre que dormir. Depuis un mois, elle était réveillée chaque matin par le bruit infernal des avions. Alors qu'elle dormait habituellement comme un caillou, elle comprit qu'elle devait être extrêmement fatiguée pour avoir un sommeil aussi léger. Elle se laissait porter par la vague puissante de l'épuisement, à tel point qu'au moment de s'endormir elle éprouvait toujours la terreur de sombrer trop profondément et de ne plus s'éveiller avant des jours et des jours ; comme si le sommeil profond eût représenté un abîme dans lequel elle risquait de tomber et de disparaître. Pendant le mois écoulé, elle s'était réveillée chaque nuit pour voir les lumières vertes et rouges des appareils prêts à atterrir, tels des papillons d'argent dans le clair de lune, et elle sentait battre dans tout son corps le vrombissement des moteurs comme une rage ou un malaise.

Et pendant tout ce mois, Anton ne lui avait pas adressé une seule parole. La première semaine, elle l'avait imploré. « Nous ne pouvons tout de même pas nous faire la gueule parce que j'ai fait une mauvaise plaisanterie sur Staline ! » Mais il se déplaçait dans l'appartement, mangeait, et dormait comme si elle n'avait pas existé.

Ensuite, elle prit aussi le parti du silence ; non par décision politique mais par effarement, et elle se lança dans une activité plus frénétique encore. Mais elle s'aperçut bientôt qu'il se produisait quelque chose d'effrayant. La crispation froide et distante du corps d'Anton s'était modifiée ; elle décela quelque chose d'implorant et d'obstiné dans un mouvement de ses épaules. Elle comprit qu'il ne restait qu'à le prendre dans ses bras et lui demander pardon. Mais elle luttait contre ce dernier coup porté à l'opinion qu'elle avait de lui. Elle savait que dès l'instant où elle le prendrait dans ses bras pour le cajoler et lui faire rompre le silence, cette créature qu'elle méprisait renaîtrait en elle : elle redeviendrait capricieuse, charmante, filiale, et Anton serait gentil envers cette petite fille docile – gentil et condescendant, se répétait-elle sans relâche dans un élan de rancune farouche. Mais ce ne serait qu'un masque pour dissimuler la dépendance où il se trouvait, car ce serait lui l'enfant, et non elle. Elle se surprit à conclure : Il n'a rien d'un homme – rien du tout !

Pendant ce temps, elle rêvait sans répit de cet homme qui devait sûrement être tout près, et qui lui permettrait d'être enfin elle-même. Ce fut Maisie qui brisa la détermination de Martha par une expression qu'elle employa.

Martha passait tout son temps libre avec Maisie, qui se retrouvait seule. Maisie avait refusé de revoir Binkie : après deux jours de vains efforts pour la revoir, il avait abrégé sa permission et regagné l'Italie. Andrew avait été muté la semaine suivante sur l'intervention de Mme Maynard, qui avait dit à Mme Van qu'elle considérait « de son devoir de protéger cette idiote contre elle-même. » Pendant cette dernière semaine, Maisie et Andrew avaient tenté de se retrouver, d'une manière que Martha jugeait douloureuse. Ils s'efforçaient de retrouver la gaieté simple et tendre qui avait précédé la venue de Binkie. Ils reprenaient les mêmes plaisanteries et les mêmes entretiens, mais par-dessus un gouffre de vanité blessée. La dernière nuit avant le départ d'Andrew, ils s'étaient disputés. Martha avait entendu la querelle au travers du mince plancher et, murée avec Anton dans un silence glacial, elle les avait enviés de pouvoir se disputer. Mais le lendemain Andrew était parti ; et ils étaient convenus d'entamer la procédure du divorce.

Maisie était aigrie, surprise, blessée. Elle

disait : « Ni l'un ni l'autre ne se souciaient de moi, en vérité. Ils ne parlaient chacun que de l'autre. » Elle se tenait au milieu de sa petite chambre, énorme masse de chair enflée d'où ses deux yeux doux et confiants contemplaient l'avenir. Elle lissait inlassablement ses mains sur son gros ventre, et disait : « Ce que je ne comprends pas, Matty, c'est ceci – tout d'un coup, ce n'était plus moi qu'ils aimaient. Mais *moi,* je me sens pareille. » Jamais Martha ne put en savoir davantage sur ce qui avait offensé Maisie : « Tu sais, Matty, brusquement j'ai senti qu'Andrew me détestait.

– Voyons, Maisie, comment pouvait-il te détester ? Nous étions tous tellement heureux de vous voir ensemble. Il t'aimait. »

Maisie s'obstinait, les yeux voilés de souffrance encore vive : « Non, tout d'un coup, il ne m'a plus aimée. On le sent toujours, Matty, même s'ils font semblant. Je ne peux pas supporter l'hypocrisie. Je me suis sentie insultée. Moi, j'étais toujours pareille, mais lui tout d'un coup c'était fini. »

Elle entamait le dernier mois de sa grossesse, et souffrait de la chaleur aussi bien que de l'isolement dans lequel son orgueil la tenait. Elle ne voyait personne que Martha. Athen, dont elle parlait souvent, avait été envoyé dans un autre camp, à cinq cents kilomètres, pour la suite de son entraînement. Les autres membres du groupe lui étaient hostiles, et Martha la défendait d'autant plus vigoureusement qu'elle ressentait pour elle la même hostilité. Mais elle savait pourquoi : elle portait le deuil, comme si son propre bonheur s'était anéanti.

Quand le bébé sera né et que Maisie sera divisée en deux parts distinctes, il lui faudra un homme – elle sera différente. Mais qui ? Je pense qu'elle aime Athen, mais il ne faut pas...

Confusément, Martha préférait voir Maisie telle qu'elle était maintenant, farouchement autonome et absorbée en elle-même. Mais pas aussi absorbée en elle-même que Martha le pensait, car elle observa un jour comme en poursuivant une conversation déjà entamée, une pensée déjà partagée : « Et ce ne doit pas être facile pour Anton, tout cela. J'ai toujours pensé que s'il craquait, il le prendrait très mal. »

Conformée à la pensée qu'Anton pouvait craquer, Martha commença par la refuser. Elle examina le visage pâle et fermé de l'homme qu'elle avait inexplicablement épousé, et le jugea autonome comme une forteresse : « un petit-bourgeois qui ne s'intéresse qu'à ses meubles ». Mais elle commença à souffrir pour lui dans son cœur. La nuit précédant le congrès, elle s'était glissée contre lui dans le lit en murmurant : « Alors, mon tout-petit, tu regrettes d'avoir été si bête ? »

Finalement, leur mariage allait tenir. Elle acceptait le fait avec un mélange de consternation et de tendresse protectrice. Cela ne durerait que le temps de la guerre – sur ce point elle était décidée, mais tant que cela durerait, elle resterait ouverte aux sentiments.

Par-dessus tout, il allait falloir lutter contre lui, car elle avait compris qu'il souhaitait la voir devenir moins militante. Ce matin-là, il lui avait dit sur un ton de reproche : « Alors tu m'abandonnes pour aller au congrès ? » Elle ne s'y était pas attendue ; jamais elle n'avait envisagé que ce farouche révolutionnaire d'Europe, hanté par le souvenir d'une épouse qui avait été par-dessus tout un être politique, pût souhaiter de la voir croiser les bras et devenir passive. Elle comprit qu'il l'ignorait lui-même car, quand elle lui objecta qu'ayant été élue, elle devait y aller, il convint qu'elle devait en effet s'y rendre, mais d'un ton qui disait clairement qu'il aurait tout autant admis l'envoi d'un suppléant à sa place.

Le message d'Anton lui faisait maintenant craindre qu'il ne l'empêchât de partir avec les autres délégués.

Il n'était pas dans l'appartement. Le domestique était parti déjeuner. Il allait bientôt être une heure, et elle aurait dû se trouver au tribunal. Mais elle restait assise au bord de son lit, à l'attendre en luttant contre l'envie de dormir. Elle finit par remarquer une feuille épinglée sur son oreiller : « Mon tout-petit, Maisie ne se sent pas bien. J'ai pensé qu'elle serait contente de te voir avant ton départ. »

Tout d'abord, Martha éprouva de la gratitude parce qu'enfin Anton se prenait d'amitié pour Maisie ; puis elle comprit que c'était un moyen de la retenir. Elle refoula cette seconde pensée – elle en avait trop de colère.

Elle descendit en courant chez Maisie, et vit un groupe de trois personnes dans l'entrée, silhouettes noires dans le contre-jour aveuglant. C'étaient Mme Van, Piet et Jack. Martha descendit plus bas pour distinguer leurs visages. Ils étaient en colère, mais ils avaient ri dans la rue.

« Vous avez perdu le procès ! s'exclama Martha.

– Cent cinquante livres sterling de frais. La justice est une coûteuse idiote », déclara Jack. Malgré sa contrariété, il ne pouvait retenir une expression amusée au souvenir de l'interminable farce qui s'était déroulée au tribunal.

« Il semble », raconta Mme Van, « que le juge ait estimé sans réplique l'argument du major suivant lequel les Indiennes dépenseraient le revenu national en bijoux ». Elle s'étrangla de rire, adossée au mur de l'entrée. Son corps épais tremblait de rire et, de chaque côté, Piet et Jack la prirent par le bras en échangeant des sourires empreints et cet amusement respectueux que les amis de Mme Van lui manifestaient toujours quand la gamine emprisonnée dans ce grand corps était prise de fou rire.

« Tout de même, articula Mme Van en se ressaisissant, il s'agit d'une affaire sérieuse. » Retrouvant son sérieux, elle demanda à Martha : « Etes-vous prête ? Il faut nous dépêcher, à présent. »

La porte de Maisie s'ouvrit, et Maisie parut, le visage baigné de sueur. « Oh, Matty, s'écria-t-elle en saisissant le bras de Martha, je suis contente que tu sois venue. Anton me l'avait promis.

– Le bébé arrive ? » s'enquit Martha.

Elle savait désormais qu'elle allait rater le congrès. Elle se tourna vers Mme Van dans l'espoir qu'elle trouverait une issue à ce conflit de loyautés. Mais Mme Van était avant tout mère et grand-mère.

« Matty va rester avec vous, bien sûr. Nous emmènerons son suppléant.

– J'ai envoyé chercher la sage-femme », balbutia Maisie, et elle éclata en sanglots.

Piet prit instinctivement la direction des opérations, et ramena Maisie chez elle en la rassurant : « Allons, ne vous affolez pas, calmez-vous, ce n'est pas en pleurant que vous allez donner le jour à ce petit moutard. » Il tenait Maisie par les épaules et recevait des flots de larmes sur le bras ; il manifestait une gentillesse gauche et tendre qui lui valut l'admiration de tous.

Et pour la première fois depuis son mariage, Martha ressentait l'amitié de Mme Van. Pourquoi ? Elle a éprouvé de l'hostilité à mon égard, et c'était le même genre d'hostilité que j'ai moi-même éprouvé envers Maisie – alors, cela signifie-t-il que je l'aie d'une certaine manière déçue ? Elle voulait que mon mariage ait un certain sens, et ce n'était pas le cas. Martha refoula cette pensée, en se réservant d'y réfléchir plus tard : cela signifiait que quelque chose dans la vie de Mme Van lui échappait totalement.

Ils restèrent ensemble quelques minutes à s'occuper de Maisie, puis elle s'essuya les yeux et déclara : « Pardonnez-moi d'être idiote, mais j'étais toute seule et j'ai pris peur.

– C'est bien Marjorie votre suppléante, n'est-ce pas ? » demanda Mme Van à Martha. « Elle va bientôt avoir son bébé aussi. Tout cela est absurde : je me déclare suppléante, c'est parfaitement légal ! »

Jack et Piet se mirent à rire, mais Martha était trop déçue pour pouvoir se joindre à eux. Comprenant ce qu'elle éprouvait, Mme Van se retourna sur le seuil pour dire qu'elle téléphonerait ce soir de G... pour lui raconter comment s'était effectué le vote.

– J'imagine que cela intéressera Anton aussi », ajouta Mme Van avec un détachement qui montrait bien le peu d'estime où elle le tenait.

La mention du nom d'Anton transforma l'expression de Piet. Il déclara brusquement à Martha : « J'ai un mot à te dire. » Martha le suivit dans le couloir. Mme Van et Jack s'éloignèrent avec tact, et Martha comprit qu'ils savaient déjà ce que Piet voulait lui dire.

Piet commença : « Ecoute, Matty, je voulais faire tout ça officiellement, mais rien ne vaut l'instant présent, et j'en suis arrivé au point où moins je verrai ton mari, et mieux cela vaudra.

– Pourquoi ne réfléchis-tu pas d'abord ? » Depuis plusieurs jours, elle sentait bien que Piet et Marie allaient quitter le groupe.

« J'en ai par-dessus la tête », affirma Piet. Il étincelait de colère et d'embarras. « C'est une sacrée blague, de nous prétendre communistes. La vérité, c'est que les gens normaux ne comprendraient pas un seul mot du langage que nous parlons. Je t'assure, quand je vais à une réunion syndicale, j'ai une trouille bleue de lâcher un mot de ce foutu jargon par erreur – ils croiraient que je débloque. Nous voilà une demi-douzaine à trimer comme des bêtes, et nous pourrions faire exactement la même chose s'il n'y avait pas de groupe.

– Si tu désapprouves la politique du parti, il vaut mieux y rester pour le transformer, observa Martha avec ardeur.

– Non, merde, dit Piet. Nous sommes arrivés au point où nous passons plus de temps à nous insulter qu'à travailler vraiment. J'en ai ma claque. Et puis voilà, c'est tout. Et ça vaut pour Marie aussi. » Un klaxon retentit dehors. « Sans se fâcher », ajouta-t-il en sortant. « Vous allez décider solennellement que je suis un traître et un fasciste, mais en ce qui me concerne je ne vous en veux pas. »

Martha retourna chez Maisie qui arpentait maintenant la chambre en se concentrant très fort.

Maisie avait quitté le groupe sans déclaration particulière. Marie et Piet s'en allaient, et donc Tommy allait disparaître aussi. Des aviateurs, il ne restait plus qu'Athen, et il allait bientôt quitter la colonie. Jasmine était partie pour Johannesburg. Le parti communiste de la Zambézie du Sud ne comptait plus qu'Anton, Marjorie, Colin et elle-même. Colin avait été averti par son chef de service qu'il perdrait son emploi s'il ne rompait pas ses relations avec les communistes. Il avait dit qu'il continuerait à se considérer comme un communiste, mais n'assistait plus aux réunions.

En bref, le groupe n'existait plus. Martha se sentit brutalement coupée de tout ce qui avait alimenté son imagination : jusqu'à cet instant même, elle avait participé de la grandeur du combat en Europe, de l'Armée Rouge, des combattants clandestins chinois, des résistants français, des partisans italiens, yougoslaves et grecs.

Elle fut arrachée à ce sentiment de futilité par la respiration bruyante de Maisie : la jeune femme arpentait la pièce de son pas lourd, et son visage ruisselait de sueur.

« Ce n'est pas la peine de te crisper déjà comme cela, Maisie », lui dit Martha, mais d'une voix découragée car elle se rappelait comme elle s'était elle-même crispée sans pouvoir s'en empêcher. « Qu'a dit la sage-femme exactement ?

– Elle a dit que rien ne pressait, répondit Maisie d'une voix morose. Les douleurs ont commencé, ou plutôt je l'ai cru... » Maisie s'affaissa sur le bord du lit et resta immobile, les bras pendants. Autrement dit, c'était sans doute une fausse alerte.

« Tu ferais mieux de dormir », suggéra Martha en s'efforçant de ne pas détester Maisie pour l'avoir empêchée d'aller au congrès. Maisie s'allongea docilement sur le côté et ferma les yeux. Martha tira les rideaux. Un rayon de vive lumière blanche s'étirait en travers du lit, en travers du corps alourdi. Un avion vrombit au-dessus de la maison, faisant tressaillir l'air.

« Dors », répéta Martha. Les cils enfantins de Maisie tremblaient sur ses grosses joues dans l'effort de dormir.

Martha remonta chez elle. Anton était rentré. Comme elle arrivait, il s'exclama : « Mon tout-petit, que je suis heureux de te voir ici.

– J'aurais cru que tu préférais me savoir au congrès, répliqua-t-elle sèchement.

– Pauvre Maisie, poursuivit-il de la même voix attendrie, elle se sentait si mal. J'ai pensé qu'elle serait contente de te voir. Et comment va la patiente ? ajouta-t-il.

– C'était une fausse alerte, en fin de compte. » Elle songea que c'était sans doute Anton qui avait fourré dans la tête de Maisie que les douleurs commençaient. Dans ce cas... elle se sentit profondément déprimée. Nous sommes tous fous, décida-t-elle en s'efforçant de ressentir un peu d'humour. Elle reconnut en elle-même l'intonation sèche et désabusée de Marjorie et réfléchit : Pourquoi suis-je toujours à guetter les échos des autres dans ma voix et dans ce que je fais ? En vérité, je ne suis pas une personne, je ne suis encore rien – et peut-être que je ne serai jamais rien.

Elle s'assit sur son lit et leva les yeux vers le ciel intense et bleu où brillaient, tout là-haut, deux minuscules insectes d'argent. Anton l'observait par-dessus son livre.

« Piet vient de m'annoncer qu'il quitte le parti, et Marie aussi, lança-t-elle.

– Ah oui ? Cela ne m'étonne guère. J'ai appris qu'il s'installait à son compte – il va être patron, désormais. » Sa voix résonnait de mépris.

« Quand même, rétorqua-t-elle de la même voix ironique et sèche, nous ne sommes plus que trois. Il me semble que nous devrions réfléchir sur nos torts.

– Oui, oui. En tant que communistes, nous devons toujours reconnaître nos fautes et les corriger. » Un très long silence s'ensuivit. Martha songeait : voilà encore deux ans de ma vie qui s'en vont. L'expression deux ans semblait vide de sens : car ces années avaient été remplies d'un tel travail, d'une telle excitation, d'un tel bonheur et d'une telle somme d'expériences qu'elles paraissaient plus importantes que toutes les années vécues auparavant par Martha. Eh bien, se dit-elle, c'est fini. Elle avait désespérément envie de dormir, mais son esprit suivait la voiture dans laquelle Piet, Mme Van, Jack et la personne que Mme Van avait trouvée pour la remplacer, roulaient en hâte vers le congrès.

« Je me demande quel camp va l'emporter ? se demanda-t-elle à voix haute.

– Oui, oui, les sociaux-démocrates se prennent toujours tellement au sérieux. »

Après un moment de silence, il ajouta : « Je me rappelle une plaisanterie de Grete – elle disait toujours... »

Martha se surprit à l'interrompre : « Je t'en prie, ferme-la un peu, avec Grete ! »

Il protesta froidement : « Elle était excellente camarade.

– Je commence à le savoir. »

Il attendit des excuses puis, comme rien ne venait, il leva son livre et la chassa de ses pensées.

Martha descendit chez Maisie, mais elle dormait.

Elle remonta et attendit tout l'après-midi. Enfin le téléphone sonna : le congrès s'était terminé brutalement. Comme la faction « rouge » avait gagné, et que le vote avait entériné la création d'une section africaine, le camp perdant avait fait sécession pour former un nouveau parti. Autrement dit, la « gauche » se trouvait désormais fragmentée en deux partis : le parti social-démocrate qui représentait les Africains, ou du moins leur donnait des preuves de bonne volonté : et le tout nouveau parti travailliste, qui représentait les travailleurs blancs. Ils n'avaient plus aucune chance de renverser le gouvernement aux prochaines élections.

Apprenant la nouvelle, Anton observa : « Oui, la situation dans ce pays évolue exactement comme celle de l'Union sud-africaine. C'est la preuve qu'un parti communiste est nécessaire.

– Mais, Anton, nous ne sommes plus que trois. » Martha analysait deux convictions très nettes qui s'imposaient simultanément à son esprit. L'une : tout s'était déroulé de manière inévitable ; personne n'aurait pu agir autrement. L'autre : tout ce qui s'était produit était illusoire, grotesque, et absurde.

« Oui, oui, mais c'est à cause de la situation politique réelle. Il faut procéder à une nouvelle analyse de la situation et tout reprendre à zéro. »

Mais il est impossible que ces deux attitudes soient justes, poursuivait Martha en pensée. Elle se sentait accablée par la futilité. Elle s'allongea sur le lit, tournant le dos à Anton qui commençait déjà à analyser la situation et se laissa glisser dans le sommeil comme un plongeur lesté de plomb.

DU MÊME AUTEUR

Aux Éditions Albin Michel :

Traduits de l'anglais
par Marianne Véron

LE CARNET D'OR.

LES ENFANTS DE LA VIOLENCE :
1. LES ENFANTS DE LA VIOLENCE.
2. L'ÉCHO LOINTAIN DE L'ORAGE.
3. LA CITÉ PROMISE.

L'ÉTÉ AVANT LA NUIT.

MÉMOIRES D'UNE SURVIVANTE.

NOUVELLES AFRICAINES.

LES CHATS EN PARTICULIER, récit.

LES CARNETS DE JANE SOMERS : JOURNAL D'UNE VOISINE.

Composition réalisée par KAPPA

IMPRIMÉ EN FRANCE PAR BRODARD ET TAUPIN
58, rue Jean Bleuzen - Vanves - Usine de La Flèche.
LIBRAIRIE GÉNÉRALE FRANÇAISE - 14, rue de l'Ancienne-Comédie - Paris.

ISBN : 2 - 253 - 03708 - 7 30/6079/5